# 啄木声声

## 第五届"啄木鸟杯"中国文艺评论年度优秀论文集

中国文艺评论家协会
中国文联文艺评论中心 编

人民出版社

# 啄木声声——第五届"啄木鸟杯"中国文艺评论年度优秀论文集丛书

# 编 委 会

# 出版说明

　　为深入贯彻落实习近平新时代中国特色社会主义思想和党的十九届五中全会精神，贯彻落实习近平总书记关于文艺工作、评论工作的重要论述及指示批示精神，按照中央《关于全国性文艺评奖制度改革的意见》和"做好文艺评论工作激励"的具体部署，努力发挥文艺评论引导创作、推出精品、提高审美、引领风尚的重要作用，2020年，中国文联、中国文艺评论家协会组织开展第五届"啄木鸟杯"中国文艺评论年度推优活动。

　　本届"啄木鸟杯"中国文艺评论年度推优活动作品报送以有关单位推荐为主，同时开通自荐通道。经过推荐单位初选，本届推优活动共报送作品309份，其中著作50部、文章259篇，经过初步审核，共有277份作品符合要求，进入复评，其中著作40部、文章237篇。按照推优章程和实施细则规定，最终评选出26件优秀作品，其中著作4部、文章22篇。"啄木鸟杯"中国文艺评论年度推优活动涵盖文学、戏剧、电影、音乐、美术、书法、曲艺、舞蹈、民间文艺、摄影、杂技、电视共12个艺术门类，旨在按照中央关于加强文艺评论工作的指导精神，推出优秀文艺评论作品，激励优秀文艺评论工作者，推进全国文艺评论的创新和繁荣，促进文艺事业健康发展。此书将本届推优的优秀文艺评论文章结集出版。

　　今后，中国文艺评论年度推优活动将继续按照中央要求，秉承着高质量、高品位、高格调的推选标准，为挖掘推介年度优秀文艺评论作品而不懈努力。

中国文艺评论家协会
中国文联文艺评论中心

# 目 录

（按作者姓氏笔画排序）

# 网络文学创作与评价的路径选择

马季　中国作协网络文学研究院一级文学创作

## 一、中国网络文学二十年

在中国网络文学二十年发展历程中,有几个节点值得回顾。互联网接入中国第三年,1996 年网易开办个人主页,文学作品通过个人窗口得到展示;1997 年首家具有交互特征的榕树下文学主页以虚拟社区形式开通;1998 年台湾网络作家痞子蔡以《第一次的亲密接触》风靡大陆,"网络文学"获得正式命名;1999 年榕树下独立门户网站上线。2003 年,"明扬品书网"首推 VIP 收费阅读制度,随后"起点中文网"也开始采取这一制度,并实行"原创文学作品网络版权签约制度",之后付费阅读制和签约作家制成为网络文学传播与创作的基本模式,网络文学步入商业化阶段。2005 年,起点中文网出现了年收入过百万的网络作家,网络文学商业模式宣告正式确立。网络作家和文学网站签约所形成的关系模式,成为网络文学的主导方向,这种模式可以确保一大批网络作家从事职业创作,并以此为生计。此后,网络 VIP 收费阅读模式与纸媒出版双翼齐飞,推助网络文学涌现出一批创作、传播和实现 IP 化的优质原创作品。

有数据显示,在 2008 年网络文学达到第二个高峰时,已有超过 150 万签约作家,到 2012 年时达到了 250 万,目前签约作家超过了 600 万。2008 年,中国作协《长篇小说选刊》杂志社与中文在线 17K 文学网组织了包括《人民文学》《收获》《十月》《当代》《作家》《花城》在内的二十家文学期刊进行"网络文学十年盘点",《此间的少年》等荣获优秀作品十佳;《尘缘》等荣获人气作品十佳,此举开启了网络文学经典化之路。① 2010 年,中国移动手机阅读基地正式商用,单月访问用户数突破 2500 万,单月付费用户数突破 1800 万,移动阅读将网络文学推向了大众阅读的首选。这一年,鲁迅文学奖首次向网络文学敞开大门,国家新闻出版总署将网络文学纳入中国出版政府奖评选范围,三家网站的三部网络长篇小说首次获得中国作协重点作品扶持。② 网络文学由边缘化正式走向了文学舞台的中心,社会关注度达到了峰值。网络文学的个性化发展特征愈发清晰和鲜明,与传统文学的融合,主要体现在如何主流化和经典化等议题上。网络文学的学术研究和理论批评得到传统媒体的广泛关注,建立一套适应网络文学创作、传播、阅读的评价体系和筛选机制的基本条件已经形成。

2013 年以来,微信朋友圈、微信公众平台等自媒体的兴起再次拓展了网络文学的边界,拥有离线信息推送功能的微信在这方面占据了很大优势,文学内容一经发布,即可快速以离线的形式到达用户手机中,引导读者不断刷屏,同时以导流方式出现的新的文学平台也借助这一途径,给人们带来一种新型的文学阅读体验。2015 年由中国作协网络文学委员会主办、中国作家网承办的"中国网络小说排行榜"季度榜单和年度榜单开始推选发布。排行榜的评选和推出过程,是建构网络文学评价体系的重要探索和实践,也是网络文学主流化的重要标志。中文在线在年初成功上市,成为国内"数字出版第一股";腾讯集团斥资 50 亿元人民币,兼并盛大文学,成立阅文集团,将腾讯巨大用户流量的优势与盛大文学丰富的内容资源相结合,形成网络文学阅读平台与传播手段的跨越式升级。这一年,游戏、影视剧和网络剧改编聚焦网络文学 IP,网络文学成为新一轮文化产业升级创新的核心动力。由《鬼吹灯》改编的两部大电影《九层妖塔》《寻龙诀》和校园青春剧《何以笙箫默》先后搬上银幕。电视剧《琅琊榜》《花千骨》《芈月传》《华胥引》相继掀起收视高潮。

《2018 中国网络文学发展报告》显示,2018 年各类网络文学作品累计达到 2442 万部,较 2017 年新增 795 万部,同比增长 48.3%。其中,签约作品达 129.1 万部,年新增签约作品 24 万部。在巨大数量规模基础上,网络文学精品力作也在不断涌现,IP 化进一步推动网络文学向精品化方向发展,目前已累计改编电影 1195 部,改编电视剧 1232 部,改编游戏 605 部,改编动漫 712 部,改编网络剧和网络电

---

① 《网络文学十年盘点〈此间的少年〉等胜出》,《人民日报》2009 年 7 月 1 日。
② 参见白烨:《中国文情报告(2010~2011)》,社会科学文献出版社 2011 年版。

影的规模则更为庞大。① 经过二十年的发展,网络文学的生态系统正在逐步优化,呈现多元健康发展态势,社会影响力持续攀升。

## 二、中国网络文学现场

网络文学究竟与传统纸媒文学存在哪些差异,我们该如何去看待和认识它,进而在未来的文学史当中如何阐释它,这已经是一个摆在我们面前不容忽视的议题。从总体上看,中国网络文学是世界性文化流动的产物,网络作家深受西方大众文化的影响,在数字化阅读时代,年轻一代对文学经典的理解和认知发生了变化,并将文学和影视、动漫、游戏等其他文艺样式视同一个整体。因此,在创作方式和标志性作家的产生过程中与传统纸媒文学逐渐拉开了距离。

二十年来,中国网络文学以类型化为主要创作形态,在不同领域进行创作实践,目前有六十多个大的类型,大致分为玄幻、奇幻、仙侠、架空、穿越、武侠、游戏、竞技、都市、言情、军事、历史、科幻、抗战、惊悚、魔幻、修真、黑道、耽美、同人、太空、灵异、推理、悬疑、侦探、探险、盗墓、末世、丧尸、异形、机甲、校园、青春、商场、官场、职场、豪门、乡土、纪实、知青、海外、图文、女尊、女强、百合、美男、宫斗、宅斗、权谋、传奇、动漫、影视、真人、重生、异能、女生、童话、明星等等,它们还可以进一步细分为近百种小的类型,比如仅玄幻类一项就可分为东方玄幻、转世重生、魔法校园、王朝争霸、异术超能、远古神话、骇客时空、异世大陆、吸血家族等,其内容与形式各具特色。同时,类型之间的相互借鉴和混用已成为常态,也就是说类型文学在网络上形成了自己的生态系统,类似于文学流派的各种"流"与"文"(如洪荒流、无限流、民国流、技术流,种田文、重生文、抗战文、总裁文、兵王文、轻小说等),都拥有自己的固定粉丝群。②

网络作家来源庞杂,学养基础千差万别,对文学的理解和认识迥然相异,这是导致网络文学内容色彩斑斓、雅俗并存的主要根源。据调查,网络大神级作家中70%以上是非文科生,例如桐华在北大学的是金融专业;江南毕业于北大化学系,后又在华盛顿大学获得分析化学硕士学位;猫腻曾被保送四川大学电力系统及自动化系,后自动退学;辰东毕业于中国石油大学;血红毕业于武汉大学计算机专业;

---

① 马季:《网络时代的故事回归于文学想象》,《小说评论》2017 年第 1 期。

② 参见中国音像与数字出版协会:《2017 年中国网络文学发展报告》。

酒徒从事电力设备调试工作多年;阿越一开始从事火车头修理工作,后去川大历史系读书;烟雨江南和徐公子胜治,长期在证交所工作;石章鱼一直在一家医院当医生;我吃西红柿是苏州大学数学系的学生;天下归元和藤萍长期从事公安工作;唐欣恬是伊利诺伊理工大学的金融学硕士,曾任上海中华对冲基金美股分析师;海晏供职于一家房地产公司;阿耐是一家著名民营企业的高管;随波逐流是一位女工科硕士;等等。大量非文科专业没有接受过文学训练的原生作者,通过现代流通量巨大的信息化时代所获得的信息,进入了文学创作领域,因此改变了已有的文学生态。

从审美上讲,网络文学反映了新生代作家群体对生活的理解和认知,与上代人的观念存在一定差异。从文化脉承上看,网络文学与传统的通俗文学有着极深的渊源。可以说,成功的网络作家都曾经大量阅读中国古典文学,甚至研究程度要比传统作家更细致。网络作家的思想资源来源于青少年时代、读书期间所阅读的一些经典作品,既有中国古典文学,比如《红楼梦》《封神榜》《七侠五义》《西游记》,"三言两拍"、《聊斋志异》,甚至金庸、古龙等,也有很多西方大众文学,比如《指环王》《哈利·波特》《暮光之城》《冰与火之歌》等。更加宽泛的东西方文化交融,是中国社会不断改革开放的必然产物,它为网络写作提供了新的空间,也为中国当代文学向海外进军提供了可能性。在行业发展方面,政府逐步加大了对网络文学的引导和扶持力度,目前全国已有 26 个省、自治区、直辖市以不同形式建立了网络文学组织机构,网络文学的发展由此进入了黄金时期。

2018 年 3 月,中国作协网络文学委员会、上海市新闻出版局、上海市作家协会和阅文集团在上海联合主办了"中国网络文学 20 年发展专题探讨会","中国网络文学 20 年 20 部优秀作品"评选在会议期间揭晓。20 部作品可以说是网络文学 20 年的一个缩影,让人们回想起网络文学从无到有、从弱小到壮大的成长之路。①

猫腻发表于 2009 年的《间客》荣登榜首,评委给予"网络小说的巅峰之作"之评语,发表于 1998 年的《第一次的亲密接触》居次席,今何在《悟空传》和阿耐《大江东去》紧随其后,后者曾获"五个一工程奖"。20 部作品中还包括萧鼎《诛仙》、辛夷坞《致我们终将逝去的青春》、唐家三少《斗罗大陆》、萧潜《飘邈之旅》、桐华《步步惊心》、酒徒《家园》、金宇澄《繁花》、月关《回到明朝当王爷》、天下霸唱《鬼吹灯》、wanglong《复兴之路》、天蚕土豆《斗破苍穹》、血红《巫神纪》、当年明月《明

① 《"中国网络文学 20 年 20 部作品"在沪发布》,《文汇报》2018 年 3 月 30 日。

朝那些事儿》、我吃西红柿《盘龙》、蝴蝶蓝《全职高手》、辰东《神墓》。其中,金宇澄《繁花》曾获茅盾文学奖。①

　　网络文学最新动态显示,行业边界日趋淡化,IP延伸出新的格局。"网络文学"IP生态急剧升温,通过对网络文学原创作品进行影视、游戏、动漫等不同内容形式的再开发,带动泛娱乐生态链各环节产生联动放大效应。高潜力吸引资本入局,为创新注入新动力。高能量、高价值和高潜力吸引了资本市场的密切关注。部分重点网络文学企业先后上市,创新型企业在一级市场获得的风险投资和私募基金融资都保持了强劲增长。为网络文学IP涌现和精品领域转化,注入了强劲的动力。二次元类作品有可能成为下一个热点。互联网用户群当中二次元用户逐年攀升,市场规模于2017年已突破1000亿元,用户规模已超过3亿人。在2018年3月,作为二次元用户聚集地的B站赴美上市,国内二次元行业正式进军海外,在发展上迈出重要的一步。② 二次元最早始于日本动画、游戏作品,因其画面是平面二维空间,因此被称为二次元。二次元类作品由二次元概念衍生而来,是针对二维空间而创作出的文学作品,故事相对简单,但生活趣味更加浓厚,读者对象是喜爱动漫的"95后"和"00后"网生代,主要文学类型包括:动漫、穿越、游戏、同人、校园、科幻、奇幻等。这类作品想象力丰富,作者通过对现实场景和虚拟人物进行文学加工,具有强烈的画面感,带给人较强的阅读冲击力。每一次市场变化都将大力推动网络文学的创新与变革,未来两三年包括小说、漫画、动画、游戏等二次元类作品将会紧密互动,由此而产生一波新的网络文学浪潮。

　　网络文学持续发展,催生了各类孵化IP产业平台的诞生,阅文集团、中文在线、网易云阅读、阿里文娱、爱奇艺文学等已在这个领域形成竞争之势,但在运行形态上各有不同。阅文集团主推IP合伙人制,从源头介入IP开发过程,联合产业内合作伙伴,提升IP价值;中文在线则致力于超级IP孵化战略;网易云阅读主攻以文学IP为源头的影视、动漫、游戏等全版权生态战略;阿里文娱通过阿里文学提供创意和网文IP,由阿里影视以及投资的几大影视制作公司参与孵化。掌阅科技从2017年开始积极调整产业链,计划从网络剧进军IP产业;百度文学被完美世界重新收购后也开始发力IP孵化,推出了网络剧、游戏作品。值得一提的是,晋江文学城的做法是坚持网文品种"多元共存""百花齐放、百家争鸣""给小众题材以生存

---

① 《"中国网络文学20年20部优秀作品"揭晓》,《光明日报》2018年3月30日。

② 速途研究院:《2018年Q1中国二次元产业研究报告》。

空间"的原则,给作者提供良好的土壤。而在 IP 类型化方面,黑岩网的摸索也取得不俗的成绩,他们倾力打造国内最大的悬疑类网络文学平台,成为"90 后"的主流阅读审美时尚。

## 三、关注现实题材创作

近年来,中国网络文学周、上海网络文学周、江苏扬子江网络文学周、四川网络文学周陆续在杭州、上海、南京和成都登场亮相,江苏网络文学创意产业园落户南京江宁,江苏网络文学谷落户南京秦淮,江苏网络作家村暨宜创文化传媒落户镇江宜园,天津网络作家村暨新文化传媒(团泊)小镇落户静海区团泊湖畔。2019 年 5 月,在以"守正道、创新局、出精品"为主题的第二届中国网络文学周上,中国作家协会发布了《中国网络文学蓝皮书(2018)》,全面介绍了网络文学发展状况。2019 年 9 月在北京召开的第三届"网络文学+"大会,延续"网络正能量,文学新高峰"主题,成为业界交流最广泛的平台,中国音像与数字出版协会在会上发布了《2018 中国网络文学发展报告》,围绕庆祝新中国成立 70 周年这条主线,搭建网络文学及相关行业的权威发布平台、行业交流平台、产品交易平台、成果展示平台、互动体验平台和宣传推广平台等六大平台。众多文学网站借助这一平台总结一年取得的成绩,并发布最新计划。

阅文集团旗下多家知名原创文学网站联合主办了三届网络原创文学现实题材征文大赛。一批具备相当实力的网络文学网站,也在根据自身的特点实施发展计划,如阿里文学的"HAO 计划"、爱奇艺的"云腾计划"、咪咕阅读的"威漫计划"等均取得了不俗的业绩。吾里文化、连尚文学等业内新兴力量的出现代表着网文的发展趋势。以第三方形象出现的橙瓜网,将其电子杂志《网文圈》内容升级并下线定期出版,作为网络文学行业首个期刊,《网文圈》致力于展现来自业内的不同声音,在传播资讯、观点和正能量的同时,始终与读者同步,分享网络文学行业的乐趣和智慧。网络文学的社会影响力持续攀升,在党的国家政策引领行业主管部门和具体推动下,网络文学生态呈现多元健康发展。网络文学作者社会地位逐年提升,针对从业人员各类专业培训,也如雨后春笋,创作群体蓬勃兴起,读者的数量和覆盖面在急速扩张,影响力和读者群在逐年扩大。

近期在网络上产生重要影响的作品有:唐家三少的《拥抱谎言拥抱你》、顾漫的《你是我的荣耀》、天下霸唱的《火神》、月关的《逍遥游》、烽火戏诸侯的《剑来》、会说话的肘子的《大王饶命》、蒋胜男的《燕云台》、无罪的《平天策》、宅猪的《牧神记》、阿彩的《盛世天骄》、北倾的《他与爱同罪》、priest 的《无污染无公害》、志鸟村的《大医凌然》、爱潜水的乌贼的《诡秘之主》、天下归元的《山河盛宴》等一批作品。这十五部作品中有五部现实题材,三部大女主文,三部东方玄幻,仙侠、历史、传奇、系统文各一部。从作品的网络分布情况和社会影响力综合来看,幻想类、各种非现实题材类和现实题材类初步形成三分天下的格局,这基本呈现了当下网络文学的总体态势。

2019 年度中国作家协会重点作品扶持网络文学作品八部:《大国航空》(华东之雄)、《旷世烟火》(陈酿)、《铁骨铮铮》(我本疯狂)、《孤军》(却却)、《匠心》(沙包)、《成浩宇的幸福生活》(邓元梅)、《山根》(胡说)、《致我们勇敢的年华》(小姐姐安如好)。全国网络文学重点园地工作联席会议扶持网络文学作品三十一部:《渔火已归》(沐清雨)、《许你春色满园》(糖罐小润)、《刑警荣耀》(不信天上掉馅饼)、《无字江山》(小神)、《暗夜》(轩胖儿)、《星辉落进风沙里》(北倾)、《命悬一线》(千羽之城)、《第二次初婚》(凌晨)、《云过天青》(漠兮)、《双生》(知更)、《瓷美人》(绛河清浅)、《匠心独你》(梨花颜)、《核医荣光》(王鹏骄)、《别爱无恙》(金陵雪)、《命悬》(李枭)、《同在金水湾》(沸丽也讨好)、《天使国》(萧南)、《金牌女律师》(云月如白)、《待我有罪时》(丁墨)、《乔先生的黑月光》(妳锦)、《天空之城》(满城烟火)、《星纪元恋爱学院》(八面妖狐)、《绿茵峥嵘》(林海听涛)、《真龙》(青狐妖)、《全职武神》(流浪的蛤蟆)、《开天录》(血红)、《长宁帝军》(知白)、《山河盛宴》(天下归元)、《铁血胭脂》(蒋胜男)、《大清首富》(阿菩)、《大明望族》(雁九)。从中国作协的网络文学扶持计划可以看出,在创作类型多样化的基础上,关注现实生活是一个主导方向。

2019 年 4 月 23 日世界读书日,2018 年度"中国好书"盛典在央视一套、十套播出,32 本年度获奖图书全部揭晓,榜单中首次出现了网络文学作品的身影,单独成项,一部幻想题材作品和两部现实题材作品获奖,分别是桐华的《散落星河的记忆 4:璀璨》,郭羽、刘波的《网络英雄传 2:引力场》,吉祥夜的《写给鼹鼠先生的情书》。

在政府积极倡导和扶持的创作方向大势影响下,现实题材创作成为 2019 年中国网络文学"主流化"的年度旗帜和风向标,越来越多由网络文学现实题材作品改编的影视剧热度不减,市场对于优秀现实题材作品的需求也进一步增大。2019 年是 IP 的重大变革年,大男主玄幻剧,因为篇幅长,改编难度大,改编周期长,影视化投入比较大等原因,更多的影视公司虽然也关注,但是由于短期变现能力差以及之前的几部玄幻剧的成绩不是特别理想,短期内市场进入一个低潮期。以前一味以爽为核心的创作方向,开始会考虑到拍摄的成本合理性及用户群体等多重因素,正能量的网络文学现实主义题材作品持续不断地出现,未来的内容版权市场会涌现一批故事情节俱佳,人物刻画鲜明的网络文学现实题材 IP。

随着中国网络文学进入新的历史拐点,主流意识形态对网络文学的重视、赋能与规制,文学创作从规模扩张向质量至上转型,以及如何提升网络作家的文学地位、培育新生力量,让网络文学向精品化、高端化发展成为业界关注的焦点。[①] 由此网络文学研究和人才培育也逐渐成为一个热门话题。继中南大学、北京大学之后,山东大学也挂牌成为中国作协网络文学研究基地。华东师范大学创建了中国创意写作研究院,并设立华东师范大学中文系创意写作硕士学位点,为中国网络文学发展和文化创意产业繁荣提供人才支持。学术研究与人才培养点对点服务也拉开了序幕,阅文集团与上海大学创意写作学科产学研合作,共建中国网络文学第一个创意写作硕士学位点;掌阅文学联合北京大学和中国传媒大学,分别建立了"北大原创人才基地"和掌阅、中传"IP 研究基地",成为这一领域的领跑者。归根结底,中国网络文学缘起于这个时代,成就于这个时代,它也为这个时代创造了独特的价值,数亿读者,上千万写作者,数百家文学网站共同守卫这个时代赋予的机缘,如此广泛的大众参与精神创造活动实乃史无前例,将谱写怎样的文化传奇,我们拭目以待。

## 四、网文向传统文学致敬

类型化倾向是文学的一种常态,在网络文学领域这一常态经历了由小众到大众再到分众的过程。可以这样说,网络类型文学的迅速发展极大丰富了当代文学谱系,为中国文学开创新的空间提供了可能性,由于其创作门槛相对较低,给广大写作爱好者提供了话语舞台,经过大浪淘沙,一批"80 后""90 后"有实力的作者脱颖而出,为创作队伍提供了新生力量。

在中国移动阅读成为网络阅读的首选方式之后,分众化阅读模式渐趋明朗,受

---

① 少君:《第 X 次浪潮:网络文学》,此文系少君在厦门大学、福建师范大学所作有关"网络文学"的演讲稿。

众对类型小说有了更高的心理期盼。很长一段时间，网络小说背负着"胡编乱造"的坏名声，但近年来一批有追求的作者开始关注作品的"真实性"。十年前，技术流小说甫一出现，读者欢欣鼓舞地看热闹，如今却是在看门道，齐橙描写工业改革的小说《工业霸主》《材料帝国》提升了这一类型的门槛，此后不仅现实类出现了技术流，幻想类作品亦然，爱潜水的乌贼的异界大陆小说《奥术神座》以物理科学为基础，开创了在异世界崛起的新思路，方想的科幻小说《卡徒》则描写了一个以卡片为核心的流派林立、利益纷争的联邦社会。

2019年"硬核技术流"这一名词在网上成为热词。先是彩虹之门继《重生之超级战舰》之后的科幻力作《地球纪元》受到读者追捧，随之医学题材小说《大医凌然》和都市题材小说《天工》也在网上引起热议。所谓"硬核技术流"，是指客观、冷静地观察描写生活，揭示生活的本质，不管是现实题材还是幻想题材，都以追寻事物的客观真实为目的。《大医凌然》描述的是纯粹的医学世界，很多细节连医学专家都难以挑出毛病。《天工》讲述顶尖文物修复师苏进重生在一个新的世界，运用绝技修复破损文物的故事。

女频文也同时出现了"硬核"的概念，如会做菜的猫的现代都市小说《美食供应商》和米兰的古代美食题材小说《司宫令》从不同角度切入美食世界，都有各自十分巧妙、严谨的设定。会做菜的猫自己经营过餐厅，小说中没有波澜起伏的情节，而是通过蛋炒饭、清汤面、凤尾虾、东坡肘子等一道道美食将全书连缀起来，美食才是真正的主角。《司宫令》以南宋美食典籍《中馈录》作者浦江吴氏为原型，力求做到每一道美食皆有出处，在古代美食类型文中有了较大的突破。丁墨和玖月晞的推理言情小说《有生之年遇见你》《亲爱的阿基米德》，森林鹿的古代都市小说《唐朝定居指南》等作品都是具有一定专业知识含量的类型小说。不难看出，类似的创作倾向正是网络类型文学向传统文学的致敬。

类型文学发展到一定阶段，会出现明显的裂变，集大成者往往会背离原有的类型原则成为新类型的开创者，或跨越类型融入新的艺术创作领域，用脱胎换骨来形容这种裂变并不为过，这种变化在网络上俗称"开脑洞"，这无疑是对类型小说这一文学样式的深入发掘和外延拓展，如《家电人生》《天道图书馆》《放开那个女巫》《从前有座灵剑山》《大王饶命》《我有特殊沟通技巧》等作品，虽然作者神格不高，但作品清新脱俗自成一体，为网络文学的类型化吹来了新风，证明类型文学创作永无止境。从有形中来到无形中去，从商业中来到精神中去，是类型文学经典化的必然之路。

跨类型创作尽管风险很大,却挡不住网络作家实践的步伐,唐家三少以玄幻小说著称,在创作十多部幻想题材作品之后,推出了《为了你,我愿意热爱整个世界》《拥抱谎言拥抱你》两部现实题材作品。历史小说大神月关从《回明》出发,经过《醉枕江山》《步步生莲》,再到《逍遥游》《龙王觉醒》和《大宋北斗司》,一改当年的历史文写实套路,作品中加入大量幻想元素。更俗同样剑走偏锋,从古代军事文《山河英雄志》《枭臣》起步,到重生文《重生之钢铁大亨》、玄幻文《大荒蛮神》再到现实题材作品《大地产商》,一直在不断变换中寻找自己的创作之路。他们的"转身"也遭到了部分读者的质疑,甚至有人追问:这是一个作家的游刃有余还是时代脚步的倒逼? 作为一种探索,尝试不同类型的写作,或许是一个作家的使命。

网络文学的出现为类型文学迅速提速,并使类型文学进入了全新的发展阶段,在网络上类型之间的相互借鉴和混用已成为常态,也就是说类型文学的系统已经在网络上形成,它的内在流动十分迅捷,但也存在同质化的问题,大量跟风是网络类型文学的一大弊端。总体来说,目前我国的类型文学创作还处在粗放型阶段,理论研究也相对滞后,没有形成完整的理论体系,特别是对网络类型文学有待深入研究。

2019 年 10 月 11 日,在举国欢庆中华人民共和国 70 周年之际,国家新闻出版署和中国作家协会联合推介"庆祝新中国成立 70 周年"主题网络文学作品暨 2019 年优秀网络文学原创作品,25 部网络文学佳作上榜:《大江东去》(阿耐)、《繁花》(金宇澄)、《浩荡》(何常在)、《宛平城下》(任重、邱美煊)、《传国功匠》(陈酿)、《粮战》(洛明月)、《铁骨金魂》(红雨)、《大国重工》(齐橙)、《致我们终将逝去的青春》(辛夷坞)、《为了你,我愿意热爱全世界》(唐家三少)、《长干里》(姞文)、《太行血》(骠骑)、《朝阳警事》(卓牧闲)、《燕云台》(蒋胜男)、《青春绽放在军营》(千崖秋色)、《雷霆突击》(刘猛)、《观音泥》(马玫)、《一脉承腔》(关中老人)、《全科医生》(肖尧月)、《八四医院》(王鹏骄)、《吻安,我的费先生》(袁语)、《魔力工业时代》(二目)、《地球纪元》(彩虹之门)、《星域四万年》(卧牛真人)、《沉鱼策》(解语)。这些作品不仅展现了网络文学的成果,更代表了网络文学的走向。

## 五、网络文学 IP 的新走向

在 IP 概念的形成和发展过程中,网络文学以试水者的身份始终站在行业的前端。一个 IP 的出现,无论是取得巨大成功赢得盆满钵满,还是铩羽而归散落一地鸡毛,似乎都有一根线隐隐约约牵扯着网络文学,网络文学受益于斯也受制于斯。换句话说,网络文学就像一枚多棱镜,透过其一角便能觉察到 IP 领域的五光十色。

2019 年,业态显示 IP 发展不再好大喜功、急于求成,而是趋于谨慎收缩、稳中求进,但在理念上却大面积铺展、曲径探幽、深入人心。这一年由网络小说改编的电视剧、网络剧、游戏和动画漫画依然有所突破并涌现出一批现象级作品。据《2018 年中国网络视听发展研究报告》统计①,2018 年 1 月 1 日至 10 月 31 日,在国家广电总局备案的最新网络剧数量共有 311 部、网络电影 2141 部、网络动画片 603 部。其中网络剧第一季度到第三季度总量为 214 部,全年预计 280 部,较 2017 年 295 部的总量,略有下降。但网剧创作题材却日渐丰富,包括古装宫廷剧、都市悬疑剧、历史正剧都成为了用户最爱的网剧类型。自 2014 年到 2018 年,网络电影上新数量走出了一波曲线,分别为 450 部、680 部、2463 部、1892 部、1373 部。在这些网络电影中,付费比例已近八成,优酷、爱奇艺、腾讯以 95.1% 的播出比例显示出压倒性优势。爱情、悬疑、动作、喜剧、剧情五大类型占据上新总量的 82.1%。中国网络影视市场虽有起落,但总体发展态势良好,网络影视整体品质和地位正在迅速提升,其发展趋势逐渐明朗,一是符合主流价值,二是遵循经济规律,具体表现则是"内容为王",这在一定程度上对网络文学发挥了导向作用。

2018 年无疑是女频网文 IP 改编剧霸屏的一年,业界因此有"得女频者占 IP 之先"的说法。从开年大戏《穿越赌妃》《凤囚凰》《国民老公》《柜中美人》《风光大嫁》,到暑期热门剧集《扶摇》《天盛长歌》《芸汐传》《如懿传》《香蜜沉沉烬如霜》《媚者无疆》,再到年末《你和我的倾城时光》《知否知否应是绿肥红瘦》,加上《结爱·千岁大人的初恋》《萌妻食神》《同学两亿岁》《双世宠妃 2》等网络小说 IP 改编剧,不仅收视点击数据亮眼,也频频出现在热门话题榜单,其中《如懿传》和《扶摇》的全网播放量超过 100 亿次。《延禧攻略》和《凉生,我们可不可以不忧伤》两部热播剧虽然不是由网络小说改编而成,却明显带有网络传播特色,《延禧攻略》出现了反向定制的网络小说。当然,男频或者说非典型女频文的表现也不容忽视,其中都市悬疑、灵异剧《盗墓笔记少年篇·沙海》《镇魂》《S.C.I.谜案集》《天坑鹰猎》《罪案心理小组 X》,现实题材剧《橙红年代》《大江大河》《守护神之保险调查》,历史传奇剧《夜天子》《盛唐幻夜》《唐砖》《回到明朝当王爷之杨凌传》,古装玄幻武侠剧《武动乾坤之英雄出少年》《斗破苍穹》《倾世妖颜》《将夜》,古装爱情

① 中国网络视听节目服务协会:中国网络视听大会,成都,2018 年 11 月 28 日。

悬疑剧《我在大理寺当宠物》《锦衣之下》，年代剧《降龙之白露为霜》等都有较为出色的表现。

总体来看，目前网络文学 IP 古装剧占据的份额明显大于现实题材剧，大男主玄幻剧，因为篇幅长，改编难度大，改编周期长，投入大，短期变现能力差等原因，市场将进入一个低潮期。受上述因素的影响，一味以爽为核心的创作方向必然会发生一些变化，IP 则是这一变化的杠杆，可以预见，未来的版权市场会涌现一批故事情节生动，人物刻画鲜明的网络文学现实题材 IP。

## 六、IP 开发与产业链的重塑

网络游戏开发领域也加快了步伐，2018 年由网络文学 IP 改编的游戏受到市场的积极反馈，优质内容的稀缺性使得平台深入产业链与上游的原创文学，平行端的影视、动漫等形成了更深入的合作。IP 驱动下的游戏作品系列化，在不断放大价值的同时形成品牌效应以促进增值业务的发展，形成 IP 开发到衍生价值的良性循环，围绕网络文学 IP 进行全产业链开发由此呈现出全新的格局。

据《2018 年中国游戏产业报告》[①]称，2018 年中国游戏市场实际销售收入 2144.4 亿元，同比增长 5.3%，用户规模 6.26 亿人，同比增长 7.3%。中国上市游戏企业 199 家，仍有二十余家企业正在申请上市，预计港股上市游戏企业数目将会进一步提升。游戏端口的变化显示了年轻一代用户的选择，移动端销售收入 1339.6 亿元，同比增长 15.4%；用户规模 6.05 亿人，同比增长 9.2%。PC 客户端销售收入 619.6 亿元，同比降低 4.5%；用户规模 1.5 亿人，同比降低 5%。网页游戏销售收入 126.5 亿元，同比降低 18.9%；用户规模 2.23 亿人，同比降低 13%。中国自主开发的网络游戏实际销售收入 1643.9 亿元，同比增长 17.6%。

相比 PC 客户端游戏与网页游戏，移动网络游戏已成为游戏企业新的发展方向，步入快速发展阶段。随着 4G 网络覆盖范围的不断拓展，以及 5G 网络技术的呼啸而至，移动网络游戏用户规模将不断提高。借助用户规模的增加和游戏盈利模式的不断创新，未来两年移动网游将持续呈爆发增长态势。随着游戏行业高速发展，大量网文因为得天独厚的内容优势被改编成游戏，IP 概念备受追捧。一方面网文较长的更新周期能够支撑游戏的后续更新，延长游戏的使用寿命，另一方面

---

① 2018 年 12 月 21 日，由中国音数协游戏工委（GPC）、伽马数据（CNG）发布。

影游联动能够极大挖掘用户价值,全产业链相互借力,提升 IP 效应。

近两年,根据唐家三少、江南、南派三叔、流潋紫、天蚕土豆、辰东、耳根、我吃西红柿、无罪、天下归元等头部作家创作的热门网络小说《绝世唐门——横扫天下》《如懿传》《天盛长歌》《锦绣未央》《盗墓笔记 Q》《龙族幻想》《斗罗大陆》《尘缘》《圣墟》《诸天至尊》《武动乾坤》《大主宰》《楚乔传》《剑王朝》《真我欲封天》《雪鹰领主》等百余部手游陆续上线。正在公测,即将上线的《峨眉传》《万空道仙》《踏天封仙》《剑道烟尘》《造法之门》《大劫主》《御剑仙瑶》《踏道洪荒》《红尘不问道》《穹顶之下》《仙武道纪》《战恋雪》充分说明原创网络小说是网络游戏改编的主要源头。

自从 IP 概念形成以来,网络文学与游戏、影视、动漫通过不断磨合已经铸成血肉关系,相互之间并非简单的借力,而是有机渗透,西南大学文学院教授黎杨全通过网络文学与游戏之间的关系,分析了这一模式的深层结构。黎杨全认为:两者不能仅仅理解为工具意义上的借鉴,而应是本体意义上的植入,经由游戏中介,网络文学表现了网络社会重构的部分"新现实",由此构成了它与传统文学的重要区别。网络文学对游戏经验既有明显的借鉴,也有无意识的化用,对两者关系的研究不能只停留于表层,而应注意游戏经验的深层影响。不能只从消极的、负面的方面去理解游戏对网络文学的意义,需要注意它带给网络文学的新质。总体来看,游戏对中国网络文学的"世界"想象、主体认知及叙述方式这三大方面产生了深刻影响。① 从另一个角度看,网络游戏与网络文学同根分流,各自从流量时代、换皮时代,慢慢转向"内容为王"时代,渠道的作用在这个过程中逐渐减弱,已不再是决定性的环节,IP 的价值不再是唯一的法宝。换句话说,一个游戏的好坏根本在于内容,而不在于它的 IP 值有多高。IP 衍生对网文的要求不再是数据和榜单,对内容要求有了明显的提升。

同样,近年来视频和音频价值的升级也说明了互联网文艺各个环节之间的关联度更加密切。在用户积累到了一定规模的前提下,视频平台内容把控能力不断升级,由传统台网剧到纯网剧再延伸到超级剧集,不断拓展影响力。超级剧集作为网络剧的升级版,必须符合几个条件,首先是剧情内容质量较高,即便是优质 IP 也需要专业制作团队加持;其次,用户对于内容的认可度及接受度较高;再次,视频平台的号召力为超级剧集赋予更大能量;最后,超级剧集应该有能力拉动整个产业链甚至是泛娱乐布局的全面升级,从剧集的制作、宣发到商业化探索相比网络剧都更

---

① 黎杨全:《中国网络文学与游戏经验》,《文艺研究》2018 年第 4 期。

具专业化和系统化,积聚和散发更大能量。

2017 年,优酷提出了超级剧集的概念,并用了两年时间,成功打造了多部优质剧集,成为优酷文娱内容的核心竞争力之一,超级剧集和网络剧集也越来越成为创新内容的驱动源泉。超级剧集在商业化探索过程中逐渐摸索形成一套有效体系,逐渐摆脱对电视剧的追随,与电视剧既有融合又有区分,拓展出一条独特的、有别于电视剧的创新发展道路,《大军师司马懿之军事联盟》《白夜追凶》《大明芳华》《长安十二时辰》是其代表性作品。

2017 年和 2018 年,音频作为 IP 渠道进入快速增长阶段,智能手机、联网汽车和智能音箱等技术的发展有力推动了在线收听市场的繁荣,音频 IP 与视频、社交、户外等优质投放渠道共同成为数字营销的重要组成部分,同时随着场景营销的不断践行。2018 年,由大网文改编的音频 IP 成为年度创新的重要根据地,越来越多根据网络文学 IP 改编的影视作品先以有声书、广播剧的形态登陆音频平台。相较于动漫、影视这类 IP 衍生品,有声书具有同步性强、还原度高、成本低、圈层广等特点。网络文学下线出版后优先做有声化尝试,以内容付费或广告的形式测试市场接受程度,再确定 IP 开发方案成为新的模式。由于音频 IP 的高变现能力,让很多流量大户选择跟音频平台合作,这不仅大大降低了音频平台的获客成本,而且依靠此类机构的行业资源和经验,更有利于内容方进行跨平台运营和品牌塑造。

随着《盗墓笔记》《超能兵王》《仙逆》《傲世九重天》《凡人修仙传》《武动乾坤》《斗破苍穹》《百炼成仙》《侯卫东官场笔记》《首席医官》《赘婿》《最后一个道士》《陈二狗的妖孽人生》《雪中悍刀行》《大宋的智慧》《无限恐怖》《黄金瞳》《超级仙医》等一批网络小说走红音频市场,网络文学 IP 的活跃度再次上升。2018 年 9 月,网络有声平台"喜马拉雅"和腾讯视频推出《联合 IP 孵化计划》,决定打通两个平台的流量,对优质 IP 进行商业化包装,同一个 IP 在腾讯视频上播放电视剧,在喜马拉雅上则播放广播剧,以此满足 VIP 会员不同层次、不同场景的需求。

## 七、"网文+动漫"值得期待

2018 年 12 月,新浪微博数据中心发布的最新《2018 动漫在年轻人中的影响力》[①]报告显示,截至 2018 年 11 月,微博泛动漫兴趣用户达到 2.48 亿,核心动漫

---

① 2018 年 12 月 21 日,新浪微博数据中心发布。

用户达到 3126 万,头部 KOL 账号规模达 3.4 万,覆盖粉丝规模 3.5 亿以上。年度新增动漫话题 3.6 万个,话题讨论增量 1.1 亿次,话题阅读增量高达 1034 亿。同时,从用户阅读的内容类别来看,国产漫画人气最高,将近 70%,在微博上阅读过国产动漫的用户达到了 90%。

网络文学 IP 改编动漫历程已久,以《全职高手》《斗罗大陆》《斗破苍穹》等为代表的一批作品极大丰富了动漫作品的内容,深受读者喜爱。从近两年的发展情况看,全维度考量一个 IP 的价值,变得越来越重要,网文 IP 改编动漫往往只是衍生的第一步,凭借作品凝聚的人气推动下游的衍生开发,是检验动漫平台能量的试金石。2018 年网文改编漫画的作品依然强势;头部漫画作品中,动画、网大、小说和游戏等形式的改编以及联动值得关注;奇幻玄幻类作品在头部漫画中的地位难以动摇,女性向漫画的潜力正在被激发,而联动、虚拟偶像商业化和出海则成为这个赛道里不可忽视的新机遇。在缺乏大爆款的情况,平台从小众精品漫画中挖掘 IP。在 2017 年统计腾讯动漫和有妖气的国漫年度 Top10 作品产品表格对比中可以看到,《一人之下》《驭灵师》《英雄?我早就不当了》《镇魂街》等产品依然稳定在 2018 年国漫年度榜单上。从类型上来看,奇幻题材的作品依旧保持着靠前的位置,为漫画增加奇幻元素能够让漫画家用夸张的手法表现自己的创意,有助于吸引读者的注意力。

动漫平台相对于网文平台而言数量较少,比较有影响的有快看漫画、腾讯动漫、微博动漫、有妖气等。从类型上看,快看漫画的作品类型多为女性向,这与平台的定位有直接关系。近年来,女性向在影视、游戏和文学领域越来越受市场和资本的关注,由网络小说改编的漫画在快看漫画付费优势明显。腾讯漫画排名前十的作品均采用了偏向奇幻玄幻的设定,有妖气排名前十的作品中也有五部采用了奇幻架空的设定。腾讯动漫因为总体漫画数量较多且平台用户相对活跃,头部效应并不是那么明显。微博动漫注重开发现实题材作品和创新意识,推行以"发现、制造和放大好故事"为要素的计划,在短短一年时间里用户呈现出爆发式的增长。由此可见,各个漫画平台在市场的差异化开始进一步细分,但具有鲜明特色的平台也在进一步扩大自己的用户规模。当不同内容形式的作品上线,作品的 IP 效应将被进一步扩大,同时特别是小说改编为动画和漫画之后,粉丝对于作品角色能产生更多的羁绊,多元化变现的方式。

在上述平台中作品的来源大致可分为三类:小说改编漫画、原创漫画和游戏或剧改漫画,其中小说改漫画的作品占比最大,超过了 50%。小说改编的动漫和游戏、影视出现了多元"联动",比如《斗罗大陆》动画第二季开播,《新斗罗大陆》手游在 11 月 9 日做了大的版本更新,更新后的游戏与动画在内容方面做了官方联动,而动画的片头也加入了手游的宣传消息。动画与漫画的联动则可以把漫画的粉丝导入播放动画的视频平台。完结的漫画,也开始作为改编小说的源头,漫改剧则成为新的时尚亮点。

2018 年上线的 80 多部国产动画中,有 27 部为漫画改编作品,其中包括了 10 部动态漫画;原创动画作品有 34 部,占到总数的 41%,诞生了《刺客伍六七》《凸变英雄 LEAF》这样的小众爆款;小说改编动画有 15 部,占到总数的 18%,虽然数量较少,但是总体的 IP 价值突出。在腾讯视频播放量最大的 4 部国产动画均由网络文学 IP 改编,《斗罗大陆》《魔道祖师》《斗破苍穹第二季》《武庚纪第二季》的播放量均超过 10 亿。与之相比,因为粉丝基础比小说改编作品薄弱,漫改动画受到的关注程度要相对小得多,目前漫改作品更倾向于在细分品类上打造爆款,一些精致但是相对小众的漫画正在被挖掘出来,取得相对出色的改编成绩。

国漫发展经历了一个漫长、曲折的过程,长期以来创作环境深受日漫影响,对漫画的理解和认识停留在直观层面,注重画面完成度,忽视角色形象塑造,故事内容单薄,往往只有主人公动机和背景设定,缺乏故事线索、细节描述和人物关系的设计,导致上线前期表现稳定,当故事进展到 10—20 回,数据便开始快速下跌。经过几年的沉淀,漫画市场开始从以量取胜的增长模式,向以追求优质内容为核心的模式的转型,对于抱有"读者爱吃鱼,我就承包一片鱼塘"想法的 CP 们,很快就感受到了来自鱼塘干涸的危机。在众多平台"刹车"、选题"限行"的 2019 年,进一步建立筛选机制,聚焦精品化内容、创立漫画的工业化生产流程,已成为行业发展和提升的关键。对用户的关注和维护是动漫平台的核心工作,腾讯视频对上线作品的统计排名,在多维度看待作品的同时,更看重从粉丝的口味,其维度包括口碑、粉丝心中的虚拟偶像爱豆、弹幕热词、周边等。"内容为王"的理念也在动漫领域有所彰显,2018 年微博动漫的用户调研数据显示,用户因剧情、人物、画面而看动漫的占比分别为 77.48%、71.7% 和 59.95%。炫酷的画面不再成为一部动漫的吸睛点,读者对于漫画这道菜从一开始看品相挑选,到试吃一口再做决定的选择方式说明,漫画已经从画面审美整体转为故事审美,而此时,好故事作为漫画内容的核心需求便极速凸显出来。

重点网络平台在 2018 年底陆续宣布了自己的年度改编计划,腾讯视频将集中上线七部由网络小说改编的动漫作品,其中包括辰东的《完美世界》、耳根的《一念永恒》、梦溪石的《千秋》、墨香铜臭的《穿书自救指南》、石头羊的《黄历师》、priest 的《默读》和我吃西红柿的《吞噬星空》,哔哩哔哩宣布的网络小说改编动漫计划二次元特征较为明显,其作品为《残次品》《我开动物园的那些年》《元龙》《天宝伏妖录》《仙王的日常生活》《异常生物见闻录》,爱奇艺也将推出天蚕土豆的《大主宰》、七英俊的《有药》、苏小暖的《邪王追妻》和观棋的《万古仙穹》第三季等动漫作品。据橙瓜网文(ID:cgwwzj)不完全统计,2019 年将有 30 多部网络小说改编动漫上线,有望引发一波关于动漫的话题热潮。这些作品中约有近四分之一已经播过至少一季,由于前期改编取得了不俗的成绩,如《斗罗大陆》系列,《斗破苍穹》第三季,以及《斗破苍穹特别篇 2》,《全职高手》第二季及大电影,《万古仙穹》第三季,《魔道祖师 2》和《星辰变》第二季等,后续剧情颇令观众期待。除此而外,还有忘语的《凡人修仙传》、天蚕土豆的《武动乾坤》、云天空的《灵剑尊》和《妖神记》、国王陛下的《崩坏星河》、庚新的《热血三国》和任怨的《元龙》等重要网络小说将改编为动漫。

漫画作为一种网络读物,比小说更直观,比影视剧轻松、不容易"辣眼",在快节奏生活下的年轻一代,更倾向用碎片化的时间在其中寻找乐趣。根据近期发布的《腾讯 00 后研究报告》[1],被称作"互联网原住民"一代的"00 后"较之"80 后""90 后"能更高效地尝试多种阅读,对信息的摄入也远超前辈,这意味着阅读的广度不再稀罕,对某个领域的见解和参与成果成为了彰显自我的表现。在漫画领域,"00 后"对国漫和日韩漫都有涉猎,对内容也有着更为挑剔的眼光。在胡润首次发布的动漫 IP 价值榜上,《全职高手》《斗破苍穹》《一人之下》摘得本次动漫 IP 价值榜的前三甲,由于国漫在内容方面还比较匮乏,使其无法对全年龄层次的人群形成良好的吸引力,随着二次元文化的兴盛,国漫将会迎来一次大飞跃。业界认为,在网络文学 IP 的推助下动漫必将出现强劲增长,"网文+动漫"的模式值得期待。

## 八、网络文学 IP 价值重估

2018 年 12 月 20 日,胡润研究院携手国内领先的 IP 版权运营机构猫片,联合发布《2018 猫片·胡润原创文学 IP 价值榜》[2],100 个最具价值的中国原创文学 IP

---

① 2018 年 5 月 28 日,由腾讯用户研究与体验设计部(CDC)发布。
② 2018 年 12 月 20 日,胡润研究院发布。

上榜。同时发布《2018 猫片·胡润原创文学 IP 潜力价值榜》和《2018 猫片·胡润原创动漫 IP 价值榜》。这是胡润研究院与猫片连续第二年发布原创文学 IP 价值榜和潜力价值榜,以及第一年发布动漫 IP 价值榜。

IP 价值榜依据 1998 年以来的各大原创文学平台的作品,通过全网的阅读量、月票量、推荐量和收藏量的大数据做出初步筛选,再由胡润研究院以及业内资深文学编辑根据作品影响力、文学价值和历史转化价值综合评分后排列出结果。《猫片·胡润原创文学 IP 价值榜》打破了过往依靠单个平台或单项数据来评选的传统模式,从文学平台专业数据、百度公共数据、资深编辑人文数据,多纬度较为全面地给出了原创文学 IP 公正的价值评价。IP 潜力价值榜由包括起点中文网、纵横中文网、17K 小说网等业内领先的原创文学网站评选出各自最有潜力的三部作品,再由胡润研究院和猫片根据作者知名度和作品是否适合转化进行综合考量后排列出结果。该榜单囊括了各大文学网站半年内提升最快的作品,也被认为是最具 IP 孵化价值的新作。

在年度网络文学 IP 的角逐中,阅文集团、掌阅科技、阿里文学、爱奇艺文学、晋江文学城、网易文漫、咪咕阅读、黑岩网、火星小说、博易创为、吾里文化、连尚文学等平台针对自己的业务特色形成了各具特色的盈利模式,几大重要平台基本形成共识:全程参与设定制作、发布及推广改编产品,探索更深入参加娱乐产品开发过程的方法,与上下游全产业链的合作伙伴共同推动 IP 泛娱乐开发不断优化升级,提升开发的精品率。同时,平台还通过优化企业海外布局,有力推动了网络文学"走出去"。

阅文集团为了拓宽 IP 链路,在 2018 年也进行了战略调整,音频方面,在投资喜马拉雅后又创建了新的有声阅读品牌"阅文听书";影视方面,100% 收购了新丽传媒。这些布局在阅文看来"有助于释放阅文高质量原创 IP 的全部价值潜力,使阅文 IP 业务结构进一步完善,有助于阅文全面掌控 IP 改编过程以推动影视、网络剧、网游动漫的全方位开发,并加强作家与用户的参与度。"同时进一步推进现实题材创作,IP 运营支持等多角度联动,实现了现实题材"分类",加快现实题材创作专业化进程。阿里文学和阿里影业联合启动了网络电影"HAO 计划",共同投入10 亿资源赋能网络电影内容生产者,提供集 IP 衍生、项目融资、内容制作、电影宣发在内的全链路支持。其中,阿里文学的职责是开放 IP 资源,提供创作环境、内容扶持和知识产权保护。通过"HAO 计划"的实施,阿里文学在电影、动漫、音乐、衍生品等各个方面都进行了探索,以文学 IP 为起点撬动网络文学产业的全新升级,再以泛娱乐 IP 产品反哺原生网文作品,增加文学 IP 价值,努力把整个文学市场往上提一个层次。咪咕阅读发布自有小说漫改项目——"威漫计划":共发布 57 部书单,定稿 37 部,已上线 17 部。爱奇艺云腾计划取得初步成效,共收到了 950 余封标书,380 余家影视公司参与招标,213 部网络文学原创作品已定标,100 部影视作品的拍摄计划正在酝酿之中,其中《在悠长的时光里等你》《等到烟暖雨收》《道师爷》三部作品已正式上线,《在悠长的时光里等你》在暑期档会员转化率中排名第二,也是艾瑞数据 Top20 里是唯一一部分账的网剧;《等到烟暖雨收》流量破亿,上线当天便登顶爱奇艺分账网剧榜首,猫眼热度排行榜中位居前列;《道师爷》上线首日分账破百万,首周破千万。

掌阅科技从 2017 年开始积极调整产业链,计划从网络剧进军 IP 产业;纵横文学几经重组后也开始发力 IP 孵化,推出了网络剧、游戏作品。值得一提的是,晋江文学城的做法是坚持网文品种"多元共存""百花齐放、百家争鸣""给小众题材以生存空间"的原则,给作者提供良好的土壤。而在 IP 类型化方面,黑岩网的摸索也取得不俗的成绩,他们倾力打造国内最大的悬疑类网络文学平台,成为"90 后"的主流阅读审美时尚。网易文漫与艺恩联合创建并发布了影视 IP 生态评估体系,对作品的价值评估提供系统化的指标;2018 年,网易文漫与万达影业合作,共建"IP 实验室"计划,充分利用双方的优质资源,向全社会征集优质内容,目标是打造中国的"超级 IP"和"垂直精品 IP"。博易创为另辟蹊径,约请流浪的蛤蟆、马伯庸、跳舞、月关、天使奥斯卡等国内幻想小说领域的知名作家联手,试图将中国古代传说和真实历史结合在一起,形成一个自成体系的架空世界,围绕这个超级 IP,将会在实体出版、有声剧、二次元动漫、影视等领域产生衍生品。收购老牌平台逐浪的连尚文学以"免费"取得了阶段性胜利,也在积极扩大 IP 开发价值,从以前改编漫画、有声小说为主,向影视和网络大电影方面拓展。火星小说以独有的"方法论"来吸引用户,从而找到了破局的关键点。

在一片欢腾的形势之下,IP 潜藏的危机也不容忽视,阿里文学副总裁周运直言"网络文学行业的确在 2018 年有摸到天花板的迹象",由于 IP 被资本疯炒,从曾经的几十万、几百万上涨到几千万,甚至上亿。但是,"大 IP+流量明星"转化成流量剧的资本快速变现手段,在 2018 年遭遇了滑铁卢,传统头部大 IP 内容生产与价值验证和变现机制失灵,一些奉行"大 IP+流量明星"投资胜利逻辑的人纷纷败走麦城。究其原因,慈文副总裁赵斌在谈及网络小说 IP 转化的局限性时认为:网络小说时效性非常强,题材内容的重复度很高,相当多世界观架构过于宏大,影视化难度高等等,而这些问题在"商业价值极高"认知面前很容易被忽视和掩盖。但是归根结底,剧的核心一定都是"内容为王",而上述问题往往直指这个核心,伴随着大量模式重复、达不到预期的影视作品的出现,观众的热情被消耗。为了降低时效性的影响、剔除重复性,IP内容要进行大量的删改,高价购买IP的意义甚至仅仅停留在保留名字的阶段,这就得不偿失了,市场必然逐步转向冷静。①

类似问题在实际运作中的确存在而且更加复杂,其核心主要是两个方面,首先,网文IP本身因具有高度商业化特点,不免出现情节雷同、撞梗、融梗等现象,而制作公司购买IP时,也多集中在言情、仙侠、宫斗、青春等几种题材,造成同一类型的剧集过于集中,市场趋于饱和。其次,在IP后期的开发运营过程中,同一网文的剧版、影版、网络版改编相继上线,也将原有IP过分消耗,导致整个行业似乎陷入一个"IP同质化困境"。

毋庸讳言,当前网络文学IP改编模式仍显粗放,如何通过创新模式来提升IP改编的精品率,是网络文学发展面临的严峻挑战,尽管众多文学平台高管和影视公司高管均认为,2019年网络文学IP改编风头不减,头部的依然是头部,只是更注重类别和改编方式,但现实总是比想象更加严酷。说到底,网络文学IP能走多远,关键还在内容建设,没有精品意识,流量越大泡沫自然就越大,"呼唤精品",将是整个行业二十年后再出发的发令枪。

(原载于《网络文学评论》2019年第6期)

---

① 《橙瓜专访慈文副总裁赵斌:IP品牌化,是对优质内容探求价值边界的尝试》。

# 现实主义总体性重建与文化中国想象

## ——论陈彦《主角》兼及《白鹿原》

王金胜　青岛大学文学院教授

## 一、现实主义总体性叙述的困境、诉求与重建

要充分理解《主角》独特的现实主义宏大美学品质和文化政治意涵,需要对现实主义的历史哲学、精神品质和美学功能,其在 20 世纪中国文学中作为主流文学形态在具体的历史发展中被接受、阐释和重构的情况,作简要分析和评判。因为只有将《主角》放在中国现实主义文学的这一意义场域和文化逻辑中,才能对其作出更为切实的理解和评价。

现实主义不仅仅是一种创作方法和艺术手段,而是一种包含着永恒的革命和创造的本真的艺术冲动。就此而言,即便是常被看作现实主义的对立面的现代主义,也会承载现实主义的内容,"这些(现实主义)冲动在被唤起之前是不能被控制的;这是现代主义事业的微妙之处,为了在另一个时刻抑制它所唤起的那种现实主义,它就必须是现实主义的"①。伟大的经典的现实主义文学,通过"典型"的塑造,通过艺术形式的审美救赎,个体的生存和命运获得总体化的再现。因此,现实主义文学时常体现出强烈的历史主义诉求,强调对"生活""世俗"和"个人""生命"的超越。

作为一种现代历史哲学,历史主义"试图在事件和思想的运动中把握某种深

---

① [美]弗雷德里克·詹姆逊:《政治无意识》,王逢振、陈永国译,中国社会科学出版社 1998 年版,第 252 页。

刻的历史理性,一种合理而必然的演变趋势。于是它取代了过去的形而上学和神学,成为一种奉历史世界为神圣的哲学,这种哲学认为人类生活本质上是内在于历史中的,它赞美人类思想在历史中的成就。因为这些成就本身便具有绝对价值。总之,历史主义成为了现代人道主义,同时也成了某种历史宗教"①。历史主义以其相对主义和怀疑论立场,破除专制主义和神学对人的束缚,但又内含对启蒙主义和人道主义话语的反动,当被现代人视为某种历史宗教时,历史主义的绝对权威又会吞噬人道主义和自由主义,导致令人始料不及的可怕后果:"如果说历史主义在反对启蒙时代的博爱和普遍的人道主义时,宣扬并引入了强权政治和最露骨的现实主义的话,那么,另一方面,历史主义在反对自然法——自然法认为每个人都因其本性和作为人的尊严而拥有不受时效约束的权利——时,将巨大的历史力量叠放在个人之上,并给予历史颠覆和压制个人的权利;历史主义把个人强行塞进历史演进之中,而后者是必须接受的严酷的必然;历史主义拒绝个人有向更高级的原则上诉的权利。总之,它拒绝个体的人有任何权利和任何价值,从而让良知陷入沉默、压迫和屠杀辩解。历史主义将 18 世纪的两位古老女神——正义和人道——斥为虚伪的谎言,它宣扬对历史的崇拜;但当它这样做的时候,自由女神也有受伤害和毁灭之虞。"②事实上,现实主义在中国有相当复杂的内涵和繁复的表意形式,批判现实主义,社会主义现实主义、"两结合"、世俗的朴素的经验性现实主义等等,因此试图全盘概括现实主义并从中提取公约数,建立一种均质放之四海而皆准的标准,既无必要亦不可能。③ 那样只能将之空洞化,使之变为一个毫无内在规定性的概念。因此只能选取足够好意义上的"紧张瞬间",挂一漏万地来讨论它。当五四新文学将现实主义引入中国时,后者的历史进步论、目的论与现实主义对"科学""理性"的尊崇,结合在一起,对中国由传统向现代的转型,起到了无法替代的积极作用。应该看到,中国作家对现实主义的宣扬,往往秉承历史主义哲学信念,有着明确的现实功利目的,他们试图借助现实主义的"科学"和"理性"将中国从迷信、蒙昧、专制而不自觉的前现代状态中解放出来,通过话语启蒙使之认识到"现实"和"世界"以及自身在其中的存在位置和精神状态,通过历史意识的觉醒达到

---

① [意]卡洛·安东尼:《历史主义》,黄艳红译,上海人民出版社 2010 年版,第 42 页。
② [意]卡洛·安东尼:《历史主义》,黄艳红译,上海人民出版社 2010 年版,第 42 页。
③ 如杨庆祥认为:"现实主义"在中国当代文学的历史语境中绝不是简单的一种文学(艺术)创作手法,而更是一种历史信念和国家想象,在其背后隐藏的是再造大众(新人观)、构建信念(理想主义)、改造社会(批判现实主义)、走向"美丽新世界"(浪漫主义)的历史意识和发展理念。参见《〈新星〉与"体制内"改革叙事——兼及对"改革文学"的反思》,《南方文坛》2008 年第 5 期。

认识并改造"世界""现实"和自身的目的。随着历史的推进,到 1920 年代末,随着国族意识和阶级意识的渗透,现实主义文学获得合法性的资源愈益偏离自身所处的"世界"和"现实",转向一种抽象理念的逻辑推论,对"本质""规律"等历史主义绝对原则的偏执诉求,不仅放逐了"个人"和更广阔的"世界"和更鲜活的"现实",亦放逐了现实主义的文学本性和美学价值。1970 年代末和 1980 年代开始,现实主义伴随着启蒙主义和人文主义同步回归,既是出于广阔"世界"和鲜活"现实"——社会和文化问题的召唤,亦是其内在美学精神的魂兮归来。但在 20 世纪80 年代中期"先锋""新写实"和"新历史"诸番潮流中,经典现实主义又随着启蒙主义和人文主义话语的分解和碎片化,而被"去历史化""去深度化"和"去神话化"。当代文学的这一分化和路向转换,自有其内在历史和文化逻辑,并为当代中国提供了一种新的美学经验和美学形象。经典现实主义在失去其总体性视野之后,亦失去其美学霸权地位,但其介入现实的历史化冲动却并未消歇。包括"现实主义冲击波"在内的"主旋律"文学可视为这一冲动的显影和脉象。

如何在中国社会和现实这一复杂的意义场域中,突破带自然主义色彩的日常化诗学和着重"个体""私人""内心"的叙事模式,将"我"从流行性写实模式中释放出来,并重新写进"我们""现实"以及与之内在关联着的"世界"和"历史"之中,重构一个"我"/"我们"、"生活"/"历史"、"内心"/"现实"相互沟通、对话的"大叙事",是现时代对文学尤其是现实主义文学提出的迫切命题。《主角》就诞生于这样的时代背景和这样的历史时刻,在其内部运演着这时代的文化逻辑。

《主角》异常明确地把叙事与人物的时间和空间经验结合起来,建构了现实主义叙事的总体性。

在时间维度上,将主人公忆秦娥的日常生活和从艺生涯置于文化共同体和价值共同体以及秦腔历史的深远脉络中,让其在"历史""文化"和"意义""价值"中获得生命的意义。"传统"不是某种稳定不变的法则,文学不是对这种法则的利用和直接呈现,它应该从对法则的遵从和注经式阐释,转移到对意义的寻求,拒绝对"传统"作先验稳固的法则的具体呈现,从而恢复其时间性、历史性维度;拒绝将"传统"作为这一法则的象征性成分加以征用,而是强调其在历史运动和现实变化中潜在的无尽可能性,赋予"传统"以变化与调适的本体地位和优先性。因此,尽管《主角》有着"前现代"中国、"文革"中国、"改革开放"中国和"市场经济"中国等不同时代或历史阶段的划分,并以之为影响国人生活和民族戏曲——秦腔命运的重要因素,书写秦腔在不同历史情境下的遭际和命运。但在这时代转换或历史的

"断裂"中,作家又重构了历史的连续性和整体性。这一历史整体性重构的基本路径是,将秦腔置于深远厚博的民族历史和文化的脉络中,以秦腔与历史的关联,以及秦腔包含的恒常的伦理观念、道德意识、抒情力量与生命意志等内质的探寻,写出其历经曲折动荡而千年不绝如缕的生命力。

在空间维度上,从偏僻的乡下到县城、现实主义总体性重建与文化中国想象省城、京城、上海、美国,横贯剧团内外、家庭内外、戏里戏外以及城与乡、南与北、中与外,关联起多重脉络和多幅场景:与民间生活的关联,包含吾土吾民、民胞物与的朴素人道主义情怀;与"存字派"艺人、秦八娃等秦腔老艺人的关联,蕴含生生不息的文化生命力,借贯穿半生的习艺演艺,写出将个人汇入民族历史与文化血脉的生命实践。这一空间的横向拓展的过程,也是忆秦娥不断接受广泛的社会现实,走出狭窄的个人直观经验,超越个人所难以避免的随意性偶然性事实,获得感知和融入集体经验以及共同感知共同想象能力的过程。在这一过程中,"个人"被超越了,同时围绕着她而展开的对当代中国事实和琐屑现象的表现,也有了颇具纵深度和厚重度的"现实"感。个人、族群、社会和文化,获得了可理解的整体性。

《主角》将秦腔置于民族文化谱系中,不仅形塑了现实主义叙事的形式、风格、语言和艺术趣味,更在深层传达了民族传统文化观念。浓郁的儒家文化意味,道家智慧风貌和佛家度人精神,不仅建立了当代中国与前现代中国历史文化的传承关系,更呈现了一个丰厚饱满的中国文化主体镜像。

## 二、乡土或民间:重塑"传统"的不同话语路径

我们尽可以把陈忠实《白鹿原》和贾平凹《秦腔》纳入乡土小说范畴,却无法将《主角》作为乡土小说诠释,尽管三者均聚焦"传统"并有厚重的文化意蕴。这就涉及"乡土"与"民间"的内在差异。尽管二者作为现代文学的话语构造,有着复杂的纠缠交错关系,都关乎现代性论域中对"传统"的阐释和言说,但它们却是存在极大差异的两种"传统"建构方式。《白鹿原》《秦腔》对"传统"的发现和阐释均以"乡土"为透镜。"乡土"作为一种现代话语产物,其本身就隐含着传统/现代的二元性装置。只是"乡土"作为现代风景在被"发明"出来之后,其作为现代性话语的起源与性质便被遮掩起来,变成了一种超历史的自然之物,"风景一旦确立之后。其起源便被忘却了。这个风景从一开始便仿佛像是存在于外部的客观之物似的。

其实,这个客观之物毋宁说是在风景之中确立起来的"①。《白鹿原》《秦腔》将"家族"和"秦腔"作为"传统"的表意形式,与"乡土"相关联,无形中就将传统/现代的二元性装置带入叙述中。现代文化冲击下"乡土"整体性的破裂和"传统"的流失殆尽,就以一体两面的形式,"自然""逼真"地展现出一幅令人触目惊心的荒野景观,亦同样流露出沉郁的挽歌情调和伤悼情绪。

《主角》与《白鹿原》《秦腔》的不同,在于小说不再以"乡土"而是以"草根"表述的"民间"为透镜观照中国历史、现实和"传统"。从"乡土"到"民间"的视域转换,其重要性在于:后者代表着一种被时代(历史)主流话语压抑的"传统",而此"传统"是可以通过重新激活而转换为现代性话语要素的,它是一种"自然"或"天然"的现代话语资源;在现代性话语中,"民间"所指涉或关联的民众保有最可贵的、恒常的自由自在精神、反抗意志、生命本然状态和最高道德价值。这决定了《主角》建构"传统"是以返回"古代"的形式而走向"现代","传统/现代"并不构成对立,二者的二元性关系在此消失了。把"民间"作为观照"传统"戏曲的视镜,意味着后者作为"历史潜流"的位置和性质,这与将"传统"和"乡土"相关联有根本不同。首先,虽然"民间"视域中的"传统"时时受到历史与时代的冲击,但它作为"生命的宣泄"也是生命的确认和认同,是不绝如缕、生生不息的存在。其次,"民间性"具有不被"传统/现代"二元架构所范围的敞开性,具有随语境而转换其含义的多种可能,无论在何种时代和何种历史情境下,它既可能有对"历史"的对立性对抗性,亦可能有对"历史"的穿越或超脱。

《白鹿原》《秦腔》和《主角》对"传统"的观照、建构或阐释,都是通过现实主义形式得以实现的,但也正因"乡土""民间"观照视域和意义建构路径的差异,形成了不同的现实主义叙述美学。

作为一部现实主义宏大史诗作品,《白鹿原》以全知视角的叙述,涵容历史、文化、人性、欲望、自然与神话等驳杂因素,穿行于世俗经验世界、神秘超验世界、诡秘的历史和无序涌动的生命欲望世界的混沌交错中,致力于建构立体庞杂"民族秘史"。但在作家着力塑造的民族精神标杆人物与传统文化内在的庞杂多面以及这一文化走向趋势之间却存在着某种程度的游离和偏移。朱先生作为"圣人"却逐渐被现代历史疏远、抛弃,失去介入历史的能力;面对白孝文的堕落,白嘉轩束手无

① [日]柄谷行人:《日本现代文学的起源》,赵京华译,生活·读书·新知三联书店2003年版,第24页。

策,甚至在挽救黑娃时受到孝文欺骗而不知。这彰显着"修齐治平"理想的彻底破灭。《白鹿原》中,作家意图与叙述效果的不一致,人物的理想身份和历史境遇的悖谬,表明了小说建构现实主义总体性叙事遭遇的困境和难度。作家在放弃历史唯物主义全知视角之后,又无法完全接纳新历史主义的野史化视角,这显然不仅是陈忠实个人"理念的混乱",而且是"时代的症候"。这从深层标示着,以往统摄传统现实主义叙述的历史理性在 1980 年代后期以降被质疑乃至被放逐的境遇。

《秦腔》以"乡土"的沦陷更为直接地呈现了《白鹿原》建构总体性叙述的困境和难度。不同于后者的历史情境设置,《秦腔》将在历史总体性破解的现实中意识到的秦腔/"传统"不可挽回衰败的宿命感径直映射到叙述的场景和细节中,让总体性消逝之后破碎的"乡土中国"形象自然呈现,鸡零狗碎的荒野场景"描写"替代了乡土故事"叙述",彻底放逐了建构总体性叙述的企图。"秦腔"成为农耕文明和乡土(传统)的挽歌,"传统"成为现代性荒野上的游魂。《白鹿原》全知视角的"分裂"与"困惑",在《秦腔》中彻底转换为一个游移闪烁的"疯子"视角。《白鹿原》的历史感消失于"疯子"非理性眼光的弥散和播撒中。就此而言,"引生的自我阉割,也阉割了历史叙事的动机、深度和总体性……在美学上的意义是,那种宏大的乡土叙事再也没有聚集的逻各斯中心,再也没有自我生成的历史理性"①。

《主角》反其道而行之,它要做的是在超越城/乡、超越历史"断裂"认知的基础上,重建现实主义叙事的连续性和总体性。小说书写民族文化记忆,并未将秦腔与"乡土"勾连,更未在"乡土/城市""传统/现代"的体系中展开二元性叙述,而是在当代中国的人伦关系和世俗生活中,在秦腔中发掘其内在生命和文化能量。无论是秦岭褶皱里的荒僻山村,还是县城、省城和京沪这样的繁华都市,都是因"秦腔"因缘而一体相连、血脉相通的文化空间。小说里既没有现代性怨恨,亦没有挥之不去的乡愁——这两种看似截然不同的文化心理,却都出自主体对传统/现代的"断裂"体验,是历史与文化"断裂"处的主体抒怀。

在《主角》中,"传统"被激活为当代中国文化主体建构不可或缺的资源和本质性构成。不仅如此,小说又以"人性"的美善之心和"生命"的执着超越,在中国民众的生活世界、伦理世界和审美世界的具体性独特性中建立一种普遍性。可见的、具体的、偶然性、个体性,被纳入总的历史发展和整体性文化意义构造中,传统/现代、过去/未来、本土/域外、自我/他人之间的矛盾和张力,消失于"普遍性""一般

---

① 陈晓明:《众妙之门——重建文本细读的批评方法》,北京大学出版社 2015 年版,第 289 页。

性"视野中。原本在这多重张力观照下产生的、相对于"现代""域外""他人"来说陌生、神秘的"传统""中国",因得到"人性""道德"和"生命""情感"之共通性的支持而不再陌生、神秘,具有了可理解性和可沟通性。秦腔、民族戏曲、"传统"及代代传承文化血脉和命脉的艺人,作为"历史潜流",体现着个人自我实现与所处的社会现实之间并不存在截然的对立:历史和时代政治或可抑制"自我"和"文化",但亦可打开其新生之路;历史和时代之下的文化更新(包括时尚消费文化的出现),或可改变人际关系和人们观念,但并未对"万物一体之人"的伦理观念形成根本的冲击与颠覆。同样,个体自我的意识与共同体的集体性诉求之间亦不存在彼此对立、相互排斥、不可调和的矛盾,艺人们或许平时勾心斗角、你争我抢,但在登台演戏的关键时刻却能同心协力、倾力合作。由此可见,小说重构了个体与时代、新文化与旧道德、自我意识与共同体诉求之间的统一性,这种统一性生成新的普遍性并将后者包含在自身之中。

进一步看,《主角》对秦腔"民间"属性的界定和强调,有其复杂而特殊的含义。"民间"既不同于西方的市民社会或公共空间,又不同于中国新文学传统所建构的与"乡土"相关联的,作为被压迫者、被剥削者的草根或底层的民间,也不同于"打着深深的民俗学的烙印"的,具有某种前现代"原始残存物"意味的、凸显"地方性"的民间。① 但它又并不排斥以上含义中的多种元素,毋宁说,它是以上多种含义的不均衡的暧昧的混合。正是由于这种含混性和涵容性,使得小说的"民间"叙述自然化,而不显露其话语构造性的特征。也正因涵容性特质,模糊了雅/俗、城/乡、古/今之辨,使"民间"观众暂时忘却这一系列区隔的存在,超越具体的生活世界和在这"世界"中已经常态化的"差别""区隔",共享一个"想象的共同体"成员共同的"过去""现在"和"未来",体验共同历史和同质化时间的快感。

重构以稳固的全知全能叙述者为基础的总体性美学,是《主角》重构"统一性""普遍性"的另一叙述表征。

传统现实主义文学往往采取一种带古典主义色彩的全知性视角,其主体形象是一个充实完满的,为现实、历史和世界赋形赋义的超级叙述者。这一叙述者有着对经验总体性的不懈追求,它以其对个人在时间和空间中生存经验的组织,建立起超越个人的"人与世界"关系的总体性理解。20 世纪中国主流文学,对"古典中国""现代中国""革命中国""现代化中国"的想象,都出自这样一个叙述者。正是

---

① 刘禾:《语际书写》,上海三联书店 1999 年版,第 158—160 页。

它的存在,建立文学对历史必然性和世界本质性的认识,提供为个人和族群经验塑形、赋义的意义框架和价值体系。

1980 年代中期开始,随着历史总体性的弥散,传统现实主义成为被漠视甚至丢弃的遗产。支撑它的全知全能叙述者连同其背后的宏伟历史主体也被抛弃了。全知视角分化为一个个封闭于个人、生活和内心的多元化"视角",总体性美学亦被零散破碎的单质化时空模式取代。正如詹姆逊指出的:"倘若主体已经确实失去了积极驾驭时间的能力,确实无法在时间的推进、延伸或停留的过程中把过去和未来结合为统一的有机经验——假如现况确实如此,则我们在观察整个文化生产的过程时,便难免发现所形成的主体不过是一堆支离破碎的混合体。而这样的主体,在毫无选择原则及标准的情况下,也只能进行一些多式多样、支离破碎甚至随机随意的文化实践。"①叙述者和人物、叙述者视野和人物视野之间的距离以及形成这种批判性距离的等级关系消失了。

不同于《白鹿原》叙述者的"分裂"和《秦腔》叙述者的"溃散",统摄《主角》的是一个无限的全知全能的叙述者。小说的主人公或可理解为忆秦娥,也可理解为一般具有"大匠"生命气质的艺人或作为"传统"表征的秦腔。在一定程度上,小说引人注目的恰恰是那个貌似隐形却又无处不在的、带有浪漫主义和理想主义色彩的叙述者。《主角》的主人公不仅与叙述者有着高度同一性,还时时化身为忆秦娥、秦八娃、存在派艺人(尤其是苟存忠)甚至画家石怀玉,道成肉身,言说传统中国艺术与文化的神髓,为"当代""现实"寻找根脉和地脉。这样,作为民族的"我们的故事",就借由秦腔艺人"他们的故事"得以讲述,"他们的故事"借由忆秦娥的"习艺演艺故事"得以讲述,"忆秦娥的故事"就被讲述/建构为一个有着稳定个性、心理和性情的主人公,如何在不自觉的无意识状态中,以有其内在意义和连续性的修行获得"个体/民族"文化主体性的故事。个人主体与文化主体叠印在一起,她的故事就是"我们的故事",小说最后的《忆秦娥·主角》一词标志着一个明确意识到自身主体位置,以及个人在秦腔历史和民族文化传承与创造中的负责任的、"自觉"而"负责"的双重主体的生成。在此,小说通过人物塑造和古典戏曲诗词等已有叙述惯例的借鉴和征用,以"我们的故事"形式,从魏长生"花雅之争""三次进京"的"前现代",到黄正大"文革"时代、单仰平"改革开放"时代、丁至柔"市场经

---

① [美]詹姆逊:《晚期资本主义的文化逻辑》,张旭东编,陈清侨等译,生活·读书·新知三联书店 1997 年版,第 470 页。

济"时代,再到薛桂生"传统文化复兴"时代,建立"传统"历经千年挫折磨难而始终葆有生机活力的历史连续性,尤其是"传统"面向现在和未来敞开的无限可能性。这里需要注意的是,《主角》在叙述"市场经济"时代,秦腔跌入低谷时,多次表达"民族复兴"的意念,尤其是当时尚歌舞日渐萧索之时,秦腔竟有起死回生之势,这无疑更是传统文化即将复兴的症候。

《主角》全知可靠的叙述者,是一个"潜在作者的戏剧化代言人",这个"有趣的叙述者"之所以"有趣"和"成功",是因为"在他们的作品中履行了一种其他东西无法履行的功能":"他们不仅是他们所在的小说世界中的可靠指导,而且也是书外世界的道德真理的可靠指导。"针对那些自以为是却漏洞百出引人发笑的叙述者,布斯尖刻地指出:"在这种方式中失败的评论者,是那种声音无所不知却暴露出愚蠢和偏见的人。"①这个叙述者是中国文化身份的建构者,他将被叙述者——秦腔、艺人和"传统",从流逝的时间和历史中解救出来,将之作为一种生活经验的"自然事实"加以微观描绘。不仅如此,他更深入"传统"内部,探究民众文化心理结构,寻找具有"普遍意义"的价值和规律。

在《主角》与《白鹿原》叙述者差异的背后,透出不同时代文化情境下中国文化自觉和自信的历史性变动。

应该看到《主角》与《白鹿原》有诸多相似相通之处。二者都有在四十年中国历史与现实的广阔视野中,以现实主义品质建构宏大史诗叙述的美学诉求,都有对"窝里斗""折腾"等人世乱象和文化心理的尖锐审视;更为重要的,两部小说都有朱先生、白嘉轩和秦八娃式的文化智者或凝聚着民族文化精神和民族精神人格力量的象征性人物,都有共同的文化视角和对民族传统文化的深挚认同,都有一种基于人性和文化人格体认上的伦理观念和道德意识。另外,它们在"文化心理"结构和塑造人物的方式上,在以"人性""欲望""生命"来揭示人物心理与行为,架构历史与文化之内在关联的方式上,也颇为近似。正因此,先后间隔十五年的两部小说中某些形成鲜明对照的"差异"也就别有意味。

1980年代开始,当代中国文学即体现出清晰的文化自觉意识。"寻根小说"借助地域文化和非典籍文化以边缘身份向居于中心的正统文化及其表意形态发起挑战,"文化"取代"政治""社会"成为关注焦点,借此文学体现了其去政治化、去时

---

① [美]韦恩·布斯:《小说修辞学》,华明、胡晓苏、周宪译,北京大学出版社1987年版,第246—247页。

代化的诉求。延至 1990 年代,出现了《白鹿原》这样的观照和反思关中儒学这一集地域/传统为一体的正统文化在近现代史中的处境和命运,体现着当代文化自觉高峰的重量级长篇小说。从"寻根小说"到《白鹿原》,是一个由规避时代、历史与政治,到在曲折动荡的历史和你来我往彼此争斗的政治旋涡中,探寻民族"文化心理结构"的转变过程;也是一个由以地域文化为支点和资源建构文学主体性以走向"世界"到关注民族传统文化本身、书写半个世纪中一个民族所遭遇的"一种精神和心理的剥离"①的转变过程。在这个转变过程中,"寻根小说"在穷乡僻壤里寄托的对中国传统主流文化的疏离和批判,被一种新的写作诉求所替代,"所有悲剧的发生都不是偶然的,都是这个民族从衰变走向复兴复壮过程中的必然。这是一个生活演变的过程,也是历史演进的过程"②。小说试图在生活和历史的必然中,"去写我们这个民族的精神人格力量"③。从"寻根小说"的"第三世界民族寓言"到《白鹿原》的"民族秘史",既体现着作家文化自觉的一以贯之,更体现着其突破传统/现代的对立,探寻民族心理结构的历史"剥离"以重塑民族主体"走向复兴复壮"的文化信念。

与《白鹿原》《秦腔》对传统蜕变和消逝的挽歌式书写形成对比的是,《主角》中"传统复兴"未停留于信念层面,而是有"现实"的发现和表现。④《白鹿原》直面历史和时代,切入个体命运和文化命运的悲剧性以及悲剧中所蕴含的社会性和历史性,写出被裹挟在新/旧、传统/现代之间国人的困惑与矛盾。小说既有对民族精神和智慧的肯定,亦有对传统文化塑造的负面人格的批判。陈忠实以"文化心理结构"切入文化与人性的思考,并没有超脱传统/现代的视野,民族文化"传统"的"现代"命运,被放在历史纵深处得到集中审思。《主角》不同于《白鹿原》,它不是对"最好的先生""最仁义的族长"和"最后一个长工"式的哀婉的慨叹,也没有对传统文化正负面因素的剖析。小说并没有在历史动荡和时代转换中剖析传统文化的裂变乃至蜕变,或者说,《白鹿原》通过历史与文化的错综关系,书写历史中文化及其负载者命运的悲情式挽歌式写作,在《主角》中被转换为穿越时代和历史、也

---

① 陈忠实:《寻找属于自己的句子》,上海文艺出版社 2009 年版,第 105 页。

② 陈忠实:《寻找属于自己的句子》,上海文艺出版社 2009 年版,第 184 页。

③ 陈忠实:《在自我反省中寻求艺术突破——与武汉大学文学博士李遇春的对话》,《陈忠实文集》(第 7 卷),人民文学出版社 2015 年版,第 417 页。

④ "秦腔不仅在农村生命勃兴,在城市也气血偾张。西北的几个省会城市,尽管文化都已显示多元趋势,文艺欣赏也以现当代艺术样式为主,但秦腔始终占有重要地位,尤其是兰州、西安,这种崇尚传统艺术的势头,近年来尤其有增无减。"

超越时代和历史的壮剧式书写。"文化"而不是"时代"与"历史"成为小说叙述重心。陈彦在韩剧成功中发现了民族文化"信心":"这个信心就是中国文化对西方文化全面兜售的有效抵御和应变抗衡的可能",也因此他"对民族戏曲的存活与拓展潜能也有了更加乐观的认知和提升"①。因此,小说以全知现代历史主义的整体性眼光,频繁写到省秦在国内市场的红火状况:多次下乡演出广受普通民众欢迎,进京会演、上海广州巡演场场爆满,并得到专家学者的认可和赞誉;到中南海演出,受到领导的接见和表扬。不仅如此,省秦还与港澳台地区定下 20 多场演出合同。这无疑揭示着秦腔这一"传统复兴"的标识,得到含括普通大众、学术精英和官方政治高层在内的各阶层人物和各类话语的承认。而这种对时代政治、时尚风潮和阶层的"超越性",正是"秦腔"意义的来源,亦是小说建构"传统"的价值依据。

正因这超越性,"文革"时期被暗地保存下来的旧戏服,被反复强调的"技术",不是没有"未来"指向和"世界"向度的符号和标签,不是博物馆里陈列的展品或考古发掘的文化标本,它们作为"传统"表征,不是历史的遗迹、空洞的能指或怀旧的对象,其时间向度不是"过去",而是有无限时间——空间可能的、并且注定要走向"世界"和"未来"的历史文化遗产,在这份遗产中深藏着可资汲取的主体力量,从中可以找到理性、道德、独立意识和追求自由的生命意志的基因密码,从而呼应、沟通和聚拢人心。

在小说叙述中,文化遗产的意义不仅在于"继承",亦在以此为基础的"开创",在《白蛇传》《游西湖》等秦腔经典剧目之外,汲取传统编演《狐仙劫》《同心结》《梨花雨》原创剧目,它们是"传统/现代"与"继承/开创"的统一,是在新时代情境下借鉴传统、融会新机而建构的"统一性""普遍性"。与此相应,小说多次出现《忆秦娥》词,从李白《萧声咽》到秦八娃《狐仙劫》《茶社戏》《看小忆秦娥出道》,再到小说终章忆秦娥脱口吟出的《主角》,隐含在"古人""今人"和"后人"背后的是传统文化起承转合的轨迹和命运,是"传统"萌发于"历史"、继承并创于"现在"和面向"未来""世界","方寸行止"中包蕴"正大天地"的象征性意义秩序和开出新境界新境地的自豪自信。

---

① 陈彦:《三千万儿女齐吼秦腔》,《说秦腔》,上海文艺出版社 2017 年版,第 99—100 页;陈彦:《深厚的根植》,《说秦腔》,上海文艺出版社 2017 年版,第 127 页。

## 三、戏曲：作为传统发明的聚合与询唤功能

在大众消费文化将现实主义总体性叙述分解之后，获得政治正确性的"个体"如何超越碎片化经验性生存，如何摆脱市场交换逻辑将"个体"计件化和劳力资源化的命运，或者说，"个体化"时代有无重建新的整体性和集体性的可能？对此，詹姆逊似乎并不悲观："在一个私有化和心理化的社会当中，由于对商品的迷恋以及大商业意识形态标语的轰炸，重新唤起某种导向集体性的不可消解的压力感（在最低级的大众文化产品当中，无论多么不明显，也可以像在现代主义经典中那样找到带向集体性的压力感），无疑对当代文化中任何有异议的马克思主义的介入都是一种必不可少的前提。"①在他看来，相对于作为现代个人主义诞生标志的小说，电影作为后现代大众文化的重要形式，显示着一种新的集体性可能。

与之相似也有差异的是，《主角》以民族传统戏曲为资源，借助戏曲所具有的文化召唤功能形塑新的集体性和总体性，无疑具有中国本土文化资源和经验的依据。这一点至关重要。史密斯在谈到艺术在民族主义中扮演的角色时说："民族主义者为了颂扬或纪念民族，就会被各种艺术媒介和形式的戏剧性与创造力所吸引。这些艺术媒介和形式包括绘画、雕刻、建筑、音乐、歌剧、芭蕾舞剧、电影和工艺美术。通过这些形式，民族主义艺术家可以通过直接或间接唤起的方式，对民族的意象、声音和形象进行'重构'。这种'重构'能够反映出这个民族的所有具体的特别之处，并且符合'考古的'真实性。"在他看来，民族主义艺术家对真实鲜活的生活的"再现"，有着明确的民族意识和历史主义意图："他们能够重新创造出一幅栩栩如生的生活全景图，而这幅图又能够展示这个民族的古老性与连续性，它高贵的历史遗产，以及关于它的古老荣耀与重生的大剧。"他感叹："谁能够比诗人、音乐家、画家和雕塑家更适合为民族理想赋予生命，并将它传播到全体人民中呢。"②戏曲以其听觉性和视觉性，作为另一种语言和表达形式，把人们从日常生活经验中超脱出来，进而以程式化的表演及其蕴含的人伦观念、道德意识和文化意涵，将人们带到一个更高的境界，让俗世生存经验和生活矛盾变得微不足道。

---

① [美]詹姆逊：《文化研究和政治意识》，王逢振主编，中国人民大学出版社 2004 年版，第 82 页。
② [英]安东尼·D.史密斯：《民族主义》，王娟译，译林出版社 2018 年版，第 115 页。

　　近代以来中国由传统向现代的剧烈转型,势必冲击和颠覆传统,并引发对传统的矛盾心理,也同时催动以现在为基点,重构和重新发明传统的欲求。"现代世界持续不断的变化、革新与将现代社会生活中的某些部分构建成为不变的、恒定的这一企图形成了对比,正是这种对比使得研究过去两个世纪的历史学家们对'传统的发明'如此着迷。"①《主角》写及 1970 年代与民族戏曲传统的"断裂",1980 年代传统戏曲焕发生机,并在此后遭受市场工商业文化的冲击,"消亡论""夕阳论"甚嚣尘上。适逢此时,《主角》却选择人们生活中的"道德""情感"和"传统戏曲",将之建构为人世生活和生命之不可或缺的、恒久不变的构成因素,于时代之"变"中在世道人心和传统艺术中,寻隐藏其间的"常"与"恒",可谓当下情境中的传统发明。不止于此,传统发明还意味着对被发明的传统,进行强化和形式化的表现,以某种可见可听的形式承载使"传统"显形,并通过物质化形式反复展示,以求得切实的真实效果,如霍布斯鲍姆所说:"'传统',包括被发明的传统,其目标和特征在于不变性。与这些传统相关的过去,无论是真实的,还是被发明的,都会带来某些固定的(通常是形式化的)活动,譬如重复性的行为。"②包括秦腔在内的中国戏曲在长期历史发展中,形成了丰厚的历史文化积淀,在难以计数的戏曲材料和曲目中储存着大量道德训诫、伦理观念,加之极具象征性的可供直接交流的符号体系,使戏曲成为可供汲取和建构的思想艺术宝库。《主角》作者运用自己丰富的戏曲创作和观演经验,将之置入小说叙述,并渗透到思想主题、人物塑造、艺术手法等各个方面,在戏曲的程式化与生活的流动性,戏曲的写意、抒情与小说的写实、叙述之间互渗互生、参差对照,作为现代文学的现实主义小说和作为古典艺术的民族戏曲,在文类、技术、形式修辞和语言等方面,构成反向相关、彼此发明的关系,这种关系亦可视为传统与现代、"中国""地方"与"世界"关系的隐喻性表达。

　　《主角》主要通过三种方式实践戏曲的文化询唤和中国文化主体建构功能。

　　其一,是秦腔戏曲本身及其与小说人物和"中国的龙脉"——秦岭的关系。小说突出表现秦腔与秦岭的源流关系、忆秦娥与秦腔的关系、忆秦娥与秦岭的关系。除了忆秦娥,秦腔编剧秦八娃也是"隐居"秦岭深山、遍采民间、民族传统文化精髓的典型人物。秦腔不仅是地域文化载体,更是民族民间意识的表达和集体智慧的

---

① 〔英〕E.霍布斯鲍姆、T.兰格:《传统的发明》,顾杭、庞冠群译,译林出版社 2004 年版,第 2 页。
② 〔英〕E.霍布斯鲍姆、T.兰格:《传统的发明》,顾杭、庞冠群译,译林出版社 2004 年版,第 2 页。

结晶。

其二,借助戏曲的抒情功能、道德意识和传统美学观念。① 史密斯发现,一些受民族主义影响的艺术家的艺术创作,无论是音诗、历史剧、历史小说、族裔舞蹈,还是叙事诗、地方风景画、戏剧诗歌,"都以明显富于表现性的主观色彩为特点",他认为"这与族裔民族主义的概念语言和风格非常匹配,也符合族裔历史主义最重要的目标之一——重新发现'内在自我'"②。他进一步阐述"情感"在民族认同建构中的重要作用:"我们已经见识过民族认同这个概念是多么复杂、抽象和多维度,以至于在不同的社会情境下,不同的社会群体都能通过对这个尽管抽象但在情感上却异常具体的民族的认同,来感到自己的需求、利益和思想得到了满足。"③《主角》强调传统美德对所有社会成员的普适性,坚持基本道德规范与道德义务的客观普遍性和超越时代、地域和文化的普遍主义价值,建构"传统"社会和"现代"社会在道德上的一贯性和连续性。体现着一种普遍主义的伦理学原则,这构成了《主角》重塑现实主义总体性叙事的重要一维。《主角》蕴含的古典文化和美学思想亦通过稳固、确定的具有权威性的叙述者声音以概括性阐述或议论的方式,直接介入叙事,干预和引导读者的认知与判断。

其三,借助秦腔戏曲的观演。首先,秦腔戏曲是集体智慧的结晶,其演出亦是集体合作的结果,小说借助省秦的海内外演出,营造出一种以谅解、支持、协作、充满温情的特定情境与氛围。其次,戏曲演出既是大众情感和道德观念的形塑者,又是贫富贵贱、文人精英、平民草根、戏迷外行、曲艺专家乃至政治高层皆可参与其中的公共交往空间与交往形式的促成者和催化剂。通过演出,借助传统戏曲的声音(唱腔、唱词、道白、音乐伴奏等)、形体(化装、脸谱、舞蹈、动作等)、美术(人物造型、舞台道具、布景等)等综合性视听"文本",使各阶层不同职业和身份的观众获得"一种同时性的经验"④,有效建立了凝聚着无数心智能量的"观演场域"。"在中国戏曲的审美理想中实现的'感动和被感动'是有意识被设计、被集聚、被感觉和被想象的人的能量。这样的能量来自于不同的个人或集体的原动力和内涵,同时栖息于表演者和观众身上。这种能量也是在中国现场表演艺术及其审美中,活

① 关于《主角》中的抒情美学、道德意识和传统文化观念对小说思想与叙述美学的影响,将作另文阐述,这里只就所涉论题分析其叙述功能。

② [英]安东尼·D.史密斯:《民族认同》,王娟译,译林出版社 2018 年版,第 116 页。

③ [英]安东尼·D.史密斯:《民族认同》,王娟译,译林出版社 2018 年版,第 148 页。

④ [美]本尼迪克特·安德森:《想象的共同体:民族主义的起源与散布》,吴叡人译,上海人民出版社 2003 年版,第 171 页。

生生的'戏剧能'与戏剧能动性之所在。"论者进而指出:"中国艺术传统中情感、审美和伦理的互动蕴含着人的能动性及其无限的可能;这种互动和可能是中国戏曲中戏剧性的核心。"①在观演剧过程中,戏曲的唱腔、唱词、舞美、动作、音乐伴奏,融会成一股强大的"外在"力量,唤醒观众的主体意识,也唤醒观众之间、观众与戏曲演出之间共享的族群生活、情感、道德和文化记忆,将其整合进一个关于情感、欲望、道德和人性的"想象的共同体"。

由此,戏曲的抒情力量、道德意识、文化精神以其特有的综合性整体性美学形式传达和展示出来,弥合了个体/群体、生活/艺术、传统/现代、历史/当下之间的"缝隙"。这是一个视觉——听觉主体从"当下""个体""生活"中的"我"转换成更具普遍性和共通性的"我们"的过程。在这个过程中,个体的心音、群体的脉息和民族文化身份建构紧密联系在一起,演剧和观剧也就成为具有相同意义的表现/建构方式。戏曲不仅是"传统"的承载形式,它本身就是"传统",其意义和效果由演剧者与观剧者共同参与完成。每次表演和观赏,都是对演员和观众自身作为文化共同体和命运共同体之成员的确认,也是对自身作为共同体成员之意义的一次发现和建构。戏曲观演成为一次次调动观演者自身感觉、感知、心灵,参与公共世界、重温共同文化记忆,寻找自身文化归属的承续和仪式。"传统"不仅使当代人获得文化皈依并由此获得文化主体性,以一个意义连贯一体的有机体身份与更宏大的"文化——生命——命运"共同体生息相同患难与共。因此,戏曲演出不仅为中国大陆城乡民众和港澳台地区同胞确立自身同根同源同族同种的共同体认同提供了一种极具现实感和文化感的镜像经验,更获得了民族/人类共同体意识的架构。就此而言,《主角》写秦腔技艺的习得固然有无可替代的重要性,但其不厌其烦的叙述演出,更是文化中国主体最终得以构型的不可或缺的关键环节,有着由中国文化的"特殊性"开出其作为世界文化的"普遍性"的文化政治意涵。

中国戏曲作为被发明的传统,《主角》对其内容、形式和演出的叙述,具有明显的仪式化特征。从拜师、传艺、习艺到排练、演出(开场、谢幕)、戏台布置、锣鼓、演员和舞台造型、戏剧观众——普通戏迷、戏曲专家、大学教师等知识阶层、港澳台地区和欧美观众、政府官员等,小说反复/繁复地涉及戏曲特有的一整套相对固定的形式和程序,从细节、场景和各修习、观演的环节,几乎都得到了耐心而细致的描述

---

① 顾海平:《论戏剧能动性——在全球化时代对中国艺术传统的重新思考》,曹天予、钟雪萍、廖可斌主编:《文化与社会转型》,浙江大学出版社 2006 年版,第 295、297 页。

和铺排,严肃庄重意味由此而生。"我们认为,发明传统本质上是一种形式化和仪式化的过程,其特点是与过去相关联,即使只是通过不断重复。"①在仪式化叙述中,"花雅之争"中被官方意志视为禁忌而遭驱逐的"花部"秦腔,"革命中国"时代被作为"四旧"封存的"旧戏"以及"市场化时代"遭受冲击和冷落的"老古董",终在传统文化复兴、重建中国文化主体性的新时代境遇/视域中被重现/重构。不同于历史上国家、主导文化或流行时尚对"花部""四旧""古董"的压制,从新的形式化和仪式化的秦腔习演中,我们可以看到秦腔戏曲与民族、国家和主导文化的深层结合和有力互动,民族文化主体性由此被"发明"出来。

"重复"是传统发明常用的技术手段,亦是《主角》仪式化叙述的手法之一。霍布斯鲍姆反复强调:"'被发明的传统'意味着一整套通常已被公开或私下接受的规则所控制的实践活动,具有一种仪式或象征特性,试图通过重复来灌输一定的价值和行为规范,而且必然暗含与过去的连续性。事实上,只要有可能,它们通常就试图与某一适当的具有重大历史意义的过去建立连续性。"②但这并不意味着发明传统的方式和形式是僵硬的灌输或艺术形式和美学上的一成不变,事实上,隐含在"重复"背后的是必要的现在进行时和将来时态的"新",否则"传统"就没有被发明出来的必要性。在新时代文化情境下,由于建构中国文化主体性的诉求,秦腔以及围绕它而展开的有关实践活动,可以且能够被因时因地而移用、调整并予以仪式化和制度化。在《杨排风》《白蛇传》《游西湖》《铡美案》《窦娥冤》等经典曲目以外,以相同或相近的古典风格和艺术样式创作、演出《狐仙劫》《同心结》《梨花雨》等新编剧目,并被赋予新的时代内涵。《狐仙劫》中狐仙九妹的戏剧行动"不仅充满了鲜活生动的自由主义生命意趣;无拘无束的自然主义天真烂漫;而且也充满了大爱无疆、大义凛然的英雄主义绚烂光彩"③。《同心结》"是一本真正对时代有深刻认识价值的重头戏。内容涉及拜金与人性的扭曲缠绕;高贵与低贱的价值混淆;生命与人格的平等呼唤;传统与现代的多维思考"④。《梨花雨》写"一群生命看似渺小,却活得仁厚刚健、大义凛然的'惊天地、泣鬼神'的'历史潜流'"⑤,无不隐含传统的"被发明"性。

---

① [英]E.霍布斯鲍姆、T.兰格:《传统的发明》,顾杭、庞冠群译,译林出版社 2004 年版,第 4 页。
② [英]E.霍布斯鲍姆、T.兰格:《传统的发明》,顾杭、庞冠群译,译林出版社 2004 年版,第 2 页。
③ 陈彦:《主角》,作家出版社 2018 年版,第 564 页。
④ 陈彦:《主角》,作家出版社 2018 年版,第 658 页。
⑤ 陈彦:《主角》,作家出版社 2018 年版,第 871 页。

在具体历史情境下被发明的"传统",具有需要慎重辨析的复杂意蕴和功能。《主角》对忆秦娥练功反复细致的描述,从"水袖""吹火""卧鱼"到"断崖飞狐",就不再是技术意义上的"绝活",更重要的是它们包含的思想意识内涵。如果说,"卧鱼"体现的是"高难度的生命下沉"这样一种颇有当代意涵的建构和发明,那么"断崖飞狐"则联系着《庄子》"佝偻承蜩"的典故,具有更加清晰的传统哲学含义。小说对石怀玉的塑造也颇有意味。其一,小说写忆秦娥跟他学书法、绘画,并得到"体悟""妙悟"的点化,是谓建立秦腔与古典艺术和文化的关联;其二,通过其画展《大秦岭之魂》尤其是画作《秦魂》建立秦岭/秦腔/忆秦娥的紧密联系,对秦腔及艺人作"自然"/"文化"/"生命"意义的全新建构;其三,其本名《农民领袖忆秦娥》后定名《咱秦娥来了》的画作及《披红挂彩》《抹红》,连同忆秦娥下乡演出时,老乡村民们奔走相告、自发欢迎的仪式化场面和"忆秦娥来了!"的深切召唤,更显示出作家重构经典社会主义现实主义和人民性美学话语的意图。由此可说,忆秦娥、石怀玉也是关联着古典/现代、民间性/人民性等多种意义内涵的传统的发明。

## 四、"梅兰芳"与"百老汇":"世界"视野与中国文化/文化中国主体的建构

小说写省秦不仅国内红火,还与欧洲"签了一个七国巡演的单子"。特别是,秦腔走进百老汇演出大获成功,得到外国观众的高度认可,无疑是"民族复兴""走向世界"的标志:"两场演出……华人观众能占到五分之一,其余还都是老外。并且在演出完后,五次谢幕,时间长达十六七分钟。第二天,美国很多媒体,都报道了中国最古老剧种秦腔,在百老汇的演出盛况。忆秦娥的剧照,甚至都有媒体是用整版推出的。"这段浓墨重彩的渲染,无疑是别有意味的。这标志着中国文化从"地方"到全球多元文化时代"空间"的转变。在占据现代思想主导地位的启蒙主义知识视野中,"地方"和"空间"代表两种不同的文化形态和价值等级,"'地方'(place)与'空间'(space)有根本性的区别。'地方'往往是与特殊的文化、传统、习俗等因素联系在一起的,是地方性知识的载体。而'空间'则被赋予了现代普遍主义的特征,并暗含其具有人类普遍特质的表述意义"①。"地方"到"空间"的转

---

① 杨念群:《再造"病人":中西医冲突下的空间政治(1832—1985)》,中国人民大学出版社 2006 年版,第 419 页。

换为"文化中国"主体建构提供了必需的场域。已经建构起自身主体性的中国传统戏曲到世界各地的巡演,不再是在时间——历史中成长的过程,而是充分展示其技、艺和道的主体形态和内涵的实践,"前现代""现代""后现代"的时间区隔在此已不再重要,中外古今不同的文化区隔也被跨越。"传统"在巡演的位移中,不仅展示而且进一步确立和巩固了自身的主体认同。

颇有意味的是叙述者潜在的东/西方文化对话和交汇的眼光。小说多次写到忆秦娥的面貌长相。县剧团到地区演出,"在电影院刚刚演完《罗马假日》后,地区报社记者竟然说,易青娥是奥黛丽·赫本的翻版了"①。"六匹狼"的诗写忆秦娥之美,不仅将之与"东方我们没有见过的"杨玉环、西施、貂蝉、王昭君等古典美人相联系,更特别写到"带着西方奥黛丽·赫本的鼻子、眼睛和嘴/带着古巴女排'黑珍珠'路易斯的翘臀"②。在这部充满戏曲元素的小说中,秦腔被表现为一种由古至今、横贯中外,从广大普通民众到政治高层,从业余观众到专家学者,都广泛接受、认同和共享的"普遍"的艺术。相应地,"传统"被叙述/建构为一个可以被大多数人认同的、有其内在连贯性和逻辑性的叙述结构和意义结构。这种结构使人们能够自觉地运用和凭借它来认识自我和世界及二者的关系,在时代和社会的意识形态框架中确立自己的位置、找到自己的意义和价值。

发明传统不仅需要通过对旧材料的重新建构以赋予其一种新形式,甚至连"历史连续性也需要被发明",或通过半虚构或伪造"来创造一种超越世纪历史连续性的古老过去。同样明显的是:所有新象征和发明都是作为民族运动和国家的一部分而形成的"③。

小说多次写及"梅兰芳",在我看来,"梅兰芳"虽然不是《主角》塑造的人物形象,却是一个在叙述逻辑上必不可少的重要符码。小说对"梅兰芳"的叙述牵涉到"传统"的多方面问题。一是对传统经典剧目的经典化维护、承传与创新的问题。新任团长薛桂生认为"包括梅兰芳的成功之路,也是与创新分不开的"④。二是传统戏曲表演与原创剧目的关系,戏曲与中国其他艺术形式的关系,如秦八娃之论梅兰芳与齐如山,石怀玉之论梅兰芳跟齐白石学画。而后者在省秦办书画班"就只

---

① 陈彦:《主角》,作家出版社 2018 年版,第 286 页。
② 陈彦:《主角》,作家出版社 2018 年版,第 288 页。
③ [英]E.霍布斯鲍姆、T.兰格:《传统的发明》,顾杭、庞冠群译,译林出版社 2004 年版,第 8 页。
④ 陈彦:《主角》,作家出版社 2018 年版,第 812 页。

一个目的:为秦腔培养一个梅兰芳"①。三是传统艺术走向世界的问题。移居美国的米兰下决心"一定要把秦腔介绍到百老汇去演出。就像当年梅兰芳进百老汇一样。那毕竟是一个让世界认识中国艺术的大舞台"②。前两方面涉及传统文化艺术的经典性构成、守护和传承,强调"传统"之"守"和"传"。结合文本来看,亦是如此,小说主要人物都有浓厚的自身作为"中国人"的认同,小说对"传统"的发掘、弘扬和重构,尤其突出他们在"历史潜流"中的逆境守护、夹缝生存、知难而进以传承古典艺术与文化的文化坚守。最后一方面,则涉及另一种意义上的"传"——中国文化海外传播。值得注意的是,在《主角》中,我们可以看到,中国传统艺术与文化、道德有其稳固的、普遍性的价值,它能够穿越实际的社会历史过程和变幻的历史经验,而隐藏和留存下来,并在现在和未来,超越"地方"而进入更广阔更具普遍性的"空间",在连续性的生命流动中,生产和释放出更强大更内在也更具辐射力和渗透力的价值能量。小说在此突破了近代以来"西学东渐"的历史和论述格局,超越了"域外取经"的行为和思维范式。

在中国戏剧史上,梅兰芳既是以社会时事为题材的"时装新戏"的改编者,也是"致力于古装新戏的创造和现代曲目的整理加工"③者,他在京剧旦角表演艺术、舞台美术、舞台背景、传统唱腔的继承和新唱腔的创造、京剧的乐队伴奏、新剧目的编排、话剧因素对京剧的融入等方面做了大量开创性工作。但《主角》并不在此问题上述及梅兰芳,小说对戏曲继承和创新的基本观点,一是"经典化修护";二是不追随时尚,维护秦腔的历史和艺术本色。这两个观点自然相关且不矛盾。但技术和艺术上的言说唯有导向舞台演出,才是最重要的,因此,"百老汇"是一种必要乃至必需的叙事环节。而在这方面,梅兰芳无疑是个先行者。

在中国戏剧史上,梅兰芳的戏曲改造和美国演出,是在中西方文化融会和博弈的历史情境下,以西方戏剧文化为比照对中国传统戏曲的再发现,是"中西戏剧文化发生汇流的公共观演域"内的戏剧实践,"这一实践涵括着两种共生的指向,即西方想象与本土建构。这两种共生的时间指向在梅兰芳的异域演出中,被整合为一种立足本土的现代性的美学话语,实现了中国戏剧的现代转换"④。在中西文化

---

① 陈彦:《主角》,作家出版社 2018 年版,第 746 页。
② 陈彦:《主角》,作家出版社 2018 年版,第 815 页。
③ 中国大百科全书编辑委员会《戏曲曲艺》编辑委员会:《中国大百科全书·戏曲曲艺》,中国大百科全书出版社 1983 年版,第 246 页。
④ 周云龙:《越界的想象》,厦门大学出版社 2010 年版,第 196 页。

视野和框架中,中国戏曲与西方戏剧、传统与现代、本土与异域、中国与西方之间的隔阂和对立关系不复存在,"中国戏剧在梅兰芳的一系列文化实践中,被赋予了西方现代性之外的合法性和普遍性,'西方戏剧'所承载的'现代'意义同样可以为中国戏剧所分享"①。虽然中西文化汇流中仍存在的"本土建构/西方想象"结构,说明中国戏曲的现代性建构"没能真正走出西方现代性的运作框架",但中国传统艺术和文化经验与意义的承传和渗透,已使之不同于"东方主义"西方殖民话语。

与梅兰芳时代中国文化面临在"中/西"语境下由"传统"向"现代"转型的双重问题不同,《主角》中秦腔所经历和面对的冲击,主要来自历史上的"花雅之争""秦腔/样板戏"的对立,以及 1990 年代以来"古老戏曲/流行歌舞"等中国本土内部雅与俗、传统与现代的矛盾。"中/西"关系被转换为"中国/世界"关系,中西文化作为世界文化的构成,享有同等的地位和价值,共享同一个世界空间。梅兰芳时代因民族危机、文化危机而产生的心理焦虑,由此促生的"传统/现代"二元思维和张力性结构,以及对"传统"的批判性认知,被一种讲"承""传"的中国文化走向欧洲、美国(世界)的自信所替代。"梅兰芳本人决心消弭中国戏曲与西方戏剧之间的二元区分……他以一种开放、谦逊的心态汲取西方戏剧养料,在异质文化里面寻找'现代'与'传统'互补互渗的因素,进而激活中国戏曲内涵的现代性审美资源"②。从梅兰芳对"他者文化"的汲取中,仍可看到中西方文化汇流和碰撞中的"西学东渐"因素。这一状况与省秦的百老汇演出形成颇有意味的对照。梅兰芳语境中的百老汇,是一个西方戏剧、美国观众与中国戏曲、中国演员之间的充满张力亦充满"误读"的复杂的话语场域;《主角》语境中的百老汇,则是消除了这种张力、超越了诸种文化权力话语交错之复杂性的"空间",是一个纯粹、纯净、透明的中国戏曲展示自身内在性的舞台。在这个观演"空间"里,东西方文化之间的隔阂、对立、"误读"的可能被超越或消除。这是一个东西方文化共存并生,"东海西海,心理攸同"的情感、审美维度上的人类空间。

《主角》中的"中国"不再是"看/被看"权力话语结构中被凝视的他者,和"东方主义"单向度眼光中民族主体性阙如的"景观"。东方与西方、中国与世界处于平视的地位,中国以其重要性、独特性,成为多元文化世界关注的焦点。在"世界"中,获得文化主体性的东方和中国,自然、自在地展现自身现实的丰富性,展现自身

---

① 周云龙:《越界的想象》,厦门大学出版社 2010 年版,第 196 页。
② 周云龙:《越界的想象》,厦门大学出版社 2010 年版,第 194 页。

坚韧顽强的生命意志、鲜活灵动的生命体验和朴素却恒常的道德意识。中国作为有着自身内在性的文化主体,不再是反衬"文明""先进"西方镜像的麻木、野蛮、落后的殖民对象,和遥远、神秘、不可理解的远国异邦,不只如此,《主角》更进一步,以"道"对"技"的超越,力求摆脱消费时代被全球性商业逻辑劫持、包装并工业化生产的"中国性",避免落入被挪用和消费的"中国元素""中国形象"陷阱。小说以个体生命、文化生命与时代历史三者互相融合、彼此激荡的关系,建构秦腔艺人与戏曲角色(杨排风、李慧娘、白云仙、狐仙九妹等)融为一体的文化主体,并在此基础上,以总体性叙述建构小说叙述者与被叙述者融为一体的文化政治主体实践。这是一个中国文化主体和文化中国主体同步进行的双重建构,是一个小说中的戏曲观众和小说读者分享共同(共通)的视野和情感、思想的实践。在这一(观赏和阅读)实践中,主体与客体间的距离和二元性关系消失了,主体彻底融入客体,改造并转换客体,从而使自身成为一个"大写的主体",这个"大写的主体"以第一人称复数"我们"为发声的形象载体。就此而言,秦腔的习演,就是个体生命融入或献祭文化生命,获得"我们"的形塑和"大写的主体"指定的位置,发抒"我们"情感、心声的实践与过程。

值得注意的是,《主角》中"传统文化复兴"意识是一种 21 世纪中国情境下新时代话语表意形式。这从根本上使之与 20 世纪中国救亡图存历史情境下"东方文艺复兴"思潮区别开来。后者来自被殖民语境中,借助中国民族传统资源建构"积极"中国主体镜像,以反抗现代殖民话语的文化政治实践,是民族存亡危机意识的推动下,以文化保守主义面貌出现的救亡话语,是另一种民族意识的启蒙。正如学者指出的:"内忧外患之际,救文化于即坠,把地方认同、文化传承与民族安危建构为一个统一的叙述,以文化学术承前启后,救亡图存。"①如是观之,此前启蒙与救亡的二元叙述就因遮蔽了文化保守主义作为救亡话语的性质与意义,而需要重新检讨,"不是救亡压倒了启蒙,而是救亡作为启蒙,以文化保守主义的方式出现,正是 1930 年代的国家主流"②。彼时"东方文艺复兴"及文化保守主义体现的中国现代性诉求,与启蒙主义的文化激进主义看似相对(如鲁迅对梅兰芳及其欧美演出的尖锐批评),却同样是建构中国现代主体的重要实践。与 1930 年代相似,

---

① 吕新雨:《错位:后冷战时代的中国叙述与视觉政治》,华东师范大学出版社 2018 年版,第 5 页。

② 吕新雨:《错位:后冷战时代的中国叙述与视觉政治》,华东师范大学出版社 2018 年版,第 5 页。

《主角》中的民族文化复兴叙述,同样是以地方文化作为叙述起点,并以之关联文化传承和民族崛起,形成一个关于中国主体的大叙述,但二者根本不同或在于,小说以对地方文化认同的超越,在全球文化空间中,将中国文化的传承和"经典化维护"与全球文化空间传播作为叙述重心,"地方""地域"在更深层意义上,是建构中国文化主体和"文化中国"认同的基础,其目的既包含又不限于"民族认同"建构,而是从"地方"的特殊性中发掘其恒常性、共通性的普遍主义意涵,而非强调可以标识为"中国性""民族性"的某种特殊性,而 1990 年代直至新时代的"民族文化复兴"才是实践和实现这一由特殊性到普遍性的关键历史动因。

《主角》的现实主义,不是那种摹写式的追求"客观"效果的现实主义,亦非建立在主客间距和二元关系基础上的批判性现实主义,而是带有强烈主观性、抒情性和理想情怀的现实主义,这种现实主义试图从中国文化的特殊性中开掘普遍性,是一种以全知性和总体性叙述重建"文化中国"主体的文化政治实践。小说以去政治化的方式传达了明确的文化政治诉求;以超越时代的形式将时代精神置于叙述深层并以之为整体性叙述构造的根本依据和动力;以超越民族、阶层、文化的区隔和复杂深刻的政治、经济与权力结构的方式,进入关于"中国"与"世界"之关联的陈说。小说艺术上的巧妙之处在于,它没有将一种民族文化传统意识形态强硬地全盘植入个体之中,而是将"有意义"却又"抽象"的哲学、美学和伦理学,借由构造优美优雅的秦腔艺术形式和朴素自然的现实主义叙述,建立一种兼具"生活化"和"艺术化"的结构,将个体召唤为自身的这一结构之中,成为其中的一分子——一个自觉而负责的主体。这是一个通过主体的生产(易招弟——易青娥——忆秦娥),完成意识形态再生产(由技——艺——道即传统艺术和文化建立中国文化主体性,进而生产出文化中国主体性)的过程。《主角》将这一意识形态生产也即中国文化/文化中国主体性的建构过程和方式,艺术化也自然化了。

(原载于《中国当代文学研究》2019 年第 4 期)

# 是欣赏艺术，还是欣赏语境？

## ——当代艺术的语境化倾向及反思

卢文超　东南大学艺术学院副院长、副教授

## 一、导言：从博物馆中的一堆糖果说起

2012 年，当我在芝加哥艺术博物馆的展厅中看到一堆糖果时，我对此并不理解，甚至还略带不平地想：超市里就有一大堆糖果，但并不是艺术；艺术家把它们堆在这里，就成为艺术了。参观者随时可以取走糖果，我也拿了一颗。后来我了解到，这堆糖果是艺术家费利克斯·冈萨雷斯-托雷斯（Felix Gonzalez-Torres）的作品《"无题"（罗斯在洛杉矶的肖像）》（Untitled[Portrait of Ross in L.A.]），是他为了纪念自己因艾滋病去世的同性伴侣罗斯创作的。它的重量是 79.4 公斤，隐喻着罗斯的体重。观众取走糖果食用就是一种对生命流逝过程的隐喻，但糖果消耗殆尽后，又会补充至原来的重量。当知道了这堆糖果背后的故事后，我突然理解了它的不同凡响和深刻寓意。如果说之前我所关注的是这件艺术品本身的审美特质，因此认为它和超市中的糖果相比并无特殊之处，那么现在我所关注的则是它背后的故事，或者说它的语境。这种语境赋予这堆平淡无奇的糖果一种深沉的魅力。但是转念一想，我又陷入了困惑：我到底是在欣赏艺术作品本身，还是在欣赏围绕此作品的语境？显然，就此作品而言，我更多的是在欣赏语境。没有这个特殊的语境，那堆糖果不过就是寻常之物；但若有这个语境，即便不是糖果，我们似乎还可以将它换成苹果、沙子或其他东西，而可能对作品本身的意义影响不大。因此，语境在这件作品中占据了至为关键的地位。那么，语境可以替代艺术品本身吗？

事实上，很多学者的研究都揭示了一个重要现象：当代艺术越来越具有语境化

的倾向。那么,当代艺术语境化的具体表现是什么? 它发生的原因是什么? 它又存在什么问题? 我们该如何看待艺术与语境之间的关系? 这是本文尝试探讨的问题。

## 二、当代艺术语境化倾向的三种具体表现

当代艺术语境化倾向的第一种表现,是以艺术理论和艺术史等观念取代艺术品的倾向,我们可以称之为艺术品的观念化倾向。杜尚将一个小便池命名为"泉"并送去参加展览,由此成就了 20 世纪最具影响力的艺术品之一。这个小便池值得欣赏之处何在? 尽管乔治·迪基说,它"闪光的白色外表,当它映出周围的物体形象时所展现的深度感,它让人赏心悦目的椭圆形"未尝不能使人欣赏①,但毕竟商店里的一个小便池也具有同样的外形,人们却并不会认真欣赏它。因此,人们欣赏的绝非它外在的审美品质,而是它背后的观念。彼得·比格尔指出,《泉》的主要意义不在于它作为客体的小便池自身,而在于它的艺术史和艺术理论意义:一方面,它是工业化生产的产品;另一方面,它有艺术家的签名,并且送到博物馆展览。它意在摧毁自律艺术"个性化生产"的原则,对抗艺术史上的"艺术"观念本身。因此,在比格尔看来,杜尚的《泉》的意义主要在艺术史和艺术理论层面上。

与比格尔类似,阿瑟·丹托也从观念的角度理解沃霍尔的《布里洛盒子》。他指出:"最终在布里洛盒子和由布里洛盒子组成的艺术品之间做出区别的是某种理论。是理论把它带入艺术的世界中,防止它沦落为它所是的真实物品。当然,没有理论,人们是不可能把它看作艺术的,为了把它看作是艺术世界的一部分,人们必须掌握大量的艺术理论,还有一定的纽约当代绘画史。"②在此基础上,丹托提出了"艺术界"理论。他指出,将某物看作艺术,需要某种眼睛无法看到的东西,"一种艺术理论的氛围,一种艺术历史的知识,一个艺术世界"③。在丹托的"艺术界"理论中,判断某物是否可以被看作艺术,某种眼睛无法看到的东西,即艺术理论和

---

① [美]霍华德·S.贝克尔:《艺术界》,卢文超译,译林出版社 2014 年版,第 140 页。
② 参见[美]阿瑟·丹托:《艺术世界》,王春辰译,载《外国美学》第 20 辑,江苏教育出版社 2012 年版。
③ 参见[美]阿瑟·丹托:《艺术世界》,王春辰译,载《外国美学》第 20 辑,江苏教育出版社 2012 年版。

艺术史,是根本的。就艺术理论而言,丹托指出:"艺术是那种将自己的存在建立在理论上的东西;如果没有艺术理论,黑颜料便不过是黑颜料,再没有更多的了。"①就艺术史而言,丹托指出:"在某种程度上,阐释是作品的艺术语境的一个功能:这意味着作品依靠它的艺术史定位,依靠它的先辈而变得不同寻常。"②因此,作为语境的艺术理论和艺术史对艺术的意义具有重大影响。在丹托看来:"如果没有艺术世界的理论和历史,这些东西也不会是艺术品。"③由此,我们就不难理解当代艺术史上的一桩趣闻:1990 年,加拿大国家美术馆以巨资购买了美国抽象表现主义画家纽曼的一幅抽象绘画《火之声》,但加拿大民众看到这幅涂了三条色带的画后,一致声讨国家美术馆瞎了眼,胡乱花纳税人的钱④。从丹托的理论来看,加拿大普通民众显然对艺术理论和艺术史都不太熟悉,很难理解艺术品的意义何在。

与丹托类似,蒂埃里·德·迪弗也从艺术史角度进行了论述。他提出了当代艺术的"判例说":"所谓判例,指的是记载着过去人们对某些案例所作的判决的诉讼记录。这些案例与目前出现的案例相仿,它们都因具有特殊性而不可能被法律条文涵盖。法官必须参考判例,但他也有反驳判例的自由。一种法律制度越是接近习惯法,就越不依赖成文法,判例的作用也就越大。艺术的历史,特别是先锋派的历史,即现代艺术的历史,很像这样的法律制度。"⑤根据艺术"判例说"可以认为,沃霍尔的《布里洛盒子》之所以成为艺术,是因为与它相似的杜尚的小便池已经被认定为艺术了。艺术"判例说"深刻地揭示出,我们不再仅仅通过外在形式来判定何者是艺术,何者不是,而主要是根据以往的判例——一种艺术史语境来进行判断。正是基于此,迪弗才指出:"当你把某个东西命名为艺术时,你不是说出它的意义,而是让它同所有被你命名为艺术的东西相互参照,你不是把它归入某个概念,也不是用某个定义来论证它,你是把它与你在其他时间、其他地点用相同的程序判断过的东西联系在一起。"⑥

---

① [美]阿瑟·丹托:《寻常物的嬗变——一种关于艺术的哲学》,陈岸瑛译,江苏人民出版社 2012 年版,第 166—167 页。

② [美]霍华德·S.贝克尔:《艺术界》,卢文超译,译林出版社 2014 年版,第 136 页。

③ 参见[美]阿瑟·丹托:《艺术世界》,王春辰译,载《外国美学》第 20 辑,江苏教育出版社 2012 年版。

④ 王瑞芸:《美国当代艺术市场是怎样形成的》,《美术观察》2009 年第 12 期。

⑤ [比利时]蒂埃里·德·迪弗:《艺术之名:为了一种现代性的考古学》,秦海鹰译,湖南美术出版社 2001 年版,第 40 页。

⑥ [比利时]蒂埃里·德·迪弗:《艺术之名:为了一种现代性的考古学》,秦海鹰译,湖南美术出版社 2001 年版,第 55 页。

实际上,当代艺术中以艺术史和艺术理论等观念取代艺术品本身的倾向,已经在艺术家中造成了新的分工。美国艺术社会学家戴安娜·克兰(Diana Crane)认为,当代艺术家越来越分为艺术工作者和艺术思想者。她指出,不少艺术家认为自己是哲学家,而不是手工艺人。他们认为"艺术家的观念和想法更受重视,而不是制作艺术品的技术"①。这种艺术品的观念化倾向使艺术收藏发生了显著的转变。克兰指出,与以往的收藏家相比,现在的收藏家越来越依靠照片购买艺术品。因为艺术品的原作如何已不是关键,关键的是与艺术有关的观念,克兰指出:"强调作为观念的艺术品,而不是实物的艺术品,这可由以下事实证明:收藏家经常不看艺术品就出手购买,除了会在网上看数字版的艺术品……在过去,当人们认为艺术品的复制品低于原作时,不看原作就购买艺术品是不可想象的。现在,依据艺术品的数字形象就出手购买的做法表明,艺术品的价值依赖于媒介中存在的围绕艺术的话语,而不是它的视觉特征和品质。"②这形象地说明了艺术的观念化倾向,即人们购买的是作为观念的艺术品,而不是作为实物的艺术品,因此只要了解关于艺术品的观念就够了,无须再去仔细看实物。

当代艺术语境化倾向的第二种表现,是以博物馆等艺术体制取代艺术品的倾向,我们可以称之为艺术品的体制化倾向。对于博物馆的力量,丹托曾指出,"我们无法轻易地把布里洛盒子与它们所置身其中的美术馆分离开来,正如我们无法把劳申伯格的床与其上的油漆分离开一样。出了美术馆,它们是纸板盒子"③。受丹托影响,迪基提出了"艺术圈"理论,这也是一种语境化理论。在他看来,"艺术乃是它们在一个体制框架或境况中占据的位置所导致的产物"④。对此,他举例说,如果在芝加哥菲尔德自然博物馆展出关于黑猩猩的画,它就不是艺术品。而如果展出地点换到芝加哥艺术博物馆,它就可能成为艺术品,"一个环境适于授予艺术地位,另一个则不然"⑤。同样是关于黑猩猩的画,在不同的博物馆就会具有截

① Diana Crane, "Reflections on the Global Market: Implications for the Sociology of Culture", Sociedade e Estado, Vol.24, No.2(2009), p.348.

② Diana Crane, "Reflections on the Global Market: Implications for the Sociology of Culture", Sociedade e Estado, Vol.24, No.2(2009), pp.348-349.

③ 参见[美]阿瑟·丹托:《艺术世界》,王春辰译,载《外国美学》第20辑,江苏教育出版社2012年版。

④ 体制原译为"习俗"。参见[美]乔治·迪基:《艺术界》,朱立元主编:《二十世纪西方美学经典文本》第三卷,复旦大学出版社2001年版,第804页。

⑤ [美]J.迪基:《何为艺术(II)》,M.李普曼编:《当代美学》,邓鹏译,光明日报出版社1986年版,第115—116页。

然不同的名号,这形象地说明了博物馆的力量。

鲍里斯·格洛伊斯(Boris Groys)对博物馆的语境作用进行了深入论述。在格洛伊斯看来,博物馆的作用一方面类似于艺术史,可以区分新与旧:"只有美术馆为观察者提供了区分新与旧、过去与当前的机会。因为美术馆是历史记忆的储藏间,这里保存并展示那些已经过时、成为陈迹的图像和物品。从这方面讲,只有美术馆是进行系统性历史比较的场所,使我们能够亲见到底什么是真正不同的、新的和当代的。"①在他看来,博物馆的这种作用生产了当下的艺术:"如今美术馆的目的不仅是收集过去,还包括通过新旧对比生产当下。"②由此可见,当代艺术的"当代性"是通过新旧对比而生产的,并非所有新出现的艺术都是新的。而博物馆恰恰为这种新旧对比提供了体制保障。另外,博物馆也可以为艺术提供语境支持,尤其是当艺术与寻常物的视觉差别难以辨认的情况下:"一件艺术品与普通用品在视觉上的差异越小,在艺术氛围与平凡的、日常的、非博物馆环境之间做一个清晰的区分也就越必要。正是在一件艺术品看起来像是'普通的东西'时,它才需要博物馆提供氛围与保护。"③比如,英国艺术家翠西·艾敏(Tracey Emin)的《我的床》(My Bed)是一张乱糟糟的、还没来得及整理的床,如果不是放在博物馆中,人们很难将其视为艺术品。因此,在格洛伊斯看来,对当代艺术而言,博物馆的作用越来越重要。④

无论是丹托、迪基,还是格洛伊斯,都揭示出艺术品越来越依赖艺术体制,人们会靠艺术体制识别艺术品,或赋予艺术品以意义。因此,在艺术界就出现了以博物馆等艺术体制取代艺术品的体制化倾向。艺术品一旦在博物馆出现,就会戴上灿烂的光环,从此变得价值不菲。奥拉夫·维尔苏斯(Olav Velthuis)指出,"博物馆的收购对价格有强烈的正面影响"⑤,它可以提升艺术家的名声,并且

---

① [德]鲍里斯·格洛伊斯:《艺术力》,杜可柯、胡新宇译,吉林出版集团股份有限公司 2016 年版,第 13 页。

② [德]鲍里斯·格洛伊斯:《艺术力》,杜可柯、胡新宇译,吉林出版集团股份有限公司 2016 年版,第 14 页。

③ [德]鲍里斯·格洛伊斯:《艺术力》,杜可柯、胡新宇译,吉林出版集团股份有限公司 2016 年版,第 30—31 页。

④ 有趣的是,在清洁工那里,博物馆的这种区分作用有时会失效。据报道,2011 年,德国艺术家马丁·基鹏贝尔格的一件作品正在博物馆展出,主题为"当屋顶开始滴漏时"。作品是木架结构,木架下面有一个黑色小盆,盆里有白色粉末。白色粉末表现的是从屋顶滴落下来的液体。但清洁工以为小盆中落了灰尘,就很认真地擦掉了。她同时擦掉的还有 80 万欧元。参见 http://news.sohu.com/20111107/n324810314.shtml。

⑤ [荷兰]奥拉夫·维尔苏斯:《艺术品如何定价:价格在当代艺术市场中的象征意义》,何国卿译,译林出版社 2017 年版,第 140 页。

向其他私人收藏家传递关于艺术品质量的信号,刺激对该艺术家作品的市场需求。只要艺术品能进入博物馆,人们就会对其青睐有加,而不管作品究竟如何。

除博物馆外,还有其他艺术体制发挥了类似的作用,比如画廊和拍卖行等。一些著名画廊,如高古轩画廊和白立方画廊,可以让艺术家的作品名声大噪。与此类似,拍卖行也可以给艺术家的作品戴上光环。唐·汤普森(Don Thompson)指出:"在当代艺术市场中,最大的增值因素是两家名牌拍卖公司:佳士得和苏富比。这两个名字背后代表的是地位、精品以及超级富豪买家。"①这就是名牌效应:"消费者之所以会到名牌拍卖会上竞拍,向名牌画商购买艺术品,或偏好因在名牌博物馆展出而获得认证的艺术品,其动机与人们喜欢购买名牌奢侈品的理由相同。"②这表明,博物馆等体制对艺术品而言,就像是香奈儿等品牌对皮包一样,艺术品一旦进入这样的机构,就像皮包贴上了名牌,顿时光彩照人、身价不菲。

当代艺术语境化倾向的第三种表现,是以艺术家的生平经历等取代艺术品的倾向,我们可以称之为艺术品的故事化倾向。斯图亚特·普莱特纳(Stuart Plattner)讲过这样一个故事:歌唱家帕瓦罗蒂描摹了一幅绘画,卖出了很高的价格,但他所描摹的那幅绘画的原作却无人问津。③普莱特纳指出:"买到这幅帕瓦罗蒂先生的作品的人到底买到了什么呢?显然不是作品带来的体验,因为这张画几乎没有任何艺术价值。……帕瓦罗蒂的作品价格反映的是作者的流行程度,而非作品的艺术价值。"④因此,"对于艺术品的等级制区分是艺术界的重要特征,这种区分其实与作品的材料和外形没什么关系"。⑤同理,莫言或马云并非专业书法家,但他们所写的字也卖出了很高的价钱。

在当代艺术中,这样的事例数不胜数。德国艺术家约瑟夫·博伊斯经常用脂

---

① [美]唐·汤普森:《疯狂经济学:让一条鲨鱼身价过亿的学问》,谭平译,南海出版公司2013年版,第14页。

② [美]唐·汤普森:《疯狂经济学:让一条鲨鱼身价过亿的学问》,谭平译,南海出版公司2013年版,第14—15页。

③ Stuart Plattner, *High Art Down Home, An Economic Ethnography of a Local Art Market*, Chicago and London:The University of Chicago Press,1996,p.18.

④ Stuart Plattner, *High Art Down Home, An Economic Ethnography of a Local Art Market*, Chicago and London:The University of Chicago Press,1996,p.18.

⑤ Stuart Plattner, *High Art Down Home, An Economic Ethnography of a Local Art Market*, Chicago and London:The University of Chicago Press,1996,p.195.

肪和毛毯创作艺术,这两者都是常见之物,但博伊斯创作的艺术品却价值不菲。之所以如此,是因为他在"二战"期间是一名战斗机飞行员,有一次他在克里米亚坠机,当地人发现了他,给他涂了厚厚的动物脂肪,用毛毯把他裹起来,救了他一命。丹托指出,对博伊斯的作品而言,"这些因此成为了充满意义的标志,就像温暖是人类的普遍需求"①。可以说,是博伊斯的独特人生经历让脂肪和毛毯的意义变得不同寻常。法国艺术家伊夫·克莱因(Yves Klein)的《海绵浮雕》(Relief Eponge)背后的故事成就了这幅作品的天价。就此,邵亦杨指出:"上个世纪60年代的历史辉煌与关于裸体模特身体的想象足以编制一个好的背后的故事,让这几团不起眼的、浸着蓝色颜料的棉花球卖到了380万美金的天价。"②2017年,巴斯奎特(Jean-Michel Basquiat)的《无题》(Untitled)被日本收藏家前泽友作以1.1亿美元的价格购买。前泽友作说:"我痴迷于巴斯奎特艺术创作中的文化以及他传奇一生的精髓。"③在这里,巴斯奎特的传奇一生赋予了他的作品不可思议的天价。④ 对这些艺术家而言,"背后的故事让他们的作品大大增值,成为艺术史上的神话"⑤。

哈里森·怀特和辛西娅·怀特通过研究表明,在19世纪对艺术品的鉴赏发生了从"画布"到"生涯"的变迁。当我们购买艺术品时,不仅仅是购买作为实物的艺术品,不仅仅是那"单一作品",我们同时也购买"艺术家的整个职业生涯"⑥。这种变化产生了深远影响。就艺术价格而言,艺术家对它的影响要比艺术品的品质对它的影响大得多。维尔苏斯指出:"这种从画布到生涯的转变反映在艺术家层面上的巨大价格方差上(艺术家的因素解释了65%的总价格方差),而作品层面上的价格方差则相对有限(只解释了24%的总价格方差);这说明艺术家特征相比作品特征来说是更强的价格决定因素。"⑦换言之,我们不仅仅是在购买艺术品本身,

① [美]阿瑟·丹托:《何谓艺术》,夏开丰译,樊黎校,商务印书馆2018年版,第17页。
② 邵亦杨:《背后的故事——如何制造当代艺术的神话?》,《美术观察》2014年第10期。
③ 见http://collection.sina.com.cn/auction/pcdt/2017-05-19/doc-ifyfkqiv6538108.shtml。
④ 1960年,巴斯奎特出生于纽约布鲁克林区。1977年,他开始在纽约贫民窟玩涂鸦艺术。后来他受到了沃霍尔的赏识,很快成为收藏家青睐的艺术家。不幸的是,1988年,年纪轻轻的巴斯奎特因为服用过量药物去世。
⑤ 邵亦杨:《背后的故事——如何制造当代艺术的神话?》,《美术观察》2014年第10期。
⑥ Harrison C.White and Cynthia A.White, *Canvases and Careers:Institutional Change in the French Painting World*,Chicago and London:The University of Chicago Press,1993,p.98.
⑦ [荷兰]奥拉夫·维尔苏斯:《艺术品如何定价:价格在当代艺术市场中的象征意义》,何国卿译,译林出版社2017年版,第159页。

同时也是在购买艺术品背后的故事。①

　　当然，当代艺术背后的故事并不一定只与艺术家有关，它还包括艺术品在生产、流通过程中所发生的各种故事，也与收藏家、画廊商人等有关。达明安·赫斯特（Damien Hirst）的作品《生者对死者无动于衷》（The Physical Impossibility of Death in the Mind of Someone Living）是一条鲨鱼，他购买和运输鲨鱼一共花了6000英镑，但作品的价格却是上亿元的天价。汤普森指出，这是艺术家赫斯特、艺术收藏家查尔斯·萨奇（Charles Saatchi）和艺术经纪人拉里·高古轩（Larry Gagosian）等联合打造的艺术品牌，"在如此庞大的品牌后盾和媒体炒作下，这只鲨鱼肯定是件艺术品，也必然成就天价"②。与此同时，如果收藏家购买艺术品仅仅是为了牟利，也会给艺术品的生涯投下阴影。因此，画廊商人会有意识地控制艺术品的生涯，避免让艺术品沾染上过重的铜臭味。比如，有的画廊商人坚持只与所谓"3D收藏家"，即死者（Death）、离婚者（Divorce）和负债者（Debt）在二级市场上交易。③在他们看来，这些是收藏家售出藏品的正当理由，否则就可能有牟利的嫌疑。毕竟，避免过重的铜臭味，可以成全艺术品背后的一个好故事。

　　如上所述，当代艺术的语境化倾向主要表现为它的观念化、体制化和故事化倾向。无论是观念、体制，还是故事，都是我们理解艺术的重要语境。没有这些语境因素的支持，艺术品可能只是寻常之物，或者意义会完全不同。艺术越来越难以从作品自身的角度获得理解，而需要从语境角度进行解释，越来越有语境化的倾向。甚至，创作艺术就是创作语境。就此，格洛伊斯敏锐地指出："在现代主义传统中，艺术语境被认为是稳定的——这是理想化了的普遍性博物馆的情况。在这样稳定的语境中，创新在于生产某种新形式、制造某件新物品。在我们的时代，语境被视为变化着的和不稳定的。所以当代艺术的策略在于创造一个特殊的语境，以便使得某一形式或物件看起来与众不同、新鲜有趣——即使这种艺术形式已经被博物馆收藏。传统艺术作用于形式层面，而当代艺术则作用于语境、框架、背景或新的

---

　　① 在中国，自古以来书画价格就存在"凭附增价"的现象，比如对《清明上河图》而言，"钤于画卷前后的累累印记，以及题字、题跋都会让《清明上河图》凭附增价"（叶康宁：《风雅之好：明代嘉万年间的书画消费》，商务印书馆2017年版，第123—124页）。这说明故事对于艺术而言的重要性并非当代艺术所独有。本文对此并不否认，同时强调，若古代的艺术品没有故事，尚有画面可看；不少当代艺术品若没有故事，很可能就一无可观。换言之，在当代艺术中，故事化的倾向更明显。

　　② ［美］唐·汤普森：《疯狂经济学：让一条鲨鱼身价过亿的学问》，谭平译，南海出版公司2013年版，第3页。

　　③ ［荷兰］奥拉夫·维尔苏斯：《艺术品如何定价：价格在当代艺术市场中的象征意义》，何国卿译，译林出版社2017年版，第53页。

理论阐释层面。"①由此可见,与重视作品自身的传统艺术相比,当代艺术越来越重视语境。格洛伊斯指出:"现代性启动了一场复杂的游戏,不断把作品从一个场所搬到另一个场所。这是一场解域化和再域化的游戏,一场去除灵光再恢复灵光的游戏。此处现代与前现代的差异就在于如下事实:现代作品的原创性不由其物质属性决定,而需依靠灵光,依靠语境和历史场所。"②这导致了对艺术审美因素的漠视。丹托坦言,美与艺术应该区分开来,美并不是艺术的基本特质。对这种语境化的当代艺术,人们无法以感官欣赏,而只能动脑筋思考。

## 三、当代艺术语境化倾向的原因

以上是当代艺术语境化倾向的三种具体表现。其实,艺术语境的内涵要比这三点丰富得多。上述的观念、体制和故事只是从艺术语境中撷取的三个片段,并且对它们的论述是以艺术理论和艺术史、博物馆和艺术家生平为代表的,其实它所容纳的内容也要比这些广得多。即便如此,这也足以管窥当代艺术的语境化倾向了。那么,当代艺术为何会出现语境化的倾向呢?

首先,当代艺术存在材料低廉化和去技艺化的双重倾向,这使语境的作用凸显出来。维拉·佐伯格(Vera Zolberg)指出,在过去,富人让艺术家将自己的金银制成艺术品,一方面可以象征其身份地位,另一方面可以在需要时随时取用,因此艺术品的材料就很昂贵,经常会被转化成财富。文艺复兴以来,画家的技巧逐渐取代材料,成了艺术品价格的决定因素。而在20世纪早期,先锋派使用寻常事物甚至垃圾来制造艺术品,并且这种创作并不需要什么高超的技艺。从材料角度来说,这些艺术品价值微小;从技艺角度来说,这些艺术品创作起来也轻而易举。比如,罗伯特·雷曼(Robert Ryman)的画作《无题》(Untitled)几乎完全空白,除了白色,就是一点蓝色和绿色的痕迹,却价值不菲。因此,材料和技艺决定艺术品市场价值的功能大大弱化,艺术家生平故事的权重大大上升,这导致了以艺术家生平故事取代艺术品的倾向。

---

① [德]鲍里斯·格洛伊斯:《艺术力》,杜可柯、胡新宇译,吉林出版集团股份有限公司2016年版,第42页。
② [德]鲍里斯·格洛伊斯:《艺术力》,杜可柯、胡新宇译,吉林出版集团股份有限公司2016年版,第42页。

其次,先锋派的美学原则是"新",而不是以往的"美"①。这也导致艺术的语境化倾向。以往的"美"已经不"新"了,"新"可能更倾向于与以往的"美"背离。这正符合格洛伊斯所论述的"博物馆禁忌":"如果博物馆将过去的一切收藏并保护起来,那么对旧有风格、形式、习俗和传统的复制就变得不必要了。而且,这种对于旧有的传统事物的复制将成为一种社会所禁止的行为,至少是没有回报的行为。现代艺术最通用的法则不是'现在我可以自由地创造新事物',而是'再也不能重复过去了'。"②但是,当代艺术并没有创造出新的"美",而是或在感性层面上走向美的反面,走向丑艺术③;或干脆背弃感性层面本身,在理性层面上强化艺术的观念性和哲学性。因此,艺术的观念化成为先锋艺术的一种题中之义,"艺术日益抽象、纯粹、绝对化了"④。

最后,当代艺术语境化倾向的现实原因是艺术体制为了维护自身的权利而有意为之。戴夫·希基(Dave Hickey)区分了两种体制,一种是市场,一种是艺术体制。两者之间有所不同,前者关注艺术品看起来如何,后者则关注艺术品的意义何在。希基认为,在这两种体制的对决中,"美,被鄙视了"⑤。换言之,在希基所说的现代艺术体制出现前,人们欣赏艺术主要是因为美。在艺术与观众之间并无中介,它们的关系具有一种直接性,"'使它美丽'这个原则,就是一个单向直达路线,使艺术用不着绕道通过教堂和国家,能够直接从图像到达个人"⑥。但是,在艺术体制出现后,两者之间就出现了中介,关系就具有了间接性,"从图像到观看者的通道,需要绕道穿过一个替代机构"⑦。在这种间接性关系中,美被放逐,艺术体制代

---

① 普莱特纳揭示了这样的转变。他指出,印象派之后,人们更倾向于接受新的作品,而不是美的作品。"新"成为了艺术的法则,"印象派在此影响深远——他们的作品最开始也被认为十分怪异,现在已经被大家所接受"。这点让当代艺术中那些看上去与众不同的作品比那些看上去赏心悦目的作品更容易被接受"。这种逻辑对当代艺术的语境化倾向产生了深远影响:"这让人们意识到,不对新事物持开放态度是危险的。如果一位备受尊敬的权威没有'明白'新生的艺术,如果这种艺术风格最后通过其他评论家、策展人、市场营销员和收藏家的努力大获成功,那么这位评论家就会自取其辱。这种想法促使人们(非批判性地)争着成为第一个认可新潮流价值的人。"参见 Cf. Stuart Plattner, High Art Down Home: An Economic Ethnography of a Local Art Market, pp.7-32。

② [德]鲍里斯·格洛伊斯:《艺术力》,杜可柯、胡新宇译,吉林出版集团股份有限公司 2016 年版,第 23 页。

③ 对西方丑艺术的详细论述,参见刘东:《西方的丑学:感性的多元取向》,北京大学出版社 2007 年版。

④ 周计武:《先锋艺术的"雅努斯面孔"》,《文艺研究》2015 年第 3 期。

⑤ [美]戴夫·希基:《神龙:美学论文集》,诸葛沂译,江苏凤凰美术出版社 2018 年版,第 7 页。

⑥ [美]戴夫·希基:《神龙:美学论文集》,诸葛沂译,江苏凤凰美术出版社 2018 年版,第 12 页。

⑦ [美]戴夫·希基:《神龙:美学论文集》,诸葛沂译,江苏凤凰美术出版社 2018 年版,第 13 页。

言人所要做的是尽量让艺术不美,这样他们就有了存在的必要。希基指出:"学院的麻醉师们,他们最初的设想,只是让艺术更具有文化意义,可是现在,学院越来越关心的,是怎样让艺术更不具有审美性。"①对此,诸葛沂指出,艺术体制"通过抛弃'美',来强调'意义',废除艺术与民众的直接接触,支持深奥艰涩的理论性作品,来控制美的煽动性潜力,来维持这个官僚体制自身的持续性利益"②。这加剧了当代艺术的体制化倾向。

当然,先锋艺术材料和技艺的变化、美学原则的变化、艺术体制的出现对当代艺术语境化的影响,并不像上文所述的那样——一对应着当代艺术的故事化、观念化和体制化。毋宁说,它们之间的影响是错综交叉的。比如,当代艺术的材料低廉化和去技艺化,不仅使艺术家生平故事的权重上升,同时也为艺术的观念化和体制化提供了条件。要将杜尚的《泉》视为艺术,就需要理论上的论证,于是导致了以艺术观念取代艺术品自身的倾向;要将《泉》与现实生活中的小便池区分开来,必须依靠博物馆等艺术体制,这导致了以艺术体制取代艺术品的倾向。只是为了论述方便,上文采取了单线论述。

## 四、美的回归——对当代艺术语境化倾向的反拨

当代艺术的语境化倾向导致了一系列问题,其中最关键的问题就是美的消失。当艺术品被观念、体制或故事取代后,艺术作品自身就被架空了。这意味着,我们欣赏当代艺术时,它自身是什么已经无足轻重,它与什么语境有关联才更为重要。由此,艺术与美是否有关已经不再重要,重要的是作品的语境是什么。

艺术不再美,艺术与美之间的关联被切断了。这引起了不少学者的不满和反拨。20世纪90年代,希基感叹"美,已经被逐出他们的领地"③。他认为这是没有道理的:"因为获得愉悦是我们观看任何事物的真实诱因,那么,任何不考虑观看者的审美愉悦的图像理论,都回避了艺术效应问题的实质,它注定是不合逻辑的。"④因此,他批判了反"美"的美学家,并提出了"美的回归"的口号。在他看来,

---

① [美]戴夫·希基:《神龙:美学论文集》,诸葛沂译,江苏凤凰美术出版社2018年版,第105页。
② [美]戴夫·希基:《神龙:美学论文集》,诸葛沂译,江苏凤凰美术出版社2018年版,第124页。
③ [美]戴夫·希基:《神龙:美学论文集》,诸葛沂译,江苏凤凰美术出版社2018年版,第13页。
④ [美]戴夫·希基:《神龙:美学论文集》,诸葛沂译,江苏凤凰美术出版社2018年版,第2页。

艺术品的语境并不恒久,恒久的是艺术品的美:"今天,当我们身处维也纳,站在这幅《讲授〈玫瑰经〉的圣母》面前时,也就是这幅成功宣示了教义的视觉作品面前时,我们赞叹和敬仰的,是其引人入胜的壮观场面,而它的实际教育作用,却如同一匹老战马——在这儿,是一匹良种纯血马——被卸甲归山了。"①就此,他动情地写道:"王朝终结了。国家崩溃了。理论消散了。制度衰亡了。但艺术作品却幸存了下来……一件美的人工制品,不论其创作的目的和内容是什么,都要比另一件不那么美的东西更加优越。"②

希基的观念引起了巨大反响。无论是在当代艺术实践还是美学理论中,都出现了对"美的回归"的呼吁。詹尼特·沃尔芙(Janet Wolff)指出,"美的回归部分是对当代艺术发展状况的一种反映,部分是对当代艺术批评和文化理论的一种反映"③。就前者而言,2005 年,一次主题为"美"的国际展览会在柏林举行,其后举办的研讨会主题则是"美的回归"④。就后者而言,韦尔施指出,美的回归并不是因为日常生活中缺少美,而是因为人们的话语中对美的谈论变少了。在他看来,美的回归不是一种现象的回归,而更多是一种话语的回归。无论如何,针对当代艺术的语境化倾向所导致的问题,出现了美的回归的潮流。

对希基"美的回归"的诉求,丹托不屑一顾。他在《美的滥用》中回应了希基的观点,提醒我们美学家认为艺术从本质上是关于美的,这是一个致命的错误,"看上去很美,这并不是、也从来不是所有艺术的命运"。艺术的品质可以与美相关,但绝不仅仅与其相关:"在审美的美和更宽泛的艺术卓越之间做出区分非常重要。就后者而言,审美的美可能毫不相关。"⑤

丹托认为,他提出的"艺术界"理论更具有普适性。他举了关于两个非洲部落的例子:罐子村和篮子族都制造罐子和篮子,他们在感知上没有区别;但是,罐子村的罐子是艺术品,篮子不是;篮子族的篮子是艺术品,罐子不是。在丹托看来,艺术品对这些部落有精神上的重要性,象征了他们与宇宙秩序、生与死的关系;而非艺术品则缺乏这种意义,只是实用品。丹托试图以此证明,"无论是在非洲还是在美国,使某物成为艺术的是一种'理论氛围',而不是对那一概念语境一无所知的人

---

① ［美］戴夫·希基:《神龙:美学论文集》,诸葛沂译,江苏凤凰美术出版社 2018 年版,第 10 页。
② ［美］戴夫·希基:《神龙:美学论文集》,诸葛沂译,江苏凤凰美术出版社 2018 年版,第 96 页。
③ Shi Lijun,Zhang Yunyan,"Cultural Studies:Return to Beauty——An Interview with Professor Janet Wolff",《马克思主义美学研究》2012 年第 1 期。
④ Wolfgang Welsch,"The Return of Beauty?",《文艺理论研究》2013 年第 1 期。
⑤ Wolfgang Welsch,"The Return of Beauty?",《文艺理论研究》2013 年第 1 期。

所能感知的某些属性"①。丹托的故事不无精巧,但是,丹尼斯·达顿(Denis Dutton)却对其表达了明确质疑。他认为丹托的理论恰好忽略了他们在感知上的差别:如果罐子村非常重视罐子,他们就会倾尽全力去制造它,由此导致其可感知的属性更为精致,而正是这一点区分开了艺术品和实用品。篮子族亦然。达顿指出:"罐子的制造在整个文化中将会是一个核心成分,他们会极为用心而又满怀焦虑地去获得制作他们的理想黏土,烧制他们以获得那种真正的成品。为什么? 因为当人们创造对其而言有意义的事物时,他们只会以那种方式来行事。"②换言之,正是感知上的差别,而不是语境上的差别,使罐子村的罐子和篮子族的篮子成为了艺术品。就此而言,我们依然无法忽视感知的因素,而这主要就是美的因素。

总而言之,艺术品的外在审美品质不可忽略。单单依靠语境不能支撑起一件艺术品;审美因素至关重要,美依然不可或缺。当代理论和实践中美的回归的思潮,正是对艺术语境化倾向的一个反拨。③

## 五、结语:重新思考艺术与语境的关系

如果我们把艺术品与语境的关系看成一幅画和悬挂它的墙面之间的关系,那么,对传统的艺术品而言,画是美的,墙面是白色的。但是,自从先锋派兴起以来,他们用寻常物取代了那幅画,为了避免单调,又将墙面涂上了缤纷的颜色,或者将它弄得稀奇古怪。这就是艺术品的语境化倾向。我们对它的欣赏,更多地体现为对语境的欣赏,而不是对艺术品的欣赏。为了对抗这种倾向,学者们呼吁美的回归,就是为了让绘画重新回到墙面上。

就此而言,如果说希基是站在画面这一边,那么丹托则是站在墙面这一边。是欣赏艺术,还是欣赏语境? 这是两人矛盾冲突的根源。他们认为艺术和语境是相互冲突和对立的,鱼和熊掌不可兼得。在希基看来,要艺术就必须否认语境。他并不是没有看到语境,他对现代艺术体制的官僚地位的揭示,表明他对语境力量的关切丝毫不亚于丹托。只不过,他认为这是消极的,应该清除掉。换言之,应该让那

---

① [新西兰]斯蒂芬·戴维斯:《非西方艺术与艺术的定义》,诺埃尔·卡罗尔编著:《今日艺术理论》,殷曼楟、郑从容译,南京大学出版社 2010 年版,第 264 页。

② [新西兰]斯蒂芬·戴维斯:《非西方艺术与艺术的定义》,诺埃尔·卡罗尔编著:《今日艺术理论》,殷曼楟、郑从容译,南京大学出版社 2010 年版,第 264 页。

③ 值得注意的是,希基的问题也非常明显。他单纯谈论美,而将语境完全排除,这会导致新的问题出现。

面墙保持白色,让画面美起来。这样,平常人无需专家的指导也可以直接欣赏画作。而在丹托看来,要语境就必须对艺术视而不见。他并不是完全忽视艺术,他本人就有丰富的艺术创作和批评实践,说明他对艺术本身的重视也不比希基逊色多少,只不过,他认为应该好好经营那面墙,那幅画倒并不一定美。我们应该欣赏艺术,还是欣赏它的语境? 希基和丹托都有充分的理由,这是一个两难的问题。

或许,从根本上来说,这是因为我们问错了问题。二者并非水火难容、不可兼得,而是水乳交融、密不可分。因此,我们需要新的理论框架来重新思考艺术与语境的关系,"艺术事件论"可以作为一种选择。在这个理论框架中,艺术与语境并不是分离的,它们都是艺术事件的一部分。因此,艺术的审美性质与语境性质缺一不可。正如笔者所指出的:"我们将艺术理解为一个事件,就需要注意保持这样一种平衡:既关注那个纽结,因为它是艺术事件的核心所在;也关注那千丝万缕的丝线,因为它们编织进了艺术的意义。"[1]这里所说的"纽结",就是艺术的审美性质;这里所说的"丝线",就是艺术的语境性质。从"艺术事件论"的角度来说,艺术与语境交融在一起,不可分割。艺术是语境中的艺术,语境不能取代艺术;语境是艺术的语境,艺术会影响语境。从这个意义上来看,冈萨雷斯的那一堆糖果不能变成别人的,只有当它们是冈萨雷斯的,有冈萨雷斯的故事和观念作为语境,才有其深沉的意义。与此同时,冈萨雷斯的糖果不能变成任何东西。如果变成苹果,它就会腐烂,意义就会发生变化。如果变成沙子,就不会有人拿,不会再度填满,意义也会发生变化。因此,艺术品的物质属性和审美属性也是重要的,它们会积极地产生影响,甚至反过来影响语境本身。艺术与语境不可或缺,两者从来都是交织在一起的。

由此,有待进一步探讨的是作为事件组成部分的艺术与语境之间的契合度问题:冈萨雷斯的糖果,在语境和艺术品之间就存在着一种深度的契合。如果换成其他人,或者换成其他物品,都未必会有这样的契合度。因此,艺术之物与艺术语境之间的契合度,才是我们理解冈萨雷斯作品的钥匙。我们并不是欣赏艺术品,而是欣赏具体语境中的艺术品;我们也不是欣赏语境,而是欣赏有特定艺术品的语境。艺术和语境紧密结合在作为事件的艺术之中。我们所欣赏的是艺术事件。

(原载于《文艺研究》2019 年第 11 期)

---

[1] 卢文超:《从物性到事性——论作为事件的艺术》,《澳门理工学报》2016 年第 3 期。

# 性别·地域·国族

## ——话剧《德龄与慈禧》的文化坐标

白惠元　北京师范大学文学院讲师

　　话剧《德龄与慈禧》"内地复排版"的上演,可谓2019年中国剧坛的重要文化事件之一。该剧由香港导演司徒慧焯执导,主演包括卢燕(美国)、江珊、濮存昕、郑云龙、黄慧慈(香港)等华人演员,可谓星光熠熠,阵容豪华,并呈现出内地与香港戏剧界开展深度合作的新态势。值得一提的是,这一版本由内地与香港演员同台演出,确是其演出史上的第一次。

　　在此,我们不妨对《德龄与慈禧》的演出史稍加梳理。《德龄与慈禧》是何冀平女士创作于1998年的话剧剧本,曾入选香港中学生教材。1998年,《德龄与慈禧》在香港首演后即引发轰动效应,收获香港舞台剧奖"最佳整体演出""最佳剧本""最佳导演""最佳服装设计""十大最受欢迎制作"五项大奖。本剧在香港先后复排数次,出现了普通话版、粤语版以及双语同台版等。2008年7月3日,应北京奥委会的邀请,话剧《德龄与慈禧》首次登陆内地舞台,在北京国家大剧院上演,这一版本可称作"内地首演版"。2010年,《德龄与慈禧》先后被改编为粤剧与京剧两种戏曲版本,粤剧版由罗家英改编、汪明荃主演,京剧版《曙色紫禁城》由香港导演毛俊辉与国家京剧院三团联合创作。2019年,《德龄与慈禧》话剧版再回内地,在北京与上海两地演出,票房爆满,口碑上佳,这一"内地复排版"为本剧的经典化历程再添有力注脚。

　　如何认知话剧《德龄与慈禧》的接受史历程? 要回答这个问题,则必须回到文本之中,回到本剧的诸多演出现场。我们试图延伸探究的议题是:慈禧、德龄和光绪三个主要人物形象凝聚了何冀平怎样的创作立场? 从这三个人物形象辐射开去,如何为这些不断再现的晚清历史景象确立可供观察的文化坐标?

## 一、慈禧:去政治化的性别立场

在《德龄与慈禧》的创作后记中,编剧何冀平将其理念总结为"他们都是活生生的人"。乍看去,这似乎延续了 20 世纪 80 年代中国知识分子的人道主义立场,所谓"活生生的人",首先是剥离政治语境,从僵死的晚清历史政治困局中寻回鲜活的个体生命。事实上,基于特殊的家世(何父是国民党高级官员),何冀平的戏剧创作一直在有意识地规避政治,即便是取法《茶馆》的名作《天下第一楼》,其书写立场也是小心翼翼,用笔着墨全在巨细靡遗的美食烹饪与北京市民的人情世故。与老舍频繁提及的"国"不同,何冀平拒绝用笔下人物的个人命运来代言任何阶级身份或政治立场。不过,如果细细品味,这"活生生的人"又不同于"大写的人",编剧的目标不是在政治旋涡中彰显人性的超拔意志力,不是歌颂推石上山的西西弗斯,而是把历史人物"还原"为有情有爱有欲有痛的普通人。在人物关系设置上,何冀平的落脚点依然是家庭伦理:"宫廷也是家庭,但不是一个和谐的家庭;他们也有情感,但都是扭曲了的情感;光绪、皇后、瑾妃都是年轻人,但是生活在一种特别环境中的年轻人。"①

对于这个晚清"大家庭"来说,慈禧首先是一位难断家务事的大家长,一位失去了亲生儿子(同治)却又对继子(光绪)无比失望的母亲,颇似香港豪门恩怨剧中的沧桑中年阔太,这自然是一种市民文化趣味。所以,在《德龄与慈禧》剧中,每当光绪试图和慈禧叫板的时候,慈禧总是大谈母子情谊:"我说的是我的心! 我要让你知道,你是我一手抱大的,四岁开蒙,五岁典学,六岁学骑马,八岁能双手拉弓,十六岁亲政,十七岁大婚,哪一步我没尽到母亲的责任?"②慈禧对光绪如此动之以情,高谈母亲的苦心,这正是何冀平"活生生"的书写策略所在,这种理解人物的角度主要来自德龄女士所著畅销书《御香缥缈录》的影响。何冀平曾在访谈中提及,《德龄与慈禧》的创作构想早在《天下第一楼》之后就形成了,其直接动机恰是阅读《御香缥缈录》一书所带来的"触动"。③

---

① 何冀平:《他们都是活生生的人——我写〈德龄与慈禧〉》,《天下第一楼:何冀平剧本选》,北京十月文艺出版社 2004 年版,第 167 页。

② 何冀平:《德龄与慈禧》,《天下第一楼:何冀平剧本选》,北京十月文艺出版社 2004 年版,第 138 页。

③ 何冀平、张弛:《何冀平访谈录》,《戏剧文学》1999 年第 12 期。

《御香缥缈录》最初是德龄在美国担任新闻记者期间用英文写成,原名 *Imperial Incense*(《帝国之香》),初版于 1933 年。作者以自己对慈禧太后的亲见亲闻为基础,辅之合理化想象,撰写出了这部广受美国读者欢迎的、具有相当虚构成分的文学传记。在《御香缥缈录》的开篇处,德龄便为她眼中的慈禧太后定下了温情基调:"伊又指着另一座宫殿告诉我们,这是咸丰死后停灵之所,伊说得是非常的真切,我们仿佛看见有一个已死的咸丰,躺在伊所指着的地方;而他所丢下来的一副千金重担,只得让他的娇弱的爱妃给他担住了。——就是现在这个温和的老妇人。"[①]而当慈禧回顾同治帝童年遗物时,她更是彻底变成了"一个充满着哀痛的情感的慈母",因此,作者德龄试图为慈禧"翻案",她认为,以自己亲眼所见的情景为依据,慈禧毒毙亲生儿子的说法肯定是一种"残酷的谣传":"我想这些造谣的人如果能在这时候亲自目击太后见了同治的遗物后的哀痛,他们也必将深深地懊悔,不该发表那样不负责任的谈话了!尤其伤心的是外面虽有这么一段传说,而太后却始终不曾知道,连辩白的机会也没有。"[②]

当然,仅凭"母亲"的身份是不足以定义慈禧的,何冀平的创作也没有止步于此,她的最终目标是把慈禧"还原"为一个真实可感的女人,她要在"性别"的意义上重新理解慈禧。于是,在《德龄与慈禧》剧中,慈禧首先是恋爱中的女人,情人荣禄的死讯成为她万念俱灰的转折点,她一声令下,把本来为自己贺寿的喜堂变成了荣禄的灵堂;同时,慈禧又是爱美的,她会为照相术而痴迷,也会为梳掉的头发而哀叹,更会为首饰选择而搭配再三;最重要的是,慈禧对物质现代性保持着强烈的好奇心,电灯、电话、火车,她一一都想尝试,对于未知世界,她不是封闭的,而是开放的。卢燕女士多次提到,话剧《德龄与慈禧》所呈现的慈禧,是她饰演的众多慈禧形象中最喜爱的一个,因为这个慈禧渴望着"外面的世界",她有求知欲。结合卢燕本人旅居海外的生命经历,"好奇心"或许构成了作为表演者的她与作为表演对象的慈禧之间的情感共振所在。

在《德龄与慈禧》之前,中国观众心目中最经典的慈禧形象主要是由卢燕和刘晓庆饰演的电影形象,大致可分为两个系统:其一是香港导演李翰祥的清宫历史片系列,从邵氏港产片《倾国倾城》(1975)、《瀛台泣血》(1976),到陆港合拍片《火烧圆明园》(1983)、《垂帘听政》(1983)、《 代妖后》(1989),这些慈禧形象总是无法

① 德龄:《慈禧野史(御香缥缈录)》,秦瘦鹃译,辽沈书社 1994 年版,第 4 页。
② 德龄:《慈禧野史(御香缥缈录)》,秦瘦鹃译,辽沈书社 1994 年版,第 165 页。

摆脱专横跋扈的脸谱化倾向,如此善恶对立的政治情节剧本身包含着导演李翰祥对晚清历史的坚定价值判断;其二是意大利导演贝托鲁奇的《末代皇帝》(1987)和第五代导演田壮壮的《大太监李莲英》(1991),这两部电影展现了男性视点中的晚年慈禧,她是神秘、阴鸷、不可捉摸的深宫鬼妇,是末世王朝最后的守灵人,这显然具有猎奇色彩。《德龄与慈禧》则挣脱了慈禧形象的两种既定论述框架,把她改写为一个轻松、有趣、日常甚至平易近人的老太太,相应地,"后党"与"帝党"的政治冲突也被改写为母子矛盾,"戊戌变法"的政治理念也被慈禧理解为对她本人生命安全的威胁,以上种种都明确宣告了创作者去政治化的性别立场。

诚然,找到重述慈禧形象的性别坐标是十分必要的。从现代女性的视点出发,尝试去理解一位身处历史风暴中心的传统女性,这种角度也是十分可贵的。但是,为什么非得剥离"政治"才能打捞"性别"呢?"性别"和"政治"难道是彼此天然对立的吗?进一步追问,在后现代主义的多元身份语境内,"性别"本身不正是一种"政治"吗?剧作只顾拆解"正史"的宏观政治,却忽略了"野史"的微观政治。在20世纪90年代,这种论调或许是新锐的;但到了今天,如此去政治化的女性立场却显得有些陈旧了,这与当下戏剧观众的期待视野是有错位的,不得不说是一种遗憾。

## 二、德龄:"外来者"的观看位置

从剧名看去,《德龄与慈禧》讲的是"相遇",是两个晚清女性在历史"紧张的瞬间"的极端相遇,戏剧张力也就在这里:"这一尊一卑,一老一少,一古一今,两个女人相遇在历史一刻,相悖相惜,所引发的故事,所产生的矛盾纠葛,就是戏剧的基本因素。从这一点生发出去,结构整个戏,可谓如鱼得水,笔畅如流。"①不过,无论是传统道德与现代价值观的碰撞,还是性别立场上的"相悖相惜",这些都只是剧作的表层冲突,其深层冲突是建立在国族的坐标上,是西方/中国的二元对立。剧中的照相机仿佛一个视觉隐喻,它照出的慈禧首先是一个"头朝下,脚朝上"的倒像,这恰恰说明,德龄眼中的慈禧是一种"主观的颠倒"。何冀平之所以将剧名定为"德龄与慈禧",而非"慈禧与德龄",这个先后顺序当然是有意味的,因为它决定了

---

① 何冀平:《他们都是活生生的人——我写〈德龄与慈禧〉》,《天下第一楼:何冀平剧选》,北京十月文艺出版社2004年版,第166页。

主体位置与观视方式。

对于久居深宫的慈禧而言,德龄是一个"外来者"。换言之,编剧在此预设了一个明确的"外来者"视点,并以此来重新观察晚清历史,这是具有文化症候性的。从主体位置与观视方式的角度看去,2008 年才来到内地首演的《德龄与慈禧》恐怕并非孤例。再比如上映时间相近的电影《南京!南京!》(陆川,2009)与《金陵十三钗》(张艺谋,2011),当我们试图重新讲述"南京大屠杀"的历史事实时,我们似乎只能通过一个理想化的日本军人视点或者美国神父视点才能实现,这暴露了全球化时代中国文化的"主体中空化"问题。正如戴锦华所批判的:"20 世纪历史叙述中政治主体的自我抹除,势必同时意味着对 20 世纪中国历史的差异性的抹除,意味着对其文化自我建构过程的否认,进而再度显影为一个新的主体中空化过程。"①

当然,德龄并非中国文化的绝对他者。回到剧中,《德龄与慈禧》以美国畅销书《御香缥缈录》为底本,预设了一个"外来者"视点,故事主体也是从德龄与父亲裕庚(曾任清廷驻西欧公使)登陆天津港码头开始的。德龄从小随父亲在欧洲长大,受到了比较完备的西方教育,精通法文、英文和意大利文,可以说,她的思维方式完全是西方化的。然而,德龄又有着纯粹的满人血统,她给慈禧太后当翻译,对满清宫廷文化也充满好奇。对于这种特殊的"外来者"视点,我们姑且称之为"内在的他者"视点。那么,究竟该如何理解德龄这个"内在的他者"形象?如何在德龄与慈禧的人物关系中定位她?这是一个值得深思的问题。从何冀平的生命经验与创作经历上看,内地与香港的地域关系应是理解《德龄与慈禧》的另一重要坐标。

1984 年,何冀平的话剧处女作《好运大厦》在北京人民艺术剧院首演。《好运大厦》以香港市民苏培成一家四口为核心人物,以香港市区的"好运大厦"为核心空间,讲述了一桩典型的港式家庭财产纠纷,并将内地与香港的地域关系巧妙地投射其中。"好运大厦"作为阶级空间的隐喻,其上上下下的不同居民就是香港社会的横截面。如果说这座大厦里的"电梯"象征着阶级上升通道,那么,被"电梯"连通的不平等的众生悲欢,也就展现了都市繁华的阴暗背面。可以说,《好运大厦》带领内地观众在剧场中完成了一次对香港生活的主观想象,也正因为这种主观想象的典型性,本剧在北京、上海等地连演 80 余场,场场爆满。

---

① 戴锦华:《历史、记忆与再现的政治》,《艺术广角》2012 年第 2 期。

1989年,何冀平移居香港,与父亲团聚,她得以在真切的日常生活中重新感知体认香港文化。1997年,何冀平应邀加入香港话剧团,成为驻团编剧。与《好运大厦》不同,这一次,她的目标是带领香港观众在剧场里"观看"内地。因此,那个说英文、行西礼、穿高跟鞋的"德龄公主"就是香港观众的自我投射,她的位置就是香港观众的主体位置。1998年,话剧《德龄与慈禧》如约在香港首演,收获了诸多奖项。香港电影导演徐克更是为此感动哭泣,因为他从中读到了一种"包容"。① 该如何理解徐克所说的这种"包容"? 套用一句经典的清宫剧台词:慈禧容不容得下德龄,是慈禧的"气度";德龄能不能让慈禧容下,是德龄的"本事"。所谓"包容",必须是双向的,是双方彼此兼容。在"香港回归"的重要时刻,是历史又一次选择了何冀平,使她的剧作成为联结内地与香港文化的情感纽带。就这样,德龄与慈禧双双跳脱了"历史",并在现实政治的维度上达成了彼此的"理解"。

2019年,《德龄与慈禧》"内地复排版"在北京、上海两地上演,饰演德龄的女演员依然是来自香港话剧团的黄慧慈,她一口标准"港普"将香港的地域身份与德龄的"海归"身份两相交叠。换言之,无论饰演慈禧与光绪的演员如何搭配,舞台上的"香港"始终在场,这一文化坐标不容忽视。但问题是,近二十年来,随着内地与香港双方经济文化合作的日趋深化,彼此的"对方"早已不再神秘,这时,我们是否还需要德龄这样一个"外来者"视点来观看晚清历史呢? 这种刻意制造的错位反差还会博得台下观众的会心一笑吗?

在原剧本中,德龄与妹妹容龄、哥哥勋龄本来有一场中堂府的戏,三位"海归"青年对中国文化的传统习俗展开了令人啼笑皆非的激烈讨论。在德龄眼中,传说中的紫禁城和住在城里的人都是怪力乱神:"紫禁城是一个神秘的地方,那里住着一个专横的女皇和一个没用的皇帝。皇太后每天要用玫瑰花瓣上的露水洗脸,吃一顿饭要杀一百只鸡。"②而在2019年的"内地复排版"中,诸如此类"不合时宜"的台词皆已删去,因为观演语境已经发生了变化。毕竟,今时不同往日。新世纪以降,中国崛起已成为全球公认的事实。特别是2008年以来,随着中国在全球金融海啸中屹立不倒并且逐渐崛起为世界第二大经济体,民众心中那种后发现代化国家所特有的焦虑感正在逐渐洗去。此时此刻,观众更想看到的是从中国内部生发的历史叙述与变革冲动,而非预设他者视点的揶揄或反讽。说到底,垂帘迷宫并不

---

① 何冀平、张弛:《何冀平访谈录》,《戏剧文学》1999年第12期。

② 何冀平:《德龄与慈禧》,《天下第一楼:何冀平剧本选》,北京十月文艺出版社2004年版,第89页。

新鲜,帝后的曙光才是希冀所在。

## 三、光绪:重述自我的少年中国

在德龄与慈禧之间,其实还隐藏着一位至关重要的男主角,那就是光绪帝。何冀平对光绪形象的重塑是下了气力的,她重点强调了此时此刻光绪帝"回光返照"的青春状态,一改此前影片中懦弱无用的陈词滥调:"尤其是他发动戊戌变法的勇气,震动朝野,轰动世界。我写的光绪,是一个性情急躁、目光敏锐、英气毕露、有胆有识的年轻皇帝。变法失败之后,知大势已去,心如止水。正在此时,青春逼人的德龄,给了他一线生机。这个阶段的光绪如同回光返照,焕发出耀眼的光辉。"①必须说,剧中由德龄所带来的"一线生机"、那种介乎友情与爱情之间的"同情之理解"(甚至引发了隆裕皇后的嫉妒),无疑是何冀平独具匠心的艺术加工。有趣的是,这种"虚构"所带来的戏剧效果却并没有局限在言情层面,反而走向了更加丰富开阔的精神境界。在这"英气毕露"的少年天子形象背后,是当代中国人试图从晚清历史中重述"少年中国"的冲动,这是话剧《德龄与慈禧》独特的情动效果所在。

在李翰祥执导的电影《瀛台泣血》(1976)中,同样出现了光绪与德龄的双人戏段落。德龄为珍妃拍了一张照片,交给光绪,光绪内心的苦闷无处排遣,只得向德龄倾诉,但是德龄却并不"懂"他。光绪先问德龄她对慈禧的印象如何,德龄的评价是"心慈面软",太后凡事都有自己的主意,只是她身边七嘴八舌的人太多。光绪不满意,追问她:"外国的太后退休了,还会干预朝政吗?"德龄不语。光绪又问:"你觉得我怎么样?我有没有出息?我未来能不能赶上彼得大帝和明治天皇?"德龄再次失语,最后只能留下一句"我不懂这些",便仓皇离去。而在话剧《德龄与慈禧》中,德龄不仅是光绪心中那个"有血有肉"的知心人,而且还能替他把被慈禧摔下来的《三江楚会变法奏折》②再呈上去,极具政治行动力,于是,剧中光绪与德龄

---

① 何冀平:《他们都是活生生的人——我写〈德龄与慈禧〉》,《天下第一楼:何冀平剧本选》,北京十月文艺出版社 2004 年版,第 166 页。

② 此处应是两江总督刘坤一、湖广总督张之洞于 1901 年应慈禧改革上谕所奏的《江楚会奏变法三折》,或许是出于"戏说"目的,编剧将其名称稍作改动。《江楚会奏变法二折》洋洋三万言,由刘坤一领衔,由张之洞主稿,并由立宪派张謇、沈曾植、汤寿潜等参与策划,由《变通政治人才为先遵旨筹议折》《遵旨筹议变法拟整顿中法十二条折》《遵旨筹议变法拟采用西法十一条折》与《请筹巨款举行要政片》组成,即"三折一片"。《江楚会奏变法三折》系统地提出了兴学校、练新军、奖励工商实业和裁减冗员等改革措施,成为清政府实施新政的蓝图。

看似言情暧昧的对白,也就充满了"重讲中国故事"的当代力量,这一对青春男女十分"超前"地为戊戌变法赋予了历史意义:

> 光绪:我?(茫然)欲飞无羽翼,欲渡无舟楫。
>
> 德龄:(悄声)您知道吗? 康有为、梁启超现在在日本;孙中山在美国檀香山创立"兴中会",提出"驱除鞑虏,恢复中华"的口号,黄兴在湖南成立"华兴会",主张强兵卫国;蔡元培、章炳麟在上海创立了"爱国社",提倡民权。
>
> 光绪:(兴奋起来)有这样的消息?
>
> 德龄:百日维新虽然没有成功,但是皇上发出的诏令像一串打开门锁的钥匙,人们的心一旦开放,是再也不能重新锁闭的。这不就是您的翅膀吗? 不但飞出皇宫,还飞向世界呢!
>
> 光绪:世界?
>
> 德龄:英国、法国、美国、瑞典都支持您的维新运动,推崇您的勇气,赞赏您的治国之策,中国的戊戌变法轰动了全世界呀!
>
> 光绪:(欣慰地)我死而无憾了。①

这里的光绪帝是一个忧郁的少年贵族,他经由青年音乐剧演员郑云龙的演绎,更增添了几分浪漫的西洋气息。在 2019 年的"内地复排版"中,光绪出场的第一句话就是用纯正英文发音向德龄发出的问候语:How do you do? 郑云龙的这句问候语在《德龄与慈禧》首演现场赢得了观众的热烈反馈,尤其是女性粉丝的欢呼。戏里戏外,女性观众的热望经由郑云龙投射到光绪帝身上,使他史无前例地成为了一个晚清政治变局中的大众偶像。同样地,女导演田沁鑫于 2015 年创作的戏剧作品《北京法源寺》以相近策略改写了光绪的形象。在剧中,光绪更是对台下的观众喊出了这样的台词:"我经常疑虑我为什么生在这样一个时间段里,面对百姓,无法救助! 面对强国,无法抬头做人! 我经常怀疑自己,我不似祖先康熙皇帝开疆扩土,万民拥戴。我不似老祖雍正皇帝大权独揽,朝纲独断。我食不甘味,心急如焚,我夜里做梦都能惊醒! 每天凌晨上朝,面对陈腐的三拜九叩,面对所有新策都要呈交慈览,面对我下达的所有指令,都会拖沓延误,都会严重走样,朕只能事必躬亲,

---

① 何冀平:《德龄与慈禧》,《天下第一楼:何冀平剧本选》,北京十月文艺出版社 2004 年版,第140 页。

亲力亲为!"①

　　或许,这个少年意气的光绪形象,正寄托了新一代中国人重新阐释自身近现代史的强烈欲望。我们不愿再相信"西方用坚船利炮打开古老帝国大门"的论断,不愿再认同费正清的"冲击—反应"模式,而是渴望以中国为中心,发现一种内在的、原发的、有生命力的现代性冲动。所谓"少年中国",就是在内忧外患中积极求变,在无地彷徨时投石问路。在这个意义上,光绪的烦恼焦虑与希望抱负都是"少年中国"的内在组成部分,我们与之同悲同喜,正因为我们对脚下的这片土地爱得深沉。

## 四、结语

　　我们常说,戏剧有两次生命,一次属于文学,另一次属于舞台。但不可否认的是,在大多数情况下,戏剧的生命力是依靠不断的舞台演出得以延续的。与电影、电视剧这种机械复制时代的艺术作品不同,戏剧的每一次"复排"都必然首先是一次全新的"改写",而观演意趣也恰在于辨析演出版本对剧作的"破"与"立",在于捕捉舞台创作与文学创作之间的思想博弈。从这个意义上说,《德龄与慈禧》的"内地复排版"带来了全新的问题,这不仅体现在慈禧、德龄、光绪三个主要形象及其人物关系上,更体现在演员的全新组合与表演策略上。探究其背后的意识形态运作,则必须把话剧《德龄与慈禧》放置于重述晚清历史的文化网络之中,唯有如此,才能洞见其真正清晰的文化坐标。

　　　　　　　　　　　　　　　　　　　　　　　　(原载于《艺术评论》2020 年第 4 期)

---

　　①　田沁鑫:《北京法源寺》,《新剧本》2016 年第 1 期。

# 关于杂技剧的辨析与构想

任娟　中国杂技家协会理论研究室四级调研员

## 一、杂技剧的正式发轫

　　还原杂技剧的历史镜像可知,当代中国杂技经历了从类型杂技节目,到情景/主题节目,到情景/主题晚会,再到杂技剧的发展脉络。所谓类型杂技节目就是以"车技、顶技、皮条、钻圈、柔术、转碟"等为标题,直白地表现与展示杂技技巧的节目。早在 20 世纪 50 年代末、60 年代初,已经出现一批"情节化杂技"或"微型杂技剧",但是整体而言,这种创作倾向不过是肤浅的贴标签式的说教,存在生搬硬套、牵强附会的情况,最终归于沉寂。

　　杂技剧正式发轫于 20 世纪 90 年代,随着杂技从"技巧化"转向"情境化""情节化""情感化"的艺术走势,出现了《小和尚钻桶》等体现创作者立意与艺术追求的"主题"性杂技节目。在此基础上,受到以加拿大太阳马戏团为代表的欧美杂技艺术形式的影响,作为艺术观念转变后的必然变化,《金色西南风》(1994 年)等以"主题"作为鲜明标志和艺术特点的杂技主题晚会开始勃兴,把杂技的艺术品位推向了一个新高度,并由此衍生出具有历史性跨越意义的杂技剧,标志性事件是2004 年杂技剧《天鹅湖》的诞生。这在杂技界几无异议,但忽略了杂技剧的亲缘表演艺术——舞剧的积极意义,忽略了杂技剧初创期冯双白、张继刚、赵明、陈维亚等舞蹈界领军人物的贡献。因为杂技从艺术性而言最接近舞蹈,在诸姊妹艺术中与舞蹈的深度跨界融合也是最成功的。直到今天,在杂技剧理论研究中,关于表现手段和表达目的类似命题,如"技"与"剧"的关系、"技"重要还是"剧"重要等,也同样在深刻地困扰着舞剧界。包括新近的"杂技剧场"概念也是从"舞蹈剧场"借鉴而来,不再赘述。

此外,曾有学者提出"杂技剧是借鉴西方当代杂技('新马戏')的'戏剧化'发展并由中国市场经济催生的艺术形式",笔者认为这种提法有所偏颇。毕竟,作为舶来品的另类马戏运动,"新马戏"在中国舞台艺术领域的传播与实践,自身还处于带有实验性的起步摸索阶段。

## 二、作为剧种的杂技剧尚未完全确立

20 世纪 90 年代以来,以杂技主题晚会和杂技剧为代表的主题杂技作品已逾百部,如音乐杂技剧、歌舞杂技剧、童话杂技剧、历史杂技剧、语言杂技剧、魔幻杂技剧、军事题材剧、冰上杂技剧、马文化展示剧、魔术剧等,创作主体广泛、题材丰富、艺术手段多样、风格鲜明,在技巧之外的美学意义和文化内涵的开拓上丰富广阔,在艺术性和观赏性的呈现上从容自信,使中国杂技的格局为之一变,有了向前一步海阔天空的意味。

但是,独立的剧种是一个自足的世界,它依照自己的既成观念、规则、法度进行创作,这种创作实践在走向成熟并达到顶峰之时便完成了它的剧种形态,而这些被建构并确立的具有典章意义的法式规程便成为了剧统。比如戏曲、舞蹈都已形成一定的语汇体系,实现了戏剧情境中演员"传情达意"和观众"领情悟意"的统一。如戏曲中"三五步行遍天下,七八人百万雄兵""扬鞭则骏马生风,抬足就登堂入室",舞蹈有"思念若渴"舞、"奋发图强"舞、"悲痛欲绝"舞、"欣喜若狂"舞等脱离了人物身份、性格的"通用舞"。当然,这是个长期发展、变化并逐渐定型的动态过程。宽泛地说,京剧和昆剧大约都历时 150 年才创造和完成了本剧种的形态。相较而言,杂技剧还比较年轻,尚未形成代表性的艺术坐标体系及成熟的体制、规范与艺术形态。因此可以说,杂技剧目前还是一个可以被观察、不能被定义的现象。

## 三、杂技剧的创作机制探微

### (一)戏剧性

即强调编剧的先决力量。所谓剧本,乃一剧之本。一个好的剧本,即使没有被演绎,自身也具有强大的生命力、感染力。当然,也要排除一些并不能深刻理解杂技本体语言和舞台特征的剧作家撰写的华而不实的杂技剧本。剧本的文学性也不是在舞台上对诗词歌赋的繁琐铺陈罗列,而是在篇章结构、叙述手法、情境修辞、主题表达中内在地融合其美学观念与审美意识。

首先,剧本要有可表演性,主要体现在人物的真实性、情节的逻辑性和叙述的连贯性等方面。其中,很多人忽略了可表演性的一大难点是无注解性。杂技剧更多依靠身体语言和舞台呈现来讲故事,而过密地用字幕作注的现象,可以说是一个顽疾,不得当的运用实属常见,对观众沉浸幻境造成干扰,便会失去剧的味道。

其次,中国杂技剧叙事的主要模式是相对简单的线性结构,但是我们也看到很多成功而有益的尝试,如《破晓》采取了主线、辅线双线性结构,《战上海》运用了倒叙的板块结构,《渡江侦察记》用蒙太奇剪接原理进行调度,实现了对剧目的结构调整。

最后,无情节或反情节(非叙事、反叙事)的先锋性、实验性杂技剧同样具有戏剧的文学性,能体现创作者具有敏锐时代感与艺术感的主题立意、戏剧结构、复合语言体系,并具有鲜明的文化身份和突出的艺术思潮史意义。如《TOUCH——奇遇之旅》《加油吧,少年!》等。当然,时下的实验性、先锋性杂技剧很可能终将百川入海、回归主流,毕竟大部分观众还是抱着看故事的期待走进剧场的。

(二)剧场性

即注重剧场作为观演场所这一物理空间的功能和作用,强调导演的主导权。如果说编剧是用笔来讲故事,导演则是经过构思,在剧场各工种的通力合作下,用舞台调度和演员符号来引导观众抵达故事本质。一部剧作的质量和风格,在很大程度上取决于导演的修养和偏好。虽然,戏剧的基础是一种观演交流,对大多数戏剧形式而言,即使没有舞台、布景、化妆、灯光、音响……只要有观演双方,戏剧逻辑就是能够成立的;但是作为商业形态的现代戏剧则不一样,特别是杂技剧,由于杂技表演的危险性和丰富性,要求舞台空间有特定的处理和严格规定,这对导演的调度能力也带来更大挑战。

近年来,现代科技越来越广泛地运用在杂技剧场,如立体舞美、降噪音响、高精机械、飞屏技术等,使杂技舞台在表演手段、演出质量和呈现效果上得到提升,给观众构筑全新的观演空间和视觉感受,以一种全新的剧场语言赋予杂技剧新的面貌与看点。诚然,舞台美术过于华丽绚烂的形式、花哨的技术,也对观众造成强烈的视觉冲击,冲淡、干扰甚至遮盖、淹没了演员的表演,导致喧宾夺主的逆向效果。

### （三）身体性

杂技剧的观演关系就是由戏剧性、剧场性和身体性连接起来的，剧本、表演、剧场都是整个剧作中不可忽视的因素。而"舞台艺术最基本的表现力和魅力仍将是演员的创造，是演员活人的有精湛技艺的表演"（徐晓钟语）。正是演员在一定的戏剧结构和舞台调度下，以一种执拗坚韧的姿态，以经由严酷的肉体训练获得的驭物驭己能力去统摄那些非"科班出身"难以胜任的杂技技巧，同时通过刻画人物和情节叙事，逐步推进故事的发展过程，从而达成剧中人物、演员与观众的情感共鸣。

有一种戏剧理论认为，镜框式舞台与观众席之间隔起一堵透明的墙，它对观众而言是透明的，对演员而言是不透明的。这便是所谓的第四堵墙。但是我们也看到"沉浸式"魔术剧《我是谁》，打破了传统戏剧的封闭性即"第四堵墙"，演员在表演空间中移动，观众也可采取更自由的观看方式，甚至参与到剧情走向中。当然，这也对演员的设计能力和应变能力提出了更高要求。

## 四、杂技剧创作应把握的几个问题

### （一）"虚"与"实"

舞台艺术是在虚实之间的创造，在有限的时间和空间中，表现出无限的时间和空间，使观众产生一种"真实的幻觉"并沉溺其中。这种"真实的幻觉"就体现了"一切艺术的最重要的本质，是它的假定性本质"（梅耶荷德语）。虚实的问题还涉及题材的选择、结构的组织和手法的运用等。现在杂技界需要走出的迷思之一就是不区分杂技主题晚会和杂技剧。其实二者都可以有更多元、更细腻的表现方式，在艺术性上不存在孰高孰低的较量和对比，只是杂技剧更强调通过人物行动和关系演变进行叙事的能力。

相较而言，杂技主题晚会往往承载着大量的民族文化因素，如神话传说、历史典故、文化遗产、宗教信仰等，更具有浪漫主义气质，更易于融入虚拟的主观创造、离奇的恣意想象，从而衍化成迷离的幻境或极度的狂欢。如《天幻》《龙狮》等。而对杂技剧而言，亚里士多德的情节、性格、思想、言语、音乐、戏景的戏剧六要素经典理论依然是有价值的。注重逻辑性和连贯性的线式结构依然是现实主义戏剧情节演进的主要模式。

近年来，随着越来越成熟的创作能力和驾驭能力，我们看到了杂技剧越来越丰富而有张力的戏剧细节，越来越关注现实及生活表象下的真相，越来越有广度、深度和多样性的特质呈现。比如《渡江侦察记》中,即便是轻松诙谐的场景也有精致的艺术表达;《破晓》将两个不同时空、不同情节的故事叠加到一个戏剧空间中,今昔相对,悲喜相对;《战上海》多维度地介入历史与现实的书写,充满人性大爱,彰显英雄情怀;《岩石上的太阳》在表现人物内在力量成长的同时,也表现了人性中的复杂性和纠葛性;《东方有竹》通过个人命运际遇折射时代变迁,展现时代洪流与个体命运的纠缠。

(二)"取"与"舍"

从某种角度而言,创作就是在某种取舍的过程中所做出的创造性选择。当下的杂技剧创作正面临着"技"与"剧"冲突时的取舍问题,这种"技"与"剧"谁为谁服务、谁主谁次、孰轻孰重的困惑,实质是没有厘清表现手段与表达目的二者的关系。杂技剧首先是"剧",其次才是"杂技剧",这是显著的艺术变革与美学突破。这就要求杂技剧的创作实践应当是建立在故事、题旨、结构、(身体)语言等这些戏剧元素的基础上,让作为表现手段的"技"在"剧"中游刃有余地相互尊重、交融与升华,这将带来杂技剧自我生长的持续驱动力。

"好戏应有三重境界:引人入胜、动人心弦、发人深省"(魏明伦语)。所谓"引人入胜"就是观赏性,所谓"动人心弦"就是情感性,所谓"发人深省"就是思想性。这应该是我们在创作杂技剧时的侧重点。但是观照我们的杂技剧创作,"技"与"剧"取舍不当的现象时有发生,主要体现在重"技"轻"剧"上。如有的剧目把剧情变成生硬地串连各色杂技表演的"线",甚至由技巧来决定剧情;有的剧目不管质量、水平,也不管角色关系是否对应,追求节目、演员齐上阵,"一个都不能少";有的剧目不拆解技巧,直接呈现完整的节目样态,破坏了舞台表演的瞬时性,造成剧情的停顿拖沓;有的剧目则在与剧情无关也无法自洽的情况下,盲目地抓住一切机会展示自家的获奖"绝活儿"等。重"剧"轻"技"的现象也客观存在,主要表现在规定情境中杂技技巧的过度妥协、让步,迷失了其"新奇难美险"等本体特征与审美价值。

此外,还有一种取舍不当是为"剧"而"剧"。曾有一场原本制作精良、摄人心魄的主题晚会,被套上一个幼稚的戏剧结构,改编失当让人顿生交响乐变儿歌的感觉。虽然儿童剧的票房收入及演出场次近年来一路狂飙,笔者也乐见专为"亲子共赏"而制作的杂技戏剧演出,因为每吸引一个孩子,带来的将是≥2倍的门票收入,加上其制作成本较低,单场投资回本较快,很可能成为助推杂技市场的新增长点。

（三）"破"与"立"

当下的杂技剧创作，既要谈本体规律，也要谈主体差异。目前，引入非杂技专业的编导进行杂技剧创作已屡见不鲜，但杂技有着自己独特的艺术语言，没有杂技专业背景的编导难以准确呈现甚至有意忽略杂技元素的精髓与价值，甚至曾出现整场杂技剧中杂技演员全体沦为配角的尴尬场景。

要破解此种尴尬，就要有计划地从杂技界发掘培养一批优秀的编导人才。杂技界已经有了边发吉、李西宁、董争臻等优秀的编导艺术家，但杂技剧的持续蓬勃发展需要更多的智力支持。戏剧的结构是在编剧、表演、导演诸多不同层面上实现的，比如时空分割与布局是结构的宏观层面，场面转换的设计是中观层面，情境的营造是微观层面，身体语言的处理是更细节的层面。杂技的特殊性意味着每一个层面有外行参与进来，都将对杂技本体的展示带来不确定性。而放眼国际杂坛，多数情况下都是由编导本人承担导演、编剧、动作设计的职责。这也是我们应该鼓励的方向。

在某种程度上，中国杂技剧戏剧性、剧场性、身体性缺乏"整合度"的原因之一就是杂技界编剧、表演、导演之间的隔阂与封闭。编剧、表演、导演应该尊重剧目主题的统一性、表演的瞬时性和叙事的流畅性，张扬主体意识，敢于驾驭结构，敢于拆解重组，将原先完整的杂技节目拆解成一个个独立的动作技巧，根据剧情的发展走向进行重新编排整合，经过三轮的拆解重组，就很容易形成差异化、个性化的表达。

此外，在杂技本体创新面临瓶颈的当下，拓展思路或可见到新天地。可以尝试"剧种代表剧目制"的做法，遴选经典的杂技剧目给予"代表剧目"的剧种名片式荣誉，形成杂技界的公共资源，所有的院团都可以演，优劣高下一目了然，倒逼风格与流派的形成，或有助于破解"全国杂技一台戏"的同质化问题。

（原载于《杂技与魔术》2020 年第 2 期）

# 从后文学到新人文

—— 当代文学及批评的转折

刘大先　中国社会科学院《民族文学研究》编辑部主任、研究员

　　一个敏锐的当代社会观察者,应该会对 21 世纪初年发生在中国文学场域中的"文学终结论"论争记忆犹新。时隔几年之后,当初发表"文学终结"之说,进而引起中国文人学者群情汹涌的希利斯·米勒的一本小册子《论文学》(On Literature)译本甚至直接被出版社移花接木改成《文学死了吗》——其热度可见一斑。"文学终结"可以视作与彼时在文学批评和学术界兴起的"文化研究"互为因果表里的一个事件。时至今日,兴起于欧美的"文化研究"因为其研究对象与范畴细大不捐所造成的缺乏边界——也有批判理论在现实语境的受容性问题,似乎已经在学术领域中风光不再,但无论是法兰克福学派还是伯明翰学派,无论是文化工业批判还是亚文化之说,无论是各类关于种族、阶级、性别的"后学"新潮还是"解码—编码"的媒体新解,都作为前提性的潜在因素日用不知地融合到时下文学研究的方法与理论之中——此际的文学研究再也无法回到此前的范式之中,同意或者不同意,"后文学"时代确乎已然来临,自足、自律、独立的"纯文学"话语逐渐在丧失它的普遍合法性,而从 20 世纪 80 年代中期之后的一系列文学文化现象与话语实践也在呼唤着一种新的人文理解、阐释与运行方式的到来。

## 一、"纯文学"之后

　　尽管有许多学者从各个方面与希利斯·米勒进行辩论,但无疑后者是对的,他所说的"文学的终结"实际上指的是 18 世纪之后在欧洲形成而又逐渐播散到世界各地的一套现代文学理念及其实践形式的终结。那套文学关联着民族主义的发明

与生产、印刷书籍和印刷形式出现的媒体(报纸、杂志)、民族国家的建立、民主制度、现代研究性大学、具有"内面"深度的自我与个人……而到了如今一切都变了①,维系作者权威的自我统一性和持久性变得不确定,经济、政治、技术的全球化,削弱了国家的完整和一体性以及与之相关的研究型大学,新媒体和技术变革促生了数量众多新形态的文学竞争者。这一切尽管具体情况并不容易一言以蔽之,但在中国文学场域中同样有细致而微的体现。

从 1970 年代末短暂的"伤痕文学"开始出现的一系列文学思潮或者流派,从反思文学到改革文学,虽然所秉持的观念一反此前的意识形态规划,但从逻辑与语法而言,仍然是坚硬的历史主体在进行着宏大叙事——它们应对的是政治、历史、文化与现实,并试图做出批评、给出评价、进行反思与指示出路,即便是某个个体的故事与情感也有着更为直接的普遍性观念对应物。从当代文学史自身的发展而言,这无疑是对于之前激进文化举措的一种纠偏,与勃然兴起的"新启蒙"运动一道构成了自上到下的一种共识。这种情形在 1980 年代中期关于"现代派"和"朦胧诗"的论争之后迅速发生变化,进而一种强调审美自律、形式自足、观念自立、人性自由与个体表达本位的"纯文学"观念逐渐建立起来,前沿作家的趣味聚焦于技术、美学的探索以及抽象的关于历史、人性的超越性诉求,而区别于所谓的"驯服工具"和政治表达。

在从欧美传入并蓬勃扩展开来的现代主义美学的滋养之下,"纯文学"潮流形成了以先锋写作为主导的生态,与之齐头并进的是"文化热"、美术上的"八五新潮"、电影中的"第五代",它们共同形成了一种关于文学艺术的新兴秩序和评价标准。吊诡的是,这种秩序在形塑出自己形象的同时,也产生了自己的裂隙和拆卸者,只是在大势所趋之中,当时的人们并没有清醒地意识到这一点——那就是承继了康德美学非功利、无利害、去道德化的文艺观,确乎建构出自己区别于政治传声筒的"主体性",但超越于意识形态之外只是一种幻觉,因为此际关于市场经济的转改已经隐然在望,而更为直接的反应则在于新兴大众媒介比如商业性出版、广播、电影电视与作为书面印刷文化产品的文学之间日益结合。在特有的文学生产与流通的庇护制度和未臻发达的商品经济的背景中,大众媒介被当作辅助性的传播载体,比如文学作品的广播剧、影视改编、报刊连载之类,但它们很快就产生了实质性的影响,甚至扭转文学的整体观念与形态——那个拥有创造性灵韵的"作

---

① [美]希利斯·米勒:《文学死了吗》,秦立彦译,广西师范大学出版社 2007 年版,第 7—21 页。

者",正在转变成文化等级(比如高雅与通俗、严肃与消遣、天才表达与市场取向的微妙而又确然存在的差别)逐渐消弭的"内容提供者"。

这种静悄悄的变革以 80 年代"联产承包"到 90 年代初新一轮以商业为中心的经济改革为背景,政治体制与一系列公共服务产品改革为标志,它直接引发精英知识分子的危机感及其应对,90 年代初中期的"人文精神讨论"和"告别革命"的论争就是其表征,论争未必定型却形成了显然的结果:思想退隐而凸显学术的规范化进入前台,新自由主义、消费观念、以新贵阶层为仿效对象的中产阶级美学的兴起,折射出来的是权力—资本结合与正统社会主义观念的博弈在当代中国的复杂面相。这一切被王晓明表述为一种可以描述其多元与复杂的面貌而难以锚定其内涵的"新意识形态"①。冷战结束后新的地缘政治格局,与 2001 年中国加入世界贸易组织带来的新经济发展模式,共同在新世纪让一度有着后发焦虑的中国在"走向世界"的全球化道路上狂飙突进,社会主义中国初期建立的文学组织制度依然照常运作,甚至因为综合国力的提高而分享了经济发展所带来的二次分配的红利,但在现实的生产场域里,国家庇护主义不得不与文学的资本主义并存,甚至发生一定程度的媾和。在市场化进程中日益感受到边缘化压力的文学,愈加强调自己纯粹自足的象征性资本,但这种陈旧想象中的"文学"作为一种独立的意义系统,与混杂的文学生产场域有明显扞格。比如白烨粗略勾勒的新世纪文学的"三分天下":"以文学期刊为主导的传统文坛,以商业出版为依托的大众文学,以网络媒介为平台的网络写作"②,它们各自秉持的文学理念已经发生了分化,也即,既有的略显固化的"结构—系统"无法盛纳变动的"实践—行动"了。

较之于"传统文坛"和"大众文学"那种有着政治议程与商业历史的老制度而言,新技术所带来的媒体环境的改变可能影响更为深广。大众传媒尤其是市场化媒体开始深度介入到"纯文学"的创作中来,尤其是有着逐利欲望的出版资本与信息业资本的参与、策划和营销,"纯文学"的壁垒已经被大举入侵的商业化运作冲破,甚至开始被操控。作者权威的丧失最初是在这种语境中发生变化的,甚至作家形象和风格也受到商业包装的影响。这个背景中出场的作家,他们写作的手法与题材、传播的手段、受众的类型及其作品在社会文化生活中扮演的角色、所处的地位都已经与社会主义现实主义文学、"纯文学"大相径庭,"写什么"和"怎么写"不

① 王晓明:《导论》,转引自王晓明主编:《在新意识形态的笼罩下——90 年代的文化和文学分析》,江苏人民出版社 2000 年版,第 11—26 页。
② 白烨:《新世纪文学的新格局与新课题》,《文艺争鸣》2006 年第 4 期。

再是根本性的困扰,什么样的作品是市场需要的、能够引发广泛关注的才是核心命题,一个作家及其作品如何被批评界和研究者纳入到主流文学知识与价值体系中去,本身也是值得注意的文化生产行为。

如果说 1980 年代中期"纯文学"用"怎么写"来冲决"写什么",以"文学性"对抗(褊狭的)"政治性",是对于政治意识形态主导的反拨,从而创造出自己的文化政治。但是延续到 90 年代后直至新世纪,"纯文学"话语虽然依凭惯性向前推进,并且影响到后来的大部分写作,但已经将当初的革新势能消耗殆尽。如同李陀所言,"随着社会和文学观念的变化与发展,'纯文学'这个概念原来所指向、所反对的那些对立物已经不存在了,因而使得'纯文学'观念产生意义的条件也不存在了,它不再具有抗议性和批判性,而这应当是文学最根本、最重要的一个性质。虽然'纯文学'在抵制商业化对文学的侵蚀方面起到了一定作用,但是更重要的是,它使得文学很难适应今天社会环境的巨大变化,不能建立文学和社会的新的关系,以致 90 年代的严肃文学(或非商业性文学)越来越不能被社会所关注,更不必说在有效地抵抗商业文化和大众文化的侵蚀同时,还能对社会发言,对百姓说话,以文学独有的方式对正在进行的巨大社会变革进行干预。"[1]这个发生在 2000 年左右的关于"纯文学"的质疑和不满,被南帆视为 90 年代中国知识分子思想分裂在文学上的表现。他同时指出,我们必须历史和辩证地来看待这个问题:"'纯文学'意味了美学上的个人主义。至少在当时(新时期之初),这个概念显示了强烈的反抗性。如果历史、社会只剩下一堆不可靠的概念和数字,那么,文学提出了个体的经验、内心、某些边缘人物的生活就是一次意识形态的突围……现今没有理由认为,负担上述含义的'纯文学'已经丧失了全部意义;然而,现今也没有理由无视另一批问题的压迫——这一批问题的重量正在极大地压缩'纯文学'的地盘。从权力、资本、生态问题到大众传媒、贫富差距、全球化环境,这些问题时刻与大众息息相关。文学不该在这个时刻退出公共领域——文学是不是该找回大众了?"[2]

我们会注意到,当精英知识分子反思"纯文学"的时候,他们可能尤意识地依然在用一种源自 18 世纪的文学观进行思考,在那种观念中"作者"是主导性的,并且有着"干预"现实的能量,所以无论是李陀还是南帆,都是从文化与思想的创造角度进入,而并没有从文化产业与生产的角度进入。但是,问题在于,资本主义发

---

[1] 李陀、李静:《漫说"纯文学"——李陀访谈录》,《上海文学》2001 年第 3 期。

[2] 参见南帆:《后革命的转移》,北京大学出版社 2005 年版,第 31 页。

展到这个阶段已经没有外部,而文学则没有内部了,知识分子个人主义英雄戏剧在"跨越疆界,填平鸿沟"的舞台上已经演不下去了——他们心有不甘地发现自己不过是喧嚣集市中面目含混不清的大众中的一员。如果不将作者视为作品的唯一源泉(罗兰·巴特早在半个世纪前就宣称作者已死①,此际显然工业化文学已经甚嚣尘上),那么作家论就失效了或者只具有部分视角意义;如果作品只是文化生产、流通、消费中的一种商品样态,那么限于文本内部意义生发的作品论就会丧失与社会现实密切相关的更加复杂纠结的真正问题。这当然并未否定它们的局部有效性,但在艾布拉姆斯所谓的作品、艺术家、世界、欣赏者四要素中②,"世界"和"欣赏者"变得愈加重要,这无疑给我们的批评话语带来了极大的挑战。

由文学史知识和经典作品序列所表征的静止、封闭的现代文学概念松弛了,当下的现状倒逼着我们必须重新认识与界定"现实"与"文学"。回首20世纪以来的文学遗产,可以看到前现代时期的大文学、泛文学观念逐步收缩、分化、结合西方现代文学观所做的创生,并获得自己的内涵与外延的过程。现代文学内部也一直贯穿着"为社会而艺术"与"为艺术而艺术"的分歧理念,只是在20世纪峻急的历史环境中后者局限于少数精英群体之中,或者作为补充的次要因素,而没有成为普遍性的通则。看上去不同的文学观念却共享着同样的话语结构——启蒙与革命(以及后来的建设)交织着的现代性。文学的社会责任与道德关怀与中国固有观念结合,形成的感时忧国、文以载道的文学,最初就隐含着工具论和目的论的先在结构,至其极致则衍生为机械论和决定论的庸俗化。另一方面,审美性、个体性与内在性属于文学无可回避的内生因素,它是文学得以成立和区别于哲学社会科学、政治宣传的合法性基础,必然伴随其始终,但如果放大或者将其视为主导性或唯一的诉求,就会在自足、圆满、独立的幻觉中带来闭锁、内缩和逃避。在革命胜利面临的建设问题之初,社会主义中国文学同样有着"泛文学"意味,它广泛吸收民族民间的资源,以充实与改造现代以来的精英文人文学,并在从1949到1985年间创造出一系列"人民文艺"的成果。它们在"后革命"年代中被以人性论和形式论主导的纯文学话语取代之后,催生出反讽与解构的种子。因而,"纯文学"自其确立便已经走上了自我瓦解的路径。

---

① [法]罗兰·巴特:《作者的死亡》,转引自《罗兰·巴特随笔选》,怀宇译,百花文艺出版社2005年版,第294—301页。

② [美]M·H·艾布拉姆斯:《镜与灯:浪漫主义文论及其批判传统》,郦稚牛、张照进、童庆生译,北京大学出版社1989年版,第5—6页。

"纯文学"之后,文学如何应对现实、创造出自己的形式与话语,无疑需要纵深的历史眼光和宽广的全球视野,综合现代中国、革命中国和发展的中国不同语境中生成的差异化文学形态与观念。80年代中期以来的文学已经在缓慢地进行改变与尝试,而各类此前被视为文学衍生品的新艺术门类(比如游戏与视频)则拓展了"文学性"的范畴。这一切不免让人激动不安又充满好奇心,不同力量与选择的合力让文学在变革中前行,一切对于它的焦虑与不满都指向新的人文话语的发明。

## 二、现象、话语与实践

从现象上来说,纯文学的裂变自王朔、王小波的解构与反讽就已经开始,尽管在八九十年代之交他们并没有构成文学秩序的主流角色,但在文学组织与制度之外,由市场所扩大的话语空间中,他们从生产方式与流通方式上都显示出疏离主流严肃文学遴选机制的形貌,成为广受关注的现象与事件,并缓慢地形成了一种平行于"严肃文学"的轨迹。冷战结束与市场化宏观变局的世纪之交,昙花一现的以另类与时尚面目出现的"70后"美女作家(卫慧、棉棉、木子美)营构出市民阶层文化与欲望诉求的中国化雏形,很快在"加速"①的市场化中被"80后"(韩寒、郭敬明、张悦然)为主的"青春文学"迭代更新。"80后"这个概念以其中性的时间标识,规避了"后文革一代""后革命一代""影像文化一代"等相关的带有意识形态色彩的词语,这似乎表明,从现代文学伊始以来常见的"代际冲突"主题就不是它所关切的中心,尽管代际之间(父子、父女)的矛盾一再成为"80后"写作的题材,但它们已经被剥蚀、洗刷掉任何牵涉广泛的社会与思想革命的意涵,而指向一种"价值中立"且具备永恒性的人性化、普泛化命题。这种去价值化的策略显示了"80后"与"68年一代"之类相似命名的差别之处,即切断了与历史可能发生的关联(无论是继承还是反抗),而将自己树立为一个全新的群体。他们是"后纯文学"的最初代表,而他们的文本所显示出来的形象也表征了这个文学时代的面貌及其贫乏之处——它们是"向内转"的,但这种"向内转"却并没有延续现代主义文学对于内在心灵与精神的深度掘进,而是将"内部"作为材料进而符号化,这个"内部"如果说早期因为外部经历的有限而较多取材于成长期的内心与想象,近作则来自间接经

---

① [德]哈尔特穆特·罗萨(Hartmut Rosa):《加速:现代社会中时间结构的改变》,董璐译,北京大学出版社2015年版。

验的视听文本与记忆——它们本身就是外部世界的复写和影子,因而迫使认识它们的方法论也不得不从马克思返回弗洛伊德,由本雅明通往鲍德里亚,从政治经济等外部社会学转向心象形态的文本精神分析和拟像的符号分析。

从解构文学到青春文学,产生了一个根本性的命题,即历史是否已经终结?伴随着东西方两大阵营长久以来的对立的失效,世界呈现出多极化的样貌,而多极化则被主流话语想当然地处理为无视资本—权力主宰的多元主义。从撒切尔夫人和里根总统主政期间的英美供给制改革,新自由主义从政治到经济被宣称为"别无选择"的结果,在思想和文化上则催生出福山(Francis Fukuyama)颇受争议的"历史终结论"①。然而,传统自由主义与保守主义结合的新型资本主义并没有成为意识形态的终端,"文明冲突"②,尤其是包裹在文明冲突外衣下的资本侵袭的议题凸显为不容忽视的存在,并一再被现实地缘政治中民族主义和宗教基要主义的回归所证明。再加上由于科技与信息业的发展,资本主义演生出有别于大工业时代的形态,使得人们不得不重新思考历史观的问题。世纪之交的中国之所以产生形形色色的知识与思想派别堪称撕裂的争论,一个很重要的原因建立在对于历史连续性和断裂性的认知差异之上。坦率地说,文学在这个时代已经滞后于前沿思想的发展,而沉溺在移植型的文学理念与技术的窠臼之中,本体论的历史观被拆卸之后,沦入到认识论的无限扩张之中,进而带来了相对主义和虚无主义,它们构成了一个时代文学集中瞩目于个人、肉身、物质和欲望的生活政治的内在肌理——当代文学的写作者们不再像他们前辈那些现代文学的开创者那样气魄宏大、满怀信念,有着与历史同构的主体性。

如何建立我们时代的历史感,这必然牵涉到现实感的问题,而现实感则来自于对于现实本身的真切把握。由"现实"生发出来的各类书写,无论是19世纪确立的"现实主义"典范,还是20世纪以来"现代主义"的弥散,乃至"后现代主义"各类歧异纷出的表现,都是基于对变化了的现实的反映。当下的现实固然如同媒体汹

---

① 在福山的观察中,20世纪最后二十五年发生的最令人瞩目的变化是政治上的自由民主制度和经济上的自由市场原则相伴而行,成为全球普遍接受的发展方向。他认为是获得认可的欲望将经济和自由政治连接起来,从而构成了黑格尔所谓的普遍历史的发展历程。[美]福山:《历史的终结及最后之人》,黄胜强等译,中国社会科学出版社2003年版,第4—12页。

② 按照亨廷顿(Samuel P.Huntington)的论述,文明间的冲突有两种形式:在地区或微观层面,发生在属于不同文明的邻近国家之间、一个国家中属于不同文明的集团之间,或者想在残骸之上建立起新国家的集团之间;在全球或宏观层面上,核心国家的冲突发生在不同文明的主要国家之间。[美]亨廷顿:《文明的冲突与世界秩序的重建》,周琪等译,新华出版社1998年版,第229页。

汹而言的"未来已来"，但同时也存在着媒体热潮背后的"过去未去"，观念与技术的发展不平衡带来了多重现实并置和杂糅的复杂性。无论如何，与"现实"密切相关的既定范畴都面临着局部失效的风险，因为任何意识形态都难以摆脱资本—权力的影响。伴随认识论的转向，本体论意义上的"真理""真相""真实"等观念只能在严格限定的意义上加以使用，或者它们在一定程度上要被"现实感"——认知视角、可信度、说服力——所取代，这自然导致了文学表述中的变形。

如果说 20 世纪 90 年代曾经短暂兴起过的"新写实主义"更多在日常生活的审美层面为此前的宏大叙事增添了事关个体、肉身与欲望的维度，那么到了新世纪以来的以先锋作家对于形式、语言、结构、技巧的现实主义复归（余华《第七天》、格非"江南三部曲"、苏童《黄雀记》），其实并非回复到"典型环境中的典型人物"式的现实主义典律，而是融入了被现代主义观念与技巧改造后的现实表述。毫无疑问的是，这些敏锐的写作者已经意识到先锋小说历史势能的衰减，因为它们最大的问题在于无法面对现实转移之后的"总体性"。"总体性"在 19 世纪现实主义那里以一种摹仿史诗的方式，构建出似真性的文本世界，那个世界本身凸显出具体而微的"社会关系的总和"，所谓"典型"正是在这个意义上成为集合了种种社会冲突的"类"的存在，诉诸读者的共情心理。而在进入 20 世纪之后，稳固的集体和复杂的社会结构的"异化"形态已经超出了摹仿的能力；另一方面，新兴的摄像、电影技术至少在摹仿层面超越了文字的拟真效果，因此抽绎的、作用于受众的同理能力的荒诞、意识流、自反结构与变形意象自然成为现代主义的圭臬——它在理性层面如同摹仿式现实主义在情感层面，依然是可信的。

但是当多维现实的出现——广告、影像等大众媒体，美颜相机、美图秀秀、互动游戏、穿戴式智能设备、短视频 APP 等自媒体终端，建构出的全景观世界；人的医疗美容、优生选择、技术强化、基因改造等的自我优化——从内、外部改造并形构了环境与人的物理/客观现实、心理/主观现实以及虚拟/增强现实，那么文学书写的总体性还如何可能？从无边的、流动的现实主义角度而言，文学从 90 年代中后期开始生成了几种应对形式：一、回归到 19 世纪现实主义手法的，吸纳了现代主义因素，而侧重于"讲故事"的传统，避开了由于信息泛滥所造成的"歇斯底里现实主义"的巨细靡遗，而化繁为简、举重若轻。二、科幻、玄幻文学的新浪潮，将历史、当下与未来呈现为思想实验的形式，从而在世界观架构上达成一种幻想现实主义的路径。三、在海量的直接与间接经验挑战下，非虚构写作开始抢夺关于"真实性"的书写话语权，并由此形成了关于"片面的真理"的人类学视野。四、直接抛开经验世界,而投身于实验性的极端写作(接续现代主义艺术的余脉),从而试图创造出美学上的震惊性,它们的小众化和再精英化努力,试图重新在倍受挤压的文学生存空间中另找出路。

对于现实和历史的认知,自然带出"文化/文明"与"传统"的重新梳理与解释。"新时期"伊始直到80年代中期的"文化热"成分复杂,但大体可以分为三种大的取向:一是基于对庸俗社会学化的马克思主义的反思,进而引发出主体性、个体性和人道主义的讨论;二是对西方启蒙现代性的再次张扬,重申了以西欧和北美价值观为主导的理性精神,并夹杂着抽象人性论和形形色色的后现代主义;三是因应"全盘西化"的主潮,以海外新儒家回传为契机触发的"传统文化"的复兴,源自民间的各种非理性思想也因之获得了复活。在这种思想史背景中,文学潮流此起彼伏,原本在革命话语中被压制而隐含着的伏脉比如少数民族文化、民间文化和各类体现不同人群趣味的亚文化,在公众传播层面生发出自己的空间。曾经冠名为封建、迷信、不合时宜的题材与观念在政治主导性的缝隙中曲折萌蘖。其中最为富含"传统文化"因素的武侠小说便是大众文化中重要一脉,它不仅在图书期刊出版,而且辐射到影视、音乐和更广范围的流行文化,甚至形成某种与主流意识形态平行的话语场域,形塑了80后生人的基本情感与道德教育。民国武侠小说的集大成者的港台与海外新武侠在80年代风行于大陆,不免隐含着对于"传统"的乡愁意味,但从梁羽生、金庸到古龙、温瑞安已经显示出家国叙事向个人自由的转化,它们的交织影响在大陆新世纪武侠和网络文学中,只是增添量的累积和细节的繁复,而并没有开创对于传统的创造性转化和创新性发展。只是在新世纪以来的徐皓峰那里,武侠书写褪去了其政治内核(民族主义或者个人主义),而凝结成非物质文化遗产和对"士"文化的缅怀,从中倒是可以窥见关于"传统"的博物馆化和通俗文化再生产。

就"传统"的内涵而言,80年代中后期虽然已经传入了接受美学、阐释学的相关讨论①,但20世纪以来"中西古今之争"中,它一直不自觉地被从整体上进行言说和讨论:"东方"(以中国为本位,顶多加上印度的视角)与"西方"、"传统"与"现代"、"民族的"与"世界的"……经常成为对举出现的二元项,但其实每一项内部都充满了多样性和难以合并在单一话语中的异质性因素。"传统"的内

---

① [德]尧斯、[美]霍拉勃:《接受美学与接受理论》,周宁、金元浦译,辽宁人民出版社1987年版;[德]H-G·伽达默尔:《真理与方法》,辽宁人民出版社1987年版;王岳川:《后现代主义文化研究》,北京大学出版社1992年版,第二章"后现代精神脉动:新解释学与接受理论"。

在多元化和流动性只是在新世纪之后尤其是在民俗学、社会学和人类学的相互影响中，才树立出"活鱼要在水中看"的动态视角——即作为"历史流传物"，它只有作用于当代生活与文化的实践，才是有效的历史，因而去粗取精、去伪存真、移风易俗的当代视角"扬弃"与"发明"，属于观照"传统"时候的题中应有之意，而从来不存在价值中立的、静止而又凝滞的本质化的自在"传统"在某个地方有待"发现"。

因而，空间的维度被凸显出来。边缘、边地、边民这一系列曾经在"寻根文化/学"中作为谋求补充性活力的存在，在新的换位中以主体自我表述的形象带来了范式的转换。文化多样性在中国有着来源广泛的传统：一是古典中国治理中的"大一统"与"因地制宜"之间的辩证，二是社会主义中国奠定的民族平等与移风易俗的协商，三是改革开放以来西方晚近平权政治和文化多元主义移译的影响。得益于80年代末以来后现代主义、后殖民主义、女性主义以及诸多亚文化话语在中国语境确立起政治正确的位置，文化多元主义以其斑驳的面目成为文学书写的潜在语法——它延续并放大了"一体化"时代的创伤记忆，允诺任何一种立场都应该有其存在的合理性。这当然有其解放的意义，但在解放的背面则是公共性的失落，没有任何共识能够具有"革命"或者"启蒙"那样的巨大的感召力和不证自明的时代必然性——如果有那也只是资本隐藏在其后的全球性质的消费主义，事实上无处不在的"中产阶级美学"及其仿效者正在印证着这一点。现代文学以来具有"救偏补弊"意义的边缘、边地、边民文化与文学再一次获得其发展的契机，它们承续了五四"到民间去"，抗战时期的少数民族"野性的蛮力"的输血功能，80年代的"文化之根"的寻找，在文化多样性的加持之下，为新世纪以来的中国多民族文学的蓬勃兴起提供了合法性依据，并获得泥沙俱下的正名。之所以泥沙俱下，固然是因为多语言、多民族、多地域、多习俗、多宗教的差异性，能够提供有别于来自文化中心地带的思想、技术与美学资源；另一方面也因为身处于一个符号和消费时代，它们避免不了地会同资本与文化产业开发之间有着千丝万缕的勾连。从积极的层面而言，文化多样性的思维转换，综合体现在"一带一路"的宏观倡议之中，这是在综合国力增强的背景中一种"解殖"的努力——如果说20世纪上半叶反帝反封建反殖民取得了民族解放与民族独立的去殖民化，那么经过半个多世纪的曲折发展，需要在话语权上进行新一轮的中国气象与中国风格的重建，以及进行"中国故事"的自我表述，它未必一定要形成中西二元对立的框架，但吸收外来话语也意在强调中国本位。显然，"一带一路"重新定位了中国内部东西部之间的平衡、中国与亚洲尤其是与中亚、西亚之间的连带性,中国与世界尤其是"第三世界"的战略关系。在重绘中国文化地图的同时,其实也即重绘了世界文化地图,边缘、边地、边民及其文学在中国形象塑造的权重因而得以加强①。

其中尤为值得一提的是与"文明冲突"密切相关的宗教和信仰问题。区域、人口与文化多样性的中国,除了无神论之外,还分布着世界上几乎所有影响广泛的制度性宗教,也充实着各类杂糅的弥散性信仰团体。在世俗化时代如何建构信仰的共同体与认同,不仅是宗教信仰的此岸与彼岸、尘世与天国、日常与超越的问题,同时也是在消费主义和技术化逐渐成为整体性生存环境中建立理想与信念的问题。② 其物质背景在于城市化、科学技术与资本主义的同构性所造成的生活世界的革命,乡土中国正日益远去,它所负载的悠久文明与正在发生的城市为载体的实践之间生发出巨大的张力,从而也为各类文学书写开拓了无垠的空间。某种意义上几乎可以说一切当代文学都是"城市文学",甚至"大跃进民歌"或者民间口头文学,即便是乡土题材作品,也总是带有现代城市文明观照的眼光。而最为突出的现象莫过于伴随赛博格时代而来的网络文学以及各类文学向其他新兴媒介艺术的衍生形态:电影、电视、动漫、短视频、电子游戏……技术与写作的未来日益成为文学批评与研究不能忽视的存在。

如果要给晚近三十余年的文学绘制一幅新变的图谱,那么我们可以看到,反讽精神到虚无主义、宏大叙事到日常表述、历史象征到寓言故事、整全主体到弥散个体的演化,从世纪末到新世纪以来青春文学、科幻文学、网络文学、新武侠、非虚构、乡土底层与小镇都市、边地书写与信仰重塑这一系列的主题与实践,乃至外部环境与读者反馈的反作用力对整个文学生产系统的结构性颠覆,都构成了惝恍迷离的景观,批评话语尽管已经发生微妙的位移,整体性的范式转型尚未完成。90 年代中期的"人文精神讨论"开启了重思知识分子及其话语方式更新的肇端,但彼时整体社会语境还在混乱而剧烈的变革之中,经过近二十年的沉淀,是时候进行阶段性

---

① 刘大先:《"一带一路"与全新的世界文学地图》,转引自朝克主编:《"一带一路"战略及东北亚研究》,社会科学文献出版社 2016 年版。

② 关于宗教的"科学"理解和认知从 19 世纪以来发生的一系列变化,从泰勒、弗雷泽到马克思、涂尔干、弗洛伊德、伊利亚德、埃文斯—普理查德、格尔茨,逐渐从巫术论、精神疾病,转变为社会行为、心灵的建构和文化的体系,其实也是一个"世俗化"的过程。参见包尔丹(Daniel Pals):《宗教的七种理论》,陶飞亚、刘义、钮圣妮译,上海古籍出版社 1996 年版。后作者在 2014 年版中又补充了马克斯·韦伯与威廉·詹姆斯两章。Daniel Pals., *Nine Theories of Religion*, New York and Oxford:Oxford University Press,2014.

的总结与发明了①。

## 三、寻找何种新人文方式

文学在发生静然而坚定的转移与变革,这必然要求批评与研究的范式转型,进而导向关于文学知识生产、传播与文学教育形态的变化。如前所述,首先,原本呈"分化"特色的各类艺术边界开始模糊,跨界融合的"泛文学"或者说"大文学"观念的回归,此种综合、立体、多面的"文学",既不同于古典时代含糊不清的"文学/文献"意味,也是对近现代西方移译的文学观的刷新。目前文学知识体系中关于文类体裁(小说、诗歌、戏剧、散文)、观念本体(语言技术、形式结构、美学旨归)、价值功能(教育、审美、认知、娱乐、治疗)的相关论述,都要面临新一轮的升级与替换。所谓"后文学",指向的是"文学"的现代典律,即与工业革命、资本主义和现代民族国家兴起的一套关于文学的认知形构,尽管在惯性运行机制中还在部分地起着作用,在当代却失去了它大部分的阐释效力。

其次,在资本的新型阶段与消费主义作为无所不在的生态之中,文学的商品化以及文学生产与消费的同构性,促生出形态各异却共生的系统。受政府组织扶持与资助的文学机构和实践,作为文化领导权的规划与实施,依然掌握着各类宣传、出版与传播资源,并且有力地通过经典化行为(比如中国作家协会的重点作品扶持,包括茅盾文学奖、鲁迅文学奖、全国少数民族文学创作骏马奖、全国优秀儿童文学奖"四大奖"的评选等)构建当代文学的知识与价值谱系。官方以外的商业写作与出版行为,也将前现代时期的"通俗文学"和革命文艺中的"大众文学"的定义进行了改写:"大众化"内涵的"普及与提高"逐渐被侧重娱乐、宣泄与消遣的市民文艺所抛弃,后者更是在机械复制时代强化了感官刺激、类型批量化生产和产业化快销的层面,其中尤以网络文学的"分众"式、互动型生产和传播最为典型。同时,民间系统会复制、摹仿和改装官方的某些做法,比如"老舍文学奖""施耐庵文学奖""华语文学传媒大奖""京东文学奖""宝珀理想国文学奖""李白诗歌奖"……以及数不胜数的各种小说、诗歌奖,他们有的是企业赞助,有的是与地方政府合作,这一

---

① 《读书》曾经做过两期尝试性的讨论,虽然没有形成广泛的关注,但这至少显示了敏锐的知识分子开始意识到需要面对变革的现实做出方法论和理论视野的拓进。参见罗岗等:《基本收入·隐私权·主体性——人工智能与后人类时代(上)》,《读书》2017 年第 10 期;王洪喆等:《政治经济学·信息不对称·开放源代码——人工智能与后人类时代(下)》,《读书》2017 年第 11 期。

切都让既有的文学批评和文学史变得复杂而难以一言以蔽之。

值得注意的是,还有游离在两者之外的所谓"野生作家",比如康赫、霍香结、贾勤、姚伟、杨典等人,身份各异,也并不以文学为志业/职业,他们的写作充满形式探索的异质性,乃至成为新世纪文学生态中难以忽视的存在。如何认识这种文学生态,经典化与文学史思维无疑捉襟见肘,事实上有关通俗文学、大众文学和网络文学已经在尝试做出范式转型,如同我在一篇文章中所说:"异质性不仅仅是差异性,即它是区别于主流的他者,但并不会满足于作为结构弥补意义上的他者,或者能够被主流吸附、容纳、招安和驯服的他者,与其说它排斥归化不如说它无法被归化;异质性也不仅仅是多样性,某种复数式的存在,体现出了某种文化体制的宽容精神;异质性是生物种别的不同,是原创意识的体现,它也许粗野、鄙陋,带着生番的气息,但它的意义也就在于此种元气之中",它要求我们"在虚构之中拆卸常识的冻土层,而呈现某种异端的知识场景,或者建立有别于前者的文学世界"①。

这些不同"文学"秩序之间的冲突有时候会发生耐人寻味的现象:作协制度对作家不遗余力地进行帮扶,既给予文化事业公共资金的赞助,又努力帮助他们进行营销,一方面试图在经典化的道路上有所推进,构筑国家文学的正典谱系,一方面又希望他们取得商业上的成功,而后者在计划经济时代原先根本不在考虑范围之内。但那些"严肃作家"似乎并不领情,既要做艺术家装点门面(因此有时候不免做出抨击社会的姿态,但也仅仅是姿态而已),又想半推半就地拥抱市场,以便在流通领域获取交换价值。一个典型的例子是很多人以卖掉版权为荣,影视、游戏改编往往成为文学的最佳广告,让他们暗自欣喜,事实上很多作家的收入中版权收入的比重远超过版税收入。这种情形中,资本成了评论员,批评家则充当了广告人。

这一切背后隐藏着我们时代最根本的变革:资本—技术主宰以及随之而来的媒介的变革,而最为直接而又具有颠覆性的则是网络文学,"技术所带来的超文本性打开的不是作者层面的自省,而是生产层面的公共空间写作者,在这个过程中,不是自我意识的挖掘者和全新经验的创造者,而更类似于茶馆里、码头边、乡村庆典上面对特定的听众,将具有公共性的故事传递下去的说书人"②。可以说,网络文学让"世界"与"欣赏者"(受众)的权重第一次超过了"作者"与"作品",甚至有可能改写整个文化制度与法律观念。比如粉丝文化就突破了经典马克思主义政治

---

① 刘大先:《拉萨河里有没有乌龟——异质性与霍香结》,《鸭绿江(上半月版)》2019 年第 4 期。
② 储卉娟:《说书人与梦工厂:技术、法律与网络文学生产》,社会科学文献出版社 2019 年版,第 245 页。

经济学曾经的批判框架,詹金斯(Henry Jenkins)所谓的"参与性文化"(Paticipatory Culture)其实不仅展示了某个文化文本的生产与消费的一体性,同时也指向各种文本文类的融合。① 资本—技术当然也会孵育自己的反对者,当人工智能小冰可以写诗的时候,异质性文本的出现隐喻了人文对于技术也许不自觉的抵抗。但是那种抵抗极为微弱,因为它们自己也需要按照资本—技术的逻辑才有可能出现在受众的视野之中。

技术逻辑也许已经成为我们时代的集体无意识。尼尔·波斯曼(Neil Postman)在他风行的畅销书中讨论过"技术垄断"的问题,那会导致一种唯科学主义的错觉,相信某种标准化的程序能够提供一种无懈可击的道德权威的源泉,但这恰好消解了道德,"它强调效率、利益和经济进步。它凭借技术进步创造的方便设施许诺一个地上天堂。它将一切表示稳定和秩序的传统的叙事和符号弃之不顾,用另一个故事取而代之;这个故事是能力、专业技巧和消费狂欢的故事"②。只是技术的精致化所带来的社会复杂性与耦合度的过度紧密,避免不了带来崩溃与失败,所以社会观察家从管理复杂的、内部成分相互耦合的系统角度开始强调"怀疑、异见和多元化"③。

从更为深层的角度来说,当技术及技术思维已经成为一种意识形态的时候,也就改变了整个文化政治。由此进一步引发的则是在意识形态上权力政治向生命政治与精神政治的演变。福柯认为,17 世纪以来发展出来到 19 世纪在具体机制中完成的两种管理生命权力的形式的结合,以君主权力为代表的旧的死亡权力被对肉体的管理和对生命的支配取代了,权力转化为控制生命。④ 福柯没有看到这种从权力政治向生命政治转型在 20 世纪基本完成,而 21 世纪是新的精神政治生态萌蘖的关键性阶段,它是在科技高度发展的辅助下完成的,如同韩炳哲(Byung-ChulHan)所说的:"另一种范式转换正在形成,即数字的全境监狱不是生态政治意

① Henry Jenkins.Textual Poachers,Television Fans and Participatory Culture,New York:Routledge,1992.Henry Jenkins.Convergence Culture,Where Old and New Media Collide,New York:New York University Press,2006.

② [美]尼尔·波斯曼:《技术垄断:文化向技术投降》,何道宽译,中信出版社 2019 年版,第 200 页。

③ [美]克里斯·克利尔菲尔德、[美]安德拉什·蒂尔克斯:《崩溃》,李永学译,四川人民出版社 2019 年版,第 2/4 页。

④ [法]福柯:《性经验史》,佘碧平译,上海人民出版社 2002 年版,第 100—104 页。Michel Foucault,"Right of Death and Power over Life",In The Foucault Reader,ed.Paul Rabinow,New York:Pantheon Books,1984.pp.258-263.

义上的纪律社会,而是精神政治意义上的透明社会。"①生态政治的时代随之终结,如今正迈向数字精神政治的新时代。

精神政治意味着弥散化、无隐私与价值观虚无。海量信息和加速度的生活节奏使得文学处于碎片化与快捷化,与此同时,人们的生活在数字精神政治中变得同样呈现出集聚而不是团结、碎片而不是形式,这反而会导致对于整全性和总体性的重新企慕。但很大一部分时髦学者并没有自觉意识到技术思维的潜在影响,并且开始鼓吹一种数字人文的新型文学批评与研究。最初出于对形式主义的弊端所产生的远读(distant reading)可能是对于细绎(close reading)具有某种纠偏作用②,但是当文学研究依赖于数据库量化和热衷于数字化建模时,文学就在社会科学乃至自然科学的挤压下失去了其方法论的根基。当然,对数字人文的反思并非本文的任务,但对它所携带的技术思维在文学批评与研究中则需要警惕。

如果说 90 年代中期的"人文精神讨论"是在市场化勃兴的背景下将人文影响力日渐降低的焦虑掩藏在道德与伦理的究诘之中;那么在"人文领域正在被纳入广义的科技领域"③之时,寻找新人文的方式,首先必须认识到"拜科技教"的背景——这是产业革命之后发生的转移,科学日益变成了技术的母体,在产业化需求下,失去了终极关怀而成为资本的工具。④ 人文学科诸如技术哲学、媒体研究、人类学等也一直在反思技术与人文学科的关系,但是如同许煜举例所说,许多媒体研究"将当前的媒体当成死物进行研究,对于其政治意义则相当漠视。还有,数字人文基本上可以说是科技对现有学科的研究方法的冲击,或者用计算机程序来分析文本或者画风,而非对工业技术的批判。又或者许多做 STS 的学者,研究的是脸书、微信等造成的社会现象……它们都变相地成了对这些工业媒体的'服务'"⑤。

---

① [德]韩炳哲:《在群中:数字媒体时代的大众心理学》,程巍译,中信出版社 2019 年版,第108 页。

② 莫雷蒂(Franco Moretti)是"远读"的最初构想者,他一系列关于世界文学的宏观地图勾勒著作,如 The Modern Epic:The World-System from Goethe to García Márquez(London,New York:Verso,1996)、Atlas of the European novel,1800–1900(London,New York:Verso,1998)、The Novel(Princeton,N.J.:Princeton University Press,2006)似乎更多在方法层面而非方法论层面提出与解决了重大的理论问题。在实际操作中,数字化会遮蔽无法被数字化的材料,而数字化也无法解决文学文本词语与概念的含混性问题。

③ 朱嘉明:《抑制文人情结,走向"后人类时代"》,转引自金观涛等:《赛先生的梦魇:新技术革命二十讲》,东方出版社 2019 年版,第 349 页。

④ 参见田松:《警惕科学》,上海科学技术文献出版社 2014 年版。

⑤ 许煜:《"数码时代"科技与人文的契机》,转引自金观涛等:《赛先生的梦魇:新技术革命二十讲》,东方出版社 2019 年版,第 310 页。

这实际上指出了"文化研究"中存在的问题:政治经济学思维逐渐被技术思维挤占了空间,更遑论文学所关切的幽微暧昧的情感与精神领域?

文学作为人文领域的一员,其发展既然内在于这个趋势之中,当然避免不了出现这种问题,整个知识体系的分工与重组都已经日渐出现巨大的变化,但文学依然有着区别于"拜科技教"的地方,就在于它的创造方式是非专业、去同质性、反技术逻辑的,存在着整全性思考的潜质。带着这种潜质回到"后文学"以来的中国现场,在分歧驳杂的各类现象与问题中,文学想象与实践还有可能导向一些根本性的问题:从资本与政治层面,描绘与勾勒"公"与"私"在过去与未来的走向,这是现实感和"真实性"的基础;从道德与伦理层面,思考由于区域、族群、宗教、语言、文化等因素所带来的价值多元,并构拟新的共同体;从超越性层面,思考世俗化时代的救赎与治疗,因为信仰问题并没有因为科技的发展而消失或者淡化。这一切有待开启一种新人文的视角。

1984 年,阿伦·布洛克(Alan Bullock)在纽约大学讲述西方人文主义传统时,梳理了文艺复兴以来人文主义在西方世界的变迁:人性本善并且有可能臻于完善的信念,18 世纪启蒙运动为标志的乐观主义,19 世纪实证主义对科学、进步及未来的信心,19 世纪末到 20 世纪 30 年代之间出现的承认人性的多重性与社会的非理性力量的新人文主义观念……他一直警惕与批判人的工具化和集权政治,特别强调个体性,但对于人文学的前途只能报以前途未卜的态度。不过,他依然相信人文学能够使我们保持对未来的开放态度,相信人类依然在一定程度上拥有选择的自由。① 我想,尽管关于"后人类"、赛博格、人工智能的诸多说法与现实已经无可回避,但中西古今典籍中对于人本身作为目的的关注始终应该是人文学关注的聚焦点。就如同戴维·洛奇(David Lodge)谈论小说塑造"有意识的自我的"时候所说:"我们必须承认西方人文主义者的独立自我概念并不是普遍永恒的,也不是何时何地都适用的,它是历史和文化的产物。但这并不意味着它不是好的观点或者已经过时,因为在文明的生活里,我们所重视的许多东西都有赖于它。我们也必须承认,个体自我不是固定不变的实体,而是在他人和外界交往的过程中不断被创造和修饰的意识。"② 不过,外部环境的变化显然带来了"作为智识活动"的人文学的一系列新趋向,任博德(Rens Bod)乐观地认为情况正在变得比以往更好,因为"源自

① 布洛克:《西方人文主义传统》,董乐山译,群言出版社 2012 年版,第 215—217 页。
② [英]戴维·洛奇:《意识与小说》,《戴维·洛奇文论选集》,罗贻荣编译,中国社会科学出版社 2018 年版,第 415 页。

不同领域的技术和方法正在与人文学科相整合,正在导向对历史、语言、艺术作品、文学作品、乐曲、电影、新媒体产品和其他文化制品的新分析、新阐释。对通用模式和具有文化特殊性的模式二者的探寻代表人文学中的一个不曾被中断的常量,正在被日益频繁地揭橥认知和数字化方法进行考察"①,他将其概括为人文材料的认知法已然促成语言、音乐、文学和艺术的心理动机的新检验方法,数字、计算法已经导致了诸多新模式的揭示,源自人文学、自然科学和社会科学的跨学科方法的整合则生成了新学科,且那些方法也正在被应用到更为传统的人文学领域。

一切新的都会变成旧,而预测未来最好的办法就是当下践行以影响未来。回到文章开头提到的"文学终结论"。如果我们不将文学的历史视为终结,不去抹杀或压抑它的可能性,那么某种意义上来说,"文学"确实死了;但它的既有呈现形态与批评研究方式的瓦解,也预示了新的人文方式的可能性——它打破现有的真理体制(它由资本平台—科技与媒体—精神政治的三位一体构成),从经验与表述的层面开启别样的选择——这个选择并不是无所用心地指向"奇点"(singularity)的到来、人的主体性的弥散(当然,启蒙运动人本主义以来的"人"确乎陷入危殆之中),或者历史的终结(取代自由民主制度的全球资本科技联合体),而是以直观、情感与体验的方式整全性地、含混性地想象与思考"不可思议"之事。

(原载于《当代文坛》2020 年第 3 期)

---

① [荷兰]任博德:《人文学的历史:被遗忘的学科》,徐德林译,北京大学出版社 2017 年版,第 392 页。

# 反规约：当前长篇小说的无理据书写

刘小波　《当代文坛》杂志社编辑部主任、副编审

　　近年来，长篇小说的书写呈现良好的发展态势，作家梯队结构渐趋合理，创作上佳作不断，对现实的介入也不断深化。但是，一些书写面临的共同缺陷也较为明显，比如文本书写的同质化、对现实的过分倚重、小说技法的陈旧等。不过，作家们也在不断探索，深入更新小说创作手法，无理据的叙事技法就是其中之一。随着使用的频繁，这一技法渐渐臻于成熟，被广泛采用，但同时也产生了一些弊端，需要引起反思。

　　主流叙事理论建立在模仿叙事的基础上，即这些叙事都受到外部世界可能或确实存在的事物的限制，它们所持的"模仿偏见"限制了理论自身的阐释力，而当代叙事学发展的新动向则是一种反模仿的极端叙事，即非自然叙事。① 非自然叙事是一种反模仿的非虚构叙事，国外已经有多名叙事学家进行过系统研究，在中国，非自然叙事也被广泛使用，非自然叙事其实就是一种典型的无理据书写。艺术符号具有一定规约性，同时艺术符号又不断打破规约，挑战自我，完成自我的更新。在小说创作中，这种反规约主要通过无理据的表达得以实现。在这些现象不断重复的情形下，更值得研究。虽然无理据书写有反现实的一面，但仍是立足于现实的书写，是艺术创造的另一现实。

## 一、无理据书写具体呈现

　　毫无疑问，现实主义书写是当代长篇小说创作的主流，现实主义的源流是对现

---

　　① ［美］詹姆斯·费伦、林玉珍：《叙事理论的新发展：2006—2015》，《上海交通大学学报（哲学社会科学版）》2016年第4期。

实生活的一种关注和焦虑。但秉持现实主义精神也会有"反现实"的非自然书写，这是因为作家、艺术家可以创造出艺术层面的现实。福斯特的《小说面面观》提出了"幻想"小说这一概念，指出幻想小说暗示了超自然因素的存在，但不需要挑明，非自然叙事是具有幻想倾向的作家手法。① 幻想小说其实就是无理据的表达。这样的小说很常见，有些小说整体上都是无理据的，以现实中不存在的现象为书写对象，是全局无理据。有些小说则是视角的无理据，叙述者往往是不可靠的亡灵、动物、疯癫者等。还有一些小说仅仅是一些局部无理据，即在书写过程中偶尔插入几笔超现实的灵异现象，形成局部的无理据书写。当然，这三种模式并无清晰的界限，很多时候是交织使用的。

（一）全局无理据

当下很多长篇小说是现实主义题材书写，但也有部分作品呈现出了反现实的一面，这样的作品在近几年尤为常见。很多作品整体上都是建立在无理据基础上的，虽然很多小说书写的主要内容与现实生活无异，但是作家的谋篇布局将其置放在了非现实的层面。

马原归来后的《姑娘寨》就是较为典型的全局无理据书写。先锋时期的马原就撰写了大量全局无理据的作品。《姑娘寨》依然如此，小说通篇书写叙述者"我"与六百年前的英雄帕亚马相遇的故事。小说融进了大量的真实事件，比如关于《冈底斯诱惑》，关于他的儿子走上文学的道路，关于他的疾病，他的籍贯，他在上海做教师的经历等，作者希望让小说变得更为真实，不过这是一种掩饰，无论如何，小说是虚构的。在视角选择上，有不同的叙述者，"我"的叙述，"我"儿子的叙述，针对同一件事，二人的叙述完全不同，一个在建构，另一个则在解构。不同的视角是为了让叙事变得更可靠，很明显，这些所谓的"我"都不是作者本人，背后仍然有一个隐含叙述者。叙述身份在小说中至关重要，叙述主体是叙述研究的重要方面，小说中，叙述主体有多个，不断跳角，作家的真实身份，叙述者的身份、幻化出来的身份。其实到最后，叙述者与帕亚马的相遇并不存在，也即是说整个的书写都是不真实的、无理据的。《姑娘寨》有不少思索在里面，尤其是对一些无理据的东西，一些被称为封建迷信的东西，作者的态度是明显的，就是对未知的事物的一种敬畏感，但是很明显，文明社会里似乎没有未知的事物可言，更不必说那些神秘的事物了。小说写到，祭司和巫师都失去了职业，竟要为一个猴子举办一场盛大的祭祀典

---

① ［英］福斯特：《小说面面观》，冯涛译，上海译文出版社 2016 年版，第 101 页。

礼,甚至由此引发了一场巨大的瘟疫。很明显,作者有着一种对未知事物的敬畏感。非自然叙事的流行正是这种敬畏感消失之后的替代补偿。关于民族的东西书写也较多,提到不少的少数民族,可谓民族神话的重述,用隔空对话的方式与民族英雄帕亚马对话,虽然最终帕亚马不复存在,是儿子眼中的幻觉,但是没遇见不意味着不存在。中西民族神话都有涉及,马莉雅与西方圣母玛利亚。关于灵异和神秘的事物书写比比皆是,与帕亚马的相遇,松鼠会与人对话,贝玛拥有三项超能力、马莉雅怀胎三月便产下男婴,等等。《姑娘寨》中现实与幻想的交织,很多书写是正常的书写,诗人的集会,朋友为婚礼借钱,多线叙事,我与朋友们在云南正常的生活,我与帕亚马的相遇,别样吾与贝玛的故事,彼此分割却又在姑娘寨那片神奇的土地上交织。作为50后的作家,马原的精神追求和写作目标与同代作家是一致的,追求的是19世纪的那种经典文学,这与60后、70后甚至80后等践行的20世纪小说观念是不大相同的。因此,尽管他的技法时髦而新奇,骨子里却是对经典作家的致敬与回归,是对现实生活虔诚而热切的拥抱。《姑娘寨》中马原的"叙述圈套"还在延续,比如在《虚构》中采用的时间方面的误差来瓦解叙述,在《冈底斯的诱惑》中用"我""你""他"这样的交叉讲述视角瓦解叙事,这样的手段在《姑娘寨》中有所延续,他用儿子关于帕亚马的叙述消解的"我"从头至尾关于帕亚马的叙述。就连帕亚马的身份也进行了自我瓦解,究竟是哈尼族,还是偻尼族,究竟是帕亚马还是帕雅玛也不得而知。

余华的《第七天》也是全局无理据的代表性作品。小说书写的很多事件都来自真实的新闻,但是作者采取的是主人公死后七日的经历来架构全篇,关于人死后的世界及其面临的经历明显是无理据的。但作者通过这样的极端书写,将人死也不得安宁的困境表达出来。有意思的是,马原、余华都是先锋文学的代表,先锋小说的反规约书写本身就具有代表性,在20世纪80年代,新潮作家们的叙述行为可以说打破了一切的惯例与常识。进入21世纪以来,这种反规约的非自然叙事在作家们的书写中越来越常见。很多作品或是打破阴阳生死界限,或是深入挖掘原生态的生活境遇,或是心驰神往未来的世界,总之,这些书写远离了生活的常态,具有非自然、超现实的特点。

阎连科所谓的"神实主义"也是一种无理据的书写,他的作品超现实的色彩很浓厚,但是超现实的背后是对现实的深切关注,读者反而能够更好地从中理解他所要表达的意思。《四书》《受活》《日光流年》《炸裂志》《速求共眠》等小说看似是普通的乡土书写,但都是整体上的无理据书写,因为他描绘的并不是乡土的真实现状,而是将苦难夸张变形,甚至拔高,比如卖血卖皮、普遍短寿等,都是极端化的非现实描写。

海男的《大西南》中关于前世的书写也是整体无理据的。作者采用了较为私人化的方式来处理这段宏大的历史,无论是自始至终的超现实书写还是具有文体意识的小说文本本身都有所表现。神秘书写与非自然叙事贯穿全书,比如小说关于轮回的书写就很有意味,整部小说对轮回的态度是明显的,小说有一个场景,是重返野人山的一群人在描述各自的前世,想象自己的前世,还有野人部落老兵所描述的关于轮回的奇异事件,这种非自然的书写在这样的主题中并不突兀。

全局无理据的书写多以寓言化的方式呈现。刘亮程的《捎话》便是如此。小说是极为晦涩难懂的作品,也是一部寓意深刻的作品,可谓超现实书写的典型之作。《捎话》情节奇谲荒诞无比,整个故事充满了非自然叙事与反现实书写,作者创建了一个关于动物与人类的寓言式社会。异化书写在文学中较为常见,这是对时代反思最好的手段,卡夫卡将人变为甲壳虫开启了经典模式,被多次效仿。在《捎话》中,异化书写在继续,库曾经骑着驴将满脑的昆经捎给其他人,在库的师傅去世的时候,口中吐出的是"昂叽昂叽",这是驴的叫声,捎话人吐驴声,将人和驴融为一体了。到最后,库也发出了驴叫,谢的灵魂附着在库的身上,这种人与动物界限的模糊具有很深的隐喻性,继续书写着人性的异化主题,只不过,作者更进一步,他还写到了动物的异化,将动物异化为人。这种关于动物性被驯服和压抑的书写可以说极具隐射意味。虽然在技术层面仅仅是一种反向模仿,但是深意无限。

李宏伟的《灰衣简史》是一部有关欲望的精神寓言,小说充满着象征手法,而小说的核心情节是买卖影子,这是极其荒诞的。赵本夫的《天漏邑》《荒漠里有一条鱼》也是从整体上进行的寓言化书写,具有浓郁的超现实色彩,是全局无理据的书写。

还有一些历史幻想类的小说普遍也是无理据书写,姚伟的《楞严变》就是如此。小说以龟兹、乌苌两国莫名陷入噩梦开始,为解除梦魇,龟兹国王遵循解梦师建议,去往天竺求取《楞严经》破除梦境,途径历经磨难,辗转多年取得经书,破除噩梦。小说中有可吐丝筑成坚固城墙的母蜘蛛,有可被咒语唤醒的《兰亭集序》……想象奇崛,语言恣肆,全书呈现出无理据的书写。全局无理据书写还表现在大量的科幻文学中,在一些现实题材的作品也会涉及科幻。全局无理据书写能够增强艺术的张力,加速小说技法的更新,还能规避一些书写的敏感性问题,被很多作家采用。除了全局的无理据书写,视角无理据和局部无理据在当下的长篇书写中也很盛行。

(二)视角无理据

叙述视角是一个与主体相关的极为重要的概念,也是作家们处理得十分慎重的对象。视角的全知与限知、视角的可靠与不可靠、视角的人称、视角的对象选择等不只是叙事的技术问题,而是直接影响到文本主旨的表达和接受者的阐释。反现实书写有一个显著特点,就是叙述视角的选择,作家们往往采用禀异的叙述视角,形成视角的无理据。特殊的叙述视角在非自然叙事中十分常见,亡灵视角、动物视角、儿童视角、鬼魂视角等等在小说中安排较多。阎连科的《最后一名女知青》有一个名叫黄黄的狗的视角,陈应松的《还魂记》、徐贵祥的《穿插》、陈亚珍的《羊哭了,猪走了,蚂蚁病了》、梁鸿的《四象》等则都采用了亡灵视角,张好好的《布尔津光谱》有一个未出世的男婴爽东的视角和一只大灰猫的视角,黄孝阳的《众生·迷宫》是有一个怪婴视角,如此等等。正是这样独特的视角选择,让作家有更大的想象空间,也让文本呈现出更多的艺术性和思想深度。

陈希我的《心!》也有通过阴间人物的采访书写,来丰富林修身的塑造,进一步书写历史的多样性。张翎的《劳燕》在叙述技法上采用对话体以及第三只眼的全知视角进行描述。小说设置多个叙述视角,让小说人物各自发言,共同串起故事。而主人公阿燕,却自始至终没有发言,都是别人的回忆提到她,不同人的讲述串联起她的一生。整篇小说真实与虚构、历史与现实、现实主义书写与浪漫主义想象交织。通过大量的文献资料副文本插入,人物被带回历史的现场,但在作者精心编织之下,读者却不知何为历史,何为想象,而这些仅存的残痕却串联成了一个完整的故事。

赵毅衡曾对这样的不可靠视角进行了探讨,提出这种叙事是一种全局不可靠,即是叙事整体性的不可靠,这样的小说电影在现代几乎已经成为常规,最为典型的就是叙述人格非常人,而是小丑、疯子、无知者等,在意义能力与道德能力上,低于解释社群可接受水平之下。比如《尘埃落定》的傻子,《秦腔》的疯子等。特殊视角的选择让叙述变得更加可靠,因为越是无知者,越不会隐藏和伪装。正是这些不可靠叙述者的存在,让文本变得可靠,伍德曾指出:"我们知道叙述者不可靠,因为作者已经就此警告过了,作者的一整套操作是可信的。作者一路上给我们设置了提醒,让小说教会我们如何阅读它的叙述者。"[1]叙述视角的精心设置是小说创作极

---

① [英]詹姆斯·伍德:《小说机杼》,黄远帆译,河南大学出版社2017年版,第3页。

为重要的一环,视角无理据引起新颖和可靠,在长篇小说中极其常见,甚至很多时候被作家们泛用、滥用了。除此之外,小说中的局部无理据现象更是司空见惯,有时候到了无以复加的地步。

（三）局部无理据

在一些普通的现实主义作品中,也会有无理据的书写。这样的书写只是偶尔闪现,但也不得不引起重视。这样的局部无理据存在于很多作品中。徐皓峰的《大地双心》杂糅进了很多超现实的成分,譬如李谙达对袁世凯病症的熟稔、关于其寿命的定数、治完病后在特务的眼皮子底下消失,刀枪不入的盖世神功,未卜先知的能力,最后被豹子叼走的死亡方式等,都是十分诡异的。全篇不断有催眠术等特异功能出现,小说多次写到的萨满,虽然作者对一切的法术进行了解密或者说是解构,并提出一切法术都是人为的,但是,各种秘法还是在文中飘荡,留下诸多的未解之谜。

储福金的《念头》在常规情节之外增加了不少内容,常常旁枝斜出,比如《聊斋志异》的反复出现、打狗运动中关于狗的生命的思考,参观人工智能时的思考等。此外,这部小说中的禅宗意味浓厚,尤其是莲花的意象以及幻境的书写极具阐释的难度,第七章的"镜火"更是极具禅宗味道,很多小说语言可谓箴言。小说还有很多幻境书写,亦真亦幻的和灵魂出窍的描写等,这种幻境书写是当下小说非自然叙事的表征,其实也代表了人生的多样性与人性的多样性,"念头"这样的题目也有一念成佛、一念成魔的意味。小说中绝无真正无意义的闲笔,一切的冗余和墨迹其实都是经过作者精挑细选才得以出现在文本之中。因此这些局部的无理据也是颇值得深究的。

这种局部无理据几乎存在于大部分的作品中。扎西达瓦的《西藏,隐秘的岁月》中七十多岁的察香怀孕并在两个月之后便产下次仁吉姆。莫言《十三步》中的死人复活、以粉笔为食的书写;胡迁的《牛蛙》中,表姐嫁给了牛蛙;迟子建《群山之巅》中的预知人生死的安雪儿。红柯的小说普遍具有反现实的一面,很多诡谲的书写完全打破了自然的规律。《乌尔禾》中海力布与动物相处,听得懂鸟儿的语言,与蛇精和谐相处;《喀拉布风暴》中的地精以及对于武明生家族人性和性的描写,大胆地描写了大量的民间性故事、性传说和性知识,《大河》中的很多情节也十分诡奇、魔幻,小说整体上呈现一种无理据的态势。夏商《裸露的亡灵》书写的是阴阳相间、人鬼共存的故事。这些都是现实主义书写中无理据表达的一面。如此等等,不胜枚举。近期类似的书写还有:冯骥才的《单筒望远镜》中书写义和团战士的金刚不坏之身;马拉的《余零图残卷》开篇写奇异的时间,芒果树再度开花却不结果。葛水平的《活水》中有神婆的神力书写。刘庆的《唇典》中的引子部分,开篇就是"我能看见鬼",全文涉及的萨满作法等原生态书写也有非自然叙事的特点。默音的《甲马》中利用"甲马"纸操控他人的记忆和梦境,其书写同样具有反现实的一面。贾平凹的《山本》开篇的通龙脉的三分胭脂地与最终的应验,乔叶的《藏珠记》书写了一个长寿女性的故事,她的人生穿越千年,从唐朝活到当下。波斯商人赠送的珠子让这个女孩子长生不老,一直活到了当代。徐怀中的《牵风记》在一般的书写中夹杂了很多神秘的自然书写。吴可彦的《茶生》这样的具有科幻性质的小说,也具有无理据书写的意味。刘何跃的《洞》以"重庆大轰炸"为背景,在洞这一特殊场景之下,安排了"异世界"的书写。凸凹的《汤汤水命:秦蜀郡守李冰》书写历史人物李冰,很多书写来源于民间野史,有不少非现实的书写。梁鸿的《四象》中有日从西升、与植物交流、通灵者等无理据的书写。

　　总之,无论是全局无理据、视角无理据,还是局部的无理据成分,都广泛存在于当前的长篇小说书写中。很多小说都或明或暗地安排了非现实的无理据书写,近段时期以来的作品尤为明显,在作家们的精心布局之下,这些无理据的情节并不显得突兀,但其对长篇小说的丰富性、主题升华、技法更新等方面所起到的作用不容忽视。这一书写趋势流行背后的原因也值得深入探究。

## 二、无理据书写流行成因

　　为什么小说需要这样的无理据表达?首先肯定是艺术的虚构本性决定。艺术是对现实的提炼,夸张、变形、无理据是题中之义。最为重要的是,艺术是一种超脱,"在组成文化的各种表意文本中,艺术是藉形式使接收者从庸常达到超脱的符号文本品格"①。文学的过分写实使其缺少超脱气质,而无理据的文学书写就是在努力保持和探寻文学的超脱性。再者,任何表意活动都需要有一个前提,那就是叙述者传达的东西是真实的,哪怕是一个拟真实。文本真实让诸多不可能变可能,如张飞打秦琼在文本中就可以真实,虽然两个人并不在一个朝代,大量的穿越剧也是如此,是文本的真实保证了叙述的进行和受众的接收。特别是艺术符号,遵循假戏假看的表意原则。但假不是伪,艺术虚而非伪,艺术是虚构,但是真实的。这些都

① 赵毅衡:《从符号学定义艺术:重返功能主义》,《当代文坛》2018年第1期。

保证了艺术无理据表达是可行的。甚至可以说,无理据的视角让叙述本身反而变得可靠。体裁规约、阅读引导、思想赋形都可以让无理据的书写变成可靠叙述。无理据书写流行的原因很复杂,具体包括几个层次,一是文学传统的延续和民间信仰的复活,对未知事物保持敬畏之心、对文学传统的继承;二是技法需要,形式创新,打破小说的惯常书写,如叙述圈套、叙述视角、叙述时间等,都是如此;三是现代性的反思,现代化进程的加剧,很多东西瞬间消失,历史的车轮带来了人们的惶恐不安,各种神秘书写似乎有一种虔诚忏悔的意味。此外还有多种原因促使其流行,如国外文学的影响、地域特殊性等。

(一)小说传统的延续

首先来说,这是中国文学传统的延续,虽然中国传统文学不事想象,但是小说是一个例外。特别是,中国自古就有"野性思维"和"野性叙事"的传统。[1] 中国的小说萌芽自志怪传奇和神话传说,代表性的《搜神记》《聊斋志异》《西游记》等小说都有非自然叙事的特质。就连《红楼梦》也有太多的情节是超出了日常生活的。这些文学传统在当下有着深远的影响,比如读姚伟的《楞严变》就能很自然地联想到《西游记》。中国小说有志怪的传统,而志怪传统正是无理据叙述的典型。

仔细去阅读当代文学经典,很多具有无理据色彩的作品都和中国的文学传统密切相关。孙郁提出沈从文的小说具有六朝和晚明以来的志怪与录异的韵致,当代小说家喜欢谈狐说鬼的人有很多,比如贾平凹,他的小说带有巫气。[2] 中国白话文学诞生以来,无理据书写一直没有间断过,直到当下更甚。曾利君在研究中国1980年代以来的魔幻书写时提出,很多无理据书写是对传统的回归。他列举的例子大多是文学史上归为先锋文学的作家作品,这些小说一般被看作是移植自西方的,但其实更多的还是根植于传统的。[3] 李遇春在分析贾平凹的小说时提出,在中国的文学传统中,讲究的是奇正相生。比如《老生》的无理据书写与中国传统有关,尤其是融合了《山海经》的巫、史、诗三合一的艺术境界。[4] 刘志荣在论述莫言小说时提出的"经由异域发现中国,经由先锋发现民间"[5]十分精确。

① 樊星:《野性的记忆为什么绵绵不绝?——当代文学主题学研究笔记》,《当代文坛》2018年第5期。

② 孙郁:《从聊斋笔意到狂放之舞——汪曾祺的戏谑文本》,《文艺研究》2011年第8期。

③ 曾利君:《新时期小说的"魔幻叙事"与古代文学传统》,《现代中国文化与文学》第22辑。

④ 李遇春:《贾平凹长篇小说文体美学新探索——以〈老生〉为中心》,《文艺研究》2015年第6期。

⑤ 刘志荣:《莫言小说想象力的特征与行踪》,《上海文化》2011年第1期。

从更深的层面来看,这或许还与民族基因有关,中国素来有这样的传统。依靠天意来裁决、期待上苍有眼的单纯而朴素的信仰使得这样超现实的东西在民间广为流传,小说中对此也有诸多的反映,最常见的是上天的惩罚、命运的回报。比如须一瓜的《双眼台风》中因果报应、天谴情节。莫言《蛙》中姑姑夜归遭遇蛙群攻击的书写,而这些青蛙是被她强制流产的婴儿们的化身。李焕才的《岛》中酒爷因泄露了地密而受到惩罚,惨遭厄运,这些都是典型的恶有恶报的基本信条。

(二)技法更新的需要

在小说书写中引入幻想,产生的效果非同一般。反规约书写可以看成是艺术对现实的提炼、夸张和变形,使作品更具有张力,也更具有文学性和艺术性。米兰·昆德拉曾指出,科学的飞速发展使得人们陷入一种"对存在的遗忘"的状态之中,小说本是对存在的唤起,当下似乎不再需要,小说受到了简化的蛀虫的攻击,小说历史也就终结,他以此提出了小说的死亡:它并不消失,它的历史却停滞了,之后,只是重复。① 他虽然提及具体的国家,但还是针对小说艺术本身。为了打破这种重复和简化,需要采用一些新的书写方式。很明显,无理据书写让小说有一种回归复杂的姿态。

这样一种文学现象的流行与文学自身的发展也有关系,总体来说就是当代小说的一个重大变革:写真的衰微与寓言的兴起。寓言实际上是用一个看上去不太真实、不太可信的叙事,去说明一个真实可信的道理。② 反现实的无理据书写往往以寓言的形式呈现。寓言书写从新时期的寻根文学、先锋文学一路而来,到现在流行的非自然叙事,这在一方面与中国作家引进的拉美文学资源有关,也与中国的传统本身密切相连。此外,也和文学发展史上对写实过分执迷的纠偏有关。现实主义的源流是对现实生活的一种关注和焦虑,秉持现实主义精神也会有"反现实"的书写,这是因为作家、艺术家可以创造出艺术层面的现实。当下很多长篇小说虽是现实主义题材书写,但也部分呈现出了反现实的一面。赵本夫的《天漏邑》中情节奇谲、人物生动,整个故事悬疑丛生,充满了非自然叙事与反现实书写,创建了一个关于自然与文明的寓言式社会。卢一萍的《白山》也是一部关于历史的寓言式书写。作品用新历史主义的态度、非自然的叙述方式以及反讽技巧书写了一个关于个体、历史、民族的寓言。安昌河的《羞耻帖》中的梅花贴,也是一种寓言化的表达

① [捷]米兰·昆德拉:《小说的艺术》,董强译,上海译文出版社2004年版,第23页。
② 张清华:《镜与灯:寓言与写真——当代小说的叙事美学研究之一》,《烟台大学学报(哲学社会科学版)》2005年第2期。

方式,作品中的梅花帖与罪恶欲望等都有关联。刘亮程的《捎话》的叙述视角也较为复杂,有第三人称的全知视角,也有第一人称视角,小说有大量的篇幅是关于妥和觉的长对话,这是从他们的限知视角对战事的观点,全知与限知的混合让小说的情感导向变得飘忽,读者接受起来会有一定难度,但也从另一个方面反映出小说的丰富性与审美的趣味性。动物视角的出现将视角进一步丰富,《捎话》写了人的世界和驴的世界双重世界,从驴的视角大量关照人类,甚至还写到人与驴的情爱关系。

李唐的《身外之海》也是一部反现实书写的作品,小说着力书写了会说话的狼这一情节,这种将动物异化为人的反异化书写颇有意味。异化书写在文学中较为常见,这是对时代反思最好的手段,卡夫卡将人变为甲壳虫开启了经典模式,被多次效仿,而在《身外之海》中,将动物异化为人,虽然在技术层面仅仅是一种反向模仿,但是深意无限,尤其是结合当下所处的时代,警示作用不言而喻。残雪的《一种快要消失的职业》在整体上延续了一种反现实的试验性的书写,在小说中,残雪惯用的那些意象依旧存在,比如山上的小屋、厌世群体、鼠、蛇、蜥蜴、龟等动物,等等。小说的很多情节仍然具有超现实的意味,譬如依靠灵感采草药的书写,不断出现的巨蟒,超强的听力,与已死之人的碰面、男性短命的村子、枯井冒水等都是如此。这些书写都是对世界的虔诚,对未知的敬畏,在歌颂人的时代,将最美的语言献给了神灵。

(三)现代性反思

无理据书写深受现代化和现代性的影响。现代化进程的加剧,很多东西瞬间消失,历史的车轮带来了人们的惶恐不安,各种神秘书写似乎有一种虔诚忏悔的意味。很多寓言化的书写都有对此的反思意味。从贾平凹、王安忆、余华、苏童、马原这一批作家开始,才是中国当代文学真正的起点,现代性得以真正确立的标志。非自然叙事与现代性反思挂钩,对乡土文明的皈依,现代性一直在发展,对其的反思也一刻没停过。或如李欧梵所述:"或许在中国当代小说中始终存在着,在先锋派的语言试验和现实扭曲的背后始终隐藏着一种对中国根本性的想象的乡愁。"①这种非自然叙事体现出来的正是这种乡愁。无理据书写多与中国的民间信仰有关,很多被冠以封建迷信。马原在《姑娘寨》中不断跳出来指陈,这些未知的事物真的

---

① [美]李欧梵:《论中国现代小说的继承与变革》,季进、时苗译,《当代作家评论》2008 年第 1 期。

只是一种封建迷信吗？这些隐藏在民间的东西是值得敬畏的,是一种根本性的乡愁。《姑娘寨》所谓生活在别处,别处正是遥远的乡村,作者用自己的生活行为在践行这一理念。

地域文化也是一个很重要的因素。特殊的地域环境带来生活的神秘性,譬如迟子建、刘庆的东北,莫言的高密,红柯的大漠,等等。西藏尤其适合这样的文本诞生。马原、扎西达瓦的作品与西藏这块土地有关系。迟子建的小说有很多非自然叙事、通神等,与东北这块土地有关。特殊的地域环境造就了作者独特的想象。比如红柯作品与西域的关系,很多小说亦真亦幻,充满神性写作。《乌尔禾》中的海力布被塑造成具有神性的英雄,石人女神像具有了生命。小说最突出的特色就是充满了诗性的想象力,背景宏阔,行文汪洋恣肆。举凡草原、大漠、羊群、石人像等,皆灌注了饱满的激情。现实与想象、传说与生活融在一起,向我们呈现了一个神奇、灵异的大西北。西域是多种宗教交融之地,民间想象力也极为丰富,这直接影响了他的创作。

同时,与国外文学资源的输入也有关,很多作家沿袭国外作家的魔幻叙述,从故事、技法到思想进行多方面移植,深受西方文学的滋养。比如西蒙娜·波伏娃的长篇小说《人都是要死的》,里面有一个叫奥斯卡的男人,他就活了很久,亲眼看到了欧洲四百年来的风云变幻。而弗吉尼亚·伍尔夫的长篇小说《奥兰多》里,奥兰多不光是不死的人,还男变女、女变男地活在欧洲历史里,还有帕慕克《我的名字叫红》开篇便是"我是一个死人",如此等等,都是无理据的叙述。这些国外经典深深影响了中国作家们的书写。

另外,这样的写作某种意义上迎合看客心理,是小说与商业出版结合的必然选择。与读者猎奇的阅读心态有关,小说总要有故事,故事越离奇,读者越容易走进故事中去,甚至有代入感。对作者而言,虽然他们强调自己写作并不猎奇,但事实并非如此。再者,受出版制度的限制,避讳文化成为必然,只好架空现实,虚无历史,走向另类书写,驰骋于想象的疆土。出版制度导致避讳文化的流行,这也是作家们处理历史的一种权宜之计。近些年来,凡涉及当下现实和近距离历史的作品,无不是采用了喜剧性或荒诞与怪诞的笔法来处置的。① 当然,在一个无文学主潮的时代,文学书写的多元化与多样性是必然,必然影响作家的气度与胸怀,总体来说,无理据书写是作家们创作技法更新的必然选择,有其深厚的历史根源和现实依

---

① 张清华:《〈兄弟〉及余华小说中的叙事诗学问题》,《文艺争鸣》2010年第23期。

据,对其发展走向需要学理的观察与把握。

## 三、无理据书写走向及反思

无理据书写包括非自然叙事,但又不限于此,单个超自然的描写、有违现实的书写都可以被纳入,艺术本身就有一种反现实的意味,往往是虚而不伪,中国历来有重写实轻想象的传统,文学创作中非现实的书写比较少,也不被主流认可。现如今却比较盛行,非现实的书写主要是基于小说技法更新的需要、文学传统的延续、现代性反思的问题,是一个综合复杂多元化的问题。非自然叙事是一种艺术符号反规约的无理据表达现象,理据性本是语言学术语,关于语言的任意性与理据性问题学界探讨已久。理据性的讨论主要限于语言学内部,焦点在于语言是任意的还是理据的。扩展到整个符号界,符号表意一定是有理据的。即便是期初用的是任意的符号,最终都被赋予了理据性。符号学将理据性问题扩展到整个文化,从语言的理据性问题到文学、影视、广告、艺术批评等等的理据性问题。长篇小说的书写也存在理据的合法性问题,很多看似无理据的书写在体裁规约之下变得合乎情理与常识,但是任何技法都需要限度,一味地进行无理据堆砌也会适得其反,需要反思。

技法更新的压力迫使作家们会继续沿着反规约的道路前行,继续寻找新的书写模式,不断打破既有框架体系。当前文学的反现实书写还体现在小说技法的更新上。无理据的小说书写无论是创作技法还是主题都与一般的小说有很大不同,表现了作家们的创作探索,但是最终还是回到现实,回到人文关怀,无论多么天马行空的表达,立足的还是人在现实中遭遇的各种问题。无理据书写的流行说到底还是作家们对近年来流行的传统写作模式的纠偏甚至颠覆。传统小说的过量编码,缺少解释的自由度,往往主题是既定而明晰的,甚至还有很多是主题先行,这样的话艺术性必然大打折扣。而这些非自然叙事因为缺少明晰的主题,使得误读、歧读成为可能,小说成为开放的文本。非自然叙事正是打破了一般小说主题鲜明的写作模式,将无理据的东西融进小说中去,丰富小说的内涵,减少外延,延长审美距离,最终提升整体的艺术性。

无理据书写与作家们的技法更新密切相关。当代作家们在创作的时候出现了大量的冗余、墨迹成分,将大量的生活细节全部纳入到作品中来,追求一种逼真的效果,让一切细节看起来重要而又无关紧要,重要是说全部写进小说,不重要的意思是这些细节被杂乱无章放进小说，有一种堆砌的嫌疑。造成一种生活扑面而来的情形。这其实是现代叙述的滥觞，而非自然叙事的情节正是这种冗余最好的材料。中国当代作家这样的书写其实也是属于迟到的现代叙述。尤其是近年来的长篇写作，与过去那种单线叙事明显不同，很多看似无关的细节被写进了小说中，造成一锅乱炖的局面。情感的消失也十分明显，一切细节都令人麻木，又都令人心惊。情感的消失反而强化了情感的表达，更能引发读者的情感反应。对细节处理的碎片化与碎片化时代的来临也有关系，尤其是电子阅读时代开启的碎片化阅读，阅读时间碎片化，阅读内容碎片化，小说文本中不时插入的无理据描写也是一种碎片化的安排。

正因为无理据书写这一技法对创作和阅读的双重功效，更需要把握无理据书写的限度。既然作家可以创造现实，就需要把握一定的度，需知过犹则不及，一旦过度就成了对现实的臆想。雷达针对无理据书写的泛滥时指出，"一些作家没能走出'为魔幻而魔幻'的怪圈。魔幻虽古已有之，中外皆有之，但现今的魔幻现实主义毕竟是一种以奇观化、荒诞化手法和技巧来表现想象世界的方法，具有不可低估的叙事学意义。传统现实主义文学之后，的确需要这样的表现方式来加以丰富和升华。但是，现在不少长篇所谓的魔幻，傻子白痴大量涌现，动辄让牛羊说梦话，让人变成飞禽走兽，且人头乱滚，白日见鬼，鬼魂附体，花样繁多，认真推敲就会发现，变来变去的魔幻，并无深化作品的意义，也无规定情景的或然，而是通过强制性的叙事助推，使得人物形象偏离了情理逻辑和叙事逻辑，以极度扭曲的方式进入文本，致使人物往往是残缺的、病态的，或叙事者就是一个白痴、智障儿、梦游者，或切除生殖器的自虐者，或干脆让叙述人脑袋里长了一个大瘤子……在这种幻变之下，作家像个瘸脚的魔术师，将先锋意识以及对现实的批判简化为一堆无用的'怪物'，使文本逻辑变得混乱不堪，使阅读变成一种活受罪；如果以为这就是深刻，这就告别了传统的现实主义，实在是一个不小的误区。我并不是魔幻的反对者，相反，对精妙的魔幻倍加赏识。我只是觉得，如果没有对生活新的独特发现和洞见，无论附着多少花哨的观念和叙事的技巧，仍然难掩其贫乏"①。这段话描述的种种现象在当今文坛仍十分盛行，小说中动辄就是鬼怪神灵，局部无理据书写尤为突出，仿佛这一技法一介入，小说的档次立马会提升一样。此外，有不少无理据书写架空历史和现实，完全陷入虚无主义的书写，不遵循基本的艺术规律，这也是需要

---

① 雷达：《长篇创作中的非审美化表现》，《长篇小说选刊》2017 年第 1 期。

避免的。反现实的书写,说到底,只是一种策略,其目的还是为了更好地反映现实,关切现实,"魔幻寓言只是一个说辞,一件外衣"①,如果过分强调这件外衣,就会适得其反。

在文学发展史上,一般存在着多种文学传统,因为种种原因,有的会被放大,有的则会被遮蔽。很明显,现实主义是中国文学被无限放大的传统,而非现实的书写则被刻意遮蔽了。无理据的非现实书写最终指向的是对现实书写的纠偏,虽然现实主义一直占据着文坛的绝对统治地位,现实主义大潮一直不断被关注讨论,但是"重返现实主义"的呼声不绝于耳。一旦文坛有了异样的写作,这样的呼声就会更加强烈。在这样的大环境下,现实简约为题材的现实,真实被定义为生活的真实,艺术的独特性渐渐隐匿起来。百年来的现实主义文学也就是一种工具论的文学。其实,文学书写的发展路径是从再现走向表现,"镜"与"灯"的比喻最为直观。当下作家们的表现欲望更为强烈,主观性、主体性都普遍加强,对机械的模仿十分反感,无理据叙事就是一种反模仿的叙事,作家们不仅仅满足于镜子一般对世界进行反映,而是掺杂进大量的主观创造,因此超越现实的非自然叙事会被普遍采用。

艺术最大的品格就是超脱性,如果还认可小说是艺术的话,就需要保持它的超脱性。如果文学一味写实,过分介入现实,很有可能造成"意义的失重",与庸俗生活混为一谈,而作家们无理据的书写,都可看作是对艺术品格的追求,对庸俗生活的超脱。"艺术让人脱离庸常的途径,不是靠其所描述的对象,而是其形式。"②不过,"所有伟大的现实主义者,同时都是伟大的形式主义者"③,非自然叙事表面上看来是一种形式的探索,其实仍是深深扎根现实的,那些非技巧摆弄的作品,透过非现实的一面,深切回应了现实,并且脱离现实的庸常。无理据的非自然叙事手段其实一直伴随着小说的发展进程,近年来叙事学的新动向将其纳入叙事学的研究范畴,成为新的视角和方法论,中国当下小说创作中非自然叙事应用十分多,对其进行系统的梳理,有助于厘清小说叙事发展的动向,对其进行理论的升华和系统的梳理能够让小说这一古老的叙事艺术不至于走向歧路。

(原载于《当代作家评论》2020 年第 3 期)

---

① 程光炜:《略论 1990 年代长篇小说评论》,《当代文坛》2018 年第 5 期。
② 赵毅衡:《从符号学定义艺术:重返功能主义》,《当代文坛》2018 年第 1 期。
③ [英]詹姆斯·伍德:《小说机杼》,黄远帆译,河南大学出版社 2017 年版,第 179 页。

# 舞剧《长征·九死一生》的时空叙事与舞台意象

许薇　南京艺术学院舞蹈学院副院长(主持工作)、教授

长征这一历史题材的艺术创作不在少数,不论是文学作品亦或影视作品,大到纵观整个事件的记录与回忆,小到聚焦长征这一事件中的小人物、小故事。而用现代舞的形式表现长征这一革命历史题材,无疑是对编导能力的一次极具考验性的尝试和突破。

## 一、锤炼语汇中的情感把握

看完这个舞剧让笔者不禁想到一个词——光荣。在长征这样一个历史事件中,语言的叙述或许显得平淡苍白,那三十万个毅然前进的背影,那三百八十余次热血拼搏的战斗,经历两次严寒酷暑的自然循环,直至两万五千里外的最终会师,岂是寥寥几个数据即可总结? 又岂是寥寥几句话语即可囊括? 在现代舞剧《长征·九死一生》中,编导用一个个真实的、鲜活的战士形象向观众传递了其心中的长征精神。通过一个个立体的生命,将其自身的真情实感充满于舞台之上,融入舞剧之中。李捍忠曾这样形容这些经历长征的战士们:"我为你而死,那是因为你值得;我为你而生,那是因为我寻着了光明。"或许就是这样的信念,才使得他们走过的每一步都坚定无比;或许就是这样的精神,才使得我们可以在舞剧《长征·九死一生》中,体会他们的信念所带来的震撼。

《长征·九死一生》的命名,是编导以最为直接且残酷的方式道出了长征生死存亡的惨烈。简简单单的四个字,却是三十万人在七百多天里真实经历的小小缩影。反复琢磨下来直叩内心:"何为生死之界限?"答案在舞剧里面已经不言而喻

了。舞剧的开场,编导向观众讲述了长征途中光荣牺牲的战士,每个人的话语大致围绕"我是谁""我来自哪里""我去向何处"这三个问题。这是否是编导对于生命的终极问题的发问? 而此处第一人称的角色设置,将舞台空间进入长征事件的叙述中。那些穿梭在舞台上的战士,或站立,或匍匐,或跳跃,或翻滚,他们集聚着、分散着、警惕着、战斗着。在光束亮起时,他们向着同一个方向前进,艰难险阻不动摇他们一分一毫;在黑暗笼罩时,他们手拉着手,形成一个不可分离的群体,炮火连天,不放弃任何一个同伴。变换着状态的他们依然在前进着,他们为了心中的信念已然忘记了身体上的磨难,我们看到的是外化了的坚毅内心:直立的身体在无形的力量下弯曲,即将落地的、富有重力感的躯体再次的挺立,在不同层次的舞台空间中反复,直至在舞台后方的镜面反射中看到了更多不同状态的行进个体,他们去向哪里? 或许是光荣之地吧。可以看出,现代舞的语言在舞剧中连接顺畅,塑造了舞剧中战士形象"生"的种子。相比血肉之躯的"生","死"的形象在舞剧中则是出现了"灵魂"的具象化塑造。身着白裙的"灵魂"似乎更为自在,没有了战争中的压迫感,动作的质感变得轻柔和缓,与"生"的形象形成鲜明的对比,时而轻轻撩起手臂,双臂打开至身体两侧的斜上方,作以自我身体为中心的重力循环的自转圆圈,轻盈的动作展现出灵魂的漂浮感,似是万物生命轨迹的交替循环,是生与死的循环。继而他们与活着的战士用身体围起环状,这时,他们手拉手形成一个相互交织的网络,动作的力是来自彼此之间的力量传递,这股力量在舞台中涌动,时而撑起,为活着的战士挡庇;时而并肩,与活着的战士共同战斗,动作轨迹流畅,这"灵魂"游于舞台之间,游于生与死的临界点。他们是活着的战士的寄托? 还是牺牲的战士的意志不死? 笔者认为二者兼备。可以看出整个舞剧存在着两个时空,即生与死的对立,一个是现实的,一个是虚构的。前者是战士们的亲身经历,展现着他们在长征途中经历的困苦,这时的动作质感是僵硬沉重的;后者是战士们的内心所思,传递着战士们的精神意志与战友之情,这时动作质感是流畅轻盈的,以此构成强烈的对比反衬。在舞剧的尾声,一声"我到了",将舞台的空间融合为一体,隐喻了"生死之界限"。"生"的战士完成了长征,达到了目的地;"死"的战士拼尽一生,在炮火中永生。

可以看出,军人出身的李捍忠对长征确实有着非同一般的感情和认知,并且用现代舞对长征做出了不一样的诠释。首先,特别是像《长征·九死一生》这样的红色军旅题材,语言的运用总是考验着每一位编导对于整体舞剧创作的把握能力。是否能适合舞剧整体的叙事框架? 是否能真实再现题材样貌? 是否能传递题材精神与信念？每一个问题都与舞剧创作交织在一起。像长征这样一个厚重的题材，最打动人心的是什么？是人。在特定历史条件下，红军战士处于饥寒交迫当中，他们不可能每分每秒都充满着力量，不可能每分每秒都是血脉偾张的。有时，他们的身体形态甚至可能是扭曲的，但他们在信仰的支撑下继续前行，以此来创作出属于红军这一类人所使用的语言表达。在舞剧《长征·九死一生》的开始，战士们向着舞台后方的灯光前进，缓慢变形的正步走，穿插着跳跃、匍匐、滚动等动作，或挣扎着，或蜷缩着，区别于大多数军旅题材舞剧中的标准模式下的正步行进。这种行走，不太可能是正步走。那么，什么才是属于长征战士的语言？首先我们需要思考，目前的舞蹈语言是否精准，是否符合人物与历史环境？从语言的角度，笔者认为还有再锤炼的必要。于平在《从开放格局到开创新域——改革开放 40 年以来的中国舞剧》一文中，就有关"非限定性形态"舞剧的"前卫性"中提到该类型舞剧"从命名上看，这些'前卫性'的舞剧似乎都在努力接通中国传统文化的底蕴，但似乎还有些碎片化和浅表化。"①关于舞剧中语言的运用，我们希望看到的是，一种在特定历史环境、自然条件下，人处于生死边缘时，所表现出来的一种语言。这是一种更为本能的、更为直接的语言，这种舞蹈语言不是军旅风格舞蹈的惯常动作，不是现代舞的惯常技术，甚至与当代军人的身体语言也具有较大的区别。在舞剧中，一些地方可以看出形象的种子，以及现代舞的风格。但语言稍显常规，怎样将语言进行锤炼、避免常规化的语言动作？目前舞剧中的部分动作太富有力度，过多展现了演员纯熟的现代舞技术，在地面的滚动轻松自如。例如在舞剧战士形象的动作中，多次出现了右手手臂从身体一侧抬起，在身体前方画立圆的同时手臂无限延长，右手划落时再次与同侧腿抬起，反复上一个立圆的运动轨迹，继而一个利落的转身后，身体重心向下，匍于地面。再次站立时，向前运动出现不顺畅的趋势，双腿的动作不再麻利，取而代之的是一种磕磕绊绊的前进形态。这时，舞者身体的运动呈现出受阻的质感，这让舞剧中的语言动作出现了一种分裂感。又或者是一种与长征中沉重感不相符的语言动作，在舞剧中也常常出现：战士匍匐于地面，一条腿伸出于身体一侧，一条腿弯曲于身体前侧，双手撑于地面，在移动时双手撑起身体的重量，放于身体一侧的腿顺势向旁伸出，身体的重心在这一系列动作后轻盈且缓慢地向一旁移动，这一语言的运用与长征中的挣扎的形象个体存在不协调性。虽

---

① 于平：《从开放格局到开创新域——改革开放 40 年以来的中国舞剧》，《民族艺术研究》2019 年第 1 期。

然在舞剧中,我们可以看到编导在舞蹈语汇中设置了形象的种子,主题动作多次出现,并进行了不断的发展变化,但总体而言,这部舞剧仍有不少语言显得常规与眼熟,没有凸显在长征特定条件下的特殊环境中军人的困境,以及红军战士面对如此困境时的特有的精神力量。它应是一种在长征特定历史环境、自然条件下,战士处于生死线上所表现出来的一种身体与精神的状态。在舞蹈动作设计时,作为动作它可能并不麻利流畅,但它仍有技术难度的呈现,应具有内在的张力,体现出挣扎前行的力量、信仰的力量。舞剧中印象深刻的一幕是一个被遮住双眼的战士试图穿过舞台上的"黄沙",身体陷于其中,仅仅只有上半身可呈现于舞台之上,双手伸向身体前方,像极了一个失去光明的盲人,她摸索着前进,或许黑暗让她跌倒,让她恐惧,但她未曾停止步伐。在这样如此受限的条件下,怎么运用语言将如此局限的表现主体尽可能地发挥其身体的质感?是否可以突破这种被束缚的状态,用现代舞特有的方式重新结构?或许这还需要编导编创出属于长征战士的身体语言,跟普通现代舞作品中的语言不同,跟当代部队战士的语言不同。用这种语言展现长征途中红军战士前行的动力,同时又使这一语言更准确、更贴近创作者的表达意图、情感以及审美。

## 二、创新视角下的意境营造

现代舞的特质使得舞剧的结构大多不是层层递进的线性发展结构,更多的是块状的组拼发展模式。舞剧结构还可以进一步斟酌。笔者认为"叙事性"是舞剧与舞蹈诗的分水岭,既然《长征·九死一生》定位于舞剧,还是应该梳理一条清晰的叙事主线。贯穿全剧的线到底在哪儿,在整个舞剧中似乎还不够明确。在舞剧结构上,时常给人一种跳进跳出的感觉。例如从舞剧中的"水舞"到"沙舞","水"和"沙"的运用都是为了体现长征路途的环境多变,这不禁让笔者想到"金沙水拍云崖暖,大渡桥横铁索寒",但这两个舞段的串联却没有发展的过程,像是一幅幅独立的画卷,缺少了递进式的联系,因此叙事性不强,更多的像是多层时空的不同画面的堆叠。在舞剧中,"水舞"这一舞段先是由三位舞者完成,后在枪响后,舞台后方始终在行走的舞者加入,变成第二阶段的群舞。在三人舞的舞段中,舞剧结构的叙事性较为完整,多为意境的再造,以此表达编导心中的长征漫漫路途的同时,唤醒观众心中的长征样貌:女舞者向前或向后倾斜,在即将倒地时,身旁的两位男舞者用其自身的力使之回正,这一力量的拉扯似是叙述长征途中战士们的相互协助。继而男舞者将女舞者抱起,女舞者从其后背翻向另一侧,或是将女舞者的腿当作长枪向前方瞄准。三人在水中摸爬滚打、凌空跳跃,直至枪声响起。这时舞台后方的舞者加入"水舞"中,将牺牲的同伴围在圆圈内,将他的身体抬起,直至消失在舞台上。可以看出,三人舞段的叙事性之于舞剧的结构有一定的推动作用,虽没有过多的人物之间的纠葛来增加舞剧的戏剧冲突,但三人达到了共鸣效果,向观众刻画了在长征途中战士们的生存与战斗的形象。同时,与群舞一同将"水舞"舞段表达完整,再现了战士们的困苦与战友情,达到了叙事目的。而"沙舞"也不禁让人想到红军长征途中的"爬泥潭""过草地"之情景,舞者在下半身被束缚的环境下,舞动上半身僵化的身体,用十分缓慢的速度前行。手臂挥舞在空中,形成了不流畅的舞姿动作,不尽优美的身体动作却能传达出存在于战士身上有限的生命和无限的生命力。是什么让他在漫漫的黄沙中前行?是什么让他在泥泞的泥潭里翻滚?笔者认为是红军的意志精神。"沙舞"这一舞段,不仅仅是对长征途中的战士艰难行进的再现,更是其意志品质的刻画,由此塑造了较为鲜明的人物形象,在舞剧结构中具有一定的叙事性。然而"水舞"与"沙舞"在整个舞剧的结构中,串联性较弱,虽然主体都是战士本身,但两段舞段的战士却缺少内在的联系。特别是舞剧中间结构部分,大段的舞蹈表现形式感过强,给观众带来了一种距离感、远方感。红军战士也是一个平凡的群体,他们是有温度的、鲜活的生命。在舞剧中,编导应该时刻牵动着观众的情感,将人物和叙事的线索向前推进。目前舞剧较好地再现了长征的多个画面,从题出发《长征·九死一生》,"长征"立起来了,将长征的场面营造了出来,但"九死一生"的厚度、温度似乎还不够。但不得不提的是,舞剧《长征·九死一生》的首尾呼应比较明显,舞剧的开始是战士的旁白,一个个诉说着生命的终结,是"生"与"死"的时空交界,一声枪响划开了现实与虚构的空间。结尾的"生死界限"处理得十分亮眼,战士们缓缓向舞台后方走去,慢慢地人群出现了划分,"生"的红军战士驻留在舞台上,留在革命胜利的祖国大地上;"死"的战士缓缓走向一个个拼凑起来的"透明地面",隔着"透明地面",留给观众的只是一个模糊的身影,最终走向了"灵魂"升华、身体光荣的终点。

现代舞的表现通常难以具象化,更多的时候,我们是通过编导的编创视角体会舞剧的整体架构,感知舞剧的故事隐喻,体会舞剧情感的发展走向。首先,这就使得即使是题材宏大的现代舞剧,也需要从小地方切入。舞剧《长征·九死一生》试图用碎片式的艺术段落,来组接一部宏大叙事的舞剧,难度较大。在整个舞剧中,编导将舞台的空间划分了多种层次,展现了大小不一的空间范围。在舞剧的开始,舞者以满天星的排列分布于舞台之上,似是在舞台上营造出一种地图板块之状,增加了舞台的空间范围区间。这时,在这一区间的空间里没有具体关于个体的形象塑造,而是运用群舞的形式对整个舞剧题材的存在环境作进一步说明,营造长征这一题材的意境。可以看出,编导似乎是想要将两万五千里的长征之路尽显于舞台的空间之中,从而展现长征这一非比寻常的壮举。当然,在现代舞剧《长征·九死一生》中,也有相对细微的刻画,例如舞剧中的"水舞"和"沙舞",这两个舞段的编创,使得舞台上的空间区间缩小,具体在一个人或一个事件中,使观众更为细致真切地感受漫漫长征之路的艰苦与危险,同时也感受生命的伟大、战士的无畏。但即使舞台空间的区间缩小,焦点聚集于具体的个人或事件,这种没有内在联系的、独立的舞段很难构造立体的舞剧框架,充盈舞剧的叙事内核。虽然舞剧《长征·九死一生》不仅仅将长征的意境用大的空间区间予以展现,而且也将战士的形态与精神意志给予刻画,但拼凑之感强烈,视角不够清晰。与其这样,舞剧的切入点不如从一个小的视角出发,以一个人或者是一个小的事情来折射整个历史的画面,可能在深度上会有更多的发挥空间,否则就会游离在板块式战争场面中。当然,舞剧叙事的时空变化也是舞剧具象化叙事的重要方式。舞剧中的"灵魂舞"即是将舞台划分为两个空间,让"生死之界限"游离于舞台之上,在历时性线性叙事中,这种平行时空的设置让两个时空同时展开,具有共时性的空间特点,让二者在相互融合中达到具象化的表现。笔者认为,在长征这一宏大题材的编创中,运用单一时空的倒叙也是可取的一种具象化表达的方式,将着重渲染的片段或事件用插叙或倒叙的方式表现,增强其传递的意义,从中整理贯穿舞剧的主线线索。再者,运用动作的对比也是具象化的手段之一。在舞剧《长征·九死一生》中,两个舞者在做完相同动作倒地后,一个舞者从地面爬起继续向前行进,而另一位舞者则匍匐于地面,身体僵化,动作幅度的范围减小直至失去行动能力。这一简单的动作刻画,让两者在对比后产生了一定的想象空间,清晰明了地传达了长征途中的艰险和红军战士的无畏精神。

在舞剧《长征·九死一生》中,道具的使用相对现代化,与舞剧中叙述的长征情景产生一定的反差。例如舞剧中象征着鲜血向下流淌的红绸,在既定条件下或许可以做出更为准确、贴切的使用。以红绸和鲜血来做类比,不由得让人觉得有些过于轻飘,红绸的飘逸质感缺少了战士的生命之厚度与光荣之重量。当红绸缠绕着战士们的身体出现在舞台之上时,整体感似乎受到了一定的影响。在漫天雪飘时,战士们的毛皮大衣使得舞台的整体效果发生了变化,现代的服饰有些喧宾夺主,不仅盖过了舞剧中营造的长征意境,有违人物的形象塑造,也不符合长征历史的事实。而道具木棍的运用就相对完善,一个在日常生活中极具功能性意义的物品呈现在舞台之时,在符合长征这一题材所处的环境的基础上,舞台上战士运用的木棍不再只是具有单一的现实意义,而是更多地被赋予了其作为舞台道具的审美意义。

### 三、时代精神下的革命情怀

舞剧《长征·九死一生》获得国家艺术基金 2018 年的滚动资助,从该现代舞团的生产、运营的市场主体等各方面来说,都是一个重要的创作起点。"'国家艺术基金'的设立及其科学的选拔、资助、验收机制,促进了中国舞剧由'高速发展'向'高质量发展'的转型。五年来的 81 部资助项目使中国舞剧发展进入'新常态',奠定了中国舞剧发展格局的'新想象'。"[①]可以说,国家艺术基金的资助极大地改变了舞剧的生产生态环境,对民营企业的资助顺应了经济的发展,使得舞剧生产的高速发展向高质量发展转型。除此之外,体制外单位在舞剧创作的大环境中与体制内单位、各大歌剧舞剧院团展开良性竞争,北京雷动现代舞团在区域生产、运营中更加具有环境优势,与其他体制外舞蹈文化传播公司、独立编舞者等市场主体形成更为成熟的区域市场发展。

在此基础上,舞剧创作的革命历史题材的选择也为舞剧市场增添了时代精神,长征的两万五千里路途在舞剧里被李捍忠重新解构并建构,用现代舞特有方式表达出自己之于长征的情怀。不论是舞剧开始具有雕塑之感的舞者身体,还是反复倒地而形成坠落之感的语汇运用,抑或是堆叠式的舞剧结构,都将长征这一重要的历史事件在当下时代中赋予了新的意义。对于舞剧的编导来说,革命历史题材的舞剧创作本身已然具有深度和宽度,是可探索、可锤炼的创作空间;而在这基础上,把握如此厚重的题材创作考验着每一位舞剧编导的编创能力。对于欣赏舞剧的观众来说,首先,革命历史题材的舞剧是时代的标杆,具有纪念与警醒的非凡意义;其次,革命历史题材的舞剧也是大众感受、学习历史的途径,让历史过往更加被理解与认知。这一题材的舞剧创作在具有时代感召力的同时,再一次用艺术体验让普通大众不忘初心,在革命历史的地标中一同前行。并且,舞剧《长征·九死一生》

---

① 于平:《中国舞剧发展格局的新想象》,《中国艺术报》2018 年 2 月 28 日。

以长征为主题展开舞剧创作,在聚焦独立历史事件中,完成舞剧的非线性叙事,从而在精准的把握中避免了长篇赘述的笼统叙事情况;而舞剧的长征主题也为长征精神的继承和发扬找到了得以寄托的艺术表现形式,让大众在贴近历史事件中,找寻意志精神的共鸣之处。舞剧《长征·九死一生》也是李捍忠带领雷动天下现代舞团在现代舞编创领域作出的重要创新,而这只是雷动天下现代舞团成长的半途。

舞剧《长征·九死一生》是北京雷动天下现代舞团关于传统与现代的创作摸索,用现代舞的形式展现了现实主义的题材内容,表达主旋律下的意志精神,将爱国情怀与中华传统美德,用编导极具内涵的编创使之融合在舞剧《长征·九死一生》中。但作为现代舞团,该用怎样精准的艺术语言与结构表达出他们之于长征的情怀,还有待于进一步推敲与打磨。北京雷动天下现代舞团制作这样一部题材的舞剧非常不易,国家艺术基金给予民营团体如此的支持更是难能可贵。我们可以看到国家艺术基金从"服务行业"走向了"服务社会"。

对于这次现代舞剧《长征·九死一生》的创作,是北京雷动天下现代舞团对现代舞编创路途上的重要一步,这一创新也是北京雷动天下现代舞团为我国现代舞发展做出的重要尝试。

（原载于《北京舞蹈学院学报》2019 年第 4 期）

# 中西声乐艺术的融通与回归

## ——兼论西洋美声唱法如何演绎中国作品

孙媛媛　中央音乐学院教授

音乐是人类抒发情感最直接的表达方式之一,是国际公认的"世界语言"。作为音乐重要组成部分的声乐艺术具有很强的实践性,往往有"先行后知"规律和特征,我国典籍对此多有论及,比如《毛诗序·大序》载:"在心为志,发言为诗,情动于中而形于言,言之不足,故嗟叹之,嗟叹之不足,故咏歌之,咏歌之不足,不知手之舞之,足之蹈之也。情发于声,声成文,谓之音"。从发展历史过程看,中西方声乐艺术虽然各有特点和优势,但在发声训练和审美追求等方面其实是相通的,完全可以互相借鉴、互补生辉,共同为当代世界声乐艺术繁荣发展作出贡献。伴随改革开放的全面推进和我国声乐艺术的快速进步,目前中西声乐艺术已经超越了"土""洋"之争①,相互认可却又更加注重回归本源、各美其美,融会贯通、中西合璧、美美与共已经成为我国声乐艺术界的广泛共识和进一步探索的时代课题,中国声乐艺术迎来了一个崭新发展阶段。本文将结合笔者的教学体会和艺术实践,就中西声乐艺术融通的主要方面进行探讨,并就如何用西洋美声唱法演绎好中国作品提出一些粗浅的看法,以求教于方家。

## 一

"美声"不仅是一种发声或歌唱方法,同时也是一种歌唱风格和流派。现代美

---

① 所谓"土""洋"之争中的"土"与"洋"概念在不同时期的内涵有所不同。从整体上看,"土"主要指中国传统演唱方法,即通常所说的民族唱法。"洋"主要是指以意大利美声唱法为基础的西洋声乐演唱方法。本文所提到的"民族唱法"中的"民族"一词可理解为广义的民族即中华民族,既包括汉族,也包括其他少数民族。

声唱法①起源于16世纪末的意大利佛罗伦萨,17、18世纪在全世界特别是欧洲普及。五四新文化运动以后,西方现代美声唱法传入中国,我们习惯称之为西洋美声唱法。百年来,中国声乐艺术发展经历了从"以洋为尊""洋为中用""土洋之争"到"美声唱法民族化""民族唱法美声化",再到以我为主、"土""洋"互鉴,致力于建立中国声乐的理论体系和艺术训练体系这样一个复杂曲折的历史过程。经过大量的艺术实践的检验,西洋美声唱法科学的声部划分、发声方法、演唱方式、声乐理论、教学方法和雅俗共赏的审美取向,最终赢得了中国声乐从业者和广大观众的青睐。目前,在中国专业音乐院校的声乐教学和文艺演出团体的声乐表演中,大多都是以美声唱法作为发声基础原理进行教学和演唱的。以中国传统唱法为主的声乐教育机构和单位中,不少教师在保持民族声乐艺术优秀传统的同时,也大胆借鉴包括西洋美声唱法在内的其他各国声乐艺术的科学发声方法,大大拓宽了我国民族声乐艺术发展道路,取得了丰硕成果,受到各方的关注和赞誉。

从发展规律看,声乐艺术都是以身体为乐器的歌唱艺术,各国各民族人民的嗓音相关的身体结构大同小异,中西声乐艺术在演唱的共性上应该是相通的,都希望达到发声自然、音色统一、音域宽广、语言清晰、歌唱寿命长等艺术目标和理想。和很多其他舞台表演艺术一样,声乐艺术的演唱技术传承和发展仍主要依靠示范与模仿等口传心授的个体方式进行,其基础要素主要包括:良好的呼吸支持;清晰的吐字归音;统一的声区状态;顺畅的起落音连贯;合理的音量控制;优美的音质呈现和灵活的个体演绎等。归结起来,中西声乐艺术融通的基本条件主要体现在以下三个方面。

(一)良好的呼吸支持和气息控制

呼吸是发声的原动力。呼吸是歌唱中的杠杆,也是歌者全面调整发音及歌唱状态的动力源泉。建立良好的呼吸支持状态是每一位歌者在学习和训练中的必修课,是保证和提高歌唱能力的根基。中外很多歌唱家、声乐教育家对呼吸在歌唱中的重要性都做了很多精辟的论述。我国古代就有"气为声之帅""气为声发,声靠

---

① "美声唱法"译自意大利语"Bel canto",原意为"优美的歌",并兼有美丽的歌曲的含义。一般认为,它不仅是一种发声方法,还代表着一种演唱风格、一种声乐学派,因此通常又译作美声唱法、美声学派。在我国,人们所理解的美声唱法是一个比较宽泛的概念,那就是以意大利歌唱发声技术为基础的演唱方法。实际上,美声唱法是从西欧专业古典声乐的传统唱法发展起来、文艺复兴以后逐步形成的。包括欧洲的歌剧、音乐会、清唱剧等舞台上常用的唱法,都可统称为美声唱法。参见吴衡康、周黎明、任文主编:《牛津当代百科大词典》,中国人民大学出版社2004年版,第144页。

气传,无气不发声,发声必用气""善歌者,必先调其气"等名言金句①。当代老一辈声乐专家常说,"在气息支持下歌唱""用气息托住声音""懂得良好地呼吸,就会很好地歌唱""声音坐在气上"等,这些关于掌握呼吸支持状态要领的语句,看似朴实无华,却蕴含了深刻的道理。我国著名歌唱家、声乐教育家沈湘教授认为,"要使声音有生命力,就要有呼吸的支持。呼吸是歌唱的动力,是歌唱的支持力。""歌唱艺术就是呼吸的艺术,因为歌唱中所有的变化都来自呼吸的支持。"②意大利著名歌唱家卡鲁索也认为,"只有正常的呼吸,才能给予产生准确音高所需的准确频率,也才能有正常的音量、响亮度和音质。"③声乐教学中所说的呼吸和我们日常生活中所说的生理性呼吸是有区别的,歌唱训练中,初学者经常会对呼吸感觉和生理呼吸直觉产生矛盾和错觉。歌唱中的呼吸是随着乐句的长短、根据情绪情感的变化而变换着运用的呼吸,属于有意识、有目的、有技巧的呼吸。在现今我国专业声乐教学中,很多老师不再单纯倚重学生天生的好嗓子,而是越来越注重用生理学来解释和讲授呼吸的具体训练方法,大多会用启发式的语言和比拟、暗示等手法来启发学生们的想象力,把复杂抽象的呼吸感受直观化、生活化,调动学生自己对身体呼吸的感知,从而达到对呼吸支持状态更切身的领悟。因材施教是教育中的一个根本原则,这一点在声乐教学中表现得更为严格。由于歌者个体的客观差异性,老师会根据学生的不同身体结构和理解力,进行科学确定声部等有针对性的教学。笔者在教学中发现,学生在初期学习阶段对于呼吸支持容易出现认知错觉,大多片面地强调身体的局部,甚至过于把注意力放在身体的某些或者某个位置的调整而导致整体呼吸状态失衡,出现声音稳定性差等弊端。对呼吸的正确认知和科学调整是声乐教学中的重点和难点,需要长时间的经验积累,既考验老师的辨识能力,也考验学生的领悟能力。

中西方声乐艺术风格和表现手法虽有差异,但对歌者呼吸的要求却是大致相通的,那就是通过横膈膜起作用保持稳定气流和气息的对抗平衡。声乐教学中常讲的呼吸和气息本质上是一致的。从生理学角度讲,呼吸或者说气息是维持生命的一种内在的身体机能;从心理学角度讲,歌唱所说的气息之"气"更大程度上是一种精神意念上的支持。无论是从事音乐教学的专家还是从事演唱的歌手,不管对呼吸的理解观点有多不同,却都有一个基本共识,那就是借助自然的呼吸状态,

① 段安节:《乐府杂录》,中华书局1958年版,第171页。
② 李晋玮、李晋瑗编著:《沈湘声乐教学艺术》,中国广播电视出版社2008年版,第14页。
③ [意]P.M.马腊费奥迪:《卡鲁索的发声方法》,郎毓秀译,人民音乐出版社1984年版,第62页。

保持喉部稳定,后咽壁挺立积极,喉咽通道顺畅,使其形成良好的歌唱共鸣。这样声音才不会受音乐的高低、强弱和旋律变化影响,始终保持如挺拔的建筑形象一样的稳定状态。中外演唱者在发声时都需要头腔共鸣和横膈膜的支持,需要喉部的打开和喉头的稳定,同时还需要用良好的呼吸状态控制音色变化。不同的声乐作品对演唱者的呼吸处理要有不同的要求,需要演唱者依据作品调整呼吸的深度、张力、灵活性和穿透力,使声音的表现力更丰富。从身体力学角度看,呼吸的气压、气流以及气量之间的关系是:气压大小决定歌唱的音高,气流的快慢决定了音乐的戏剧性和抒情性,气量的多少决定了音量的大小。在这些条件的综合要求下,歌唱中的"气口"如何正常运用,如何能够平稳、更深地"换气",在多音阶多小节的长乐句中如何能够在演唱中不易被人察觉地"偷气",这些技巧和方法需要歌者在不断训练和舞台实践探索中学习积累。所以,训练和保持良好的呼吸支持和气息控制是中外歌唱家一生都需要修炼的基本功。

(二)清晰的语言表达和吐字归音

歌唱是一种特殊的语言表达方式。中外声乐界对歌唱语言表达的清晰度要求都很高。宋代张炎(1248—1320)曾在《词源》中写道:"曲有三绝,字清为一绝。"明代魏良辅(1489—1566)在《曲律》第十二中提道:"曲有三绝,字清为一绝,腔纯为二绝,板正为三绝"。我国著名声乐教育家喻宜萱教授就认为:"歌唱是语言的升华,音乐与语言的有机结合,是歌唱艺术的基本特点,必须重视语言的训练。"[①]国外不少著名歌唱家也有一个共识:"清晰的吐字绝对不会对声音有损,相反会使声音更完美、更集中、更柔和。"[②]绝大多数声乐作品的表现都必须通过语言文字来描述表演者内心的感情活动,舞台上许多细致的、生动的表演也有赖于对文字语言的准确掌握。尽管由于中西方语言发音上的差异,演唱对歌者的身体运用以及咬字行腔变化均有不同要求,但是中西声乐艺术表演中都存在吐字归音的问题。这是中西声乐艺术融通的一大难点。

具体而言,西洋美声唱法提倡咬字清晰和语感、语气的生动准确,但因对声音位置统一连贯和整体共鸣有严格要求,在字的延长音中往往容易将演唱时的注意力转移到声音共鸣位置的保持上,这样就容易表现为模糊和弱化字的歌唱状态。我国传统歌唱的美学理念是以字行腔、字领腔行,讲究字正腔圆。因此,我们在练

---

① 喻宜萱:《声乐艺术》,华乐出版社 2004 年版,第 338 页。

② [苏联]И.К.那查连科编著:《歌唱艺术》,汪启章译,人民音乐出版社 2002 年版,第 169 页。

习中国作品唱法时,习惯用一个元音字在无论连贯的行腔或用休止或气口断开的拖腔中,多次借助口腔和身体摆位变化形成元音的状态,从而在保持声音的平稳、均匀、放松、位置统一的同时,又能唱出字与旋律的和谐统一,不失语言和旋律风格,凸显民族旋律行腔的风格和艺术美感。歌者在演唱中国作品时强调依字行腔、字字清晰,而在演唱西洋作品时更强调把每一个音节里的元音唱清晰。欧洲的语言虽然一般都由母音(亦称元音)和子音(亦称辅音)组成,没有汉语那样复杂的归韵,但在发音上各有特点、力求顺畅清晰。比如,意大利语被称为"歌唱的语言",其主要原因是意大利语发音相对比较简单明确,只有五个元音,即[a][e][i][o][u]。而在艺术实践中,歌者在用意大利语歌唱时,除常用的五个元音外,还增加了[Φ][ü]以及[ai][au]等二重元音、三重元音的变化,语音爆裂子音多,歌唱时喉音有时会更有冲击力。再比如,法语有着浓重的鼻音,十五个元音和三个半元音的变化使法语的发音变得更为复杂,歌唱难度更高。而英语的吐字发音位置较低,用英语歌唱时要把声音送到高位置上对于歌者而言也需要做相应调整。正因为不同的语言发音有其自身语言的语音调整、语势、语意、语气以及语法上的发音特点,针对不同语言自身的发音色彩和节奏韵律,歌者需要协调不同的神经和肌肉以及发音部位予以处理,但目的只有一个,那就是让歌唱中的语言清晰明确且带有音乐美感。

中文或者说汉语的发音虽与欧洲语言有不少相似之处,但中文有相对独立的语言体系,其发音具有鲜明的多民族特征和地域方言的复杂性。汉语多以单音组成,一字一音一意,每个字分为字头、字腹和字尾,根据字的尾声不同又分为十三辙,且有四声的变化。汉语四声音调变化是长期的文化传承中有意识追求抑扬顿挫、优美悦耳的语言效应的结果。除四声外,汉语演唱吐字要求"五音(唇音、舌音、齿音、牙音和喉音)"配"四呼(开口呼、齐齿呼、合口呼、撮口呼)"。中国戏曲演唱则在这方面最为清晰和讲究,戏曲演员只要准确地掌握五音的位置,再配合"四呼"的运用,即能做到吐字准确,就被称为"五音齐全""四呼到位",才可能达到"出字千钧中,听者自动容"的艺术效果。这里说的"五音"和许多非专业人士称自己"五音不全(通常理解为唱歌音不准)"是有很大区别的。这些中国作品的吐字归音要领和规律都需要美声唱法歌者在平时的训练中悉心领会,并在歌唱实践中加以创造性的运用,才能让中国传统唱法和西洋美声唱法有机结合,真正做到让美妙的声音为优美的作品服务。

在我国,不少能够演唱好西洋音乐作品的歌者感到要高水平完成中国作品的演唱存在较大困难,其中最主要的症结在于吐字不够清晰准确。造成这种现象的一个客观原因是中国歌唱习惯和方法与西洋歌唱方法之间存在一定理念上的冲突,需要在日常训练中加以科学调和。西洋美声演唱对字的起音要求是轻松、自然、明亮、准确、圆润,即在歌唱时注重"软起",以保持声音的弹性和持久力,反之"硬起"则易损耗歌唱能量和音色音质。美声唱法起音准确与否会直接影响到声音位置、声区的统一和呼吸状态的保持。而汉语中的四声、五音以及韵辙上的变化,需要演唱者调整自身的吐字习惯。在演唱训练中,虽然我们常说歌唱时吐字要像说话那样清晰、亲切,但如果真用说话时的状态发声、吐字去歌唱,就会出现"有字无声"的现象,而实际上歌唱发声是"像说话"而非"真说话",需要结合自身嗓音条件加以领会。不少中国声乐作品在创作过程时刻意加入一些民族文化和戏曲音乐元素,因此在四声的基础上加上"儿化音""尖""团"音等装饰性较强的语调色彩,有的还根据不同地方或民族的语音特点在行腔特别是"起音"和"落音"上做特殊处理,以增强作品的艺术感染力,这也加大了演唱的精度和难度。

(三)真挚的舞台表演和情感表达

优秀的音乐作品都蕴含着丰富的情感。但这种情感的表达和传播不仅需要我们经常理解词曲作者的艺术创造,同时也需要歌者、指挥、演奏等经过再度创作才能完美呈现给观众。词曲作者是一度创作,他们把自己的情感转变成文字和音符。这些文字和音符虽然倾注了词曲作家们的情感和心血,但作为歌词和乐谱本身是没有生命力的,只有经过演唱、指挥、演奏等的二度创作,注入自己的思想感情并用声音表现出来传达给观众,才能赋予音乐作品鲜活饱满的艺术生命力。正是从这个意义上讲,音乐表演也是一种创作,是一项充满创造性的艺术活动,演唱家、演奏家绝不等同于复制音响的机器,他们不仅传达作曲家的声音,而且在作曲家创作成果的基础上进行审美的再创作。所以,在音乐作品的呈现过程中,歌唱、指挥、演奏等表演者的艺术创造力和舞台表现力同样十分重要和不可或缺。正如指挥家卡拉扬所言:"指挥家不只是总谱的执行者,而是赋予总谱以生命的人。"①

在不同的文化背景下,各国人民情感表达方式有差异,演唱者对作品中"情"的理解不尽相同,他们会通过调整声音表现力去表达不同的艺术情感。几千年来,中华文化赋予了中国人含蓄、儒雅、温和、清秀、内在的性格。而以欧洲为主要代表的西方人的情感表达方式往往更加热情、奔放、开朗、外在。尽管各国和各民族文

---

① 中央音乐学院编:《外国音乐参考资料》1984年第1期。

化特征反映在声乐艺术和代表性演唱者身上呈现出不同的特点,但中西方声乐界和观众对于歌唱表演者在舞台表演和情感表达的真挚程度上的要求是高度一致的。

作为用人声表现的歌唱艺术,"情"在表演中占有特殊的地位,歌唱者必须把自己融入音乐中,积极调动情感动机,借助歌唱的欲望和热情,尽力做到真挚、投入和准确,切忌只知唱声、不知唱情,但注入个人情感时需要把握好度,既要尽力以"情"感染观众,但也不能过头,用力过猛、过度表演,会破坏作品本来具有的艺术魅力。一个优秀的声乐作品最终是要通过演唱者的声音或者舞台表演与观众见面,达到与观众交流产生共情从而感染观众的目的。我国清代声乐理论家徐大椿在《乐府传声》中对"声"与"情"的关系说得十分通透:"唱曲之法,不但声之宜讲,而得曲之情尤为重……使词虽工妙,而唱者不得其情,则正邪不分,悲喜无别,即声音绝妙,而与词曲相背,不但不能动人,反令听者索然无味矣。"①这也是中国传统声乐美学中所倡导的声情并茂原则的体现。演唱者要做到这一点是比较困难的,需要在幕后做很多功课。在歌者演唱之前,词曲作者都赋予了声乐作品既定的情感和内涵。歌词为演唱者提供了文学形象,演唱者要通过对时代背景和歌词内容的研究,初步确立语言思维层面的音乐形象。歌者再通过了解曲作的创作背景和内容,分析包括伴奏部分在内的全部曲作确立起旋律意义上的音乐形象。然后,通过对歌词按音乐节奏律动进行准确朗读,歌者将歌词与旋律有机合成。最后,歌者将自己想要表达的思想情感融入词曲创作的整体音乐形象中去,并用声、用情、用心歌唱,尽可能完整地诠释作品丰富的艺术内涵和思想情感。正如法国音乐家皮埃尔·贝尔纳克所说:怎样才能保证音乐和歌词的完美统一呢? 这个问题歌唱家必须从技巧上去解决,然而最根本的还是从心灵上去解决。②

在声乐演唱中,歌剧作为声乐的"皇冠之珠",是国际声乐艺术交流中的宠儿。它是集音乐、文学、舞蹈、舞台美术等为一体的综合性艺术形式,其演唱难度是最高的,对演唱者的演唱实力和舞台把控能力都是极大的考验。在这方面,西洋歌剧和中国歌剧(人们习惯称民族歌剧)的衡量标准是一致的。歌剧不仅要求作品整体上有优美的音乐质感,同时要求表演者用歌声传达复杂的人物情感,借助肢体表演

---

① 吴钊、伊鸿书、赵宽仁、古宗智、吉联杭编:《中国古代乐论选辑》,人民音乐出版社 2011 年版,第 426 页。

② [法]皮埃尔·贝尔纳克:《声乐作品的释义和表演》,喻宜萱译,《中央音乐学院学报》1990 年第 2 期。

去表达角色的喜怒哀乐、爱恨情仇,赋予角色以鲜活的舞台人物形象。所以,歌剧不仅要求表演者有扎实的演唱功底,同时还要对台词、舞台表演、身段训练与其他角色间的人物配合,以及与指挥和乐队之间的协作等诸多要素进行综合精准处理。作为最能和西洋歌剧媲美的中国戏曲均属于世界戏剧和音乐文化的重要组成部分。尽管二者所呈现出的舞台表现以及演员的表演用力方向都有所不同,在表演上也体现出演员对舞台时空处理的灵活性程度不同,但中国戏曲和西洋歌剧在艺术综合性特点和人物形象塑造上的追求是基本一致的,都是努力让角色说话、激发观众情感共鸣。虽然中国戏曲中一些舞台虚拟手法和表演程式在西洋歌剧中很难见到,但西洋歌剧中的人物也是通过类似中国戏曲不同行当角色的演唱来推进剧情的发展。西洋歌剧通过 Recitative(宣叙调)和 Aria(咏叹调)以及重唱等形式来抒发人物的内心情感、塑造艺术形象,本质上和中国戏曲一样,都是用音乐化的人声塑造人物性格和形象,并在经过精心布置的舞台时空中展现出来。随着社会科技发展和审美变化,当代中外歌剧舞台设计不再拘泥于传统,而大多在保持传统歌剧艺术特点的同时,为增强观众的视觉审美感受,增加了声、光、电等现代高科技元素,同样需要歌剧表演者给予配合,这也给演唱者增加了难度。所以,培养一名成熟出色的歌剧演员十分不易。中外专业音乐院校都把歌剧表演能力作为衡量声乐教师水准和学生培养潜力的重要方式。

如前所述,正因中外声乐艺术在本质上是一致的,在技术训练和审美追求上是相通的,当前中国声乐艺术领域中的西洋美声唱法和中国传统唱法在守住本源、回归各自艺术优势与特色的同时,也相互包容互鉴,基本达到和谐共融的良好局面,我国声乐艺术正朝着融会贯通、中西合璧的方向健康发展。

二

经过近一个世纪的风风雨雨和不懈努力,西洋美声唱法终于在我国生根发芽、开花结果,日臻成熟、蓬勃发展并与世界接轨,涌现出了黄友葵、喻宜萱、周小燕、蒋英、沈湘、郭淑珍、黎信昌等一批蜚声中外的著名歌唱家、音乐教育家,他们为我国美声唱法的教育体系、理论体系、演唱风格的形成作出了卓越贡献,同时也培养了一批优秀的歌唱家,他们在国内外声乐舞台上百花竞放、硕果累累,为国家赢得了宝贵荣誉和文化尊严,获得了国际声乐界的高度认可和国内观众的普遍欢迎。

唱法本身没有优劣高下之分,对歌者而言只有合适与否的问题,毕竟唱法终归是为作品服务的,用作品打动观众是歌唱艺术的硬道理。我国老一辈著名歌唱家、声乐教育家对此都深有体会。黄友葵教授认为:"作为一个中国的歌唱家,应首先唱好中国歌曲……无论演唱任何中国歌曲,感情、风格、语言必须是民族的。"①喻宜萱教授认为:"对于学习西洋声乐的文艺工作者来说,最终目的还是唱好自己国家的作品,表达中国人民的思想感情。"②只要是坚持以人为本、尊重自然规律、讲求科学发声,能给人以美的艺术享受的唱法都是应当提倡和推广的。随着国际文化艺术交流的日益广泛和我国文化强国建设的全力推进,国内国际两个文化环境和艺术市场的多元化需求会更加旺盛,我国声乐艺术要想拥有更多话语权和主动权,就需要进一步打破唱法藩篱,在发声方法、评价标准、理论体系、学科设置、课程体系、就业走向、创作沟通等方面做出更多尝试和探索,真正进入融会贯通、中西合璧的良性循环。其中最急迫也是最基础的工作还是用西洋美声唱法演绎好更多优秀中国作品特别是中国传统经典作品,达到中外声乐艺术水准的动态平衡。在这个问题上,笔者认为以下四个方面值得进一步深入探讨。

一是促进艺术思维和审美观念的转变。从艺术哲学角度上看,歌唱中最主要的矛盾是形式和内容的关系,即发声技巧和演唱内容之间的矛盾。毫无疑问演唱内容是矛盾的主导方面,发声技巧要为演唱内容服务,二者的关系不能颠倒。不管什么声乐学派、不管用什么方式发声,声音最终都是为了更好地表现作品的审美理想和艺术追求。我们在专业训练中获得的旋律、节奏、节拍、音高、速度、力度、和声、调性、调式等音乐语言,最终都要通过民族语言去表达和塑造作品的艺术形象。笔者在艺术实践中发现,一些学习美声唱法的学生或专业从事美声唱法的青年演员还存在着一种片面观念,认为中国人天生就了解自己本民族语言,只需稍加学习就自然能够唱好中国歌曲,从而在训练中把学习重心更多地放在西洋作品的研究上,而不太重视对中国作品的钻研。这种思维方式和审美认知存在明显的局限性。此外,一些从业者和观众还片面地认为美声唱法是"唯声论""唯美论",其实不然。众所周知,美声学派的创始人佛罗伦萨小组提出的美学原则是"音乐之中,歌词为先,节奏次之,声音居末"。③ 这是美声学派一直坚信的歌唱原则和理论依据。中国传统演唱也非常注重字、声、腔的高度融合,各地各民族的方言因素直接影响到其调式、旋律、演唱的发声、吐字以及行腔。美声唱法的歌者要唱好中国歌曲,演唱

① 萧晴:《黄友葵及其〈论歌唱艺术〉》,《人民音乐》1990 年第 6 期。
② 喻宜萱:《声乐艺术》,华乐出版社 2004 年版,第 51 页。
③ 管谨义编著:《西方声乐艺术史》,人民音乐出版社 2005 年版,第 43 页。

者既要了解所演唱作品的风格特征,更要充分理解汉语的发音规律和语言结构特点。正因为中西声乐艺术各有特点和优势,我们在学习训练和舞台实践中,应该同等尊重和对待它们,兼容并蓄、齐头并进,不宜偏废。

二是加深对中国作品民族文化传统和演唱复杂性的认知。从一定意义上讲,演唱中国古诗词如同演唱欧洲的艺术歌曲,对演唱者的要求非常全面,不仅要求歌者有良好的文学水平、艺术修养、歌唱能力,还要求表演者具有很好的作品诠释、情感表现和舞台表现力。笔者在教学中发现,唱好中国古典诗词作品对提升演唱者的音乐修养、文化素养,拓展演唱者的艺术视野,提升演唱者的歌唱技巧,丰富其音乐情感均有很好的促进作用。在古诗词演唱训练中,歌者应注重语言文本研究,对古文中特殊的发音要有准确备注;在发音训练中,歌者应强调以字带声、依字行腔、以气引声、气随韵动,努力做到声情并茂、以声现境。这种训练对于学习美声唱法的学生和青年演员来说,既是一堂必须过关的专业必修课,也是一堂重要的文化必修课。

中国古曲演唱是当前我国声乐教学和舞台呈现的难点和薄弱环节。中国的古诗词历史悠久、源远流长,从诗经、楚辞、乐府到唐诗、宋词及至元人小令,古曲也经历了雅乐、歌、诗经、楚辞、汉乐府、绝律诗、词歌曲、情歌、元曲以及明清小曲等不同体裁的发展和演变,最终形成了中国古曲独特的艺术魅力和艺术风格。其中,兴于晚唐盛于宋代并发展延续至今的词体歌①在古代诗乐史上占有重要地位。中国古代的词从一开始大都是配合音乐来演唱的,有的按词制调,有的依调填词。宋代由于经济的繁荣以及众多文人墨客的爱好,宋词成为当时最流行的文学与音乐高度结合的歌唱形式。② 唐诗宋词的发展使词体歌成为我国传统民族声乐艺术的宝贵遗产,有些作品(如《鬲溪梅令》《杏花天影》《声声慢》《水调歌头》《念奴娇》等)至今还仍然传唱。"曲"是元明时的一种文学形式,有格律限制,为配乐诗歌,其中散曲是元代杂剧兴盛前流传于市井的一种艺术歌曲形式。散曲盛行于元明两代,在音乐上,散曲继承了唐宋以来的音乐风格,其中的许多乐曲直接出自民间。现存的

---

① 词体歌曲调的名称就是词牌。词牌是作词所依照的词调,其来源有的是乐府诗题或唐乐曲名,有的是前人词作题目后人沿用或摘自某一文句,有的是作者取本人词作中几句或据词意新定等,后来固定为填词用调名。

② 从歌唱的角度讲,宋词的体裁形式主要有令、慢、近、犯等。令,又名"小令"或"令曲",名称来自唐代的酒令。慢,又称"慢曲子"或"慢曲",表现抒情的唱段。近,又称"近拍"或"过曲",源自大曲中由慢转快的转折部分。犯,又称"犯调",是将几个不同曲牌的音乐素材组合在一起形成新的曲牌,也指曲调中的调式变换。

元代散曲曲谱中,有些曲谱的旋律已经带有昆曲唱法的润饰。虽然现今依原谱演唱元曲的情况已经不多见,但仍有一些作品(如由作曲家高为杰先生用徐再思的《折桂令·春情》、贯云石的《红绣鞋·欢情》以及马致远的《落梅风·蔷薇露》创作的元曲小唱三首)在院校和社会上传唱,足以说明元曲歌唱艺术生命力的顽强。明清时代在声乐艺术上呈现出百花争妍的景象,明清小曲①、民歌、杂剧及昆曲等都深得百姓喜欢。此外,古诗词中还有一种以古琴伴奏、自弹自唱的作品,被称为琴歌,亦即有歌词的琴曲。著名的琴歌如《阳关三叠》《渔歌调》《浪淘沙》《满江红》《胡笳十八拍》《醉翁操》等,至今仍然被传唱。可见,中国传统声乐作品除了吐字行腔有独特规律之外,题材选择和曲目形式也十分广泛,民族多样性和演唱复杂性特点鲜明,需要我们在理论和艺术实践上引起重视。

三是增强对民族民间歌唱传统的敬畏。在世界上许多国家,源远流长的民族风格是音乐艺术的母体和民族民间唱法的渊源。丰富多彩、风格各异的民歌作品中,反映各民族各地区的文化背景、风土习俗和审美情趣的作品占有非常核心的地位。民歌音调旋律大多具有浓郁的乡土气息和地方色彩。民歌创作与方言语音紧密结合,音乐表现也很生活化,形式生动灵活,没有固定的格律。在中国,前文提到古曲中《诗经》、楚辞、汉乐府、唐歌诗、宋词、明清小曲、小令、俚曲以及各地的山歌,都属民歌范畴,都是现代中国民歌创作的深厚源泉。新中国成立特别是改革开放四十多年以来,中国民族作品的创作进入了一个崭新时期,在保持民族风格的基础上,音乐格调更加活泼、开朗、热烈、明快,充满了向上的激情和积极乐观的时代精神。大量中国民族声乐作品出现,给我们提供了广阔的研究及演唱空间,为专业声乐艺术教学提供给了大量的文献和作品素材,也是国家声乐艺术繁荣发展的重要体现。中国传统的民族民间歌唱方法在字、声、腔、情、韵方面的高度协调,在字正腔圆、以情带声、高亢明亮、甜美清脆等方面的优点都需要我们学习继承。无数前辈都在这方面作出了有益探索和突出贡献。像赵元任先生的《教我如何不想你》,冼星海的《黄河大合唱》等,把中国化的语言习惯和欧洲风格的和声、作曲手法巧妙地融合起来,创作出中西结合的经典作品。我国当代的著名歌唱家迪里拜尔、吴碧霞等,都在唱法上积极继承发扬民族优秀声乐传统,是中西唱法有机结合的典范。有鉴于此,我们在唱法的训练中,应当对中国民间歌唱传统心存敬畏,多向民间歌手学习,加大对民间歌唱传统的研究和传承,避免人亡艺绝的悲剧反复

---

① 明清小曲是流行于城镇市民中的一种歌曲形式的泛称,包括俗曲、时调、小唱、俚曲和杂曲等。

上演。

四是加强中西融通的声乐艺术实践。互相融合、取长补短、相互借鉴,是艺术发展创新的不二法门。梅兰芳先生就经常听西洋歌剧唱片和观看西洋歌剧,了解西洋歌剧表演的风格特点,并且将其中一些可借鉴的有益部分化用到自己的京剧艺术表演之中,为我们树立了中西艺术融通创新的榜样。我国当代不少歌唱家和声乐教育家也常常去听京剧、地方戏等,从中汲取科学有用的发声技巧。各种唱法的相互学习借鉴是大势所趋,也是现代声乐艺术发展的题中应有之义。正如我国当代著名女高音歌唱家、声乐教育家郭淑珍教授所指出的那样:"美声唱法和民族唱法虽有很多不同,但是艺术终究是相通的。学习美声唱法能为民族唱法带来很多启示。接受的东西多了,想象力自然丰富,在音乐上的表现手法就不再单一了。"①在大众文化流行的背景下,不少非专业人士在音乐选秀等大众平台上有意忽视声乐艺术的内在规律,极力倡导演唱个性、抹杀艺术共性,其实是有害的,不仅误导了大众审美,也伤害了专业教学,不利于我国声乐艺术的整体发展。西方美声唱法的歌唱理念和训练方法的科学性是经过艺术实践检验的,中国传统唱法和无数优秀经典的中国声乐作品也是经过数千年岁月沉淀下来的,它们在艺术规律上没有根本意义上的冲突。中国歌曲中有不少经典作品是美声唱法与中国传统唱法完美结合的例子。用古诗词创作的《阳关三叠》《枫桥夜泊》《乌夜啼》《花非花》《满江红》《念奴娇》《鬲溪梅令》《杏花天影》《红豆词》等众多作品至今仍为高校专业学习中的必唱曲目。一些脍炙人口的地方民歌,如山西民歌《绣荷包》、四川民歌《梅花几时开》、新疆民歌《手挽手》、陕西民歌《兰花花》、河北民歌《小白菜》等作品也是学习美声唱法的人所经常演唱的。所以,只要我们把握得当,真正做到各种唱法的融会贯通,最终一定会呈现出中西合璧、相映成辉、美美与共的可喜局面。

## 三

总之,当今世界是开放的世界,艺术也要在国际市场上交流竞争,没有交流竞争就没有旺盛的生命力。正如习近平总书记要求的那样:"我们社会主义文艺要繁荣发展起来,必须认真学习借鉴世界各国人民创造的优秀文艺。只有坚持洋为

---

① 宋学军:《歌声飘四海大爱育英才——访著名女高音歌唱家、声乐教育家郭淑珍》,《中国文艺评论》2019 年第 9 期。

中用、开拓创新,做到中西合璧、融会贯通,我国文艺才能更好发展繁荣起来。其实,现代以来,我国文艺和世界文艺的交流互鉴就一直在进行着。白话文、芭蕾舞、管弦乐、油画、电影、话剧、现代小说、现代诗歌等都是借鉴国外又进行民族创造的成果。……这种学习借鉴对建国初期我国社会主义文艺发展起到了促进作用。"①"中国文化既是历史的、也是当代的,既是民族的、也是世界的。……我们要坚持不忘本来、吸收外来、面向未来,在继承中转化,在学习中超越,创作出更多体现中华文化精髓、反映中国人审美追求、传播当代中国价值观念、又符合世界进步潮流的优秀作品,让我国文艺以鲜明的中国特色、中国风格、中国气派屹立于世。"②在我国开放力度进一步加大的新时代背景下,秉持国际视野,站稳文化立场,增强文化自觉和文化自信,用科学的演唱方法和真诚动人的艺术表演,在国内外声乐舞台上演绎更多优秀的中国声乐作品,提升中国声乐艺术的吸引力、美誉度和影响力,为我国声乐艺术发展和文化强国建设贡献力量,是我们这一代声乐艺术工作者的社会责任和神圣使命。

当前,中国声乐艺术的科学性、民族性、包容性、时代性特征更加显著,融合创新(而不是"相互取代"③)的内在动力和外部环境条件都比较充沛,只要我们增强整体思维和大局意识,尊重声乐艺术的科学规律,坚守中国传统(或者说民族)声乐艺术的独特文化价值和审美价值,吸收包括西洋美声唱法在内的其他各国声乐艺术的优秀成果,就一定能将更多中国优秀作品和先进文化价值理念传遍全世界,赢得世界同行的尊重。

(原载于《中国文艺评论》2020年第5期)

---

① 习近平:《在文艺工作座谈会上的讲话(2014年10月15日)》,人民出版社2015年版,第26页。

② 习近平:《在中国文联十大、中国作协九大开幕式上的讲话(2016年11月30日)》,人民出版社2016年版,第10页。

③ 参见周小燕:《当代世界声乐发展趋势给我们的启示——对我国声乐艺术若干问题的再认识》,《人民音乐》1981年第3期。文中指出:"由于不同的生理控制,因语言和一定的嗓音审美习惯而形成的两种不同色彩的嗓音本是各有特色而不能相互取代的。因而彼此都有存在的价值,彼此都要向前发展。"

# "疏野"之境与国产动画古典美学的意境呈现

## ——以《山水情》《白蛇:缘起》为例

杜晓杰　广西艺术学院人文学院艺术管理系副主任、副教授

张靖池　广西艺术学院人文学院研究生

　　"疏野"作为《二十四诗品》中的重要一品,从对诗歌意境的品评逐步发展为中国古典美学范畴不可或缺的一部分,其内涵的古朴无华、率真自然的审美意味随着大众文艺的兴起,在诸多领域得到化用。早期的水墨动画《山水情》和近年的动画电影《白蛇:缘起》,都将这种美学意境深度融合进了影片呈现的全过程。而由此引发的对古典美学意境的开拓,必将为新时代中国动画美学的重塑和发展提供诸多借鉴。

## 一、古典美学中的"疏野"之境

　　作为中国古典美学意境和道家美学观的重要组成部分,"疏野"在中国古典文化语境中占据一定的地位。"疏野"其词,最早出现在《颜氏家训》中,有"阳休之造《切韵》,殊为疏野"之语,意指阳休的《切韵》一书写得草率粗陋。如果将"疏"和"野"分别拆开看,《说文解字》中写明"疏,通也""野,郊外也","疏"有粗略之意,"野"有荒凉、质朴之意。其实,"野"比"疏"更早地进入文化语境中,《论语·子路》篇中记载孔子以"野哉,由也!"来评价子路不受拘束的性情。再如《论语·雍也》中孔子曰:"质胜文则野,文胜质则史。文质彬彬,然后君子。"此处"文"指文采,"质"指质朴,"质"胜"文"之时,则表现出"野"的特征,即呈现率直自然的性格特点。然"疏"和"野"二者有一定的相似之处,都含有粗犷、朴素、随性自由之意,最早用于人物品评,带有相关特征的人,在行为和气质上也具有野性、疏狂的特点。相较于"疏"而言,历代对"野"的阐述较多,"野"由此成为"疏野"美学范畴的

来源。

　　"疏野"正式进入美学范畴，是唐代司空图将"疏野"列在《二十四诗品》中以后，其品云："惟性所宅，真取弗羁。控物自富，与率为期。筑室松下，脱帽看诗。但知旦暮，不辨何时。倘然适意，岂必有为。若其天放，如是得之。"①观其诗意，"疏野"包含了率真自然、不雕不饰、真实显现的意味，描绘了一位摆脱尘世的纷扰和束缚、诗书为伴、率性而为的隐士形象。再从现存释本的分析来看，也多解其语为"真""率真"之意。如孙联奎于《诗品臆说》中提出"疏野谓率真也"，杨振纲《诗品解》曰："此乃真率一种。任性自然，绝去雕饰"。杨廷芝《诗品浅解》分论疏野："脱略谓之疏，真率谓之野。疏以内言，野以外言。"自此，"疏野"古朴无华、率真自然的审美意味逐渐确立。但"疏野"这个美学范畴因与主导价值观念的疏离而在中国古代长期未能进入主流话语体系，直到五四时期，新文化运动的兴起冲击了传统美学思想，俗文学的流行使"疏野"范畴走进大众视野，得到了学界的关注。中西方学者对其意境进行了新的阐释。其现代阐释，有围绕《二十四诗品》展开的，从字句出发，认为"率真"是疏野意境的核心；有从风格意境来分析的，指出"疏野"强调性情，是诗人自身的特质，"疏野不是粗野"，而是"率直任性，洒脱不羁，其境界接近于闲适"②；也有从美学角度对"疏野"进行阐释，是一个"复合的美学范畴"③，赵鑫在《审美范畴的"野"的文化阐释》中，以本义、引申义作为出发点，指出"野"是不失天性的审美趣味，是生命淳朴与真实的展示。④ 还有众多学者从现代视角对具有"疏野"之气的古代文学作品、文学家进行评论，比如对陶渊明、杜甫、孟浩然等人的为人处世风格、其人气质、作品意蕴等进行现代性的分析。此时，"疏野"内涵不断扩大，不再只用于隐士气质特征和意识表现，逐渐成为随性而为、率真自然的生活状态和审美趣味。

　　随着流行文化的兴起，"疏野"之境因其内涵的丰富性和广泛的适用性，越来越多地应用于诗歌、散文、小说、电影等各个文艺领域，带给不同领域、不同受众群以新鲜体验。"疏野"之所以在流行文艺中占有一席之地，究其原因，是其蕴含的"天人合一""道法自然"的哲学思想，对人生命本真做出的深刻思考，人与自然和

　　① （唐）司空图：《二十四诗品》。
　　② 陆元炜·《诗的哲学　哲学的诗：司空图诗论简介及〈二十四诗品〉浅释》，北京出版社1989年版，第183页。
　　③ 张宏梁：《论"野"——一个复合的美学范畴》，《枣庄师专学报》1989年第1期。
　　④ 赵鑫：《审美范畴的"野"的文化阐释》，《徐州教育学院学报》2006年第2期。

谐共生关系的永恒追求,起到了关键作用。《二十四诗品》本身是谈论从"道"所生发的二十四种诗歌美学境界,"疏野"之境作为其中之一,主要来源于道家的美学思想,道家崇尚古朴自然,直接反映在"疏野"范畴中,引申出率真、朴素的含义。"真"与"朴"本身也是中国传统美学的重要部分,发源于民间,带有鲜明的民族特色。"疏野"之美,是"清水芙蓉"的本色之美、自然之美。在以自然为艺术最高追求的中国古代,"疏野"以其自身带有的"真"的特点,成为古典美学意境中不可或缺的一部分。随着大众文化的发展,"疏野"这种天然根植于民间的审美范畴,展现出更生动、更丰富、更多样的状态。道德礼教束缚的逐步解绑,人本意识回归,民间的文学和形式体现出愈加浓厚的乡野气息。"疏野"从原本的人物性格特质、道家审美意境的表现逐步演化成带有超脱的人生态度和随性自然的心境的意蕴形式,这种本真的形式因与社会大众的天然联系而产生广泛影响,从而拓宽了传播渠道。置身于流行文化端口的电影、电视以及众多网络媒介,也因其传播需要而重视相关艺术作品的发掘、改编和制作,将"疏野"之境的深层内涵不断阐释、引申和考量,助推"疏野"审美意境在当代文化作品中的展现和传播。

## 二、从《山水情》《白蛇:缘起》看"疏野"之境在国产动画中的美学展现

在国产动画的创作上,20世纪50年代到80年代的"中国动画学派"成果颇丰,《大闹天宫》《哪吒闹海》《天书奇谈》《山水情》都是该学派的代表之作。这些动画片,有意识地在动画创作中融入中国古典美学思想,人物形象、画面场景多借鉴传统美学意境的独特语言,虚实相生,在"似与不似"之间徘徊。这种带有疏离属性的作品,以《山水情》最具代表性,以水墨的写意形式展现道家师法自然、返璞归真的哲学和美学观念。而2019年上映的动画电影——《白蛇:缘起》则以现代化的手段表现诗意之美,融古典美学意境于影片之中,时隔经年,再次将水墨意蕴、"疏野"美学带入大众视野。

从叙事上看,《山水情》《白蛇:缘起》在叙事结构和内容择取方面具有明显的"疏野"之味。《山水情》叙事简洁,全片围绕琴师和渔家少年师徒二人从患难相识,到传授琴艺、游历山川,再到师徒惜别的脉络进行故事的架构。师徒相遇、相伴,再到分别,各片段之间衔接自然,不刻意增加情节的复杂性,叙事看似平淡,实则韵味隽永。该片以师徒传承这种深植于民族内心的情结展开叙事,将"道法自然"的哲学观贯穿始终,进程不紧不慢,流淌着任性自然的"疏野"之气,具体体现

为"景由心生""情满乐盈"①等思想观念在叙事细节中的自然展现,这从影片中师徒二人悠游河山以感琴韵,师父赠琴离去、徒弟以乐相送等情节可见一斑。而《白蛇:缘起》则脱胎自民间传说《白蛇传》,"凝聚了中国古典美学意蕴与哲学思想"②。改编后的故事着笔于白娘子和许仙的前尘往事,以明代《警世通言·白娘子永镇雷峰塔》、唐代柳宗元《捕蛇者说》为叙事蓝本构建五百年前的蛇妖小白和永州捕蛇村少年许宣跨越人妖之别、不畏偏见的爱情故事。此片从叙事上就带有浓厚的"疏野"风貌,围绕男女主人公展开的故事情节跳脱世俗羁绊和成见,暗合古典美学意蕴中"疏野"之境自然率真的内涵。

从画面场景上看,《山水情》《白蛇:缘起》在空间营构和意境渲染方面具有浓郁的"疏野"之意。《山水情》的故事发生于鲜有人迹的山野之地,琴师游山川而中途遇险,引发情节。地点的选取就隐隐体现出道家的出世之观,所处之地人烟稀少、荒旷空谷,如同世外桃源,正合道家隐遁于世的追求。琴师悠游山川之间,既是对"师法自然"的实践,也是对"知白守黑"的阐释。再看画面的整体处理,"《山水情》在空间上的表现是以静、虚为主导"③,画面上的水墨技法的巧妙运用,虚实相生,寥寥几笔的人物游于墨色淡然的远山之间,缥缈若无的河水中驶来一叶扁舟,画面上"仿佛有空气的流动"④,人物和画面背景巧妙融合,疏旷悠远,意味悠长。水墨画讲究"计白当黑",以水和墨的运用塑造虚实相生的山水意境,带有天然的疏旷之意,《山水情》中的远山虚无、草木疏离,《白蛇:缘起》中的江上雾霭、云气缥缈,无不是这种留白之美的展现。而影片画面中岱岱远山、重峦叠嶂、浪遏飞舟的动静结合更对塑造超然、旷达的"疏野"意境的表现起到不可或缺的作用。再看到《白蛇:缘起》,画面和色彩的运用借鉴了道家的美学观,开篇即以水墨来表现白蛇修行遭遇魔魇之景,其意无穷。电影中的长镜头仿照传统绘画中的散点透视进行艺术观照,营造宁静悠远的意境。而电影中不时出现的空镜头,则类似绘画中的留白手法,将画面景物外延,使人展开无尽的想象。影片中小白和许宣御风漂游之时,众多景物依稀流露出与《庄子》文意的相通之处,既辅助情节推动、渲染人物情感,也是道家美学范畴中"疏野"之境的活态展示。

从人物形象上看,《山水情》《白蛇:缘起》在形象设计和气质设定方面具有鲜

---

① 张蕾:《以〈山水情〉为例浅析中国水墨动画电影中的意境塑造》,《电影评介》2010 年第 1 期。
② 曹冬栋:《〈白蛇:缘起〉的审美意境与文化蕴涵》,《电影文学》2019 年第 11 期。
③ 张蕾:《以〈山水情〉为例浅析中国水墨动画电影中的意境塑造》,《电影评介》2010 年第 1 期。
④ 张蕾:《以〈山水情〉为例浅析中国水墨动画电影中的意境塑造》,《电影评介》2010 年第 1 期。

明的"疏野"之气。因古典美学崇尚"洗尽铅华""清水芙蓉"的自然之感,水墨动画中的人物角色多借助水墨线条进行写意性的呈现,古朴自然,以简练笔触突出人物的独特气韵,将人物与画面意境融合一体,表达深层次的情感和内涵。《山水情》的人物形象在"似与不似"之间,作为主人公的琴师,片中仅用寥寥数笔进行勾勒,以虚当实,将其超然物外的气质跃然荧屏之上,人物形象尽展旷达超脱的"疏野"之气。而《白蛇:缘起》中的人物则展现出又一番意境之美。片中人物形象灵动而饱含现实意义,既富有诗意又不空虚。蛇族少女小白清秀柔美,身姿轻盈,黑发如瀑,服饰素雅飘逸,有流风回雪之感,宛若庄子笔下的姑射神人。而男主人公许宣也从原本《白蛇传》中许仙的柔弱迂腐的形象里脱离出来,转化成学识渊博、洒脱不羁,不为世俗束缚的少年郎。男女主人公的人物形象经由改动后,在更具有现实意义的同时,也包含了道家的美学观念,无论是蛇妖小白的"敢爱敢恨、不屈服于命运"还是许宣的"宁静从容、淡泊生死",两个人物都具有率真、自然的天性,敢于冲破封建礼教、世俗藩篱,甚至人妖之别,这正是道家美学意境中"疏野"之境所内含的"惟性所宅,真取弗羁"的人物特性呈现。

"中国传统审美最重要的审美理念是对意境的认知。对意境的探索贯穿了整个中国艺术的发展史。"①《山水情》和《白蛇:缘起》相较于众多国产动画已经出类拔萃,影片将山水、田园意境之美和谐地融入画面之中,人、景交融,"无时无刻不显现出道家美学观对意境呈现的深远影响"。② 作为道家美学的重要一员,"疏野"以其自身的包容性和延展性在这两部影片的叙事、画面场景、人物形象和影片配乐等方面多有显现,将道家美学的深层内涵进行了较为深入的表达,也为古典美学范畴的现代展现进行了较为成功的探路。

## 三、古典美学意境对新时代中国动画学派美学重塑的价值与意义:《山水情》《白蛇:缘起》的典范作用

随着社会经济的不断发展,大众对物质和精神生活都提出了更高的要求。十九大报告指出,中国特色社会主义进入新时代,我国社会主要矛盾已经转化为人民日益增长的美好生活需要和不平衡不充分的发展之间的矛盾。在这样的时代环境

---

① 刘莘莘:《中国传统审美在装帧设计中的情感定位》,《新阅读》2019 年第 6 期。
② 张蕾:《以〈山水情〉为例浅析中国水墨动画电影中的意境塑造》,《电影评介》2010 年第 1 期。

下,文艺创作需要审视自身,认清时代对文艺提出的要求,打造具有民族特色、民族气派的文艺作品。动画片作为雅俗共赏的文艺形式和载体,在民族美学精神建构、民族艺术多元化发展等方面,应该充分发挥自身优势,在新时代的文艺发展上尽一己之力。时代的发展需要中国动画美学的重塑,也呼唤着"中国动画学派"的辉煌再起,在这样的时代要求下,重新审视 20 世纪 80 年代后期水墨动画的杰出代表——《山水情》,以及近年来国产动画的杰出之作——《白蛇:缘起》的典范意义,对于新时期中国动画美学的重塑具有极为重要的价值。

观摩两部影片,我们不难发现古典美学意境在其中均得到了大量的展现。《山水情》画面中散点透视的运用,"高远""平远"和"深远"的空间表现,虚实相生的意境营造,无不体现出古典美学范畴中的疏野之境的内在特点。人物形象多借助水墨线条进行写意表现,重角色个性特质,传达人物内心情感,以寥寥数笔勾勒的琴师,仅以淡彩表现的渔家少年,人物形象皆飘忽与"似与不似"之间,充满野逸之感。而片中翱翔的苍鹰、雀跃的鱼儿,也可做不同意向的解读,给人以"言有尽而意无穷"之感,每次品味,皆有新意。影片无一句人物对白,仅以自然之声衬景,以古琴之音表心,韵味隽永、情景交融。全片从画面、人物到配乐尽是古典美学意境中疏野之境的呈现,渗透出道家师法自然、返璞归真的美学观念。而《白蛇:缘起》的画面和色彩,则借鉴了道家的美学观,以水墨来渲染动画场景,长镜头类散点透视,意蕴悠长;空镜头似留白手法,虚实相生,使人心驰神往。人物形象灵动饱满,蛇妖小白清雅脱俗、翩若惊鸿;乡村少年许宣勇敢善良、潇洒不羁,二者的人物设计皆内含道家思想,外在形象古朴自然,内在性格率真、洒脱,正符合道家"师法自然"之哲学理念,也深深暗合"疏野"的美学范畴。主题曲《何须问》为这部影片增色添彩,曲调悠扬,歌词禅意流露,以此歌配影片中山高水远、扁舟穿梭之景,相得益彰,透出旷世阔达的美学意味。

因此,我们在中国动画美学重塑的过程中,首先务必要重视古典美学意境的挖掘和运用,将传统美学观念融入现代动画作品的创作中,不仅是民族美学精神的呈现,同时也必定为受众带来视听上的盛宴。受众感悟传统文化的精髓,接受审美上的熏陶,不仅有助于中国动画美学的发展和传播,也有助于树立民族文化自信、传承民族文化精神。

其次,重塑中国动画美学必须重视对古典美学意境与民族叙事资源的结合。古典美学的意境阐释应建立在本民族的叙事体系上,民族的叙事资源是古典美学意境的现实载体,只有充分挖掘民族资源的美学内涵,才能够打造带有中国美学烙印的动画作品。《山水情》和《白蛇：缘起》的成功，很大程度上源于古典美学意境与传统题材的巧妙融合。《山水情》中展现的老琴师对渔家少年的传艺故事，深深根植于民族文化中的师徒传承的文化传统，并隐隐暗含伯牙、子期"高山流水"的典故，具有强大的情感共鸣基因。而《白蛇：缘起》更是在开篇即将唐代柳宗元的《捕蛇者说》演化为永州意象，顷刻间引人入胜；接下来的镇妖塔大战，与明代冯梦龙的《警世通言·白娘子永镇雷峰塔》相联系；影片叙事过程中，女娲神话、上古图腾崇拜（蛇图腾）、巫术禁忌等文本资源不断涌现，使得影片的文化性、欣赏性大为增强。中国文化传承千年，其间产生数之不尽的叙事题材，民族民间资源极为丰富，可谓取之不尽，用之不竭。我们在新时期进行中国动画美学的重塑，务必要重视这些民族文化资源，深入发掘其深厚内涵，及时予以美学上的关照。同时，除汉族为主体的汉文化叙事之外，少数民族也有丰厚的叙事资源，比如蒙古族的《江格尔》、藏族的《格萨尔王传》、柯尔克孜族的《玛纳斯》、纳西族的《创世纪》等英雄史诗和传说故事，尚未纳入动画美学的视域，也未承接美学上的关照。如果将少数民族的叙事资源也纳入中国动画的创作中来，那么不仅会催生出有原始生命力的宏大叙事母题，也将为动画美学开拓一片新的领域。

最后，重塑中国动画美学必须重视将古典美学意境融入民族民间艺术形式，并进行现代转化。动画作为现代诞生的艺术形式，本身并不具备传统元素和美学特征。而中国的民族艺术形式多样、古典美学之思源远流长，为古典美学意境融入动画的形式技巧提供更多的可能性。"追求写意性、营造浸染于传统技艺的意境美是中国动画特有的美学特质。"①产生于八十年代后期的《山水情》和热映的《白蛇：缘起》都在这方面有亮眼的表现。《山水情》中以水墨淡彩勾画"水何澹澹，山岛竦峙"之景，《白蛇：缘起》中也以水墨形式展现白蛇修行中的魔障。至于《山水情》中的远山虚无、草木疏离、空白画面跃动的鱼儿，《白蛇：缘起》中的江上雾霭、山色空蒙，更是"留白"手法的巧妙运用。而《白蛇：缘起》中镇妖塔之战里宛如宋徽宗《瑞鹤图》中群鹤飞舞的漫天金色纸鸢，将刺绣经纬穿梭进行直接展现的"天罗地网"，以及青宝坊中极为精美的器样纹饰，将传统绘画、织绣、匠造工艺通过画面的意境展现进行巧妙融合，不仅带给人以形式美的享受，也为传统美学的现代转化提供可行路径。早期的"中国动画学派"之所以辉煌一时并得到中外业界的好评，正是将古典美学意境与民族民间艺术形式进行连接，将水墨、剪纸、木偶等艺术

---

① 曹冬栋：《〈白蛇：缘起〉的审美意境与文化蕴涵》，《电影文学》2019 年第 11 期。

形式运用于动画创作中,使作品别开生面、富有民族内涵。反观当今动画展现,在好莱坞浪潮的席卷下,多沉迷于技术的更新,平面技术、3D 技术,拥趸者甚众。而日本等国的原画作品输入,更让原本根植于民族民间的国产动画深受打击,逐渐消沉。此时,重塑中国动画美学必须充分挖掘民间艺术形式,探索古典美学意境,将二者有机融合,塑造带有浓厚民族风情的作品,使传统美学得到运用和延展。这样带有民族内涵的艺术作品,必将引起受众的广泛共鸣,推动中国动画美学的传播和发展。

(原载于《四川戏剧》2020 年第 4 期)

# 何去何从：以数据为中心的当代书法研究

李宁　中国书法家协会网信处副处长

　　反思是人的高阶思维能力,理想是人实现个人价值与社会价值的最大动力,反思现状后的行动力则是人从现状走向理想的基本保障。人如此,艺术、文化、社会中的各个领域亦是如此。理想与现状相比较,理想是虚幻的,难以言述,而现状则是真实的,容易把握。然而书法的理想一旦被具象化,反而变得索然无味,人们也将失去寻绎的动力。中国书论、印论之中,鲜有批评家将理想的状态进行完美的表述,而是不断审问当下、追问现状,对理想的反面进行梳理和批判,当“不好”被逐步呈现,“好”将逐渐清晰起来,如此更能让我们趋近理想的状态。随着时代的变化,理想也在变化,我们的批评标准也在变化。在诸多研究方式中,利用数据进行的计量分析研究是当前社会发展下认识事物的新途径,有助于我们深入探究当前书法创作的现状。在本文中,笔者将比较当代书法创作的四种研究方法,继而阐述中国书协展览数据的搜集与整理以及利用数据进行研究的方法,最后,通过对以往数据的分析查证、思考当前书法创作的诸多现象。

## 一、当代书法创作研究的四种方法

　　当代书法创作研究主要有批评、史论、创作本体、数据四种方法。

### (一)批评类的研究方法

　　我们可以将艺术批评分为主观批评与客观批评两种。两者的主要区别在于“我”存在的程度。主观批评重视批评者的个人思想,这里的主观是基于批评者对批评领域知识结构的构建,而非以“我”为利益中心的价值判断,或带有强烈个人感情色彩的感想式意见。也就是说，主观批评的裁断是基于批评者的知识结构，与批评者对主体的认知深度有绝对关系。因此，人们通常倾向于权威者的主观批评，因为权威者的知识结构与认知水平易被认同。然而，主观批评因为有过多"我"的存在，其结论往往备受争议。比如，在审美批评中，"他"可以认为褚遂良的风格是阴柔的，如少女一般，而"我"又可以认为褚遂良的风格是劲健的，如壮士一般。实际上，中国古代书法批评理论中的绝大多数属于主观批评，甚至可以说是品评，大多侧重于对事物是非、正邪、善恶以及好坏等级的价值判断。西方的艺术批评亦然，19世纪以前以主观批评为主要批评方式，科学实证性的批评则在19世纪后半叶才开始展开。他们重视批评对象的概念、理论、研究方法及原理等，使用具体的分析手段对诸条件及因果关系进行体系性的阐释，利用相对科学的批评体系对艺术对象进行学理分析，寻绎规律，预测发展，不但要知其然，还要知其所以然。这就是我们今日所说的客观批评，它生而具有客观与科学的色彩。主观批评与客观批评是艺术批评中相辅相成的存在，无法相互替代，因为主体在进行艺术批评时"我"的感受与存在不可能被剥离，所以"独立决断法则"的思考方法也同样重要。由此来看，批评并非批判，更不是个人感想式的意见。对于当代书法群体性的创作批评而言，采用客观批评的研究方式更加有利于看清当前书法创作的问题与现象。

（二）史论的研究方法

史学是通过对史料的整理、证实来评价、追究历史事实及其相互关联的学问。史学发展历程悠久，大多数人文学科均涉及此，所以史学研究相对成熟，然而对史学的分类及研究方法却看法不一。我们大体可以将史学分为史料学与史论学。前者注重对文献的梳理与考订，抱着一分材料说一分话的态度，利用存世文献使用实证方式还原历史。后者注重理论与实证的结合，"记述人类社会赓续活动之体相，校其总成绩，求得其因果关系，以为现代一般人活动之资鉴者也"。① 两者相较，史料学属于中国传统研究历史的主要方式，而史论学则受到近现代西方历史学研究方法的影响。对于现当代研究而言，史料学的研究方式难点较多，一是材料繁多，很难进行彻查式的研究，二是当代人的叙述大都带有民族政治色彩与个人情感在里面，很难进行客观分析。放置在当前书法创作研究中，亦是如此。史论学侧重以史为鉴，总结经验，相对适合当前书法群体创作的研究。实际上当前书法创作的诸多问题在古代也出现过。比如跟风现象、地域书风、形式演变、学古与学今、学养与

---

① 梁启超：《中国历史研究法》。

技巧、书家的社会责任等等,在古代皆有很深入的分析,或能看清这种现象发展的最终结果,或能找到古人应对的方式。然而需要注意的是,以史为鉴的研究方式应当考虑到当前社会的发展变化,而非仅仅是照猫画虎式的生搬硬套,须将当代书法置身于书法发展史中纵向审视,再将当前创作置于社会生态关系中横向分析,方能解决当前书法创作中碰到的诸多问题。

（三）书家对创作本体的思考

展厅是创作者与观众之间进行艺术交流的场所,这种交流方式超越时空的限制,创作者与观众之间以艺术作品为纽带产生共鸣与争论,所以交互是展览极其重要的功能。相对于目前的书法展览而言,我们根据职责的不同,可以把观众区分为评委、批评家及一般观众,他们与书家（创作者）一同构成当前书法展览的主要参与人群。理想的展览状态是评委对投稿作品的优劣进行评价、选择,书家对创作作品的创作动机、目的及理念进行阐述,批评家对入展作品进行批评,一般观众则借助创作者的阐述与批评家的批评理解作品。四者在整个展览过程中进行思想上的碰撞,共同促进创作的发展。不过遗憾的是,这种围绕作品创作的交互功能在当前的书法展览中几乎看不到。

书法创作水平是衡量书法所处历史时期发展高度的标尺,书法创作的背后蕴含着对创作的认识与理念,历代书家自觉肩负着批评家的责任,经典书论大多由书法家撰写,人生追求、文化涵养、审美趣味、技法传承皆涵盖其中,也因此,书家对书法创作本体的思考尤为重要。中国书协在近两年举办的展览中开始尝试由书家撰写创作感言,便是出于这种考虑。另外,已经在全国形成一定影响的书法家对于书法创作本体的思考也尤为重要,他们的书作经过多年的打磨已受到业界普遍认可,其风格及创作理念引领着当前书法创作的风尚,且有些书家具有多次担任评委的经历,对于书坛发展状况了然于胸,他们的创作经验与对艺术的理解值得学习与思考。但值得注意的是,书家个人的创作阐释大多会流于感言式的俗套,即便是具有一定社会影响力的知名书家,他们对创作的思考也难免会落入以个人审美取向来指责他人不足的窠臼,这也是书家进行书法创作本体思考时应当避免之处。

（四）以数据为中心的展览创作研究

马克思认为,一种科学只有在成功运用数学时,才算达到真正完善的地步,使用数据进行的计量分析是运用数学方法对研究对象进行的定量分析,使研究更趋近精确。将计量分析的方式用于对古代文献资料的研究便是计量史学,随着计算机能力的升级,计量史学自20世纪80年代起被广泛运用,涌现了诸多代表性成果。尤其在碰到大批量资料档案的时候,计量史学研究方法便能呈现其优势。譬如笔者在撰写博士论文《江户时代中国篆刻对日影响》时,面对大量的航海运输物品目录、拍卖记录以及各文库藏书目,笔者将档案资料中记载的中国印谱、印论、篆纂等逐一查找进行计量分析,何年、何月、何种篆刻资料通过哪艘唐船被运输至日本,便马上变得清晰起来,甚至何种流派、何种篆学思想于何时在日本生根发芽乃至形成影响,也一目了然,一幅中国文化对日影响的场景得以全面呈现。

如果我们利用某一个历史事件的研究来全面呈现当时的文化现象,很容易因为该事件的特殊性而陷入盲人摸象的境地。对于古代书法研究而言,是否使用计量分析的方法,还要看研究资料的留存状态,很多情况下会因受限于留存文献资料数量而难于进行。然而,对于当代书法研究而言,尤其是对当前展览群体创作研究,现已留存众多可被分析的材料,所以用计量分析的研究办法更为适合。此外,上述批评、史论与创作本体的研究方法无论如何也摆脱不了"我"的存在,很多情况下都会存在"我认为""我觉得",甚至结论前也要加上"也许""似乎""可能"等词汇以示严谨。与之相较,将计量分析纳入当前书法创作的研究,研究结果会更具客观性与科学性。利用数据进行的计量分析主要基于计算机运算,研究者只是对结果进行转述和论定,相对可以做到"无我"的状态,客观呈现目前创作的问题,其结论不但可以肯定而且完全可以量化。比如我们采集了第十一届国展数据,该次展览详细收录了 3 万余位投稿者及 4 万多件作品的相关信息(含来稿照片),我们可以一键对其投稿人群的地域、年龄、学历等信息做出统计,甚至可以从 4 万多件作品中分析出全国取法的范本、书写内容等创作情况。这样的统计既便捷又科学,统计结果可以直接对接至该次活动的评审工作,由此分析制定出相对科学合理的评审办法。类似的科学判断方式在生活中同样被广泛应用,比如现代医学中,病患就诊时首先需要专业检测人员利用医学器械对其血液、分泌物等取样化验,其化验结果是医生主要的判断依据。之前,我们曾针对当前书法创作的问题进行过专家调研和自我感性分析,并将其进行归类总结,然而问题是否成立,问题到底有多严重,还有哪些没有发现的问题等等,并无法具体呈现。在"现状与理想——当前书法创作学术批评展"中,中国书协展览与创作课题小组利用数据对目前创作的用字、文辞、取法、形式、风格、作者六类进行了定位型的计量分析研究,每一类的问题马上清晰可见。尽管数据计量分析相对于其他研究方法更显客观、科学,但是客观与科学本身亦存在相对性,譬如研究者在采集数据对象时是否有倾向性,统计数据的办法是否合理,分析数据结果的结论是否得当等问题也是需要慎思和考量的。

不管怎样,随着计算机科学的不断发展,数据统计的研究方式成为当今社会的一种新型能力,对数据的分析统计所获取的结果更能令人信服。

## 二、中国书协展览数据的搜集与整理

以数据为中心的计量分析研究需要的是数据资源、处理能力和统计技术。统计学的原理和目的是利用相对少量的数据去分析大的现象与问题,由此统计学更侧重于数据处理能力和统计技术。我们可以将数据统计分为小数据式的采样分析和全数据式的计量统计。两者相较,采样分析由于数据有限,采集到的少量数据很有可能带有一定的特殊性,并不能完全说明问题,甚至会出现分析的问题和实际的问题相左的情况。全数据的统计分析相对于少量采集的数据分析会更加精确,而且全数据的简单算法比小数据的精确算法更加有效。随着科学技术的不断提升,全数据搜集的可能性也在一步步实现,其难点便是数据资源情报的搜集与整理。

自 2007 年,中国书协开始尝试将计算机技术介入到评审工作中,当时的出发点有二:一是提高工作效率;二是尽可能排除人为干预。由于计算机的介入,中国书协的评审工作从 7 天缩短到 3 天,每场次的评审结果当天便可以统计发布。高效运算主要得益于前期信息采集登记,虽然当时的登记不如现在全面,却因为评审工作的初次改革,让每次展览的电子化信息得以完整保存。第一代中国书协评审软件采用的是读卡系统,正如现在国考、高考涂写的答题卡一样,投票、涂票、刷票一系列的程序过于烦琐。于是在 2010 年,第二代中国书协评审系统开始研发,投票机得以采用,评审结果瞬间统计,工作效率进一步提升。这套重新开发的评审软件可以实现对应登记信息的一键统计。2015 年,中国书协展览工作深化改革,更加注重评审办法的科学性。在十一届国展征稿前,中国书协第三代评审软件研发并投入使用。第三代评审软件增设表决器、打分器,匿名表决、投票、打分三项议事手段根据不同评审阶段分别使用,并对评委的投票全面跟踪。除评审系统升级外,登记系统也在此时完善,个人信息与作品照片同时采集,作品信息如书体、释文、疑难字使用等等开始纳入登记范围。2016 年,中国书协会员信息采集工作开始进行,所有中国书协会员的详细信息皆由会员本人提供。中国书协会员管理软件与评审软件进行对接,通过身份证号对入展作者的身份进行识别,为之后的抽查工作提供便利。

数据分析初次发挥它的优势是在第十一届国展评审工作中。评审工作前,我们翻阅了大量的国内外议事制度文献，综合艺术评审的特点及书法发展的现状制定了相对科学有效的评审办法。在众多的评审制度中有一条是"分合书体评审制"，即初复评采用分书体评审、终评获奖采用合书体评审。在初评分书体评审时各个书体没有件数的限制，只要一位评委认可便可通过。到了复评分书体便要对每种书体设置件数限制，那么问题来了，每种书体进入复评的件数如何分配呢？如若平均分配显然是不合理的，于是我们就采集了之前重点展览的相关信息进行各书体上的数据统计分析。所有数据的指向几乎一致，即书体来稿率与入展率基本一致。通过对每个书体细致的分析，我们发现了每种书体入展比例和当时投稿比例的细微差别。比如隶书的入展率从2012年开始逐渐低于来稿量，到2015年问题更加严重，究其主要原因是当时书写隶书模仿近人风气比较严重。再比如楷书的入展率出现逐年增高的态势，主要原因是那个时期书写的楷书寻找到一条入古出新的路径。我们根据全数据统计的结果找到了每种书体入展比例的规律，又进一步发现了每种书体的细微变化，据此计算出进入复评各书体的数额，避免了人为分配书体份额的不公平。

目前，中国书协采集信息的方式还处在他采集的状态，即由主承办方调配人员对投稿作者及作品进行采集。这种采集信息的方式由于人力和时间的限制，已经无法在目前这种状态下继续延伸。数据搜集的重点不在量的扩充，而在于类项的增加。自登记的方式将是中国书协采集信息的下一步方向，即由作者本人填写相关信息。自登记除了填写相对准确，更重要的是个人相关艺术简历及信息可以填写得更加详细完整，甚至可以对作者创作的观念及心态进行问卷式的调查，由此可以实现通过数据情报自动分析及意见汇总上传的方式打通投稿作者与中国书协之间的沟通屏障。技术条件已经完备，但鉴于目前投稿作者群中老年作者及边远地区作者的数量不在少数，改革时机还要视未来发展状况而定。

### 三、动态型、个案式的数据研究方式

对于以数据为中心的当前书法创作研究而言，数据、当前、创作便是该项研究的主要关键词。"数据"是研究方法，"创作"是研究对象，两者在研究过程中基本保持不变。而"当前"则是一种时空相对的近期状态，是随着时间的流逝而不断变化的。当前是流动的，那么对当前的研究也应当是动态的。对数据进行动态型的搜集与管理，数据才能做到取之不尽用之不竭。随着数据的不断改变而进行的动

态跟踪研究,无疑会更加细腻地捕捉到当前书法创作的现状。

初次面对全数据就像是见到水面,实际看到的往往是冰川之一角,而真正的价值却隐藏在水面之下。细腻的研究不单体现在数据的整理以及处理数据的方法上,还体现在对于某种问题的不断追问与深入挖掘,这种深入揭示问题本质的办法应当主要是个案式的。动态型、个案式的数据研究方式相比一次性、粗放型的数据分析更加深入,且具有生命力。

动态型、个案式的数据研究方式在中国书协十一届国展后开始使用。每场展览评审工作中增设观察委员会,其中一位学术观察员的职责是利用数据对本场次展览的某一项问题进行计量分析。需要研究的问题由中国书协根据工作需要向学术观察员提出,研究成果供中国书协在今后的展览中参考利用。

在第八届新人新作展评审工作前,我们设置的问题是对新人群使用的文辞内容进行调查,其目的在于探究新人群选择书写内容的倾向,比如将书写对象是否过于狭窄,自作诗文的能力是否过关等问题作为本次研究的重点对象。我们对全国高校青年教师进行了摸底选择,最后邀请擅长诗文写作的河北大学教师田熹晶女士作为本次新人展观察员并对该问题进行数据研究。评审前,我们将研究方式和研究对象与田熹晶进行长时间的沟通,希望对整场展览不同评审阶段(即初评、入围、入展)的所有作品进行调查分析,由此了解整个新人群体择取文辞的具体情况。从田熹晶撰写的《艺文兼备 技道双修——第八届中国书坛新人新作展作品文辞分析》来看,结果令人深思。虽然选取范本的范围还算多元,但集中的情况比较严重,选择古文的比例在初评中高达40.7%,古诗的高达21.8%,另外,书论占15.4%,词曲占5.5%,对联占4.7%,辞赋占2.7%,诗论占2.7%,书画题跋占1.4%,文论占1.1%,画论占1.1%,佛经、道经占0.6%,当代诗文占0.5%。普遍情况是长篇小字选古文,大字选古诗。然而,从接下来的入围、入展的比例来看,古文和古诗的入选比例一直在下滑,而其他选择的比例一直在上升。我们根据文中提供的数据,综合以往的评审经验,进行了更加深入的思考,推测产生这种情况的原因有两点,一是能够避开常规内容的作者具有一定的独立自我思维能力,这种能力也会潜移默化地在创作中有所体现,即能够选择非常规内容的作者的书写水平总体高于选择常规内容的作者;二是评委在评审过程中主要审查作品水平的优劣,而实际上评委在审看作品时,作品的文本内容也会被无意识纳入评判范围,非常规的内容易引起评委注意,这一点以往我们并未察觉。除此之外,我们发现的第二个问题便是新人群自作诗文的能力与我们的预判距离很大,可谓问题相当严重。自作诗文在初评后所占比例为 1.9%，入围后占 3.9%，入展占 4.1%。之所以最终入展比例一直在提升，主要是因为征稿启事中的"提倡自作诗文"在评审工作中发挥作用。评审工作后，我们和田熹晶对自作诗文作品的情况进行了沟通，田熹晶抄录了所有自作诗文内容并做了诗文水平的分析，虽然存在有才气的自作诗文者，但大部分的内容还是属于格律不通、格调不高的水平。于是，我们在面试环节中增设了撰写创作感言的环节，虽然有下笔成文、才思敏捷者，但大多数的创作感言文辞浅薄、逻辑不通、错字连篇、不知所云。由此我们更加坚定了"艺文兼备"的创作导向。

　　一个科学的评审方法，一定不是固定不变的，而是根据评审对象、展览类型的不同以及出现的问题状况进行相应调整。所据的问题主要依据的便是动态型、个案式的数据研究结果。这样的研究将在今后的评审工作中持续发挥它的重要作用。

## 四、数据下的当前书法创作问题及现象

　　我们可以将当前书法创作分为用字、文辞、取法、形式和书风五类，利用数据进行分析研究。每类的问题将通过中国书协展览与创作课题小组成员的研究成果具体呈现，每项研究成果已经包含了数据图表、计算方式、问题论证等，故在本章中不再重复使用数据。本章更侧重对各类问题及现象的提出与思考。

　　（一）用字

　　针对繁简混用、喜用异字、夸张变形、拼字造字、脱文衍文等现象，中国书协在评审工作中增加审读环节，虽然得以有效控制，但问题依然严重。随着展览工作的细化与深入，用字正往学术层面发展，值得注意的有以下几点：（1）清代以来，取法范本不断拓展，如造像、摩崖等，不乏用字不规范者，对于此类的取法学习需留意；（2）异体字在不同词汇语境中使用有别，当予以辨别；（3）篆书的使用需关注研究新成果，对于有定论的文字应加以利用，并非权威字典的所有文字都可使用，包括古代字典，完全利用字典进行创作的模式需要改变；（4）当代书法作品大尺幅形式的流行导致抒情性进一步拓展，尤其是行草书在抒情性达到一定程度后易导致文字不规范。如何做到文与艺的调和，也是我们需要考虑的。

　　（二）文辞

　　书法创作除了怎么写，还有写什么，否则我们这个时代将被后世定义为"抄书

时代"。书法的阅读性应当是当代需要思考的问题,比如本次批评展中的"中国书法的理想"便是带着这种思考进行的一种尝试。征稿启事中"提倡自作诗文",然而现实情况却是能够自作诗文的作者少之又少。当然,如果所作诗文格律不通、格调不高反而不如抄写。但是抄什么也是一种学问,如何选择古籍版本,如何将内容与形式进行完美的统一,是我们需要思考的。另外,我们日常书写的内容是否可以介入到创作也值得考量。

(三)取法

任何书家、任何时代的书法面貌与其取法范本都有着密切的关联。比如我们可以从中田勇次郎先生撰写的《米芾所见法书目》一文中清晰地看到米芾收藏、过眼的古法帖,由此可以理解米芾书法风格的由来。书家如此,时代亦然。比如,清代对碑志摩崖的关注引发了碑派的产生。长崎贸易舶载的法帖导致日本江户时代唐样书法的产生。那么,当代书法呢?从理论上来讲印刷业与电子媒体的发展让民众见到大量法帖,然而,当今如此广泛普及的"过眼",与古代褚遂良、赵孟頫等参与过内府鉴藏的书法家相比大相径庭,印刷品尺寸的改变与当前巨幅作品的流行形成巨大反差,对取法对象进行放大式的学习非常普遍,由此产生了诸多感觉派作品。另外,随着20世纪70年代以来重大考古的不断发现,出现诸多与书法相关的新材料,然而书法界似乎对此无动于衷。除了纵向向古人取法的问题外,还有横向对今人的取法,甚至于受利益驱动出现了从横向取法演变成临摹抄袭。对于取法来讲,我们需要的是再拓展与再深入。

(四)形式

形式是书法创作的重要组成部分,形式是艺术的,也是文化的。两汉以前,书法的日常形式载体多为竹木简册,行行独立,字形偏扁。南北朝至唐的日常书法形式以纸质手卷为主,造就了移步换景的叙事模式。宋代出现横挂、轴装作品,片段手札成为主流,"壁上观"让人们有了新的体验模式。明代出现"大尺幅"作品,令"壁上观"视觉冲击力得以最高限度的释放。古人对形式材料的追求超出我们的想象。征稿启事中的反对过度拼贴制作,反对的不是形式,而是过度拼贴、毫无美感的形式,关键词是过度。用纸低劣,不懂用色原理,所使用的形式与书法风格不搭,过度采用拼贴方式,主要目的是为了便于创作,形式的问题依然存在。近现代以来,书法进入展厅,形式成为书法面临的重要课题,展厅形式虽然发展了一个多世纪,然而还处在初步探索阶段。当前纸张材料的粗制滥造也阻碍着形式的进一步发展。

### (五)书风

从个人发展的角度来看,风格的过早定型似乎不利于创作者的发展。从全数据上来看,风格却在往同质化发展。样式相近,风格单一,地域书风渐趋消逝。南方书家与北方书家风格相似,男书家与女书家面貌相同。事物在发展到极致便会产生反效应,我们欣喜地发现近些年有些作者在植根传统的基础上进行多样发展。然而,一种风格的出现马上会被跟风模仿,从以往的学名家到现在的学入展作者,盲目跟风现象依然严重。

## 五、结语

数据研究者将当前书法创作的问题进行统计,从而转述数据中存在的问题,因为研究结论只是转述而非阐述,所以数据研究相对可以做到无我的状态,由此数据研究相比较批评、史论、创作的研究办法更加客观与科学。但并不因此就表示数据研究高于其他研究方式,甚至可以替代其他研究方式。因为数据研究的最大缺陷便是面对问题之后的论证与分析,深入揭示当前书法创作的真相,需要批评、史论、创作的综合参与。数据研究就像一台机器一样运转,所呈现的数据需要诊断把脉,制定行之有效的解决方案,问题的解决最终还需要强大的行动力。

文化的缺失是造成当前书法诸多创作问题的主要根源。文化的缺失与近现代开始的书法文化生态改变息息相关。相比较其他艺术门类,书法和文化距离最近,拥有艺术与文化的双重属性。面对社会变革,书法的文化属性逐渐衰落,艺术属性反而提升,我们是放弃文化还是重建文化,何去何从,已经亟须做出选择,视而不见无异于掩耳盗铃。书法在古代被称为"不朽之盛事"是因为文与墨的兼修,我们是否甘于将书法在我们这一代人手中沦为"雕虫小技",答案显然是否定的。由此来看,"艺文兼备"的创作理念无疑是解决这一系列问题的主要途径与方法。

(原载于《现状与理想——当前书法创作学术批评展论文集》,上海书画出版社 2019 年版)

# 再造"地方":新的文化治理视域下上海戏曲文化空间的生产

杨子　上海艺术研究中心副研究员

伴随"全球化"对城市地景的渗透,对全球化和全球城市的探讨在多个学科领域与知识范畴内被广泛展开,诸如地方(place)及地方感(sense of place)这些人文地理学范畴的关键问题,成为其中的核心议题。

就表演场景而言,城市文化空间正逐步被批量生产的"迪士尼"式的商业表演文化所占据。以上海为例,由英国 Punchdrunk 剧团创作、上海文广演艺集团制作呈现的浸入式戏剧《不眠之夜》于 2016 年登陆上海,引领中国大陆"浸入式"戏剧的文化风潮,自 2016 年 11 月 11 日预演到 2019 年 12 月 13 日,连续演出 917 场,观众人次逾 30.3 万,累计销售金额逾 1.98 亿元,总收入 2.71 亿,平均上座率超过 95%,平均复购率超 30%,创下 1 分钟最快售出 216 张、1 小时最快售出 1847 张、夏季场 6 小时售罄 12600 张的票房纪录,年度票房销售率一度高达 100%。①

这一组数据足以说明全球表演文化在资本逻辑主导下成功的市场占有率,也带来诸多值得思考的问题,在浸入式剧场兴起、迪士尼乐园和百老汇超级音乐剧批量生产填充城市剧场时,非地方性景观(全球景观)提高了存在的表象作用,"迪士尼化"的表演场景在将历史、神话、现实和幻想进行超现实组合时,也进一步与在地环境脱离。② 如《妈妈咪呀》《猫》《狮子王》《剧院魅影》等超级音乐剧通过授权方式,在全球各大城市重制与原版几乎一模一样的演出,让全球戏剧市场充斥着同样的节目,市场经济的全球化促使剧场经济的市场也向全球化发展,伴随而来是剧

---

① "演界"公众号:《SMG Live 中国沉浸式产业发展研究报告》,2019 年 12 月 15 日。
② [英]迈克·克朗:《文化地理学》,杨淑华、宋慧敏译,南京大学出版社 2005 年版,第 109 页。

场保守主义和同质化的结果。① 全球城市的运行逻辑实则是资本的运行逻辑,面对席卷而来的全球主义文化均质化的运行,我们的确看到传统意义的"地方"及地方性文化的消逝、文化特殊性的丧失等"无地方性"(placelessness)②问题的发生,以及全球化背后新自由主义经济试图通过文化和资本重新定义和建构新的"地方"。

在诸多解决全球化"无地方性"的方法论域中,"地方感"的建构往往成为一条抵抗路径。在人文地理学家看来,作为特殊性的"地方(place)"是"适合所有事物的地方,一切事物都各得其所"(a place for everything and everything in its place)③,也即"我心安处",地方和地方感仍然是人类生存的重要组成部分。④ 自20世纪70年代以来,以段义孚为主要代表的人文地理学家对人地关系及地方的本质进行深入研究,认为当某一个地点(locality)能满足人们的生存需要,人们停驻在那里,使得它成为感觉的价值中心,地方感的形成就得以可能。⑤ 地方感是在人与地方相互作用下,由地方产生并由人赋予的一种体验⑥,反映了人对于地方的主观和情感上的依附。安德森(Ben-edict Anderson)主张人们通过想象建构"共同体"国家,在段义孚看来,在地方感的意义上,所谓的民族—国家(nation-state),就是人们对一个"大地方"注入情感,⑦因而,从更大的层面出发,人们可通过地方感的建构,形成对民族—国家的认同。

作为地方性文化,戏曲高度凝聚了一个地方的语言、文化、历史、民俗、民族特质和风貌等地方性知识,具有明显的地域性特征。20世纪二三十年代,上海工商经济的发达造就了成熟的文化经营体制,为移民占总人口80%以上的市民阶层开拓了文化娱乐市场,这使得各种地方戏曲在上海都有生存空间,如淮剧、越剧、甬

① Harvie,Jen,*Theatre & the City*,Hampshire:Palgrave Macmillan,2009,pp.70-71.
② Relph E.,*Place and Placelessness*,London:Pion,1976,转引自陈全荣、刘渌璐:《地方感研究文献评析》,《设计学研究》第210卷第1期,第92页。
③ Tim Cresswell:《地方:记忆、想像与认同》,徐苔玲、王志弘译,群学出版有限公司2006年版,第163页。
④ Lewicka,Maria,"Place Attachment:How Far Have We Come in the Last 40 Years?",*Journal of Environmental Psychology*,31,2011,pp.207-230.
⑤ Tuan,Yi-Fu,*Space and Place:The Perspectives of Experience*,Minneapolis:University of Minnesota Press,2001,p.138.
⑥ Steele,F.,*The Sense of Place*,Boston:CBI Publishing Company,Inc,1981,转引自陈全荣、刘渌璐:《地方感研究文献评析》,《设计学研究》第210卷第1期。
⑦ Tuan,Yi-Fu,*Space and Place:The Perspectives of Experience*,Minneapolis:University of Minnesota Press,2001,p.18.

剧、扬剧、锡剧等诸多地方小戏进入上海后发展成为独立的戏曲剧种,①戏曲演出场所林立,以戏曲、电影、话剧等文化形态为核心的文化娱乐产业发展盛极一时,经济、文化的飞速发展令上海一跃成为仅次于伦敦、纽约、东京、柏林的世界第五大城市和远东第一大城市,近代上海的全球化发展肇始于此一时期。1990 年,以开发浦东为契机,上海重新开始打造"国际大都市"的全球化征程。2016 年,新的城市发展规划计划于 2040 年将上海建成卓越的全球城市及文化大都市,发展模式由外延式增长向内生发展型转变。"全球城市"的形象如何塑造,"文化大都市"的定位如何挖掘城市历史文化、增强城市精神风貌的吸引力? 在去地域性的全球城市发展中,以戏曲为代表的地方性文化如何在"无地方感"(no sense of place)②的、或曰地方性日益被消解的全球都市空间中重建地方感,本文围绕这一核心问题,以上海戏曲演出主体为例,从新的国家文化治理政策、戏曲剧场的布局与空间实践、表演主体的艺术生产实践等角度,探讨戏曲文化空间的生产,也即以都市戏曲为代表的地方性文化如何通过调整与再造"地方",在全球表演场景中重建城市地方感,进而重绘城市文化地图。

## 一、新的政治文化风景再造"地方"

不可否认,文化带有政治性意涵,文化治理是"一个国家在政治、经济或社会的特定时空条件下,基于国家的某种发展需求而建立发展目标,并以该目标形成国家发展计划而对当时的文化发展进行干预,以达成原先所设定的国家发展目标"③,是"掌权者对整个社会的文化资源进行分配和控制的一种策略,其本身就是具有工具性的特征"④。国家—地方权力通过特定的文化艺术象征物来树立一个地区或民族的特定形象,利用文化艺术象征物来强调民族的共同性,促进内部稳定,从而使一个民族团结在一起。⑤ 地方戏曲在中国经济进一步纳入全球化市场

---

① 中国戏曲志编辑委员会、《中国戏曲志·上海卷》编辑委员会:《中国戏曲志·上海卷》,中国 ISBN 中心 1996 年版,第 18 页。
② [美]约书亚·梅罗维茨:《消失的地域:电子媒介对社会行为的影响》,肖志军译,清华大学出版社 2002 年版,第 297—302 页。
③ 廖世璋:《国家治理下的文化政策:一个历史回顾》,《建筑与规划学报》2002 年第 2 期。
④ 王啸、袁兰:《文化治理视域下的文化政策研究——对改革开放以来的文化政策分析》,2013 年 1 月 8 日,见 http://theory.people.com.cn/n/2013/0108/c40537—20131372.html。
⑤ [英]迈克.克朗:《文化地理学》,杨淑华、宋慧敏译,南京大学出版社 2005 年版,第 4 页。

后迎来新的挑战,面临在城市全球化治理逻辑中的文化定位及发展问题。随着经济的高速发展,执政党对文化的领导权进一步加强,党的十八大以来,文艺的意识形态功能被进一步强化,向政治进行"回归性"调整,①在此背景下,地方戏曲的保护、传承与发展工作受到前所未有的战略重视与政策推动,被赋予"实现中华民族伟大复兴"②的象征符号之一,参与建构现代国家形象。随着"乡愁"这一指涉"地方依恋""地方认同"的文学词汇第一次进入高级别政府工作会议报告,③系列文艺政策频密发布预示着新的政治文化正式开启了对"地方"的再造工程,展开对国家和民族文化身份的重写:2014 年 2 月 24 日,习近平总书记在十八届中央政治局第十三次集体学习时提出新的社会发展阶段执政党对待传统文化的基本态度和"创造性转化、创新性发展"的"双创"基本方针。④ 2014 年 10 月 15 日,习近平总书记在文艺工作座谈会上的重要讲话中强调,"文化是民族生存和发展的重要力量","文艺事业是党和人民的重要事业",详尽阐述了社会主义文艺的意识形态属性和功能,强调文艺创作的主旋律是爱国主义,文艺的永恒价值是追求真善美。⑤2015 年 7 月 11 日,《关于支持戏曲传承发展若干政策的通知》正式公布,这是继1951 年 5 月 5 日《政务院关于戏曲改革工作的指示》发布以来,时隔 65 年后又一次就戏曲工作所做出的国家级别的总体部署和政策规定。2015 年 10 月 3 日,对《讲话》的具体阐释及具体的文艺施政措施在《中共中央关于繁荣发展社会主义文艺的意见》中正式发布,《意见》明确规定各级政府要把文艺事业纳入经济社会发展总体规划,落实中央支持文艺发展的文化政策,制定本地文艺发展具体措施,并对传承和弘扬中华优秀传统文化进行详尽指示,其中,"推进基层国有文艺院团排练演出场所建设"列为"实施地方戏曲振兴计划"的具体方略之一。⑥

新的政治文化风景中对"地方"的再造工程由各地政府实施进行。作为具

① 王杰、石然:《当代中国文艺政策发展史》,中国社会科学出版社 2019 年版,第 299—300 页。

② 党的十八大以来,习近平总书记提出并深刻阐述实现中华民族伟大复兴的中国梦。2012 年11 月 15 日,习近平总书记在十八届中央政治局常委同中外记者见面时讲话,提出"实现中华民族伟大复兴"的战略思想,这一论述成为此后一以贯之的治国方略之一。

③ 2013 年 12 月,习近平总书记在中央城镇化工作会议上的报告中明确规定城镇建设"要实事求是确定城市定位,科学规划和务实行动,避免走弯路";要"依托现有山水脉络等独特风光,让城市融入大自然,让居民望得见山、看得见水、记得住乡愁"。强调在现代元素的建设中保护和弘扬传统优秀文化,延续城市历史文脉。

④ 《习近平谈治国理政》(第一卷),外文出版社 2018 年版,第 164 页。

⑤ 中共中央文献研究室:《十八大以来重要文献选编》(中),中央文献出版社 2016 年版,第134—135 页。

⑥ 《中共中央关于繁荣发展社会主义文艺的意见》,《人民日报》2015 年 10 月 20 日。

有深厚戏曲文化土壤的城市,上海率先在全国将国有文艺院团体制改革推向深入,2011 年既已集中优势资源成立上海戏曲艺术中心,通过改变行政关系和院团名称及资金拨付方式,统一管辖京剧、昆剧、越剧、沪剧、淮剧和评弹六大院团并全部实现全额拨款,完善各项演出专项扶持资金制度。在新的国家文化治理政策推动下,2015 年 5 月,上海出台《关于推进上海文艺院团深化改革加快发展的实施意见》,对 18 家市级国有院团按"一团一策"原则进行分类改革,创新体制机制,着力解决各类院团共性问题的同时,分类化解个性化问题;对民营院团增加专项扶持资金,在场租补贴、创作孵化、人才培养、文化交流、剧目展演等方面给予支持,为民营院团发展营造生态环境和发展环境。在建设国际文化大都市的长期战略部署下,2017 年 12 月,上海发布《关于加快本市文化创意产业创新发展的若干意见》(以下简称"文创五十条"),明确提出上海要打造"亚洲演艺之都",在原有规划基础上对全市演艺设施进行优化布局,重点支持环人民广场演艺活力区等 8 个演艺集聚区建设,形成演艺产业集聚效应。2018 年 4 月,上海进一步启动实施三年行动计划,全力打响"上海文化"品牌,提出"培育集聚更多优秀演艺市场主体,实施好'上海首演'计划,力争实现年均演出 4 万场次的目标"。其后,打造"演艺大世界"(SHOW LIFE)工程启动,以上海市黄浦区人民广场为核心区域计划建成上海国际文化大都市的核心引领区、亚洲演艺中心的核心示范区。

新的文化治理政策下,戏曲艺术的传承、保护与发展面临新中国成立以来大有可为的发展期,自上而下体现国家意志的地方"再造"工程促进了上海戏曲文化空间的生产。

## 二、"地方"的表征:上海市戏曲剧场分布与演出市场现状

上海海纳百川、兼容并蓄的文化气质为诸多戏曲剧种的生存与发展提供了空间,20 世纪 30 年代,戏曲市场的兴盛令上海一跃成为全国戏曲荟萃之地,班社林立,戏台密布。据不完全统计,彼时上海戏曲演出场所有一百多个,观众席位总数达 10 万个以上,一个演员有时一年要演出 400 多场。[①] 到 1949 年,上海

---

① 沈洁:《上海摩登时代的消费、市场与文化网络构建》,周武主编:《上海学》(第 1 辑),上海人民出版社 2015 年版,第 81 页。

市区共有 12 个戏曲剧种,96 个正式剧团,4000 余名艺人,如果加上酒楼或街头流动演出者,相关数字会更大。① 《上海通志》统计,1945—1949 年间上海剧场类型有 7 种,数量共有 128 座,戏曲演出场所占全市剧场总数的一半或以上,越剧、淮剧、沪剧、京剧、粤剧、扬剧、甬剧、锡剧、绍剧、滑稽戏等剧种都有相应专属剧场。②

新中国成立 70 多年来,上海戏曲演出市场随着社会、经济、文化的发展发生结构性变化,戏曲剧种此消彼长,目前有京剧、昆剧、越剧、沪剧、淮剧、滑稽戏、上海山歌剧、黄梅戏、豫剧等 9 个活态剧种,③截至 2018 年年底,上海市共有持证剧场 152 家,其中戏曲演出场馆有 12 家,占全市剧场总数的 7.8%(见表 1)。

表 1　上海市主要戏曲演出场馆

| 戏曲演出场馆 | 建立时间 | 属性 | 地址 | 设施 |
|---|---|---|---|---|
| 天蟾逸夫舞台 | 1912 年(新新舞台) | 上海京剧院下属事业单位 | 黄浦区 | 928 座 |
| 周信芳戏剧空间 | 2015 年 | 隶属上海京剧院 | 徐汇区 | 328 座 |
| 长江剧场 | 1923 年(卡尔登大戏院),2018 年 6 月翻修后重新开放 | 隶属上海戏曲艺术中心 | 黄浦区 | "红匣子"230 座、"黑匣子"100 座 |
| 宛平剧院 | 1988 年 12 月建成,2017 年 3 月重建,2020 年底前竣工 | 隶属上海戏曲艺术中心 | 徐汇区 | 1 个能满足大型戏曲剧目演出的 1000 座专业戏曲剧场,1 个 300 座的小剧场 |
| 浦东大戏院 | 由原三林影剧院改造而成(1985 年落成),2019 年 11 月开业 | 浦东首个区级戏曲演出中心,由三林镇政府出资改造,浦东文化传媒有限公司联手人民大舞台管理 | 浦东新区 | 728 座 |
| 俞振飞昆曲厅 | 2013 年 | 隶属上海昆剧团 | 黄浦区 | 162 座 |
| 浦兴"星"剧场 | 2017 年 | 隶属红星美凯龙家居集团股份有限公司 | 浦东新区 | 200 座 |

---

① 中国戏曲志编辑委员会、《中国戏曲志·上海卷》编辑委员会:《中国戏曲志·上海卷》,中国 ISBN 中心 1996 年版,第 23 页。
② 贤骥清:《民国时期上海剧场研究(1912—1949)》,上海人民出版社 2016 年版,第 73—74 页。
③ 数据来源于《上海市地方戏曲剧种普查报告》。

续表

| 戏曲演出场馆 | 建立时间 | 属性 | 地址 | 设施 |
|---|---|---|---|---|
| 梅派大舞台 | 2014 年 | 上海东燕文化传播有限公司、上海徐汇燕萍京剧团在杨浦区的演出地 | 杨浦区 | 322 座 |
| 依弘剧场 | 2018 年 | 上海弘依梅文化传播有限公司运营管理 | 宝山区 | 400 座 |
| 中国大戏院 | 1930 年（三星舞台），2018 年 5 月重新开业 | 隶属上海大光明文化集团 | 黄浦区 | 878 座 |
| 上海大剧院 | 1998 年 | 公益性事业单位，"事业单位、差额拨款、企业管理"的剧场运营模式，实行定额拨款财政体制 | 黄浦区 | 大剧场 1631 座、中剧场 575 座、小剧场 220 座 |
| 上海东方艺术中心 | 2005 年 | 公益性事业单位 | 浦东新区 | 音乐厅 1953 座歌剧厅 1015 座、演奏厅 333 座 |

上表所列 12 家剧场，专业戏曲演出场所 9 家，综合性演出场所 3 家，主要分布在徐汇区、黄浦区、浦东新区、宝山区和杨浦区，尤以黄浦区分布最多，这一区域是 20 世纪初上海演出空间密集分布区域，"演艺大世界"即是上海市政府以黄浦区人民广场为核心区域而打造。目前黄浦区区域内有专业剧场 22 家，展演空间 37 家（其中 26 家获"演艺新空间"授牌），汇聚戏剧（含歌剧、舞剧）、戏曲、音乐剧、音乐会等各个门类的艺术表演形式。其中，人民广场周边 1.5 平方公里范围内，正常运营的剧场及展演空间 21 个，密度达 14 个/平方公里，形成国内规模最大、密度最高的剧场群。天蟾逸夫舞台、长江剧场、俞振飞昆曲厅、中国大戏院、上海大剧院皆位于该区域。

从建成时间看，建于 1912 年的天蟾逸夫舞台是上海历时最长、最具规模的戏剧演出场所，梨园素有"不进天蟾不成名"之说，现被上海京剧院定位为"以京剧演出为主的戏曲专用演出场所"。长江剧场建于 1923 年，原为卡尔登大戏院，是上海话剧演出主要场所之一，于 2018 年重新开放，定位为创新型的戏曲实验小剧场。作为 20 世纪"上海四大京剧舞台"之一的中国大戏院建于 1930 年，在 2018 年 5 月重新开业后转型定位为综合性的演出场馆。其他演出场馆均为近年所建或重修。

从演出剧种看,京剧、昆剧、淮剧均有专属演出剧场。天蟾逸夫舞台和周信芳戏剧空间除满足上海京剧院京剧演出外,均向其他戏曲演出院团开放。梅派大舞台以京剧演出为主,为民营京剧演出公司所运营的梅派京剧传承基地。俞振飞昆曲厅为上海昆剧团辖下"演艺新空间",是兼具剧团排练及小型演出功能的多功能剧场。依弘剧场是全市首个以艺术名家命名的剧场,主要推出京剧音乐课本剧和史依弘名家工作室原创的京剧剧目及其他剧种演出。浦兴红星美凯龙金桥店"星"剧场为小型淮剧专属剧场,定期为社区举办淮音专场"月月演"活动。在建中的宛平剧院定位为满足各戏曲剧种剧目演出的大型专业化、现代化戏曲剧场和演出平台,与既有戏曲剧场形成差异化运营。

从分布区域看,戏曲演出场馆聚集分布在黄浦区、徐汇区等浦西核心区域,折射出上海剧院"西盛东衰"的局面,2019 年 11 月开业的浦东大戏院作为浦东首个区级戏曲演出中心,打破浦东无专业戏曲演出场馆的现实。

中国大戏院、上海大剧院和东方艺术中心作为综合性剧院归入重要的戏曲演出场馆。作为 1930 年代"上海四大京剧舞台"之一,中国大戏院重新开业后根据自身历史积淀和特点,定位为"世界名团名剧的中国首演地,打造创新戏曲的展示基地",是以综合戏剧演出为主、引进创新戏曲演出的中型专业剧场,以"创新戏曲邀请展"品牌与周边剧场形成错位竞争。和在戏曲演出史上具有重要地位和文化积淀的中国大戏院不同,作为综合性的现代化西式剧院,上海大剧院是以"演出场馆"介入戏曲"创作生产",从而兼具演出场馆和创作生产主体的双重身份。东方艺术中心于 2008 年创设品牌演出"东方名家名剧月",是国内唯一在综合性剧院举办的以戏曲为核心成规模定期举办的展演盛事,现已成为各大戏曲院团和戏曲名家汇集之地。

新的文化治理政策推动上海戏曲剧场的建设和重新布局,戏曲演出空间规模扩大,这些新老剧场在一定程度改变了上海戏曲演出格局。不包括在建中的宛平剧院,专业戏曲剧场的观众座席加在一起共 3398 个,这对于上海这座拥有 70 个戏曲表演院团、戏曲年演出场次总量可达近 7000 场[①]的戏曲重镇来说,依然有扩容的空间。

新政之下上海戏曲演出市场如何?以 2018 年上海演出市场和上海市级国有

---

① 数据截至 2015 年 8 月 15 日,包括上海市所有戏曲演出团体商业性演出、公益性演出以及民间班社在临时性演出场地的演出场次总和。参见《上海市地方戏曲剧种普查报告》。

戏曲院团演出市场为例进行比较,上海中心城区 50 家专业剧场共举办营业性演出 7836 场,其中剧院主办演出占比 40.3%,日均演出 21.5 场;观众人次达 547.7 万;剧场实现演出收入 9.7 亿元,其中票房收入 7.6 亿元。从表 2 可知,上海市六大市级国有戏曲院团在 2018 年的演出总场次(975 场)①占该年度全市专业剧场演出总场次(7836 场)的 12.4%,其他艺术门类中,话剧演出场次(2102 场)占比 26.8%,音乐会演出场次(1261 场)占比 16.1%,儿童剧演出场次(1257 场)占比 16%;上海市六大市级国有戏曲院团演出收入(5642.73 万元)占 2018 年上海市演出总收入(9.7 亿元)的 5.8%,而占比最高的为演唱会(4.01 亿元,53%),其次是音乐会(8735.37 万元,11.6%)、音乐剧(7438.83 万元,9.8%)。②

表 2 上海市市级国有戏曲院团演出市场情况(2017—2019 年)

| 院团 | 演出场次(本市) | | | 演出收入(万元) | | |
|---|---|---|---|---|---|---|
| | 2017 年 | 2018 年 | 2019 年 | 2017 年 | 2018 年 | 2019 年 |
| 上海京剧院 | 199 | 204 | 185 | 1161 | 1354 | 1494 |
| 上海昆剧团 | 229 | 228 | 232 | 1045.44 | 1068.08 | 1109.48 |
| 上海沪剧院 | 216 | 162 | 171 | 824.9 | 996.42 | 1109 |
| 上海越剧院 | 134 | 120 | 112 | 1109.62 | 1100.2 | 1146.85 |
| 上海淮剧团 | 76 | 96 | 97 | 351 | 389 | 415 |
| 上海滑稽剧团有限公司 | 170 | 165 | 145 | 735 | 735 | 735 |
| 总计 | 1024 | 975 | 942 | 5226.96 | 5642.73 | 6009.33 |

不可否认,上海戏曲演出市场从 2017 年到 2019 年呈温和增长趋势,如果将全球表演场景与戏曲演出市场相比,仅仅一部沉浸式戏剧《不眠之夜》三年演出总收入(2.71 亿),就远超六大市级国有戏曲院团三年演出收入之和(1.69 亿),可见,上海尽管具有深厚的戏曲文化底蕴和相对集中的体制院团资源优势,但和音乐剧、音乐会、演唱会、沉浸式戏剧占主导的全球表演场景相比,戏曲演出市场份额依然处于低位,引出的一个问题是,在新的文化治理政策下,一个有着特定发展目标的

---

① 2018 年、2019 年较 2017 年戏曲演出场次有所下降。一方面由于 2018 年 3 月上海天蟾逸夫舞台启动为期一年的大规模整体修缮而关闭;另一方面,2019 年 5 月 20 日—6 月 2 日上海承办第 12 届中国艺术节,市内剧场资源以满足第 12 届中国艺术节展演为主。
② 数据来源:2017—2019 年《上海市级国有文艺院团"一团一策"考核材料》及上海市文旅局市场处。

全球城市如何通过传统戏曲的生产实践获得文化意义,从而进行城市空间的再生产和城市文化的再认同,这不仅关涉剧场的空间实践,也同样取决于演出主体——戏曲院团的艺术生产实践。

## 三、剧场的空间实践:小剧场戏曲与大剧场戏曲

从空间生产理论视域来看,空间不是观念的产物,而是政治经济的产物,是被生产之物,[1]这一洞见将空间从静态的物理学意义上的纯粹客体转向动态的社会生产实践过程,"空间实践"(spatial practice)指明了人们创造、使用和感知空间的方式,含括了生产与再生产……是指牵涉在空间里的人类行动与感知,包括生产、使用、控制和改造这个空间的行动。[2] 戏曲文化空间通过剧场中的表演实践获得最直观的形塑和再现,因而,探讨剧场的空间实践有助于理解如何通过它调整与再造"地方",重写城市文化。

作为上海历时最长的戏剧演出场所,天蟾逸夫舞台见证了海派京剧的发展和繁荣,在中国京剧演出史上居于重要地位。在 1989 年划归上海京剧院所有后,天蟾逸夫舞台被定位为"以京剧演出为主、其他戏曲剧种演出为辅的戏曲专用演出场所",采用"事业单位和市场化运作"的方式,年均演出达 300 多场,其中来自上海京剧院的演出占 1/3,来自全国其他省区的外地剧团演出占 1/3,来自上海戏曲艺术中心下辖的其他 5 家院团的演出占 1/3,以传统戏曲演出建构上海地标性的戏曲文化空间。

2018 年 10 月,与天蟾逸夫舞台同属于"演艺大世界"核心区域、拥有近百年历史的长江剧场重新开业,一定程度上改变了上海戏曲演出空间格局。长江剧场原名卡尔登(CARLTON)大戏院,1923 年 2 月建成,初期以放映外国电影为主,1935 年后,黄佐临、费穆、朱端钧等话剧名家的《秋海棠》《浮生六记》《雷雨》等佳作名剧在此上演,奠定其"中国话剧大本营"的美誉。戏曲其后在此登场,孤岛时期,周信芳带领的移风社在此演出京剧长达 4 年之久。1951 年 12 月,卡尔登大戏院更名为长江剧场,一度作为华东实验越剧团的演出基地。在 1985 年划归上海市演出公司管辖后,长江剧场成为上海话剧演出的主要场所,但于 90

---

① Lefebvre,Henri,*The Production of Space*,tr.D.Nicholson-Smith,Oxford:Blackwell,1991,p.26.

② Lefebvre,Henri,*The Production of Space*,tr.D.Nicholson-Smith,Oxford:Blackwell,1991,p.33.

年代因建筑陈旧而关停。在"文创五十条"打造"亚洲演艺之都"的规划下,长江剧场于2016年底启动装修改造工程,2018年10月重新开业,由上海戏曲艺术中心定位为"先锋性、实验性、创新性小剧场,以戏曲为主,兼顾戏剧类演出和教育展示活动"。重新开业的长江剧场将传统戏曲与新兴的"黑匣子"剧场模式相结合,包括"红匣子"(230座)和"黑匣子"(100座)两个小剧场,这是继2015年5月328个座位的周信芳戏剧空间开台后,上海的又一家专业戏曲演出剧场。在此之前很长时间,对外公演的戏曲专业剧场主要是拥有928个座位的天蟾逸夫舞台。

区别于面向中型制作的传统戏曲剧场天蟾逸夫舞台,长江剧场聚焦创新性、实验性小剧场创作,被指定为上海小剧场戏曲节主场剧场。由上海戏曲艺术中心主办,上海小剧场戏曲节以"戏曲·呼吸"为主旨,寓意在吸入传统精华的同时,呼出创新理念,目的为传统戏曲寻找出路,为年轻戏曲创演人才搭建平台。自2015年创办以来,上海小剧场戏曲节已上演44台在题材改编、主题思想、观演模式、艺术表达等方面具有探索性的小剧场戏曲作品:既有根据残本排演的古老剧种,也有改编自中外小说极富创意的跨界作品;既有旧戏新编,解构经典之作,也有诸多在观演模式和表达形式上大胆创新的新创作品,涌现出不少口碑之作,如梨园戏《朱买臣》《御碑亭》、黄梅戏《天仙配》、昆剧《夫的人》《伤逝》《椅子》、京剧《草芥》、越剧《洞君娶妻》《再生·缘》、京淮合演《新乌盆记》等,当然也存在诸多在艺术表达方面尚需打磨的作品。其中,上海市级国有戏曲院团入选剧目在历届小剧场戏曲节中占重要位置,一定程度上引领小剧场戏曲的发展方向。在入驻长江剧场前,小剧场戏曲节在上海话剧艺术中心戏剧沙龙、周信芳戏剧空间辗转上演,直至2018年,才有了契合自身气质的专属剧场,其内容和形式的创新性、探索性和实验性,与从老牌"中国话剧大本营"转型为"百变戏曲匣子"的长江剧场的宗旨定位相契合。

上海小剧场戏曲节以"小而精"的体量以及多题材、多风格、多形式、多剧种的实验性、创新性展演与市场对接,吸引戏曲新观众走进剧场。自2015年举办以来,小剧场戏曲节呈现出"三青"特点:青年创作人才、青年演员、青年观众。年轻观众占观演人群70%左右,超过八成观众在35岁以下,其中50%的观众是第一次进剧场观看戏曲演出,且多数观众具备大专以上学历,可谓青年人的戏曲节。

以小剧场戏曲节为演出主体,长江剧场"不仅是物理空间的概念,更多的是心灵空间的开拓和释放,是创作者与观者共同创造的无限能量"。①

如果说长江剧场呈现的"小剧场戏曲"在其"小"的空间属性中强调"既传承经典,也面向未来"的实验创新属性,那么上海大剧院的"大剧场戏曲"则是以西式现代化剧场介入戏曲原创,另辟蹊径弘扬京昆传统国粹的剧场空间实践。

作为国内最早建成的现代化大剧院,上海大剧院在重塑城市文化,建构市民对城市的认同与归属中具有一定的"样本"意义:非营利性文化事业单位的定位确保大剧院成为城市公共文化服务体系的一部分;作为行政权力在表演艺术场所的表达,上海大剧院是城市治理策略和规划蓝图在文化治理意义上的具体呈现。② 剧场节目体系的全球化定位确定了大剧院"世界主义"范式的艺术和审美追求,"歌剧、芭蕾和交响乐"三大艺术形式的节目成为大剧院建立以来最主要的艺术呈现。直至 2010 年,上海大剧院的节目选择体系开始有意识地推出中国传统文化的系列演出,坚定"不仅要上演海外进口的节目,也要给国产文艺精品提供舞台"的定位,本土制作、民族艺术进入历年演出季的剧目安排。2009—2010 演出季中的"上海京昆群英会",由上海大剧院与上海京剧院和上海昆剧团合作,开启了大剧院中国传统戏曲演出系列。

在弘扬京昆传统国粹的剧场实践中,上海大剧院并不满足仅提供演出场所的功能,而是介入原创制作,开启"场团合一"的剧院功能建设。2007 年,在新增"原创性"为"国际性""艺术性""经典性"之外的品牌定位后,上海大剧院与院团展开合作,以平均每年一至两部的速度打造"上海大剧院版"原创作品,其中包括一定数量和质量的戏曲原创作品:2014 年,上海大剧院与上海京剧院联合制作新编京剧《金缕曲》,探问中国文人士大夫的精神变迁和嬗变轨迹;2015 年,上海大剧院与张军昆曲艺术中心联合出品昆曲《春江花月夜》,将昆曲艺术与现代人的审美趣味相结合,在上海大剧院进行首轮三场演出,近 5000 张票悉数售罄,引爆戏曲界"张军现象";2018 年,上海大剧院与上海昆剧团、上海京剧院联合出品京昆合演《铁冠图》,由沪苏两地京昆大师、名家联袂出演,将消失于舞台长达三十余年之久的骨子老戏复现于舞台,被视为"改革开放这一'伟大觉醒'在戏曲界的独特表现",③在海派戏曲史上留下重要的一笔。2019 年,上海大剧院首次尝试独立出品,联合

---

① 沈轶丽:《向世界展示中国戏曲的丰富可能性——以〈伤逝〉〈椅子〉为例》,《光明日报》2020年 3 月 1 日。

② 杨子:《大剧院的"政治叙事"及对城市文化的塑型》,《河南社会科学》2016 年第 3 期。

③ 傅谨:《改革开放与戏曲的再出发》,《中国文艺评论》2019 年第 1 期。

江苏省演艺集团昆剧院,集结青年主创,将清代沈复的自传体笔记小说打造为同名昆剧《浮生六记》,再现江南文化古典美学,开票当天4小时内售出一半门票,旋即全场告罄,创下舞台戏曲新创剧目的票房奇迹。《浮生六记》的创制模式昭示了上海大剧院以剧场介入戏曲原创制作,从联合出品到独立出品的进阶,以及向制作机构与剧院主体重合的"场团合一"运营模式的转化,这一转化的意义在于,由剧场主导舞台艺术生产,将戏曲剧目生产与上海大剧院强势的市场营销相结合,利用大剧院观众精英化、年轻化的优势,打通创作与市场隔层,激活观众观剧需求,从而扩大戏曲的受众面和传播效力。

"哪里有空间,哪里就有存在",①空间是行为发生的载体,人的行为建构空间,对空间实践的研究将剧场空间从一个背景性的概念转变成一个实体范畴,要特别指出的是,在剧场空间实践的基础上必然生产出新的空间。无论是传统戏曲与当代实验创新戏剧形态发生碰撞升华的"小剧场戏曲",还是以剧场主导艺术生产,将传统戏曲摆脱"一桌二椅"进入"大剧院"全球化语境的"大剧场戏曲",长江剧场和上海大剧院各自以不同的剧场实践路径,聚焦以年轻观众为核心的新观众群体,构建异于传统戏曲空间所营造的"地方"氛围,重写被全球资本和权力所规划的上海文化地理空间,完成"地方"再造和城市文化再认同。

## 四、戏曲院团的艺术生产实践

针对上海市级国有文艺院团的"一团一策"工作机制是国家与地方合力之下,上海文化管理部门进行实践探索和制度创新,在遵循艺术生产规律的基础上,为国有文艺院团打开各具特色的发展和创作之路。进一步说,"一团一策"是国有院团个性化发展的深层制度机理,其背后是社会效益和经济效益相协调的文艺发展观,也是对国有文艺院团自上而下的大一统和保护性运作模式的反思和调整。② 这一工作机制赋予国有戏曲院团在生产实践中一定的能动性,培育院团面对市场自我发展的能力,从而培育和构建具有海派特色的戏曲文化生态链。

随着政府对戏曲扶持力度不断加大,国有院团"自给率"(演出收入占经费收入总数之比)也在逐渐降低,政府资助份额越大,"自给率"下降幅度就越明显,但

---

① Lefebvre,Henri,*The Production of Space*,tr.D.Nicholson-Smith,Oxford:Blackwell,1991,p.22.

② 吴筱燕:《都市情未尽,曲中意犹新——"一团一策"助力上海越剧院再探荣光》,《上海艺术评论》2018 年第 5 期。

这并不意味着院团自身能力、活力、发展力在衰退,从 2017 年到 2019 年,除了上海滑稽剧团有限公司保持平稳状态,京剧、昆剧、越剧、沪剧、淮剧等五大国有戏曲院团演出收入保持逐年上升趋势。充足的财政拨款确保国有戏曲院团在规避全球表演市场挑战的同时拥有充裕的创作生产空间。继承是创新和发展的前提,对传统经典剧目的整理、复排是国有院团剧目生产建设的重点,确保传统经典艺术的赓续和发扬。如上海昆剧团全本《临川四梦》、四本《长生殿》《狮吼记》《十五贯》、上海京剧院《七侠五义》、上海滑稽剧团《乌鸦与麻雀》、上海越剧院《凄凉辽宫月》等,在复排中传承经典旨趣,展现传统文化的创造性转化。其次,在新编和改编剧目中打磨精品,提高新创剧目向保留剧目转化的效益。新时期以来上海打造的一批戏曲精品力作如京剧《曹操与杨修》、淮剧《金龙与蜉蝣》等,在思想性、艺术性、探索性等方面都被誉为中国戏曲的里程碑之作,成为经典保留剧目。进入 21 世纪,国有戏曲院团新创佳作不断,诸多优秀作品获得国家级奖项,如京剧《贞观盛世》《廉吏于成龙》、昆剧《班昭》等均斩获文华大奖。新政之下的上海戏曲舞台依然保持强劲的创作活力,新作涌现,如上海昆剧团《红楼别梦》《浣纱记传奇》、上海淮剧团《武训先生》《纸间留仙》、上海京剧院《新龙门客栈》、新版《大唐贵妃》、上海滑稽剧团《皇帝勿急急太监》等。一批以中华创世神话为主题的新创剧目出现在舞台,如淮剧《息壤悲歌》《神话中国》、越剧《素女与魃》、昆剧小戏《神农尝草》等,以戏曲为媒介挖掘与阐发民族精神与中华文化。

值得一提的是,在新编和改编剧目中,出现一批小剧场实验戏曲作品,结合戏曲传统和当代审美,受到市场尤其年轻观众的欢迎。如上海越剧院小剧场作品《洞君娶妻》、上海昆剧团小剧场昆剧《长安雪》《椅子》、上海淮剧团《画的画》、上海京剧院小剧场京剧《草芥》《青丝恨 2018》等,这些颇具探索性实验性的小剧场作品立足传统,在形式与内容上进行升级转化,进而扩容海派戏曲的表演格局与艺术体系。

新的文化治理政策下,"现实题材创作"成为政策倾斜与资源挹注的重点。现实题材作品或展开对以"真人真事"为题材的英雄楷模事迹的弘扬,或聚焦书写改革开放四十年成果。如越剧《燃灯者》以上海市高级人民法院副院长邹碧华的英雄事迹,彰显上海干部在深化改革进程中的良好形象和职业操守;沪剧《敦煌女儿》通过演绎"上海女儿"樊锦诗穷其一生致力敦煌研究的传奇人生,谱写知识分子的平凡与伟大;淮剧《浦东人家》以浦东开发为大背景,以小家庭与大社会的发展变迁透视普通市民在社会变革中的命运起伏,用充满生活质感的艺术表达回应时代话题和社会问题。当然,体制机制开创出国有院团前所未有的创作生产空间,同时也建立了一套新的话语体系,以弘扬主旋律,讴歌正能量的红色题材开拓新的戏曲文艺生态,推动剧种表演体系的创造,如上海京剧院新编现代京剧《浴火黎明》《北平无战事》、上海沪剧院沪剧《一号机密》等。其中,《浴火黎明》通过对革命者对"革命"从迷失到回归的转变来刻画斗争的艰难和人性的深度,走出并超越红色题材戏剧作品对正面人物塑造的高大全式的僵化模式,以创新的人物塑造和深刻的人性挖掘被誉为"红色题材戏剧创作在思想与艺术两方面的重大突破"①。

上海国有戏曲院团共有 11 家,虽只占上海戏曲院团总数的 15.7%,却是上海戏曲舞台艺术发展和创作的主力军,也是继承和弘扬海派文化艺术的重要实践基地。在国家体制和市场机制的双重逻辑下,国有院团的艺术生产实践集中展示了上海戏曲文化多样性发展和多元化的创作理念,在继承海派传统戏曲艺术体系的基础上,为戏曲艺术在当代的传承与发展开拓实践道路,以其丰富的精神内蕴形成戏曲院团发展的上海经验和上海模式,在全球表演场景中重构"上海"地方特质,从而建构上海城市文化主体性。

市场机制打开体制外的创作空间,活化戏曲创制机制,助推民营戏曲院团提高市场活跃度,增强市场意识,进而根据自身资源优势、艺术特点和市场情况打造个性化运营模式。作为致力于昆曲的开拓与实验的民营院团,张军昆曲艺术中心自 2009 年成立以来,对当代戏曲如何传播、振兴和发展,戏曲审美风范如何彰显和重建,走出一条可行路径:自觉适应包括大剧院在内的各种新兴演出场所与传播平台,创作出与当代社会、当代审美相适应的"当代戏曲"。其独创"水磨新调"新昆曲——将正宗昆曲水磨腔与时尚摇滚乐、说唱乐"无缝对接",举办"水磨新调"新昆曲万人演唱会,市场火爆;当代新编昆曲《春江花月夜》弃传统一桌二椅式舞台进入城市大剧院,探索传统戏曲在新的"城市剧院"语境下的传播和现代表现形式;独角戏《我,哈姆雷特》用昆曲演绎莎士比亚故事,"一人多面"的演绎、中英双语切换、先锋前卫的理念为昆曲的全球表演场景开拓诸多可能性;实景园林版《牡丹亭》抛开现代剧场镜框式舞台,以朱家角镇课植园为特定演出场景,将牡丹亭还于园林,以实景、实情营造古韵氛围,完成戏曲艺术虚实结合的美学统一。自 2010 年 6 月世博会首演以来,实景园林版《牡丹亭》已在课植园定时演出 10 年 226 场,全球观众累计 5.5 万人次,并于 2019 年 5 月作为第 14 届"契诃夫国际戏剧节"开

---

① 傅谨:《2017 年度戏曲的多元景观》,《中国文艺评论》2018 年第 1 期。

幕演出,在莫斯科州立大学药剂师花园带领当地观众穿越600年时光,领略中国传统戏曲之美。十年间,张军昆曲艺术中心的生产实践并未因其"跨越文化"而失去"地方性意义",恰恰相反,它试图超越传统戏曲内生性发展的封闭结构,突破"地方"边界,对接传统与现代、东方与西方,将"实验昆曲"的地方性意义放置在与全球文化互动的动态社会关系体系中,在对"地方性"的全球想象中重新定义和建构新的"地方",从而生产"全球地方感"。

## 五、结语：重建地方感,重绘城市文化地图

以地方为基础的文化、生态和经济实践,是重构地方与区域世界的另类视野和策略。[①] 以上海为范例的全球化城市在地方性日益被消解的全球都市空间中再造"地方",在压倒性的全球表演场景中重建当代本土表演情境,从而构建城市文化主体性。

如果将戏曲艺术视为一个价值观念的象征系统,上海戏曲文化空间的生产表现了新的文化治理政策下,戏曲演出主体围绕再造"地方"所展现的能动性和创造力。"地方"不仅是概念,也涉及实作或实践,地方的特质特性和文化意义,以及地方概念的建构本身,都是在实践中产生和维系。[②] 上海的"地方"再造由强大的国家意志所主导,在剧场空间实践、院团艺术生产实践和全球表演场景的博弈互动中被再生产与再认知：新的文化治理政策推动戏曲剧场的重新布局,实验创新性的"小剧场戏曲"与剧场介入原创的"大剧场戏曲"以不同的剧场实践生产新观众群体,完成"地方"再造；国家意志与市场谋利原则结合形成的文化生产逻辑下,处于不同场域的表演院团以戏曲为媒介,通过艺术生产实践传达特定文化内涵和象征意义,在城市文化地理版图中再造不同的"地方",生产多元各异的"地方感"。

文化治理场域是文化政治的权力战场,其统辖下的"地方"再造是为了改变地方,或者说是为了改变既有的社会秩序和文化想象,实现更多的社会公平、环境正义及多元文化的共生共存。新的政治文化风景中的"地方"再造帮助我们重构城

①　Tim Cresswell：《地方：记忆、想像与认同》,徐苔玲、王志弘译,群学出版有限公司2006年版,第137页。
②　王志弘：《领域化与网络化的多重张力——"地方"概念的理论性探讨》,《城市与设计学报》第23期。

市戏曲文化空间,在全球表演场景中重建城市地方感,因为"地方的重构可以揭露被深埋的记忆,召唤可期的未来。"①

（原载于《戏剧艺术》2020 年第 3 期）

① Harvey, David, *Justice, Nature and the Geography of Difference*, Cambridge: Blackwell Publishers, 1996, p.306.

# 关于近年来篆刻创作几种倾向的思考

辛尘　原名胡新群,南京艺术学院艺术学研究所教授

坦率地说,我已经有近20年没有关注中国印坛的创作状况了。这期间,除了应出版社要求,修改补充30年前的旧作《当代篆刻评述》,或因教学需要探讨篆刻艺术原理方面的一些问题,或极少数几位老友要我谈谈看法,几乎不再谈论当代印坛现象,更不评说某家、某派。一来现在职业所要求从事的研究方向是"艺术一般",需要学习的新知识、思考的新问题太多太多,昔时所好只能暂时搁置;二来随着年龄增长、社会阅历增多,渐渐懂得了每个人都有自己的难处,偶有所感所想,也就在心里感想感想而已。此次撰文评论当代篆刻创作,赶紧恶补搜查资料,认真阅读了一批近年来出版的个人、社团、展赛篆刻作品集,仔细品味每一位作者每一件作品,包括印面、边文、题字以及印屏设计等。恰巧2018年参加江苏省青年篆刻大赛作品评选,观摩西泠印社社庆社员书法篆刻大展,对当下印坛不同层面的创作情况也有了一些实地感受。所以,本文把谈论的范围限定在"近年来",在分析比较的基础上进行归纳综合,不涉及具体个人,主要思考目前篆刻创作中具有倾向性的现象。

综观近年来的篆刻作品,我们可以欣喜地看到,当代中国印坛空前繁荣,全国性和地方性的各种规模的篆刻展览、篆刻比赛和书法篆刻综合展赛十分频繁,每次展赛都有相当数量的作者积极参与。究其原因,这与原本属于"小众"的篆刻艺术如今竟拥有成千上万的作者队伍密切相关;而在这迅速发展的篆刻创作队伍中,全国各地源源不断毕业的书法篆刻专业大学生、研究生是一支十分抢眼的新生力量。当今中国高等艺术教育爆炸式发展,书法篆刻专业高等教育遍地开花,大批青年学生接受新式的书法篆刻艺术教育,享用极为丰富的各类印谱、印学研究的出版传播资源,结合新科技、新思维研究篆刻创作快速提高的新方法。以此为主力的篆刻艺

术"新生代"普遍拥有不俗的创作技能,尤其是对篆刻形式的把握能力,包括对"无法可依、无章可循"的先秦古玺惟妙惟肖的模仿能力,以及把人们一直视为"高、精、尖"的陈巨来、新浙派式的元朱文变成"家常便饭",都是过去主要靠自学自悟、寻师访友的篆刻业余爱好者难以比拟的。有这样的"新生代"不断充实,如今的篆刻创作真的是"想不繁荣都难"!作者多而热气高,干劲大而作品丰,活动频而社团兴,近年来的中国印坛,不仅篆刻创作空前繁荣,以西泠印社为"带头大哥"的众多篆刻社团也空前活跃,并且已经形成了相互促进、水涨船高的格局。

面对这样的一派大好形势,相信所有冷静的篆刻研究者都不难发现,当下印坛创作已然形成几种显著的"倾向":一是发掘古玺印式的"玺中求印印风",以及以此为基础的"古玺式写意印风";二是对"现当代写意印风"反动的"元朱文印风",与之相配对的是"仿汉式精密白文印风",以及将此种精致工稳的印风推向华饰极端的"鸟虫篆印风";三是基于"继承传统"意识的"古典印风",包括以往篆刻史上盛行不衰的"仿秦汉印风",以仿黄牧甫为多数的"仿明清流派印风",以及近现代较为流行的杂学诸家的"杂体印风";四是受"现代艺术"观念影响的"前卫印风"。以第七届全国篆刻展为例,其中,"玺中求印印风"和"古玺式写意印风"两类创作均超过参展作品总数的20%,合计约占40%;"元朱文+仿汉式精密白文印风"和"鸟虫篆印风"作品合计约占总数的32%(其中"鸟虫篆印风"作品竟占5%);"仿秦汉印风""仿明清流派印风"和"杂体印风"作品合计约占总数的25%(其中"仿秦汉印风"作品不到总数的5%);"前卫印风"作品低于总数的4%。这一统计数据与我们对近年来印坛创作倾向的直观印象基本吻合。本文所谓的"倾向",就是指当下的篆刻创作所呈现出的某种程度的趋同性,或者广泛存在、不约而同的现象。这些"倾向"可以是作者们合理的共识、共同追求,也可以是暗含杀机的认识误区。我们无法、也不应当简单地判定特定时期篆刻创作"倾向"的好与不好,而只能从篆刻艺术史和篆刻艺术原理立场来具体分析,研究这些创作倾向性存在的合理性是什么,有哪些方面值得肯定,又有哪些问题会影响创作水平的提高和篆刻艺术的健康发展。希望这样的讨论能够引起从事篆刻创作的朋友们的进一步思考,能够给广大篆刻艺术欣赏者提供参考。

## 一、基于对古玺印式的发掘:"玺中求印印风"与"古玺式写意印风"

众所周知,由于对中国古代玺印的起源缺少认识,元明印人倡导并遵循"印宗秦汉"的艺术理念,由此形成了白文取法汉官印、朱文取法隋唐官印的流派篆刻传统。尽管清中叶以来人们已经确切地认识了先秦古玺,但是,受到已形成的、基于汉印印式与元朱文印式的篆刻审美观念的制约,也因为对先秦文字认识的不足、先秦文字字书编纂工作的滞后,先秦古玺作为印式迟迟未能得到印人们的充分开发和运用,这无疑为近现代篆刻创作的发展与突破留下了一个显而易见的缺口。事实上,近现代卓有成就的篆刻家们或多或少都借鉴了古玺印式,当代篆刻创作更是如此。人们利用大量出版的各种古玺印谱,以及金文、甲骨文、古玺文、先秦简帛文之类的字书,从事仿古玺、类古玺的篆刻创作,近年来已然形成了颇具规模的"玺中求印印风",即延续元代以来"印中求印"的创作模式,以古玺为印式,通过较为忠实地模仿古玺而探求篆刻艺术形式的创作倾向。不仅如此,模仿和夸张古玺的某些元素还成为当代"写意印风"中的主要创作手法,我们可以称之为"古玺式写意印风"。

先来谈谈"玺中求印印风"。如上所述,"玺中求印"是以古玺为印式的"印中求印",既然如此,从事这样的创作、衡量这种创作的水平,就必须遵循和参照传统的"印中求印"的基本规律。元明时期印人虽然主要以汉印为印式,但他们对印式的研究和转换方式确乎值得今人在学习古玺印式时借鉴。

前贤的"印中求印"大致可分两个阶段:初始阶段,元代文人依据从稀少的钤拓集古印谱和勾摹本古印谱得来的对古代印式的总体印象,提出字法、章法的基本原则,再依据这些原则进行模仿古印式的印稿设计,并主要交由工匠完成刻制工序。提高阶段:明中叶以来的印人依据对大量印行的集古印谱的细致观照,将古代印式中的大量作品分为各种风格类型,研究其字法、笔法、章法、制作法的具体特性或方法及其相互关系对风格的影响作用,通过以刀刻石实现对古代印式的艺术转换,并借助特定的刀法(甚至已经认识到笔法的统率作用)来塑造个人印风。元代人"印中求印"对古代印式的研究是宏观的、抽象概念化的,因而其创作相对简单化。明代人"印中求印"对古代印式的研究则是微观的、具体形象化的,因而其创作相对丰富多样化。显然,如今的"玺中求印"至少应当像明代人那样,细致辨析古玺中包含的各种风格类型,深入研究每种风格类型中章法、字法、笔法、刻制法诸因素及其间相辅相成的内在联系,进而探求在个人印风形成中起决定性作用的特定的笔法及与之相应的刀法。惟其如此,"玺中求印"创作才能走向深入。

应当说,相对于传统的主要以汉印、元朱文为印式的"印中求印","玺中求印"创作更为复杂。从章法(即印面文字组合关系)来看,作为上古先民以文字来设计小型徽章的基本样式,商玺三式中"亞形玺"的散布式是无序而神秘的,"囗形玺"的字行式体现出秩序化倾向,"田形玺"的格式则是秩序化了的。在总体上,以战国玺为大宗的先秦古玺的章法,是以字行式为基调,向字格式方向发展,并不同程度地保留有散布式痕迹的特殊方式;相对于秦汉以来采用字格式、完全秩序化的印文组合方式,古玺在章法上带有较大的灵活性和自由度,因而,对古玺章法的把握较为复杂,需要悉心观察体验。而古玺章法又与古玺文字形态直接相关,战国玺文采用各诸侯国文字,既不同于商周青铜器铭文,也不同于当时各诸侯国的简帛书迹,更不同于秦代摹印篆和汉代缪篆,需要做细致的比较和系统的把握。古玺文字的可变性与古玺章法的灵活性,造成了古玺风格的极大丰富性,不同的古玺风格类型具有各自相宜的字法和章法,同样需要做深入的考察和规律性的理解。尤其是在经历了"印从书出"之后再作"玺中求印",今人必须特别注重对古玺文书写笔法的研究,以笔法体验带动刀法研练,再以特定的刀法传达独特的笔法,由此形成"玺中求印"创作的个人风格。如此"玺中求印",其创作应比明代人的"印中求印"更加丰富多彩。可见,"玺中求印"有太多艰苦细致的工作需要去做,绝非投机取巧、可以速成的篆刻创作"捷径"。

以这样的认识来衡量近年来的"玺中求印印风",作者们虽然都能以较强的形式把握能力抓住古玺印式的某些基本特征,但其中个人作品面目的单一与总体上印风的趋同,正暴露出他们对古玺印式的认识还停留在元代人"印中求印"的层面,属于概念化或浅表的印象,还缺少对古玺印式中所包含的各种风格类型的深入考察。换言之,近年来的"玺中求印印风"只是今人发掘古玺印式的一个良好开端,还有待专心于此的作者们进一步深化。值得一提的是,与其他古代印式一样,并非所有的古玺都是可作范式的精彩之作,其中每种风格类型的作品因周到完善、合理独特、意外生趣诸方面表现的程度不同,而存在着精彩与平庸的差别。"玺中求印"必须精心分辨,择善而从。

再来看"古玺式写意印风"。这是"现当代写意印风"在近年来的主要表现形式。

"现当代写意印风"形成于20世纪上半叶,原本是在清末碑学所倡导的新的书法审美理想的深刻影响下,在篆刻艺术语言高度成熟之际,在"南吴(昌硕)北齐(白石)"书画印个人风格及其门派的基础上,篆刻创作不再郑重其事,普遍求松求放,逐渐出现创作手法的简捷化、激情化、草率化、漫画化。人们把吴昌硕追求"于不经意处见功夫",齐白石所谓"世间事贵痛快,何况篆刻是风雅事",等同于书法史上的"唯观神采,不见字形"的放笔一戏,绘画史上的"论画以形似,见与儿童邻"的文人墨戏,视为篆刻艺术发展的主要(甚至唯一)方向,所以当时响应者颇众。但尝试者虽多,成功者却鲜见。究其原因,实在是缘于追随者们尚未理解篆刻的"写意"性乃是"印从书出""印外求印"发展的自然结果,他们的艺术创作实践尚未达到吴昌硕、齐白石那样烂熟的程度,未能真正解决放松与草率、自然变形与漫画变形之间的关系:放松状态之中见精绝的率真,绝非一味草率的粗陋所可比拟;不经意处的自然变形,正反对漫画变形的刻意做作。人们在汉印印式的框架中谋求"写意",不是强行变形忸怩作态,就是必然会走向草率凿刻的急就章将军印,难免雷同。元朱文印式本主妍丽,与"写意"不合,如果在其框架中强行求之,只能借助于"印从书出",以"写意"的书风来改造元朱文,其难度更大。

当代印人深明此理,大多不再强行"写意",而是在既有印式中寻找"写"的依据,于是,除了少部分作者仍在汉魏急就章、两晋南北朝凿刻官印,以及封泥陶印中找出路,越来越多的作者不约而同地把注意力集中在了古玺印式。如前所述,相对于汉印印式、元朱文印式在总体结构上的整饬工稳,古玺章法显得随意自由;相对于汉印缪篆、元朱文小篆的印文字形方正化,古玺文具有显著的灵活可变性——即从表面上看,古玺印式似乎天然适合用来满足今人追逐"写意印风"的形式需求。正因为如此,众多作者热情投入了"古玺式写意"创作,即参照古玺印式字法的多变和章法的奇诡,发挥甚至夸张其"自由"性,利用钟鼎文、甲骨文、战国简帛文等等先秦文字,进行"写意"性的篆刻创作,并且赫然成为一种流行风气。然而,作者们大多没有认真反思,"古玺式写意"究竟属于何种性质的创作?从"古玺式"看,它似乎应属于"印中求印"范畴;但就"写意印风"论,它又应当属于"印从书出""印外求印"的范畴。因为没有正确的定位,甚至把"古玺式写意"看成是比"玺中求印"更容易见效的创作捷径,不少作品沦为游谈无根式的炫奇夸怪而不自知。

"古玺式写意"当然属于"印从书出""印外求印"范畴,问题在于,其一,无论"印从书出"还是"印外求印",都必须建立在坚实的"印中求印"的基础之上,即无论是通过提高篆书书法水平来改善篆刻的篆法,进而带动篆刻章法、刀法的改变,还是在更广阔的范围寻找滋养来丰富篆刻的篆法,从而造成篆刻整体面貌的变化,都必须以深入研究古代印式为前提。这就是说,从事"古玺式写意"创作必须以坚实的"玺中求印"为前提条件,无论是以金文、甲骨文或其他先秦文字入印,在本质上都是试图利用上古文字的可变性与古玺章法的灵活性,造成篆刻作品任情恣性的写意性;而要达到这一目标,就必须深入研究古玺印式,尤其是要真切把握古玺的"自由之度"——玺文变形、章法变通的尺度。古玺从无序状态努力走向秩序化,其"自由"是有限度的(这也正是古玺印式的动人之处);今人试图借助古玺来挣脱彻底秩序化了的汉印、元朱文诸印式的束缚,回归无序状态,其中的自由度很难把握:过于放纵则失控,过于收敛则呆板。要做到真正收放自如的写意(而非毫无节制的撒野),就不能不在"玺中求印"上下一番苦功。实际上,近年来的"玺中求印"尚且处于初级阶段,许多作者的临摹与创作还处在明显不同的水平线上,如此"写意"实难免有冒进之嫌。

进而言之,作为"印从书出"和"印外求印","古玺式写意"理应是比"玺中求印"更高级的创作,即需要具备更高难度的前提条件。"印从书出"的要诀是在书法艺术上下功夫,写到自然而然、出神入化的"自由王国"境界,以此提高篆法的质量与独特性;与之相伴生、作为其拓展的"印外求印",也必须以"印从书出"为先决条件。在这个意义上可以说,"印从书出""印外求印"是建立在书法基础之上的,是"写"出来的,这是文人篆刻艺术家区别于印匠的根本标志,近现代萌发的篆刻创作的"写意"性正由此而来。高质量的"写"具有呼吸感:字内,吸张呼弛;字间,吸聚呼散;自然呼吸产生的自在聚散,使篆刻充满活力——这也是古玺印式中精彩之作的妙处。如果急于求成想走捷径,不肯在书法上下功夫,满足于查找金文、甲骨文字书,在印面上随意"堆放",这绝不是篆刻艺术所希望的"写意",而是生产垃圾的粗制滥造。就近年来的"古玺式写意"创作而言,不少作者的书法乏善可陈,与其篆刻创作多有脱节,甚至一些已经颇有声名的印人,其书写的金文或甲骨文也多是油腔滑调、胡乱夸张,这样进行"古玺式写意"创作,又如何当得起"写意"二字?

在更深的层面上,如同书法绘画的"写意",篆刻的"写意"也绝不仅仅只是"形"方面的简捷随意,而更应当是艺术家由对外物的模拟转向内心体验,由对既有规则的遵循跳脱为自我精神的直抒。艺术家依据自己的内心体验来选择、提炼其娴熟的艺术之形,运用这种独特的艺术语言来"写"出自我精神,这样的"写意"何其难也! 正因为如此,吾人每以"写意"为艺术的高境界。如果把"写意"仅仅作为"形"方面的问题来看待,甚至当成一种既容易掌握、又难测深浅的"速成"技术,则"古玺式写意"必然会走入歧途。所以,当此类篆刻创作成为近年来的一种倾向时,便不能不令人担心了。

## 二、基于对"现当代写意印风"的反动:"元朱文+仿汉式精密白文印风"和"鸟虫篆印风"

元朱文印创作在当代的抬头与盛行,也有其必然性与合理性。

从发生、演变的源流看,元朱文是宋元文人艺术家创造的一种朱文印章样式,因当时人们不知汉印有阳文,更不识先秦古玺为何物,故而参照隋唐朱文官印和唐代内府鉴藏印,以较为熟悉的小篆为印文,来设计自己的朱文书画款印、收藏印和斋号印。文人自书印稿,交由印匠精心雕刻、传达笔意,致使元朱文风靡一时,在元代已成为与汉印印式相并行的另一大印式。明代印人沿循"元朱文"印式并加以丰富发展,尤其是在石质印材普及、书刻合一之后,印人自书自刻,虽然篆书书法水平不高,但善于描摹、谙于设计、精于用刀,出现了以汪关及其继承者林皋为代表的一批元朱文高手。这既是元朱文创作的发展成熟,同时也是其工艺性的突出与文人性的降低。当时朱简即已认识到了这一点,竭力主张以笔法统率刀法,并在清中叶得到了以丁敬为首的浙派和邓石如开创的邓派的有力响应,以"印从书出"来凸显元朱文创作的书法性,确保其本来应当具有的文人品位,成为近现代篆刻创作发展的主流。在这样的历史条件下,汪关、林皋式的工艺性元朱文逐渐退位为篆刻爱好者必学的基本功——没有一位篆刻家不能刻元朱文,但很少有篆刻家以专擅元朱文名世。即使是与近代以来"写意"性篆刻创作相抗衡、坚守传统的赵叔孺、王福厂诸家,其元朱文创作也都是以"印从书出"筑基固本的。赵叔孺及其弟子、新浙派诸家在南吴北齐两大流派的"写意"狂飙中保持温文闲雅的态度,以静媚的书风成就其元朱文的特色,与其说是一种艺术的高度,毋宁说是艺术家的心性使然,或是一种成功的艺术策略。

简略回顾元朱文的演变历程,无非是想借助前贤的智慧,来认清元朱文印式本具、曾有、应求的艺术属性和品位。近现代的元朱文创作虽然都很重视设计,但大致可以分为两种模式:一是不离"印从书出"主流的重书法性、文人品位的元朱文,以赵叔孺、王福厂为代表;一是基于"印中求印"的求制作精巧、工艺化的元朱文,现代印坛当首推陈巨来。陈巨来倾毕生心力专攻元朱文,师承赵叔孺而以汪关朱文印为根基,集汉阳文印、元明朱文印、巴慰祖、赵之谦乃至新浙派之大成。陈巨来虽工篆隶,但成就不出赵叔孺、王福厂范围,故不着意以书法取胜,而是专注于篆刻布置的精准巧妙和笔道的坚挺光润,严格说来,其印风属于工艺化的,但他能博采众长、竭尽变化,像丁敬那样善于把古近各种样式统摄于自己的创作之中;他在设计与刻制上极其冷静、严谨,力求精美完善而又能见好就收,保持古雅、清丽、简净,不做过度的工匠炫技性的修饰;其印风像安格尔的画风一样,始终如一、力造其极,以静穆、和平、稳健的气息具足文人品位,独秀于普遍谋求"写意"的现代印坛。在以文人艺术理念为主导的篆刻创作中,陈巨来实在是险中取胜,诚可谓"不可无一,不可有二"。

当代印坛元朱文创作的抬头,起初是人们出于对泛滥的"现当代写意印风"的厌倦,除了新浙派的余绪,更多的是被陈巨来印风及其巨大成功所感染。然而,在此基础上出现"元朱文创作热",却与各种展览、比赛的引导密切相关。其中,绝大多数作者都在走较为便捷的"印中求印"元朱文路线,又无力像陈巨来那样祛除匠气、增添文气,导致工艺性元朱文创作开始盛行,其设计越来越趋向机巧和华饰。尤其是中国艺术品市场轰然发展以来,如同书法中小楷热销、绘画以工笔紧俏、市场由买方左右的格局更促成了工艺性元朱文创作的泛滥。它已不再为与"现当代写意印风"抗衡而存在,而是越来越沦落为比粗制滥造的"写意印风"更缺少追求的技术手段了。

陈巨来的元朱文创作固然精绝,但这种精绝是以牺牲"印从书出"的笔意表现为代价的。无论赵叔孺还是王福厂,都接受了赵之谦的篆刻艺术理念,在元朱文创作中不同程度地表现了浙派和邓派的笔墨趣味,在严谨之中求松活,他们的用刀兼顾了手书的体验;相反,陈巨来选择的则是汪关的道路,以极端严谨的布置与极端严谨的刻制,在严谨之上求极限,他的用刀近乎机械的精准。在这个意义上可以说,"陈巨来式元朱文"是以工艺性元朱文的机械制作极端化来取胜的,学习这种创作方式,几乎没有个人印风可言,只有设计与刻制的技术精度:不只是一方印中某个局部或某道工序的技术精度,而是整件作品所有工序的技术精度;不只是一件作品的全面技术精度,而是一大批印作都具有如此全面的技术精度;不只是一段时期作品的全面技术精度,而是毕生所有印作都具有如此全面的技术精度——这正是学习陈巨来的高难度所在。如果以为"陈巨来式元朱文"太高太难,想求容易转而学赵叔孺、王福厂,更是大错特错,殊不知赵、王元朱文的"松"绝非马虎了事的"松懈",而是建立在深厚的艺术修为基础之上的"印从书出"的"松活"。以这样的认识来审视近年来的"元朱文印风",便不难看出,一些模仿"王福厂式细朱文"的作者往往因书法功力未深而显得刻板僵硬,而一些追随"陈巨来式元朱文"的作者又因全面的技术精度不够而露出"山寨版"的马脚。由此可见,元朱文创作上手容易,但要做深、做好、做到极致,绝无捷径可走,必须沉浸其中,耐得寂寞、下足功夫。

近年来与"元朱文印风"配对共生的白文印创作,几乎清一色是"仿汉式精密白文印"。本来,元朱文配仿汉白文是传统惯例,是在篆刻艺术发展之初即已形成的基本格局。这两种篆刻样式作为元代人"白文宗汉、朱文法唐"的自然结果,起初分属阴、阳两大审美类型,经明代人的审美阐释和创作实践,逐渐实现了二者在同一印人那里的风格统一,并成为衡量每一位印人艺术是否成熟的重要标志之一。汪关虽然精于仿汉白文,但他由此化出的、与其元朱文相配对的,乃是一种完全"美术字"化了的"精密白文"。这种白文印样式得到林皋及其鹤田派(乃至嗣后王睿章及其云间派)的全盘继承和极度发挥,越来越偏离汉印的"典型质朴之意",而成为光润妍丽的流行印风。正像清中叶碑派书风形成之后董其昌、赵孟𫖯书风受到一定程度的抑制,在"印从书出"创作模式充分发展起来之后,各种风格、流派的白文印创作水平普遍提高,汪、林非书法性的工艺化白文印风才被遏止。直到陈巨来,这种"仿汉式精密白文"样式又死灰复燃。就陈巨来个人印风而言,其元朱文学汪关,与之匹配的白文也学汪关;其元朱文创作是在严谨之上求极限,与之匹配的白文创作也是在严谨之上求极限。然而,他似乎把主要精力都集中到元朱文上面了,元朱文设计件件求精妙、竭尽安排变化之能事,"仿汉式精密白文"则显出一副不求有功但求无过的架势,技术精度虽高,样式变化却相对单调。客观地说,陈巨来的元朱文创作堪称精绝,其"仿汉式精密白文"则相对平庸。正是这种美术字化、机械技术化的白文印,伴随着元朱文印风竟成了当今印坛的流行样式,俨然是清初鹤田派的重生,实在令人扼腕叹息。更何况,在近年来的"仿汉式精密白文"创作中,不少作品徒学陈巨来之形,而达不到其技术精度,一旦臃懈,更显低俗。

二百五十年前,丁敬曾批评鹤田派的"元朱文+仿汉式精密白文印风"是"明人习气",即为文人所不屑的精雕细刻、不见情性的工匠作风。当然,今人可以认为这一批评仅仅是文人艺术家与工匠艺术家之间审美理想的分歧,而无关乎艺术件的高低,甚至可以反对文人艺术家对工匠艺术家的歧视。但不可否认的是,与文人艺术家相比较,工匠艺术家更加关注的是篆刻创作的工艺性技术,并且总是力图以其技术难度来保持在市场竞争中的优势。在文人艺术观念占据主导地位的历史条件下,包括江关、林皋在内的工匠艺术家还在努力向文人审美理想靠拢,他们必须在文人可以接受的范围内充分发挥自己所擅长的工艺技术;而在传统的文人艺术观念逐渐丧失,越来越多的人只知有"技"不知有"道"、甚至直接"以技为道"的今天,不少作者对工艺性技术的片面追求不仅完全没有了限制,而且还得到了市场的热捧。其结果,便是与市场需求相联系的工艺性"元朱文+仿汉式精密白文印风"的极端发展,是鸟虫篆印章创作的大行其道。

作为一种较为原始的文字性图画(或美术字),鸟虫篆曾被列为"秦书八体"之一(许慎称之为"虫书"),主要用于装饰当时的旗帜、符节,也被少数贵族(或者暴发户亦未可知)用于制作私印;但因其繁文缛节过于花哨且不易辨认,始终未能作为法定的印用书体施之于实用官印体系及大部分实用私印。在后世书法艺术发展过程中,历代书法家无一涉足鸟虫篆,只有市井、乡村书手多以此作喜庆装饰。而萌发于宋元时期的篆刻艺术倡导"典刑质朴"的文人艺术精神,自然视鸟虫篆为"流俗"而予以摈弃,所以在长达七八百年的篆刻史上,文人艺术家们几乎没有人染指鸟虫篆;即使有擅长此道者,也只是偶尔为之作为翻花样的点缀。然而令人匪夷所思的是,在如今的印坛上,鸟虫篆印章创作已经俨然成为一种时髦,尤其是在全国篆刻大展上,鸟虫篆作品也占据了相当大的份额。这当然不能被视为"时代精神"的体现,也绝不意味着今人要抛弃中华民族传统的艺术精神,更与篆刻艺术发展规律无关;我们或许只能这样来理解:它是当下比"元朱文+仿汉式精密白文印风"更多巧饰、更为烦琐,因而更加"吃工"或更能炫技、更受市场青睐的工艺性篆刻创作。

面对近年来盛行的"元朱文+仿汉式精密白文印风",尤其是看到鸟虫篆印章创作如此风靡,我们是不是应当认真思考一下,是中华民族千百年来的传统艺术精神过时了,还是如今的艺术教育出了问题,篆刻创作"新生代"的审美趣味出了问题? 一方面,元明清以来先贤们努力提高篆刻创作的文化品位,使奔走江湖、多无记载的匠人提升为受人尊敬的篆刻艺术家;另一方面,许许多多当代篆刻艺术家又奋不顾身地投入江湖,竭力彰显篆刻创作的工艺技术性,其品位比当年的匠人更具"市井气",这就是当代篆刻艺术应有的发展方向吗? 赵无极所说的艺术必须"远离低级趣味",值得当代印人深思。

## 三、基于对"传统"的继承:"仿秦汉印风""仿明清流派印风"和"杂体印风"

篆刻是中国传统的艺术门类,有其规则、技法、典范、标准的历史传承。无论是从门类艺术所要求的研习进阶来看,还是着眼于门类艺术特质的维护、继承与创新的关系,篆刻创作注重继承传统都是必须的、合理的。稳健的印人每以深入传统、守护经典作为自我阐释，因而在各个历史时期篆刻创作中都作为一大类存在，近年来的印坛也不能例外。

有人把基于"继承传统"意识的创作倾向标识为（或自诩为）"古典印风"，仔细分析，它其实是指模仿古代经典的篆刻创作，或以研究古代经典技法、再现古代经典审美特性为目的的篆刻创作，本质上即是一种"仿古""拟古"或"古风"的篆刻创作。严格说来，不仅上文述及的"玺中求印印风"属于正宗的"古典印风"范畴，即使是"古玺式写意印风"与"元朱文+仿汉式精密白文印风"也都可以包含于"古典印风"之中，但因其体量太大或出发点不同，为论述方便只能分别列出。这里所说的"古典印风"，主要是指"仿秦汉印""仿明清流派印"和"杂体印"诸种篆刻创作倾向。

所谓"仿秦汉印"创作，是指像元明时期印人"印中求印"一样，现今的作者直接以秦汉印章为印式，从中寻求自己的篆刻形式。这是元明清以来篆刻创作的基础和主流，但从近年来的印坛看，它却变成了一个"小众"，至少可以认为，如今的作者大多不愿意以此类作品投送展览、直接面世了。究其原因，一是"玺中求印"容易出头、成为时髦，许多作者"跟风"去了；二是汉印印式以平实质朴为大宗，虽耐人寻味而没有太多抢眼的变化，似乎难以满足今人越来越重的口味，而那些属于汉印范畴但面目奇特的草率凿刻的将军章、南北朝官印，早已被"写意印风"的作者们一抢而空；三是印式的作风看起来越平淡无奇，就越需要静心体味、深入研究，否则便很难出彩，也就是说，以平实质朴的汉印为印式的"印中求印"其实难度很大，更何况明清先贤早已从刀法、篆法诸方面做了卓有成效的艺术转换，怎么可能轻松跨越呢。所以，今人虽然还在学习汉印印式，但很少再以它作为应征艺术展览的创作样式了，宁可仿秦印也不愿老老实实仿汉印。至于近年来许多作者热衷的"仿汉式精密白文印"，如上文所述，它虽然是从汉印印式中演化出来的，但应归入明代印人的创造和现代印人的改良，而与汉印印式相去甚远，这正如同元朱文出自隋唐官印但不属于隋唐官印范畴一样，"仿汉式精密白文印"不应视为"仿秦汉印"创作。

与"仿秦汉印风"相比，近年来从事"仿明清流派印"和"杂体印"的作者明显多出不少。所谓"仿明清流派印"，是指以明清某家某派为典范，从中寻求自己的篆刻形式的创作。追随名家创作而形成门派或流派，这原本是篆刻史上的常态，但在当代艺术创新求变风潮的影响下，此类作品曾一度遭到质疑甚至抵制，理由主要有二：其一，明清流派印无非印宗秦汉，今人为什么不直接学习秦汉印章而去拾明清人的牙慧？其二，一种风格同时就是一种习气，一个流派可能就是一个陷阱，既然晚清以来卓有建树的篆刻家都是突出个性、独标一格，甚至明确强调"学我者生、似我者死"，今人为什么不思独创而去自寻死路呢？显然，这两点批评都是富有启发性的，但也不免失之偏颇。一方面，印宗秦汉与学习明清流派印并不矛盾，学习秦汉印章有必要认真研究明清流派印是如何实现印式的转化与活用的，学习明清流派印同样需要深入考察作为其母体的秦汉印章的本来面目，惟其如此，印宗秦汉或者学习明清流派印才能真正深入。另一方面，学习明清流派印与创新求变也不是必然对立的，实际上，篆刻艺术形式是一代代印人共同发展起来的，篆刻艺术的高度是一个个流派努力堆积起来的，我们不应该、也不可能绕开明清流派印而奢谈创新求变，不应该、也不可能全都从头做起、另起炉灶。问题在于，我们学习明清流派印的目的是什么，是甘愿做某家某派的忠实传人，为了迎合全国大展某些评委的偏好，还是深入研究、为自己未来的创新求变筑基？目的不同，学习明清流派印的方法也不同。近年来"仿明清流派印风"中较为突出的现象是一位作者专门模仿某一家，尤其以仿黄牧甫为多（其次是仿浙派、仿吴昌硕），这究竟是出于何种目的，是否有利于今后的创新变化？耐人寻味。

谈到这里，就不能不提及"杂体印风"。与近年来"仿明清流派印风"的专学一家正好相反，不少作者既模仿秦汉印章、也模仿明清的一些流派，以面目混杂的作品参展、面世，我们姑且称之为"杂体印"创作。这种现象于20世纪上半叶较为普遍，因晚清印坛群雄并起，后学者往往兼学诸家。对于这样的创作应当做具体分析，如果是在学习篆刻艺术过程中自觉地博采众长，为自己未来的创新求变打牢基础，"杂体印"创作的存在不仅是合理的，而且比近年来的"仿明清流派印风"要高明得多；但是，如果把散杂的模仿当作自己的终极追求和最高成就，则"杂体印"创作不仅是无力融会贯通、无力自立门户的表现，而且与近年来的"仿明清流派印风"一样，都是急于成名而把学习过程当作创作成果了。

综观近年来的"古典印风"创作，有以下三个问题值得当代印人思考。

第一，"古典"或"古代经典"是一个流动的、可变的概念，元人以汉、唐官印为模仿的古代经典，由此形成元代的"古典印风"；明人以秦汉隋唐实用印章及元代"古典印风"为古代经典，由此形成了明代的"古典印风"；清人又以先秦乃至宋元实用印章及元明"古典印风"为古代经典，由此形成了清代的"古典印风"。如此推及当今，我们不难发现，"古代经典"在不断生成、扩充拓展，"古典印风"在不断更新、重新阐释。既如此，我们今天选择的（或应当选择的）作为模仿范本的"古代经典"是什么呢？由此形成的当代"古典印风"又能是怎样的呢？一经追问，一系列需要反思的问题便浮现出来：今人选择的范本是古代实用印章，还是明清流派篆刻，或是近现代名家、甚至是自己老师的作品？如果是以古代实用印章为经典范本，我们是结合研究元明清以来篆刻艺术家们所作模拟与转换，还是完全凭借自己的领悟从头做起？如果是选择明清近现代某家某派为经典范本，我们是结合对其所学的研究、比较其间的异同得失，还是满足于对范本本身的追摹？无论是对待古代实用印章，还是对待明清近现代名家篆刻，我们是细致分辨它们各自包含的不同风格或审美类型，比较每种风格中作品的优劣，选择相宜的印风及其优秀的作品作为经典范本，还是不加分辨地以古为美、唯名是从，笼而统之地盲目模仿？这些问题不研究、不解决，对"古代经典"范本没有深刻的认识，何谈"古典印风"创作？

第二，"古典印风"创作作为对"古代经典"的模仿与再现，原本属于"印中求印"范畴。但是，不仅篆刻艺术已然历经"印从书出""印外求印"走到今天，而且今人所谓的"古代经典"中也包含了大量清代以来"印从书出""印外求印"的创作成果。显然，今人已不可能、更不应该像元代人乃至明代人那样"印中求印"，而应当以"印从书出""印外求印"的思维来进行"印中求印"。也就是说，无论是以古代实用印章中相宜风格的优秀作品作为经典范本，还是以明清近现代某家某派的优秀作品作为经典范本，我们都不仅要深研勤练其刀法（或制作法）和章法，更须深入研究其篆法，在篆隶书法上下足功夫，以精良的篆法带动章法、统率刀法。纵观篆刻艺术的历史发展，明代印人通过模拟古代实用印章解决了篆刻的铸造感和历史感，清代诸家借助研练篆隶书法笔法解决了篆刻的书写感和个性化，并最终实现了书写感与铸造感的统一：没有书写感篆刻不活，没有铸造感篆刻不古。这是一代代印人艺术智慧的结晶和留给今人的宝贵财富，因而应当成为"古典印风"的精神所在和基本路径。

第三，基于"继承传统"意识的"古典印风"所面临的根本问题，是如何走出模仿（或他主态），走向创造（或自主态）。如果说过去的印人还可以理直气壮地以某家某派的传人自居，那么，在当代艺术理念的猛力冲击和深刻影响下，许多人已经羞于承认自己学的是哪个路数，只能以抽象的"古典"作掩饰，并力图在"古典印风"创作中塑造自己的个性面目。问题在于，古代经典学得太杂，难以形成独特的风格；学得单一，又难以摆脱前贤的影子。因此，为了不使自己"平庸"，刻意夸张变形、强行制造缺陷，以"自残"的方式来打造"个人风格"，在当下印坛已不是个别现象。实际上，既然立足于继承传统，"古典印风"的第一要义就是追求自身的完美;以此为前提,才可以沿着两个方向发展:一是选择与自己的气质特征和性格特征相吻合的经典范本,深入持久地做下去,最终实现人格与印风的合一;一是在纵向与横向上广泛深入地研究不同印人对同一经典范本的不同阐发,分析比较各自的优劣得失,从中寻找自己的主攻方向,博采众长而又与众不同。这两种发展方向的实现,都离不开对古代经典的研究,对自我的研究,对书法艺术的研究。不研究,无以成。

## 四、基于对"现代艺术观念"的接受:"前卫印风"

与上述作为传统篆刻自然延伸的"古玺式写意印风"不同,这里所说的"前卫印风",是指基于"现代艺术"观念的一类探索性篆刻创作,它是在篆刻脱离实用领域而渐趋纯粹观赏艺术的历史条件下,在种种"现代书法"的拉动和种种"先锋艺术"的刺激下,利用篆刻艺术某些传统的形式元素(主要是印材、刀具、钤拓,以及文字或图形),尝试通过打破篆刻艺术既有的印面设计规则及其审美趣味,解构传统篆刻、建构陌生化的篆刻新形式,故暂且名之曰"前卫"。

尽管近年来"前卫印风"仍属于一种非主流的存在(其实"非主流"本来就是"前卫"的题中之义),但它的存在,甚至能够跻身于当今官方、半官方主办的全国性篆刻大展之中,作为篆刻主流创作的小小点缀而存在,这本身就是非常值得思考的。篆刻艺术形成发展于宋元明清,那时虽然已是中国近古文化下移的平民文化形态,但掌握着文化话语权的文人士大夫阶层仍然高高在上,在一定程度上仍然延续、借鉴着中古时期士族文化形态的艺术理念和标准。也就是说,在平民文化形态中,绝非所有的艺术探索都能获得"合法性",文人士大夫有权力、也有能力以本阶层的艺术理念和标准来主导艺术发展的方向。很难想象近年来的"前卫印风"若是出现在那样的社会文化形态中能够不被斥之为"野狐禅",不遭到围攻、剿灭。但在今天,中国已进入了公民文化形态。在这种新文化形态中,艺术逐渐获得多元化发展的机会,除了会对社会直接造成危害的形式之外,几乎一切艺术形式、一切艺术趣味(甚至一些恶俗的形式与趣味)都能够存在,人们可以喜欢此不喜欢彼,却无法以某个人或某一阶层的趣味来决定此存彼亡,一切只能交给时间去选择、交给艺术史去清理。正是在这样的历史阶段,前人会认为是"无厘头"的"前卫印风"堂而皇之地出现在了"国展"上,以此表明对艺术探索之勇气的肯定,对艺术新观念、新思想的兼容并包。篆刻艺术能做到这一步,真的是值得赞叹的。

在中国传统艺术诸门类中,篆刻艺术是一个相对后起的门类,其艺术观念也相对滞后。从篆刻艺术思想史的发生发展来看,篆刻艺术观念一直是借力于发展较早较快的诗文书画艺术思想的拉动。至于当代,种种外来的"现代主义"和"后现代主义"艺术思潮虽然在中国掀起了一波波浪花,但因缺少全社会性的思想观念的接受土壤而终难真正落地生根;"现代书法"作为思潮在中国也已有四十多年的历史,至今仍然没有真正形成气候。"老大哥"书画艺术尚且如此,作为"小弟"的篆刻在总体上呈现为保守传统、重视技术的状态,便在情理之中了。然而,如今恰恰就有一些受"现代艺术"观念感染的篆刻"新生代",他们没有因为近四十年来"前卫"性篆刻创作发展的极端缓慢而气馁,虽然势单力薄却拉开一副挑战传统的架势,要为篆刻艺术的未来发展冲锋陷阵、劈山开路,纵使不被接受、不能成名也在所不惜。就凭这样的勇气与胆识,我们就没有理由忽视它。

但是,从事此类创作不仅需要勇气,更需要思想。"前卫印风"创作的确很难,难在它既是要与传统决裂,就无法再借力于传统的观念和方法,因而也就很难找到判断它是否成功的标准;难在作为"现代艺术"的书法绘画本身发展很艰辛,自己尚且不成气候,怎能成为"前卫印风"的有力支撑;难在其他门类的"现代艺术"创作都在竭尽主动阐释之能事,都在试图建立起与之相称的观念体系,至少会努力阐明这种探索在思想上的独到与深刻,唯独"前卫印风"创作无力从理论上作自我阐释,甚至连这样的意识都没有,一旦发声,大多会引起人们怀疑这种探索的盲目性或简单模仿性。正因为如此,立足于继承传统的主流篆刻创作可以批评"前卫印风"创作缺少根基;而"国展"之所以接纳此类作品,或许也是由于这些作者原有的传统篆刻创作能力,使评委们不得不强迫自己撇开此类作品的艺术性而去猜测它们的创作意图了。

"前卫印风"难以被老成持重的主流篆刻接受,其更直接、更正当的理由,乃是对门类艺术的维护。也就是说,由古代印式筑基,经数百年来一代代印人共同努力建立起来的篆刻艺术,有其区别于其他门类艺术的独特的形式规定;篆刻艺术的形式规定虽然没有形成明确的条文,但却真实地存在于每一位印人的经验之中——从最初模仿印式、"印中求印"开始形成,历经"印从书出""印外求印"的不断调适(即不断突破,又不断回归的"螺旋式"发展)和巩固,印式观念与印化标准早已深植于每一位印人的心中。尽管从篆刻艺术发展史来看,印式一直处于生发之中,印化标准也在一步步松动、拓宽,因而篆刻艺术形式在不断丰富发展,然而,印式观念与印化标准的存在,便决定了篆刻形式的演变只能是渐变,决定了任何突变性的

"创新"都会被主流篆刻拒之门外。有鉴于此,"前卫印风"创作如果真正要谋求发展,就必须以退为进,以深入研究既有的印式规定与印化标准为前提,在"前卫印风"与主流印风之间寻找渐变性的过渡形态,由此提高艺术探索的有效性。同时,应当呼吁有思想、有才情、有影响力的主流印风篆刻家积极参与实验性篆刻创作,为古老的篆刻艺术走向未来而共同努力。

在《印理钩玄》一文中,我之所以提出"印出情境"范畴,主要基于这样的思考:以往的篆刻创作,无论"印中求印",还是"印从书出",抑或"印外求印",主要指向外部追求,都在寻找外在的参照并以此为创作的依据,这应当是各门类艺术前期发展的共同特征;而在门类艺术语言充分发展、渐趋完备并且脱离实用、走向纯粹观赏之际,在印人的文化艺术综合修养全面提高的历史条件下,与艺术在总体上的演进过程一致,今天的篆刻创作也必然要从外求转向内求,从依托外在因素转向内心体验,即篆刻家以各自的哲思、意念和情感的表现为中心,以此决定对既有篆刻语言的选择、改造和运用,从而形成各自的创作特色或个人风格。换言之,"印出情境"乃是篆刻艺术的创作依据和风格基础的改变,或可成为目前的主流印风与"前卫印风"衔接的桥梁。一方面,早在明代后期,受当时表现性越来越强烈的诗文书画艺术理论及其实践的影响,许多印论也提出了"表现"的主张,虽因其时诸方面条件不具备或不成熟而无法实现,但足可证明以篆刻形式来表现作者的哲思、意念和情感是篆刻艺术自身的追求与发展方向;而真正基于"现代艺术"观念的"前卫印风"创作,其区别于主流印风的显著特征,也正是要摆脱外在的依傍和限制,完全以作者的自我为依据。二者与"印出情境"都有一定的相通之处。另一方面,虽然从表面上看,"印出情境"创作与目前的主流印风没有明显的差别(因而容易被主流印风所接受,甚至相混同),但它不再像传统印人那样以塑造个人风格为目的,不再努力以特殊的刀法、篆法或字法与章法来标榜个人的特殊面目,而是在全面研习和掌握日趋符号化的篆刻艺术语言的基础上,依据自己此刻的哲思、意念和情感体验来选用特定的文辞内容及相宜的篆刻形式符号,创造特定的"情境表现",并借助边款、展示方式甚至主动阐释来增强其表现的有效性。这种创作方式与当代美术书法中的"主题创作"有某种相似性,因而与"前卫印风"创作有一定程度的相通之处。

概言之,作为"印外求印"的逻辑展开,作为与各门类艺术总体的同步发展,"印出情境"应成为当代篆刻创作发展的主要突破口。只有当篆刻创作从传统的外求转向内心表现,从传统的个人印风塑造转向特定的情境创造,由此造成既有的印式规定与印化标准进一步松动、调适之后，基于"现代艺术"观念的"前卫印风"才有可能落地，才能有效地促进篆刻艺术走向未来。

## 五、基于"权威意识"的深刻影响："名家印风"

除了上述四大类创作倾向之外，近年来的印坛上还有一种不容忽视的现象，即在"权威意识"的深刻影响下，"名家"不断涌现、层出不穷，"名家"的作品充斥着篆刻艺术传播的每一种方式、每一个环节、每一个角落，令人应接不暇、无法回避，我们可以将这一现象称为"名家印风"。

篆刻史上，每一发展阶段都会出现几位艺术成就较高、开宗立派引领风骚的印人，被当时及后世奉为"名家"。名家是艺术历史发展进程中的标杆人物，他们的出现呈周期性：一波名家出现之后，会有一个相对平缓的消化期或孕育期为下一波名家的出现作铺垫；较多名家集中出现的时期，即是篆刻发展的鼎盛阶段。这样的名家不仅是篆刻史编写不可或缺的纽结，他们的印风成了人们竞相模仿的追求目标，他们的作品也成了人们衡量自己的艺术水平的重要标准，"权威意识"由此而来。换言之，名家之作具有艺术标准的意义，以"名家"代"标准"的倾向在篆刻史上由来已久。近40年来，特别是在20世纪末，曾经涌现出一批颇具实力、个性鲜明的名家，带动了当代印坛的繁荣景象。应当说，艺术需要名家，名家引领时代；名家印风的传播推动着篆刻艺术的整体发展。

但是，近年来的"名家印风"却非常令人担忧，更确切地说，是一批有愧于"名家"之"名"的平庸、粗陋甚至低劣的作品横行于世，非常令人担忧。当今"名家"实在太多，这与人们想出"名"比较容易密切相关，具体分析其中的构成，便可知当今"名家"之滥，与元明清以来那些彪炳史册的名家完全不是一回事。这个问题如果不能及时澄清，将对当代篆刻艺术的发展产生危害。

近年来的"名家印风"，首先包含了20世纪末成名的一批当代中青年名家，经过三四十年的沉淀，能坚持到今天仍然无愧其名的已所剩无几，多数曾经的名家如今不是明显退步就是停滞不前。其中，有身体原因而力不从心者，有才情虽高而品味低下者，有原本平庸而适逢其时者，有技术精良而缺少境界者，种种主客观条件使他们在艺术创作上不进反退，逐渐名不副实。再加上他们正赶上前所未有的艺术市场爆发时期，极少有人能不被利益诱惑而潜心艺术研究，纷纷携艺从商、攀比富贵。至此，名家之"名"不再是一种责任、不再是艺术史的担当，而沦为忽悠买家的商号品牌。尽管许许多多有识之士早已看到了这一点,但几乎没有人愿意做恶人,出来拆穿"皇帝的新装"。这样的"名家印风"如何能成为当代篆刻创作的标杆和标准?

"名家印风"中的另一类构成,是一批年事已高的印坛前辈。敬老固然是中华民族的传统美德,个体的艺术成就与其年龄的增长固然有一定的关联,但这绝不意味着老年人艺术成就必然高超、必然是名家。事实上,在晚清与当代之间,现代印坛属于一段平缓、孕育时期,作为晚清余绪的实力较强的印人基本上都已辞世,与这些名家曾经有过交往、如今仍然健在的老一辈作者,则大多是当初的业余爱好者,至今创作仍属平庸。这些老先生本可以写写回忆、谈谈轶事以安度晚年,近年来却不知为何被奉为名家而冲在篆刻创作第一线。

近年来"名家印风"中的第三类构成,是书法篆刻社团的领导与学校书法篆刻专业的教授。客观上,他们的职务或职称为他们提供了较好的活动平台,使他们有更多出名的机会;他们之中也确有不少有思想、有才能的篆刻作者。但毋庸讳言,当选领导或评定教授与其艺术创作水平并无必然联系,职务或职称的高低与其艺术创作水平并不一定成正比;其中一些基础较差、才力较弱者碍于职务或职称之名,不甘于老老实实研究创作,往往故弄玄虚假充高明,致使近年来扛着职务或职称招牌的创作鱼龙混杂。这是为数众多的初学者和业余爱好者所难以辨别的——在太多的初学者心目中,职务或职称就是"名家",即意味着艺术水平的高超。

显然,近年来以曾经的成就或年龄、职务、职称而"名"的"名家印风"作品,其艺术水准特别需要加以甄别,是所有有历史责任感的当代名家、篆刻艺术研究者和批评家的当务之急。这绝不仅仅是少数人个人的荣誉和利益的问题,而是关乎当代篆刻艺术发展的大事。我们看到,近年来的这种名实不副、为名所困、唯名是求的"名家印风"已经对篆刻"新生代"产生了不良影响。例如,无论是人捧还是自诩,如今有学位的青年作者喜欢打着"博士"(甚至"博士后")的招牌以为"名",没有学位的青年作者也要扛着"实力派"的旗号以为"名",似乎离了"名"就不能创作、不靠"名"创作就没了底气,这已成为当今印坛司空见惯的陋习。

## 六、结语:给当代印坛的一点建议

综上所述,我撰写本文的目的不是要贬低近年来印坛所取得的成就,更不是要给篆刻创作"新生代"泼冷水,而仅仅是想提醒篆刻界同道保持冷静,在面对热火朝天时应看到需要解决的问题，在感到意气风发时应清楚依然存在的不足，这对于篆刻艺术社团的健康持久的发展，对于篆刻艺术创作的不断深入与提高，应当是有益的。借此机会，谨向当代印坛提出以下的建议。

其一，关于篆刻艺术展览。近年来的篆刻创作发展状况表明，当下各种形式、各种规模的篆刻艺术展览已成为篆刻创作的强大引擎，对广大作者有着难以想象的导向作用。因此，建议现今全国性、地方性、社团性篆刻展览的组织单位协调统筹，形成完整的篆刻展览体系，充分发挥其对当代篆刻创作健康发展的积极推动作用：一是减缓办展的频率，使作者集中精力研究创作，而不是到处投稿、疲于应征；二是厘清展览的层级，自下而上逐层选拔，而不是每个展览都是一拥而上；三是控制办展的规模，各层级篆刻艺术展入选作者人数均宜减少，确保入选作品的质量；四是区分展览的性质，以"新人展"普及而以"艺术展"提高，分流而治不相混淆；五是提高办展的学术性，组办各个层级的展览都应配合以创作研讨和艺术批评，使参展作者知其所以然。

其二，关于篆刻艺术教育。本文所讨论的四大类创作倾向的形成，与目前篆刻艺术教育发展的不健全密切相关，尤其是对于篆刻创作"新生代"来说，篆刻艺术史和古代各种印式的研究、篆刻艺术观念史和篆刻审美趣味的研究，都是亟须弥补和加深的。因此，建议高校书法篆刻专业和社会上的书法篆刻社团充分发挥自己的教育功能，为篆刻创作"新生代"的健全持久的发展打好基础。一方面，目前高校书法篆刻专业系科大多以书法为主业、以篆刻为副业，高等篆刻艺术专业教学大多没有完整的课程设置，学生们大多只学刻印而不做研究，很容易造成盲目跟风。另一方面，高校书法篆刻系应提高对篆刻教学的重视，迅速建立健全篆刻艺术专业教学的课程体系；书法篆刻艺术社团也应将工作重心从办展转移到培训上来，帮助社团成员加深对篆刻艺术的全面认识。惟其如此，当代篆刻创作的局面才能从根本上得到改善。

其三，关于篆刻艺术史论研究。近年来篆刻创作中存在的问题，其根源还在于篆刻艺术基础理论研究的薄弱，人们大多还是满足于由师承而创作，即使做研究，也主要是技法解析、名作欣赏或者某家某派的资料搜集，很少有人在篆刻艺术史、篆刻艺术原理等基础理论上做深入系统的研究。我们至今还没有看到一部资料详实、逻辑明晰的篆刻艺术史著作，仅从这一点便可知道篆刻理论研究是多么落后，也就不难理解篆刻艺术教育何以不健全。因此，建议高校书法篆刻专业或有实力的书法篆刻社团来牵头，积极开展全国性的篆刻艺术史论专题研讨，迅速聚集、培养这方面的研究人才;同时,呼吁有志于篆刻艺术史论研究者联合起来,争取在较短的时间里编写出高质量的篆刻艺术史、篆刻艺术原理著作,为促进当代篆刻艺术教育的发展,并由此促进当代篆刻艺术创作的发展而共同努力。

（原载于《中国书法》2019 年第 15 期）

# 当代文学研究史学化趋势之我见

张均　中山大学中文系教授

　　大约七八年前,我曾就治学经验对前辈学者黄修己先生做过一次访谈,他的一段自述给我印象深刻。他说,他当年在北京大学读书五年,就学会了四个字:"干货"和"硬伤"。"干货"自是指文章中要有大量一手史料,尤其是此前研究中较少或不曾触及的史料。这段谈话对我后来的学术方向产生了极大影响,史料的丰富度与可发掘性就成为我选择研究领域的重要考量因素。不过与此同时,我也注意到近三四年来当代文学研究的史学化趋势也逐渐上升为争议话题。① 对于史学化方法的质疑,主要出自于一批最为卓越的评论家。这种质疑最初表现为私下的不认可,最近则外化为公开的拒绝,如旷新年直接以"平庸之恶"来命名此种研究中的偏失。② 应该说,这些质疑并没有引起我对自己研究取向的动摇,但我以为,认真考量来自优秀评论家的"不同意见",从中深入了解史学化方法的固有缺陷,从而完成古典考据学方法朝向当代批评的自我调整,对于今天以史学化研究为志业的学者而言,其实是不可多得的对话与学习的机会。

---

　　① "史学化"也被命名为"史实化"或"史料热",依我的了解,这是当代文学研究历史化倾向的一部分。历史化倾向其实包含两层指向,一指研究方法的语境化,即尽量还原/重构研究对象所由产生的历史语境及其多重交互的权力文化关系,并将对象予以问题化和过程化,二指在研究过程中侧重原始史料的发掘与利用,重视考据学与当代文学研究的结合。应该说,对前一种历史化学界共识甚高,如深具代表性的"重返八十年代文学"研究的贡献已被广泛承认,但对后一种历史化则争议纷纭。

　　② 旷新年:《由史料热谈治史方法》,《文艺争鸣》2019 年第 3 期。

## 一

不过,这并非暗指所有"不同意见"都必须循守。在这些批评中,有些意见其实并不可以完全采信。这主要指两种:(1)认为史学化方法欠缺理论思维,"壮夫不为",是缺乏大才华者的被动选择。这有一定误解,亦是缺乏史料研究经验与沉浸感的表现。洪子诚先生认为:"史料工作在视野、理论、素养、方法上的要求,一点也不比做理论和文学史研究的低。"①程光炜则现身说法:"(我)开始也不会从材料里整理问题,不知道如何将烦琐的材料条理化、问题化,变成一篇有意思的研究论文。经过这么多年的实践,慢慢才学会怎么化繁为简、去伪存真,把杂质淘汰掉,留下有价值的东西。在我看来,史料家不光是文学史家,也是一个批评家,他的眼光、素养、经验,都决定着材料的取舍,这是一个综合性的工作。"②程光炜原本是出类拔萃的评论家,新世纪以来逐渐转入史料工作,他将"史料家"提升到"批评家"的高度去理解,实在是贴近实情的。(2)从学科发展意义上否定史学化方法。不少评论家公开表示,实在不能理解史料研究有何价值,如果它们不能改变既有文学史结论,那就想象不出它们有什么太大价值。应该说,这种否定是有底气的。的确,研究史上能新一时之局面、推动学科发展的气象宏大的文章,从来都出自思想家、评论家,而非讲求"有一分材料说一分话"的"雕虫"之辈。《启蒙与救亡的双重变奏》《论文学的主体性》《"二十世纪中国文学"三人谈》《当代中国的思想状况与现代性问题》等文章,不但不做考证,甚至经受不住考证,然而都以能准确把握学科与时代之大问题而影响深巨。不过,这其中亦有尴尬:能成为我们时代的"别、车、杜"的又有几人呢,相反,多数评论工作者临到学术生涯的终点,恐怕难以摆脱浮学无根、与时俱没的尴尬。比较起来,史学化研究更符合学术规则,"凡记述事物而求其原因,定其理法者,谓之科学;求事物变迁之迹,而明其因果者谓之史学……而欲求知识之真与道理之是,不可不知事物之所以存在之由,与其变迁之故,此史学之所有事也"③,尤其是史学化研究极为重视"根据地"意识,讲求深耕

---

① 王贺采访、整理:《当代文学史料的整理、研究及问题——北京大学洪子诚教授访谈》,《新文学史料》2019 年第 2 期。

② 程光炜、张亮:《"重返八十年代"文学课堂的缘起与展望——程光炜教授访谈》,《当代文坛》2018 年第 4 期。

③ 王国维:《〈国学丛刊〉序》,《王国维文集》第 4 卷,中国文史出版社 1997 年版,第 365—366 页。

细作,它在某种"观念终会过时,事实却会长存"的信念下获得承认的概率更高。

所以,面对来自评论界的批评,史学化研究者大可不必丧失自信,也不必把取得对方的认可当作自己的学术追求。相反,如何细心倾听评论界的"不同意见"并从中汲取建设性的信息,无疑是重要得多的工作。就此而论,有两层批评意见是切中肯綮、可以引以为戒的。

其一,重"史"轻"文",偏离文学之本义。郜元宝批评近年来"中国现当代文学研究"已俨然演变为"中国现当代文学史研究"(此说有所夸大),而文学研究倘真以"史"为旨归,那么它注定了价值有限,因为"和其他历史类人文学科(社会史、制度史、思想史、文化史、学术史)相比"无疑"底气不足","作为文学史基本追求目标的情感想象偏于主观世界,很难外化和落实为公共知识谱系。社会史告诉我们某年某月发生了某事,这是确凿无疑的","但文学史家若说某年某月中国人的情感想象如何如何,肯定得不到普遍认可","文学史叙事即使有说服力,它所揭示和描绘的内容比起真实发生的历史事件来,还是没有同等的重要性和'学术价值'"。①这一批评击中要害。事实上,史学化研究说到底是"史学化的文学研究",它始于史料归于文学,而非以文学史料为材料达成历史研究。倘是后者,文学作为叙事产品的可靠性必然如郜元宝所言极为可疑、有限。即便是可信度较高的文学书信、日记、档案之类材料,也只有在直接或间接地服务于文学研究时才是有价值的。比如,由洪子诚开辟的广涉组织、生产、传播、接受等领域的文学制度研究,其最大价值即在于此前相关研究甚为匮乏,这种"弥补性"工作极有利于真正的文学研究——"文学史就其最深刻的意义来说,是一种心理学,研究人的灵魂,是灵魂的历史"②——的开展。如果不与"人的灵魂"的揭示相关,文学制度研究的价值就相当局限。至少,较之政治史、经济史、法制史等领域的研究是缺乏自足、独立的品质的。

当然,这也意味着,即便是以文学为旨归的文学史学化研究,其考证空间也并非无限的。就当代文学而言,对于柳青、样板戏或莫言的"周边资料"的发掘与了解,实是以"灵魂的历史"的讨论需要为条件的。超出这种需要的史料考订,恐怕价值有限。比如,考证一封普通的互致问候的书信、细究作家是出生在本月30日还是下月1日,一般来说对于探究文本背后"人的灵魂"并无什么必要。正因此,

---

① 郜元宝:《中国现当代文学研究的"史学化"趋势》,《中国现代文学研究丛刊》2017年第2期。
② 参见[丹麦]勃兰兑斯:《十九世纪文学主流》第一册"引言",张道真等译,人民文学出版社1997年版。

要适当区分"材料"与"史料":有利于(含间接有利)"灵魂的历史"的讨论的材料方可称为"史料",否则就只是"材料"。而对于"材料",就未必有深入考订的必要了。此亦为古代文学研究者所推重的"考证的原则":"(1)需要也可能考证时,考证是必要的。(2)考证不出来,也不妨碍作品的阅读。(3)有总比无强。(4)考证也不必过于烦琐枝蔓。"①对此,我深以为然。虽然我自己也做文学制度、文学报刊等"外部研究",但我还是以为在其"弥补性"价值逐渐实现以后,其服务于文学研究的效应必然发生递减。当此之时,文学研究还是应该更多地与文学文本、与"人的灵魂"及其相应的叙事世界相结合。可以说,以文学为本,援"史"入"文",是史学化方法不应忽略的问题。

其二,"史料"与"问题"脱节,偏离研究之本义。史料考订的目的何在,它自身是否具有自足意义? 对此,评论家明确否定:"对文学创作中作家信息、作品生成信息乃至作为背景的社会文化信息的去伪存真、去粗取精的整理""是对研究对象进行价值判断的重要前提",但"这些充其量只能说是做了一些基础工作,还远未抵达文学的核心。"②这同样是尖锐却又到位的批评。那么,何以史学化研究无法抵达文学研究的核心呢?"因为文学的本质是诗性的审美想象而不是史性的事实描述",文学"是以虚构和想象的方式来把握和显示一下那些属于我们的本性、却在特定的历史条件下尚难以被人们拥有的东西。文学的这种借助虚构和想象'使人类以不断展开自我的方式走出自我,毫无羁绊地利用多种文化手段全景式地展现人的各种可能性'的诗性特征,显然远远超越了单纯的史料的能力范畴。"③显然,作为"诗性正义"的叙事实践,文学更多地关乎"灵魂的历史",更多地隶属于人的情感与审美活动,外在的可以考订的作者行踪等信息至多只能是"周边材料"。而对"周边材料"的单纯的"考"可能并不贴近文学,只有"考"而兼"释"(甚至以"释"为主)才能"抵达文学的核心"。无疑,这是熟谙海德格尔、加缪、福柯的评论家对所谓"研究"的最低限度的要求,而在当前史学化研究中,确实有些研究未能达到此种要求且不以为意。何以如此? 很大程度上是因为古典考据学方法的天然合法性。在古代文学研究中,考订一篇诗作的本事来源,订正一个版本,还原一下

---

① 郭明:《从文学批评的角度论红学的索隐与考证》,《红楼梦学刊》2006 年第 4 期。
② 姚晓雷:《重视"史",但更要寻找"诗"——也谈当下文学研究中过度强调史料建设作用的迷津》,《学术月刊》2017 年第 10 期。
③ 姚晓雷:《重视"史",但更要寻找"诗"——也谈当下文学研究中过度强调史料建设作用的迷津》,《学术月刊》2017 年第 10 期。

唐宋文人交游史实,都会被目为学术之常。倘能沉潜为之、集腋成裘,甚至还会被认定为可称道的学术成就。当然,在古代学科这种认可无可厚非,毕竟年代久远、资料湮没,诸多"基本"史实要考订准确往往并非易事。但在当代研究领域,类似认可很难建立。在评论家看来,即便是 20 世纪 50 至 70 年代的"当代"也去今未远,且处于现代印刷、复制时代,考证难度大大不及古代,怎可仅以一篇佚文之发掘、一件交往事实之订正甚至一次聚会之始末考为满足呢? 故而史学化方法近年屡遭批评也在情理之中。其实,对此不足,不仅评论界屡有啧言,就是积极参与史学化研究的学者也多有及时反思,如斯炎伟称之为"知识化":"所谓的'知识'是相对于'问题'而言的概念,'知识化'现象即指史料研究过程中始终体现一种'知识'的眼光与意识,它将'问题的探讨'降格为一种'知识的言说',甚至是某种'常识的复述',从而在自觉或不自觉的状态下削弱了研究活动的学术含量。"①

"他山之石,可以攻玉",来自评论界的批评有的固然不必尽信,有的却可以成为文学史学化研究在激活、转换古典考证学方法时的重要借鉴。而拥有强大的阐释型评论家的"对话"队伍,反过来看也是其他学科不可比拟的资源优势。

二

就目前而言,当代文学史学化研究亟须形成新的相对成熟的研究范式。新范式探索可从两种路径入手,一以史料为本,一以问题为本。如果说"以问题为本"更多是希望将古典考据学方法发展为现代的研究范式,那么"以史料为本"则是在新的研究条件下对考据学方法的继承。依我之见,"以史料为本"包括两个层面。

一是对当代文学史料的成规模的发掘与整理。这里所谈论的史料,不单是对业已存在的文献材料的整理,而且还有对"活的史料"的发掘与创造。关于后者,程光炜称:当代文学史"是一片辽阔茂盛的田野,是一片郁郁葱葱的文学大地",在"这一片辽阔茂盛的田野下面,蕴藏着多少'历史研究'所不知道的文学史矿藏呢?""这个历史段落可以分上下层,上层是看得见的文学田野,下面则是还沉睡着的文学矿藏。我把作家作品形容为文学田野,而把产生作家作品的历史原因形容为文学矿藏。"②这种"史料家"眼光与众不同。一般所论"史料"主要都落在程光

---

① 斯炎伟:《当代文学史料研究中的"知识化"现象》,《中国现代文学研究丛刊》2018 年第 10 期。

② 程光炜:《从田野调查到开掘——对 80 年代文学史料问题的一点认识》,《中国现代文学研究丛刊》2017 年第 2 期。

炜所说的"看得见的文学田野"层面,而"沉睡着的文学矿藏"却是另一个令人兴奋的广阔领域。那么,它们又具体何指呢?包括"疆域、山川、名胜、学校、赋税、物产、乡里、人物、艺文、金石、灾异、历史、地理、物产、风俗等等。这些地理条件和文化气候,是怎么影响了他们人生观念、文学观念和创作风格的。"①明眼人不难看出,对这些"文学矿藏"的发掘不是单靠进图书馆就可以完成的。图书馆、档案馆里或许存有相关记载,但地方名胜、赋税、物产、人物、金石、灾异等与柳青、孙犁、王安忆或莫言的关系,却绝非现成资料可以提供。要获得这样的史料,必须更多地依靠"田野调查",要去作家的出生地、写作地或故事发生地实地调查,去访谈相关知情人、当事人,要通过大量口述工作才可能完成。这种工作,与其说是在发掘史料,不如说是在创造史料、抢救史料,其难度不言而喻。但其价值之大,恐怕还在文献史料之上。亦因此故,程光炜亲自实地调研,撰成《莫言家世考》系列文章,堪为示范。

不过,对于这种源于田野调查的"活的史料"的价值,评论界固然认识不足,但"史料家"愿意身体力行、勉力为之者也不为多。目前来说,史学化研究者更倾心力者,还是成系统的当代文学文献史料的发掘与整理。梁启超的说法,无论是在学者层面还是政府层面都能得到响应:"大抵史料之为物,往往有单举一事,觉其无足轻重;及汇集同类之若干事比而观之,则一时代之状况可以跳活表现。此如治庭园者,孤植草木一本,无足观也;若集千万本,莳以成畦,则绚烂眩目矣。"②实际上,大约从十年前开始,政府就开始通过各类基金项目(尤其重点项目、重大项目)对当代文学文献史料工作给予有力支持,如程光炜承担的国家社科项目"当代文学史资料长编",已经出版"新时期文学史料文献丛书"(同时列入"十三五国家重点图书出版规划项目"),含《伤痕文学研究资料》《反思文学研究资料》《新历史小说研究资料》《先锋小说研究资料》《先锋话剧研究资料》等共 16 种,吴俊承担的教育部重大社科攻关项目"中国当代文学批评史",也已出版大型资料丛书"中国当代文学批评史料编年"凡 12 卷,共 550 万字。近年新立项的国家重大社科项目,如"中国新诗传播接受文献集成、研究及数据库建设(1917—1949)""陕甘宁文艺文献的整理与研究(1934—1949)""抗战大后方文学史料数据库建设研究""多卷本《中国现当代旧体诗词编年史》编纂与研究及数据库建设""中国当代文学期刊发

---

① 程光炜:《从田野调查到开掘——对 80 年代文学史料问题的一点认识》,《中国现代文学研究丛刊》2017 年第 2 期。

② 梁启超:《中国历史研究法》,东方出版社 1996 年版,第 78 页。

展史"等,预期都会有大型史料丛书汇编、出版。此外,孔范今等主编的"中国新时期文学研究资料汇编",王尧、林建法主编的 6 卷本"中国当代文学批评大系(1949—2009)",也是近年文学文献整理的实绩。

可以说,以上文献资料的整理与出版已初见规模,既如此,那吴秀明、程光炜等提倡者何以仍对史料整理有急迫之感呢?以我自己的接触来看,近年史料文献整理虽有成绩,但仍存在三个问题。(1)部分文献史料集其实是研究论文汇编或期刊目录汇集,而此种工作在"中国知网"等数据库日趋完善的情形下,其价值不免受到影响,因为其所提供的论文内容或标题可以轻松检索。(2)缺乏对原始史料的真正阅读。以 20 世纪 50 至 70 年代文学史料而论,十几年前,洪子诚主编的两种资料集《二十世纪中国小说理论资料(1949—1976)》和《中国当代文学史·史料选》(上、下),惠及学界甚多,但后来新出的一些史料集则有一定差距。我有时甚至私下怀疑,有些编者可能并没有真正广泛研读 20 世纪 50 至 70 年代文学报刊一手资料,而只是从文学史教材上"按图索骥"地找了一些"曝光度"颇高的文章编在一起,因为他们所选史料总不外乎周扬等领导人的讲话或胡风、"黑八论"等被批判的文章。这倒不是说周扬、周勃、何直等人的文章不重要,而是说这种高度重复的编选很大程度上是偷懒的结果,甚至仍被 20 世纪 50 至 70 年代的眼光所限制:选来选去就是那么一些文章,不过过去认为好的今日指认为坏,过去视为异端者今日奉为经典。(3)口述、访谈等有关"沉睡着的文学矿藏"的田野工作实有与时间赛跑的意味,亟待开展。不必说"十七年"期间活跃的作家现今已凋零大半,新时期以来成名的"青年作家"现在也开始成批地步入老年,甚至陆续有人离世,如路遥、史铁生、张贤亮、陈忠实等。此情此景,怎不令目光长远者心生焦虑?

依我之见,此后当代文学文献整理工作,与"中国知网"基本重复的论文汇编或可暂停,但有两项工作却大可开展:(1)建立在对与当代文学有关的日记、书信、档案等资料的广泛阅读基础上的资料辑选与汇编,需要更多人力的投入。这表现在,不但这些材料的发掘尚须继续,而且即便已经整理出版的日记或书信集亦须予以"再整理"。何以如此?因为文人记述日记,主要是为自己的日常生活留一存照,而非专门针对后世研究而为,故其中具有研究价值的"史料",往往未必十中有一。在我读过的作家日记中,《徐光耀日记》算是史料价值较高的一种,但厚厚 10 卷本《徐光耀日记》,其中涉及文学运动、写作、出版、阅读与传播的具有研究价值的史料约为 2 万—3 万字,至于自我保护意识过强的茅盾、冯亦代等名作家新中国成立后的日记,称得上"史料"的文字的比例就更低了。在此情形下,对已出版书信、日记予以"再整理"、出版类似"日记所见当代文学史料丛书"就极具价值,但目前此类耗时耗力、缺乏论文产出的工作尚未见到。(2)系统而非零散的文学"田野工作"需大规模开展。这既包括围绕具体作品、文学事件而展开的口述、访谈,也包括程光炜所说的围绕具体作家而展开的有关地方名胜、赋税、物产、人物、灾异等与作家人生观念、文学观念之关系的调研,当然也包括系列的"作家口述文学回忆录"的工作。关于后者,目前虽已出现一些取名"××文学回忆录"的著作,但其中不少是作家零散的自述文字的汇编,而不是真正的口述工作的成果。应该说,"田野工作"这一板块是当代文学史学化研究最能优胜于现代文学研究、古代文学研究之所在,也是最有价值的部分。此外,由于网络时代到来而出现的新型史料也应在发掘、整理之列。

较之文献史料的发掘整理,"以史料为本"第二方面的工作就是史料考订型研究。实际上,所谓"平庸之恶"针对的就是此类研究。的确,考订型研究不大可能以一文而耸动天下,但对于一封书信的发现,对于一则日记的考释,对于一个版本的寻觅,对于一桩文学事件的还原,都能以细微之功、日积月累之效而见其成绩。此外,即便史料考订与文学史"大问题"相去较远而有"平庸"之嫌,其实也不妨碍它们对当代文学研究的间接贡献。譬如,一篇即便只是简单呈现《创业史》《沙家浜》《爸爸爸》《心灵史》版本变迁的考订文章,对于研究创作心理和文学思潮的其他学者也必大有裨益。所以,考订型研究的价值或许并不在于能否直接"抵达文学的核心",而在于它们所发掘的新材料可以在不同研究者手中与不同问题相遇并激活新的结论或方法,陈寅恪所谓"整理史料,随人观玩,史之能事已毕"①的意思亦大略在此。亦因此故,一生以考据为志业的陈子善先生的学术成就广被认可,而一直"以问题为本"的程光炜近年也开始提倡"理论减法,史料加法"。"以史料为本"的研究无疑可以继续光大为之。当然,对此种古典考据学方法仍有斟酌损益的空间。洪子诚在《材料与注释》中"围绕某一时间、问题,提取不同人,和同一人在不同时间、情境下的叙述,让它们形成参照、对话的关系,以展现'历史'的多面性和复杂性"②的做法,就不再是史料堆砌,"而是借助预设在两个文本之间的多重智性关联,对当代文学史述的可能范式进行一次罕见的尝试"③。以此观之,所

---

① 参见陈守实:《学术日录[选载]·记梁启超、陈寅恪诸师事》(1928年1月5日),《中国文化研究集刊》第1辑,复旦大学出版社1984年版。

② 洪子诚:《材料与注释》,北京大学出版社2016年版,第2页。

③ 斯炎伟:《当代文学史料研究中的理论思维问题》,《学术月刊》2017年第10期。

谓"平庸"的考订型研究仍是史学化研究不可或缺的一环,且别具返朴归真的研究品质。

## 三

不过,当代文学史学化研究在坚持自己的同时,亦须认真考虑摆脱所谓"平庸之恶"的问题。而这,恐怕还是得依赖于对史料考订型研究的"升级"改造。这倒不是迫于评论界的强势压力,而是考据学这种古典方法确实需要寻求新的发展,尤其是应充分利用可以与思想界、评论界深度"对话"的资源优势。实际上,对于自己早年关于考据学的提倡,梁启超后来颇有悔意:"一般作小的考证与钩沉、辑佚、考古,就是避难就易,想徼幸成名,我认为病的形态。真的想治中国史,应该大刀阔斧,跟着以前大史家的作法,用心做出大部的整个的历史来,才可使中国史学有光明、发展的希望。我从前著《中国历史研究法》,不免看重了史料的研究和别择,以致有许多人跟着往捷径走。我很忏悔。"①显然,梁启超对考据在"饾饤之学"之外尚有"大史家"之期待。这种期待置之于当代史学化研究,便是充分吸纳、利用当代评论的思想资源,谋求史料型研究的当代转型。而这,在我看来,是"以问题为本"的另一类史学化研究的价值之所在。

所谓"以问题为本",系指在史料考订的同时以文学(史)问题为根本,使史料考订围绕某一具体文学史问题而进行,进而使之紧密地成为文学研究的一部分,而非历史研究之一部分,更非纯知识性的谈资或轶闻。这种"问题化"的史料考订无疑是对评论界所指认的传统考订型研究重"史"轻"文"、史料与问题相脱节等缺陷的回应。此种研究,与所谓"平庸"的史料考订不大相同,它将中心问题锁定在某一重要文学(史)问题上,而以大量史料考订为基础,力求"考""释"并举,使问题的阐释与论证建立在扎实、可靠的史料基础之上。

但是,"以问题为本"也易滑入某种误解。对此,斯炎伟敏锐地指出:"强调史料必须用问题去激活,并不是主张要在研究活动中事先预设一个问题,然后以此为目标去寻找与组织史料,让史料成为问题的装饰或点缀,这无疑让史料研究掉入了另一种我们必须警惕的'观念先行'的泥淖。"②遗憾的是,在部分研究中的确存在

---

① 梁启超:《中国历史研究法中国历史研究法补编》,中华书局 2014 年版,第 417 页。
② 斯炎伟:《当代文学史料研究中的"知识化"现象》,《中国现代文学研究丛刊》2018 年第 10 期。

这种"观念先行"的现象。譬如,洪子诚提出以"一体化"概念来理解 20 世纪 50 至 70 年代文学,这里的"一体化"是一个多重力量参与的动态过程,但部分学者将之视为既定的"普遍结论",其研究也就变成了为这种"普遍结论"寻求有利证据。无论是研究报刊还是研究版本变迁,都能够(也只能)发现他预想会发现的材料,最后则恰到好处地通向既定结论。这样的研究,多少让人有点疲倦。实际上,"以问题为本"并非要在研究展开之前先预置一个问题进去。恰恰相反,研究的首要之事是暂时与自己长久思考的问题拉开一定距离,甚至是"遗忘"相关问题。然后在没有"先见之明"的前提下,尽可能广泛地阅读、琢磨第一手史料,如文学事件始末,相关日记、书信、回忆录、档案、谈话等等,让材料自己"说话",让材料自己呈现出问题。这么说略有"务虚"之嫌,但对于长久浸润于史料之中的学者来说,这其实是冷暖自知之言。的确,部分史料并不能直接从中发现值得讨论的问题(可暂行搁置),但很多史料却往往能在不经意之间呈现出它自己所独有的问题。就我自己而言,曾经在阅读 1950 年南京文联主办的《文艺》月刊时,很偶然地注意到这份党的机关刊物几乎不刊登周扬、胡乔木、丁玲等来自延安的文艺领导和知名作家的作品,甚至也不提及当时已被宣布为"新中国的文艺的方向"的《在延安文艺座谈会上的讲话》,与之相对的,则是频繁可见的苏联理论家的名字或文章,如列宁、高尔基和塔拉森科夫等。这不能不让人考虑到以前不曾料及的"老解放区文艺"内部也可能存在"代表不同利益和不同力量的媒介观点"之间"进行着较量"①的新问题。

当然,"老解放区文艺"内部成分的差异与矛盾属于小的问题,但"以问题为本"的"问题"其实是可小可大的。其大者,或略近于陈寅恪所谈的"预流":"一时代之学术,必有其新材料和新问题。取用此材料,以研求问题,则为此时代学术之新潮流。治学之士,得预于此潮流者,谓之预流(借用佛教初果之名)。其未得预者,谓之未入流。此古今学术史之通义,非彼闭门造车之徒,所能同喻者也。"②近十几年来,程光炜主持的"重返八十年代"堪称创"此时代学术之新潮流"者。对此,他自称是有关"内心的戏剧"的"微观史学"的方法,"法国年鉴派有一个'时段史学'的说法。他们所说的时段史学,是在反对宏观史学的基础上提出的一个微观史学的设想。但是微观史学内部也潜藏着宏观史学的视野和框架,两者其实并

---

① [美]大卫·克罗图、威廉·霍伊尼斯:《媒介·社会:产业、形象与受众》,邱凌译,北京大学出版社 2009 年版,第 190 页。

② 陈寅恪:《陈寅恪史学论文选集》,上海古籍出版社 1992 年版,第 503 页。

不矛盾。"①而他所说的"微观史学",更落实在通过大量文献、资料去捕捉的"内心
的戏剧":"透过这些材料去触摸'外表的人心中的内在的人,看不见的人、核心',
产生那一切的能力和感情,'内心的戏剧'和'心理'。即是说,通过触摸这些东西
去深刻理解那个年代的人的悲欢离合,这些悲欢离合中的历史面貌、历史轨迹,以
及历史的整体性形成之原因。"②而这,其实也是郜元宝所寄希望于史学化研究的:
"真正可以和作家主体的心态沟通,看到作家主体在所有这些方面所呈现的精神
活动的真相。"③

　　无论是把"问题"锚定在文学史问题还是作家主体精神,"以问题为本"的史学
化研究在今天都还只能算是起步未几、有待开拓的新领域。依我之见,不但"作家
主体的心态"可以引入为史学化研究的问题,其实文本叙事实践也可引入为史料
考订的最终"落脚点"。也就是说,如果能将文学文本自身的内部叙事问题与文本
的"周边材料"予以有效对接,也不失为有效的史学化研究之思路。譬如,在古代
文学研究中相沿既久的"文学本事研究"若经"升级"改造,即可以很好地适用于这
一思路。从当代文学的创作实践来看,无论是"前三十年"还是改革开放四十年,
皆有许多文学作品直接取材于现实中的真实人物和事件,前如《林海雪原》《红岩》
《铁道游击队》《青春之歌》,后如《芙蓉镇》《活动变人形》《平凡的世界》《白鹿原》
《野葫芦引》。这些作品存在本事原型与其艺术成就高低并无关联,但本事史料的
存在,却可以使史学化研究突破古代文学本事研究"知世论人"传统而深入到叙事
领域。这指的是,从一桩现实的事件(本事)到被叙述出来的文学事件(故事),其
差异与裂缝之大,足以为史学化研究提供源源不断的"史料"(其信息量往往数倍
于版本变迁),而这些材料更可以进一步打开以下问题空间:即在从本事到故事的
变化与重构中,哪些材料被认为"可以叙述之事"哪些又沦为"不可叙述之事",而
"可以叙述之事"又经怎样的因果关系被组织为一个情节完整的故事;对此过程的
分析,可以涉及"一种话语模式,它将特定的事件序列依时间顺序纳入一个能为人
理解和把握的语言结构,从而赋予其意义"。④ 譬如,在现实的珠河县元宝村土地
改革运动中存在共产党、农民和地主之间利用与反利用的三边博弈,在现实的渣滓

　　① 程光炜、张亮:《"重返八十年代"文学课堂的缘起与展望——程光炜教授访谈》,《当代文坛》
2018 年第 4 期。
　　② 程光炜:《研究当代文学史之理由》,《名作欣赏》2018 年第 22 期。
　　③ 郜元宝:《中国现当代文学研究的"史学化"趋势》,《中国现代文学研究丛刊》2017 年第 2 期。
　　④ 彭刚:《叙事的转向——当代西方史学理论的考察》,北京大学出版社 2009 年版,第 2 页。

洞监狱中存在"翻转"的阶级关系(被关押革命烈士多数出身官绅之家,国民党看守却往往身为平民,狱中烈士曾以为某看守女儿找工作换取了对方为烈士传送情报),但此类原始材料在转换为《暴风骤雨》《红岩》等合乎规范的文学叙述时,都经历了删削、增益和重组。辨析这种重组过程,可以在动力、策略、机制与效果等层面展开丰富的叙事学、文化学等层面的阐释。甚至,即使不是直接原型,倘若语境、背景、过程高度相似,也可展开意味深长的"文史对读"。不久前,我读到一部石田米子、内田知子所著《发生在黄土村庄里的日军性暴力》一书,立刻想到丁玲的《我在霞村的时候》,二者涉及的都是西北地区日军慰安妇往事,一为田野调查,一为小说,其似与不似之间,同样可以"对读"出话语竞争问题。无疑,与事关"内心的戏剧"的微观史学一样,本事研究也可构成史学化研究的新领域。

整体看来,"以问题为本"的史学化研究的新特点在于"内""外"互动,"考""释"并举,也就是说,可将传统史料考订型研究插上强有力的阐释的"翅膀"。而在当代文学研究领域内,由于思想型评论家队伍的大规模存在,它之于文学的阐释能力本来就高于现代文学研究、古代文学研究,所以,无论是史料与叙事的对接,还是与作家个人或时代的"内心的戏剧"相结合,史学化研究摆脱传统史料考订型研究的所谓"平庸之恶"、走向开阔之境必然可以期待。当然,这种研究也并非没有缺点。较之"以史料为本"的研究,"以问题为本"的研究的确问题空间更大,但问题在于,"以问题为本"注定了要将史料零散、分解,必然要牺牲史料自身的完整性、丰富性与多义性。从传统史料工作的眼光来看,这也是不太好接受的损失。私以为,程光炜近年"理论减法,史料加法"的做法,也应源于减少这一损失的考虑。由此可见,"以问题为本"也好,"以史料为本"也好,二者各有所长,而无论是对古典考据学传统予以微调还是进行"升级"改造,都是当代文学研究史学化趋势中值得期待的结果。

(原载于《文艺争鸣》2019 年第 9 期)

# 新中国诗歌的七十年

张德明　岭南师范学院文学与传媒学院南方诗歌研究中心主任、教授

祖国,我的祖国

今天

在你新生的这神圣的时间

全地球都在向你敬礼

全宇宙都在向你祝贺

　　这充满激情的诗句,出自胡风那首被称为"开国的绝唱"的长篇政治抒情诗——《时间开始了》,发表时间为 1949 年 11 月。被中华人民共和国成立的喜讯所鼓舞,感受到时代脉搏的激烈跳动,诗人胡风在当时的日记中这样写道:"两个月来,心里面的一股音乐,发出了最强音,达到了甜美的高峰。"《时间开始了》正是其内心淌流的这股音乐凝聚成的诗化文字。在这首诗里,"时间"所包孕的深意无疑是多重的、繁复的。从社会政治学的角度说,它象征着中华人民共和国纪元的开始;从美学的角度上说,它也意味着新的抒情方式的开端。从 1949 年到 2019 年,中华人民共和国走过了 70 载风云岁月,新中国诗歌也有着 70 年来不断探索、砥砺前行的美学历程,既有令人骄傲的辉煌艺术成就,也有探索和尝试中的坎坷与曲折,值得我们深情地回眸与理性地反思。

　　中国新诗是中国文学和文化追求现代化的产物,现代性追求也就顺理成章地构成了中国新诗原发性的一种艺术诉求,也自然形成了百年新诗极为显在的精神内核。追求现代性,也是新中国 70 年来不同时期的诗人们始终坚守的一种美学目标。从文学语言的选择上看,中国新诗启用了现代汉语(白话)作为表意体系,这

种语言形态来自人们日常口语的书面化赋型,从而与怀揣启蒙理想的新文化先驱者追求的"言文一致"表达理念一拍即合,构成了新诗现代性呈现的语言学表征。新诗发生之期,不少守成者曾讥讽白话诗人使用的语言乃"引车卖浆者"之语,透着粗俗肤浅的调子。殊不知,正因为现代白话与普通百姓的日常口语息息相关,因此保留着浓厚的生活气息和原生态的存在样貌,以现代白话作为基本的语言谱系的中国新诗,从而能更为真切地录述着现实生活的样貌,有效地复现了现代人的精神影像,真实呈现了现代人敏锐而多变的心灵踪迹,这种语言体系,自然就赋予了新诗在艺术表达上的现代性特征。

在 20 世纪五六十年代,无论是贺敬之、郭小川等人的政治抒情诗,还是闻捷等人的生活抒情诗,抑或是"石油诗人"李季、"森林诗人"傅仇等人的行业抒情诗,都是从不同层面对新中国语境下人们现代生活情态的艺术描画,体现出鲜明的现代性色彩。臧克家的《有的人——纪念鲁迅有感》、艾青的《一个黑人姑娘在歌唱》、贺敬之的《三门峡——梳妆台》、郭小川的《向困难进军》、闻捷的《吐鲁番情感》、蔡其矫的《雾中汉水》《川江号子》等等,都是这一时期出现的具有一定艺术质量、凸显出鲜明现代性气质的优秀诗歌。"呵!桂林的山来漓江的水,——/祖国的笑容这样美!"(贺敬之《桂林山水歌》)"……苹果树下那个小伙子,/你不要、不要再唱歌;/姑娘踏着草坪过来了,/她的笑容里藏着什么? ……/说出那句真心的话吧!/种下的爱情已该收获。"(闻捷《苹果树下》)"我们满怀热情,/大声地告诉负重的道路:/——我们要让中国用自己的汽车走路,/我们要把中国架上汽车,/开足马力,掌稳方向盘,/一日千里、一日千里地飞奔……"(邵燕祥《中国的道路呼唤着汽车》)"在青春的世界里/沙粒要变成珍珠/石头要化作黄金;/青春的所有者/也不能总在高山麓、溪水旁/谈情话、看流云,/青春的魅力/应当叫枯枝长出鲜果/沙漠布满森林"(郭小川《闪耀吧,青春的火光》),读着这些诗句,我们就能触摸到那个时代怦怦跳动的脉搏,那里有充沛的生活激情,有高远的革命梦想,还有热火朝天的社会主义建设,诗人们用艺术的笔触真切地描画、记录了这一切,从那现代生活的如实描述、现代情感的热烈抒发、现代人精神世界的有力彰显中,我们领悟到了新中国诗歌在新中国成立初期所呈现出的独具特色的现代性内涵。

改革开放以来,从朦胧诗到第三代,再到民间写作和知识分子写作,中国新诗在新的历史语境下迎来了"你方唱罢我登场"的繁荣发展机遇,而不同时期的诗人,都从自身对历史与现实加以深入理解的特定角度出发,书写出开放时代民族、国家与个体的精神状况和历史命运,将这个特定时代社会和个人所具有的现代性特征艺术地彰显出来。不久前,由《作家》杂志社牵头组织的"改革开放四十年大家记忆中最深刻的 40 首诗"评选活动中,最终评出的诗作有昌耀的《慈航》、顾城的《一代人》、海子的《面朝大海,春暖花开》、穆旦的《冬》、牛汉的《汗血马》、王家新的《帕斯捷尔纳克》、张枣的《镜中》、叶延滨的《干妈》等等,这些出现在 1980—1990 年代的诗歌作品,都从不同的历史侧面和人文向度凸显了现代性精神。"我在这广大的田野上行走,/我沿着心灵的足迹寻找,/那一切丢失了的,/我都在认真思考。"(梁小斌《中国,我的钥匙丢了》)"整个玻璃工厂是一只巨大的眼珠,/劳动是其中最黑的部分,/它的白天在事物的核心闪耀。/事物坚持了最初的泪水,/就像鸟在纯光中坚持了阴影。/以黑暗方式收回光芒,然后奉献。/在到处都是玻璃的地方,/玻璃已经不是它自己,而是/一种精神。就像到处是空气,空气近乎不存在。"(欧阳江河《玻璃工厂》)"咖啡和真理在他喉中堆积/顾不上清理/舌头变换/晦涩的词藻在房间来回滚动"(翟永明《咖啡馆之歌》),这些分别诞生于 70 年代末、80 年代中、90 年代初的诗歌,带着各自特别的呼吸、心跳和声线,它们是现实的、历史的,同时也是充溢着现代性精神的。

新世纪是新媒体快速发展的时代,也是新中国诗歌充满朝气和希望的时期。新世纪以来,年老诗人壮心未已雄风犹在,中年诗人创作技艺日臻化境,年轻诗人也在茁壮成长,当代诗坛而今出现了"50 后"、"60 后"、"70 后"、"80 后"、"90 后"乃至"00 后"六代诗人同台竞技、各显神通的黄金时代。因为有这么多处于不同年龄阶段、有着各自不同的生活阅历与知识背景的诗人,站在不同的历史观察点和人文向度上,来表情达意、述景抒怀,中国当代新诗的现代性精神面影,从而显得繁复而多样、丰富而庞杂。"桃花泛滥,房前屋后风情万种,/每一张脸上都可以挂红。/后来诗歌长满了枝桠,/我这一首掉下来,零落成泥,/回到那条逝去的驿路。"(梁平《龙泉驿》)这是 50 后诗人对现代地理风情的艺术绘制。"苦命人干脆唱起欢乐的歌/胸腔里,喉咙里/有轰响的泥泞、熊熊的火/这是男人们的豪情在进发/惊颤旷野的死寂、寒星的梦"(沈苇《小酒馆》),这是 60 后诗人对底层人抗争命运、乐观向前精神状态的描述。"醒来后却发现手脚瘙痒,可能已长出/错觉的枝桠。因为飞行的座椅/离地大约只有两尺,/算上对远方的种种猜测/其机械的复杂度不超过一只相思的排比句/怎么会使气缸里抽泣的法官发怵"(姜涛《机场高速》),这是 70 后诗人对现代出行的精彩记录,字句中袒露出丰富的现代感知。"很多人沉睡/我用失眠爱你//很多人笑/我用忧愁爱你//你有一张多么好看的脸/我用一张不好看的脸爱你//很多人成功了/我用失败爱你"(杨庆祥《思无邪》),这是 80 后诗人对现代爱情的个性化理解与表达。还有更多更年轻的 90 后、00 后诗人,也都用诗歌各自写出了属于他们这个年龄段的现代性理解与认知。

总而言之,新中国诗歌 70 年的发展历程,就是不同时期的诗人在不同的历史语境下,从不同的角度和层面来彰显纷繁复杂的现代社会局面、现代生活情状和现代人的精神历程,现代性俨然构成了共和国新诗极为显在的人文内涵和艺术品质。

在新诗主题的表达上,新中国诗歌 70 年体现为个人性与人民性的双重主题变奏。1949 年中华人民共和国的成立,无疑是举世瞩目的重大历史事件,它给诗人们带来的创作激情和精神动力极为强烈,反映新的历史时代社会的发展和人民的幸福构成了那一时期许多诗人的共同主题诉求。诗人艾青将自己在新中国要扮演的角色定位为"人民的歌手",他说:"在推翻了旧政治之后,人民掌握了政权,这是新社会,这个社会的一切制度,都是从广大人民的利益出发的。人民与政治相一致,政治的目的就是为了人民的福利,政治是人民群众自己的了。文艺家既然是人民的代表,人民意志的歌手,就应该对政治有自己的认识。"田间承认:"我所选择的创作方向,就是为工农兵服务。"他主张新诗与劳动人民的结合:"劳动人民是世界上的主人。人类的命运,也只能由劳动人民来决定。我们的诗,就是劳动者的一面旗帜,它要飘扬,永远飘扬。"在 1950—1960 年代,艾青、臧克家、田间等许多成名已久的诗人,都先后创作出了反映新社会生活、体现人民性主题的诗歌作品。这一时期,新中国诗歌界也出现了一些彰显个人性的诗作,如郭小川的《望星空》、流沙河的《草木篇》、蔡其矫的《祈求》、穆旦的《智慧之歌》等等。

1970 年代末到 1980 年代初,朦胧诗人们,带着"我不相信"的历史反思眼光,来回顾过往审视当下,创作出了一系列凸显个体意识和主体精神的诗歌作品。新时期出现了不少集中体现人民性的优秀之作,如雷抒雁的《小草在歌唱》、赵恺的《第五十七个黎明》、张学梦的《现代化和我们自己》、吉狄马加的《致马雅可夫斯基》《大河》等等。1980 年代中后期崛起于诗坛的"第三代"诗人,无论是来自于"他们""非非",还是"莽汉""海上",或者其他诗歌群体,"第三代"诗人们通过各自不同的诗艺探索,使得个人性书写得到了全方位的展示,用艺术的形式精彩呈现了个人内心世界"无穷的差异性和复杂性"(刘再复语)。到了 90 年代和新世纪,"个人化写作"成为新诗创作的历史主潮,当代新诗的个人性主题更其凸显,臧棣、雷平阳、陈先发、胡弦、张执浩、汤养宗、娜夜、林雪等诗人的作品,都体现出突出的艺术个性、较为鲜明的美学辨识度。臧棣以智趣、理趣为轴带动情趣旋转的智性化表达,雷平阳云南书写的民族志趣味,陈先发注重义理与辞章的桐城遗韵,胡弦精致而优美的江南情绪散逸,张执浩口语述说中的"目击成诗"式的诗意彰显,汤养宗驳杂话语蓄满睿智的诗思演绎,娜夜精微细腻的女性情感袒露,林雪融粗犷与细敏于一体的生命直觉意识,等等,分别构成了这些诗人与众不同的个人化审美符码。可以说,新世纪诗人的主体性不断强化,个人化风格日益凸显,是这一时期值得关注的重要诗学现象。

当然,在新中国 70 年的诗歌表达中,个人性与人民性从来不是完全冲突、互不兼容的,始终体现着相互沟通与互为补充的诗学特性。这就意味着,体现出人民性的诗歌,也绝不只是标语口号式的作品,而是打上了诗人个体烙印并侧重于人民性表达的诗作。而中国语境下从来没有出现霍布斯所说的"个人先于社会而存在,个人是本源,社会、国家是个人为了保障自己的某种权利或利益而组成的,除了个人的目的,社会或国家没有任何其他目的"的那种极端个人主义,这意味着新中国诗歌中体现出的个人性不可能出现西方意义上的唯我独尊、离经叛道的个人主义,而是包含着集体意识、公共诉求并侧重于个体表达的个人性,是个人性与人民性的某种相融和统一。例如,吉狄马加的《自画像》,不只是给自我人生画像,更是给一个民族的历史发展和精神特质加以诗性写真,很显然,诗中体现的个人化和集体化、个人性与人民性是相融的、一体的。雷抒雁的《小草在歌唱》是人民性主题格外突出的诗歌,舒婷的《祖国啊,我亲爱的祖国》等,也是融人民性与个人性于一体的新中国诗歌名篇。

在创作资源的汲取和容纳上,新中国诗歌融汇中西的开放与包容态势也是同样值得称道的。中西融合的资源意识,给新诗的发展与创新带来了取之不尽的源头活水,"中西融合"的创作实践,由此也构成了新中国诗歌艺术探求的重要方面。翻译家、诗人黄灿然在《在两大传统的阴影下》一文中写道:"本世纪以来,整个汉语写作都处在两大传统(即中国古典传统和西方现代传统)的阴影下。"这是对 20 世纪汉语写作所承担的外在压力的确切言说,对于理解中国新诗的生成与发展而言,也是不乏启示意义的。黄灿然告诉我们,中国新诗时刻要面对的文学传统起码有两个,一个是作为中华灿烂文明重要组成部分的古典文学传统,一个是来自异域的西方现代文学传统。事实上,直到今天,中国新诗的写作,都没有从这两大传统的"阴影"中完全摆脱出来。可以说,古典文学传统和西方文学传统,一方面构成了中国新诗"影响的焦虑"之源,是现代诗人在诗歌创作中始终摆脱不了的两大阴影,另一方面又成为了现代诗人必须反复摹习的文学对象,它们为中国新诗的发展与前行提供了源源不断的精神力量。

　　著名翻译家王佐良先生 1983 年在《文艺研究》上发表了《中国新诗中的现代主义——一个回顾》的文章,文章结尾,王佐良说:"除了大城市节奏、工业性比喻和心理学上的新奇理论之外,西方现代诗里几乎没有任何真正能叫有修养的中国诗人感到吃惊的东西;他们一回顾中国传统诗歌,总觉得许多西方新东西是似曾相识。这足以说明为什么中国诗人能够那样快那样容易地接受现代主义的风格技巧,这也说明了为什么他们能够有所取舍,能够驾驭和改造外来成分,而最终则是他们的中国品质占了上风。戴望舒、艾青、卞之琳、冯至、穆旦——他们一个一个地经历了这样的变化,而在变化的过程里写下了他们最能持久的诗。"这告诉我们,中国现代诗人尽管会不同程度地受到西方诗歌的影响,会大量吸收和借鉴西方诗歌的表达经验和艺术手法,但因为有较为悠久和伟大的古典诗歌传统,中国诗人永远不可能"西方化",他们诗歌中的"中国品质"最终还将占上风。也就是说,真正优秀的中国现代诗人,都能做到中西兼采、中西融通。王佐良的文章虽然主要谈民国时期的诗歌创作,但对我们认识新中国诗歌仍然有效。回首新中国诗歌 70 年的发展历程,不难发现,不少诗人创作的优秀诗作,都程度不同地刻印着古典文学或者西方文学的精神烙印,都与诗人巧妙地"化古"与"化欧"的艺术匠心有关。

　　20 世纪五六十年代,贺敬之、郭小川等人在对东欧诗歌传统的学习和继承上,取得了显著的成绩,他们同时又能向中国的民歌传统学习,建构了融合中西的新诗新形态。他们既从马雅可夫斯基等俄国诗人那里学习了艺术呈现高涨的革命情绪和崇高的革命理想的思想表达方法,还有意识地借鉴楼梯体等西方诗歌形式来丰富新诗的形式艺术。与此同时,贺敬之对陕北民歌信天游形式的借鉴、郭小川通过借鉴中国古典的辞赋艺术而创造的"新辞赋体",构成了新中国诗歌向民间文学传统与古典文学传统学习和借鉴的成功范例。这一时期的台湾诗坛,也涌现了余光中、洛夫、痖弦、郑愁予等诸多优秀诗人,他们在融汇古典与西方上作出了许多探索,也取得了极为丰硕的成果,余光中的《等你,在雨中》《白玉苦瓜》、洛夫的《金龙禅寺》《与李贺共饮》、痖弦的《如歌的行板》、郑愁予的《错误》、张错的《红豆》,既有西方现代主义诗歌的影子,又不失中国古典文化的风姿,这些都是这一时期台湾诗歌中出现的巧妙借鉴古典与西方、将中西融为一体的优秀诗篇。改革开放 40 年来,中国新诗的繁荣和发展,顺应了特定时代开放、多元的历史潮流,在这个开放、包容的文化氛围下,继承古典,学习西方,也构成了许多诗人增强自身修养、提升诗歌技艺的有效途径,从而催生了大量艺术质量优异的诗歌文本。

　　在新诗形式建构上,新中国诗歌以自由体形式为主体,同时也时有现代格律诗出现。中国新诗诞生之期,胡适深感格律规范的古体诗在创作上无法摆脱的局限性,他认为:"形式上的束缚,使精神不能自由表达,使良好的内容不能充分表现。"他积极尝试新诗创作,并将新诗的创作特点概括为"不拘格律,不拘平仄,不拘长短;有什么题目,做什么诗;诗该怎么做,就怎么做"。此后,废名的《谈新诗》、艾青的《诗的散文美》等著作和论文,又进一步强化了胡适"作诗如作文"的创作观念,新诗就是自由诗,已然成为百年新诗创作中的一种共识。从新中国诗歌 70 年的发展状况来看,自由体诗歌成为了最为主要的艺术形式,绝大多数诗人的作品,都没有在格律、节奏等层面上作过多要求,而是以自由自在地表达内心的情绪与思想所生成的自由诗为基本形态。不过,关于新诗形式的探讨,也一直没中断过,主张建构现代格律诗的声音,也一直存在。1950 年代,一些学者和诗人围绕"新诗发展道路"展开了深入讨论,何其芳的《关于现代格律诗》、卞之琳的《谈诗歌的格律问题》、林庚的《关于新诗形式的问题和建议》、王力的《中国格律诗的传统和现代格律诗的问题》等文章,对新诗的格律建设提出了诸多宝贵的建议。新时期以来,吕进、姜耕玉等诗论家,也在现代格律诗建设问题上提出了自己的思考。从创作上看,1950—60 年代,贺敬之、郭小川等人的部分诗作,可划入现代格律诗的范围。新时期以来,也有诗人在现代格律诗创作上做过努力,如艾青"归来"之后的一些诗作,就体现出了一定的格律化倾向,同时也有部分诗人一直坚持十四行诗创作,如唐湜在 90 年代出版的《幻美之旅:十四行集》《蓝色的十四行》两部诗集。不过总体来看,新中国 70 年的诗歌中,占主体地位的还是自由诗,而思想和艺术成就最高的,无疑也是自由诗。

(原载于《诗刊》2019 年 7 月号上半月刊)

# 时代之声与青年成长

## ——评长篇小说《海边春秋》

陈冬梅　暨南大学文学院博士研究生

　　看完陈毅达的长篇小说《海边春秋》，我第一次强烈地感受到一种读完了小说但情绪却一直无法抽离出来的触动，正如伏尔泰在《哲学词典》中提到：只有记忆的相同性才能建立起身份的认同，即个人的相同性。作品以新时代福建改革开放和经济建设真实案例为蓝本，围绕改革开放综合实验区岚岛建设过程中遇到的相关矛盾的产生和破解展开叙事。小说里所描写的诸多场景我也从中看到了自己的影子，海边渔村、文化创意、青年博士、拆迁开发、首席执行、乡村振兴……拨动着我脑海中记忆的琴弦。我出生于海边，过去十年从事过地产开发，担任开发项目的负责人，两年前重返校园攻读文创专业全日制博士学位。多重的暗合，让我印象深刻并且感触颇多。

　　《海边春秋》自 2019 年 2 月出版之后便连获多项殊荣：先后入选全国农家书屋目录、3 月文学好书榜、4 月百道好书榜、2019 年主题出版重点出版物选题、中国好书 2019 年 5 月榜单、2019 年丝路书香工程项目；荣获第十五届精神文明建设"五个一工程"优秀作品奖；得到了陈晓明、贺绍俊、张陵、王春林、李朝全、吴子林、谢有顺等众多知名评论家撰文关注；小说改编的同名电影、电视剧也正在拍摄之中。《海边春秋》是陈毅达带着他那颗温热的初心，用他的文字展现出了一幅火热的现实生活画卷，抒发了他对新时代的文学激情，为我们当下反映新时代的文学创作，尽心尽力地表达了一份担当与责任。

## 一、作家的"情动"与时代"辞发"

　　刘勰在《文心雕龙》中指出："夫缀文者情动而辞发，观文者披文以入情，沿波讨源,虽幽必显。"读《海边春秋》,不知不觉地会被"情动而辞发"的陈毅达所感染,他对新时代充满了豪迈之情和赞美之意,整部长篇小说的创作指向和表现追求丝毫不做任何遮掩,所想要表达的主题和基调可以说是直露而出。陈毅达在《中国作家网》发表的创作谈中率直地说,我愿意向新时代展现更多的文学激情。并且自我披露,这部作品"具体写作的时间并不长",但整个酝酿过程却长达 20 年之久。这种创作欲望长时间盘踞于心却迟迟未能找到理想方式表达的痛苦,作为曾经身处一线开发的我深表理解。特别是看到《人民文学》发表陈毅达 10 多万字的小长篇《海边春秋》那一气呵成的行文后,明显感受到他那种找到理想的创作突破口后灵感喷涌飞溅的感觉,《海边春秋》是他用文学的形式对新时代表达的一个迫不及待的真情告白。也许正是因为这种一气呵成和急于表达的创作欲望,《海边春秋》在叙述语言和作品结构上仍存在些许不足,但依然能引起人们的共鸣,令人震撼。

无论是小说中的直接描写还是人物对话,抑或是在细节和情景的设计上,陈毅达都一直努力地表达着自己对中国特色社会主义进入新时代后社会现实发展巨变的真挚激情,所以《海边春秋》始终洋溢着积极向上的思想和情感的正能量。对于作品中所涉及的关于时代进程中人性面对利益、观念、道德、人伦、情感考验等敏感的话题,陈毅达始终以一种真实而丰盈的创作情怀来一一展开文学的工笔,并把这些当作主色块进行底色的铺垫,使作品的主线自始至终贯穿着一种进取向上的暖意。

只有深入生活,扎根人民,才能深刻提炼和表达出与时代声息共存的作品,这是新时代作家的文学使命和责任。从陈毅达以 20 世纪 80 年代作为第一批扶贫工作者的经历所著的中篇小说《我在岩庄做的唯一一件事》开始,他就一直用他独特的文化视角及深入的观察和思考,践行着新时代文学应有的使命与新时代作家应有的责任。正如他在《以文学致敬伟大时代》一文中所说"作家是时代之树,作品是树上之花",《海边春秋》是陈毅达 20 年前就撒下的一粒关于时代思考的种子,植根于新时代希望的田野上所开出的一朵文学之花,她沐浴着新时代的阳光雨露,散发着新时代的文学芬芳。

## 二、文学新意向与创作题材新拓展

海上丝绸之路书写了福建过往的辉煌,这份昔日的历史荣耀早已转化成一种力量鼓舞着八闽儿女。在《海边春秋》中可以发现,"海"的意向始终是其重要的内核。蓝港村人名中多带"海"字:"张正海——从管委会文化旅游委下派蓝港村的第一村支书,文创专业硕士;林定海——蓝港村老支书;陈海明——蓝港村主任;海妹——蓝港村新力量核心成员、新闻传播专业硕士;曾小海,三坊七巷文化街区保安,海边卖画女孩小虾米("小虾米"是大海里微弱的存在)的父亲;海上蓝影——是一个知识核心力量微信群,网信办最关注的反对蓝港村搬迁的网上力量;深海章鱼,具体身份未明,据小说中的暗示推断应是陈海明学法律专业的儿子;包括温森森,兰波国际集团的首席执行官,三水成海,也是与海有关,还有蔡思蓝;等等,仅从小说人名中就可看出,关于大海的一切,在陈毅达创作中俨然变成一种特殊的印记,融入到福建人的生活和血液之中。因此,陈毅达把创作的目光投向了海,向海而生,《海边春秋》中的"海"就有比较特殊的含义和指向了。

中华海洋文明与世界海洋文明的连接,海上丝绸之路起到了至关重要的作用。在新时代的"一带一路"建设中,福建被定位为"21世纪海上丝绸之路核心区"。福建的平潭岛为中国第五大岛,是全国唯一的"实验区+自贸区"双重身份的综合实验区,是大陆与台湾宝岛相距最近的地方。平潭岛遵循习近平总书记于2014年11月1日第21次登岛视察的指示和擘画,正致力于打造自由贸易港口和国际旅游岛。福建省委、省政府集全省之英、汇海内之力,分三批选派近千名干部援岚,第四批要求更高,全部是拥有博士学位或副高以上职称的人员,这些都是小说真实的背景。

与同类题材相比,《海边春秋》是新时代文学创作直面真实背景,展现了作者对新时代的认知与理解,把历史、当下与未来用文学形式做了一次思考与构建方式的新扫描,进行了一次大胆的现实题材新拓展。陈毅达把小说的背景和小说故事的发生地安放在岚岛,并且在小说中特别说明了这个岛的许多特殊,是有着深刻用意的。由此拉开了一个古老的海边小渔村在新时代发展的故事。随着故事情节的推进,读者都已非常明了,此时小说中的岚岛已经不是客观存在的一座岛屿了,它从地理学上的位置蜕变为了文学上一个改革开放和经济建设的主战场,历史和时代的风云际会在这里相遇,社会青年精英和平凡的渔村村民在这里对接,岚岛之海的日落与日出,在陈毅达的小说中显得意味深长,极富代表意义和象征意味。

## 三、青年成长的心灵探寻与乡村振兴战略思考

"志之所趋,无远弗届,穷山距海,不能限也。"在《海边春秋》中,陈毅达对新时

代青年成长的探寻和形象塑造可以说用心良苦。北大文学博士、省文联作家协会副秘书长刘书雷作为第四批援岚干部之一，刚到蓝港村就被村委会失控的场面下了个马威，好在有执着、进取的精神和学业所修的智慧，他并没有因一时的挫败而退缩，反而激发了一个青年知识精英身上优秀的传统文化禀赋，他俯身接地气，一头扎到渔村中去。善良淳朴的渔村人从不拒绝别人到家里吃饭的规矩，让刘书雷找到了工作的突破口，在大依公家吃饭时不胜酒力的大醉，以赤诚之心获得蓝港村灵魂级人物大依公的认可后破解工作僵局；在为民着想的具体行动中，刘书雷明白要用战斗的精神促时代和社会的发展，而不是以战斗的方式来解决存在的复杂问题。他高度负责的态度和以民为本的精神，逐渐得到了蓝港村民的信赖，深得下派村支书张正海和多位知识青年的全力支持，同时又以出众的才华和人格魅力得到了另一位海归女博士、兰波国际集团首席执行官温森森的理解和悄然暗助，从而获得问题的解决之道。《海边春秋》较为成功地塑造了一个新时代具有开阔文化视野、积极入世、敢于拼搏的当代青年知识精英形象。

小说中晓阳、海妹等五个蓝港村青年核心群体，虽然年轻、偏激，但文化程度高、见识广，有创业热情和胆量，创新能力极强。他们在刘书雷的引导下，终于愿意随时代主流成长，返乡创业，解决了乡村振兴中人才流失和治理人才匮乏的最大难题。在作品中，陈毅达实际上是暗示了这些青年能成长为乡村振兴真正的主力军，极力把这一群青年塑造成今后农村真正的推动者、建设者和领导者的形象。把青年个人价值的追求放置于新时代社会共同理想和共同价值中，这是《海边春秋》传递出的一个文学新取向。

蓝港村下派村支书、文创硕士张正海，台湾音乐人余望雨，乡贤老板蔡思蓝，兰波国际集团首席执行官温森森，他们分别构成了时代大背景下乡村振兴除土地之外的人才、产业、资金、视野等核心要素。书中，岚岛金书记认为倘若之前想要搬村的出发点是为了消除一个旧渔村，那么不搬之后就必须建设一个新蓝港。蓝港村的未来需要先有思路才会有出路。文创时代的来临，给美丽乡村插上想象的翅膀，张正海是蓝港村的领路人和舵手，代表人才和思路；台湾音乐人余望雨，代表内容输出和产业；蔡思蓝代表的是乡贤和资金；兰波国际集团首席执行官温森森，则代表一个更高层面的国际视野，是资本，更是推手。不同的教育、文化、社会背景，可以互通合作，互联共赢，陈毅达在这里深藏了他对乡村振兴战略核心要素的思考和新时代青年成长的价值观。

关于乡土和家园，很多作家笔触最多的是农民失去家园土地、灵魂丧失、身份转化的悲欢交错,在对广大农民充满关切的同时表现着对他们迷茫命运的无奈感。福柯也早在 1984 年就提出 20 世纪预示着一个空间时代的来临:"我们正处在一个同时性和并置性的时代;我们所经历和感受的世界更可能是一个点与点之间相互联结、团与团之间相互缠绕的网络,而更少是一个传统意义上经由时间长期演化而成的物质存在"①。在这个城乡发展同时性和并置性共存的时代,在建设新时代社会主义农村的进程中,故土难离是农民遇到的最大情感问题,土地是中国广大农民安全感的源泉。陈毅达深知故土家园对农民来说是根性需求,他用多元的视角看待城市化、现代化的进程对农村的影响,并试着从中寻找二者间的结合,在《海边春秋》中自觉担起了对乡土家园新的叙述空间。

小说中餐馆女老板说得虽然她没文化,但他们的祖祖辈辈都住在这里,熟悉这里的海风、石头、木麻黄,一离开这里心就会放不下,像丢了魂一样;深谙中国传统文化的刘书雷十分理解这样质朴的乡土情感;大依公一直认为无论生死,他的魂都在这片土地上;"海上蓝影"微信群五个核心成员也都是有知识、有能力、有激情,他们孩童时代父辈出海遇难,曾经是无依爸的"孤秧"了,更不想再成为没有故乡的"苦秧"。这就是蓝港村的人的传统意志,也是中国在现代化建设进程中必须面对的"中国特色"的农村群体"乡愁"。"搬"是最容易,而"建"才是最难的。蓝港村如何走向一条善村之道、兴村之路,如何把村民爱乡恋土的情节转化为建设美丽家乡的内在驱动力,这是新时代新政策下农村如何在城镇化进程中找到自己合适的定位和价值导向需要思考的问题。

## 四、创作文本的社会意义新表达

2018 年 7 月《海边春秋》在《人民文学》发表时,编者在卷首语中特别有针对性地指出,"《海边春秋》是我们在'新时代纪事'栏目发表的第一部长篇小说",小说"描绘出了新时代现实里'可能的生活'与人生成长的斑斓画卷",并且很深刻地写道:"新时代现实题材书写,是对作家能否保有新鲜的思想敏锐性、能否具备足够的创作完成度、能否秉持初心并对时代生活的真切体验中生成无尽的创造力的考验。"确实,在具体的文学创作过程中,一个作家如何能精准地把握时代的脉搏,如何精确地描绘时代的生活,如何精深地反映时代的精神,这些都对新时代中国作

---

① James D.Faubion, *Aesthetics*, *Methold*, *and Epistemology*, The New Press, 1994, p.175.

家思想的认知水准、艺术创造水平和个体的综合素质形成了巨大的考验,也是对新时代文学创作成品的一个具体检验,直接决定了作家创作个体文体的品质高下,也直接决定了作品的社会意义和创作价值。

《海边春秋》以人文的关怀、利益的共赢和以民为本的鲜明态度,与以往的拆迁题材小说中存在的利益输送、暗箱操作、强拆硬建等表达方式不同。这里没有用非黑即白的简单二元对立判断和表现,而是把着力点聚焦在寻找多方的共赢上,这样的新呈现,留下了值得我们认真思考的新空间。习近平总书记提出了"人类命运共同体"的伟大新理念,在新时代我们一再强调改革开放所取得的巨大成果"全民共享",这是中国特色社会主义所独有的,也应该成为我们新时代文学创作的文化立场和"创作的在场"。面对新时代社会结构、社会利益、社会形态、社会矛盾的深刻转型,文学创作的思想和作家的认识应该紧跟时代的前进步伐,才能发时代的先声,成为"时代风气的先觉者、先行者、先倡者",才能真正做到"用心、用功、用情",抒写伟大时代,抒情伟大人民,抒怀民族复兴。

习近平总书记指出,"一个国家、一个民族不能没有灵魂。文化文艺工作、哲学社会科学工作就属于培根铸魂的工作"①。我个人觉得,一个新时代的作家,一部反映新时代的作品,也是不能没有灵魂的,对新时代的作家而言,应该主动在时代发展的原野上汲取养分而"培根",在时代精神的熔炉里自我锤炼而"铸魂",只有这样,才能真正做到为时代画像、为时代立传、为时代明德。忠实地反映时代风貌,精准地反映时代精神,应该成为新时代作家的自觉追求,成为新时代文学创作的品质追求,这一点对于新时代作家而言,任重而道远。

陈毅达对书中聚焦的当今中国经济发展与城镇化进程中基层工作方式、青年价值取向、乡村振兴战略等展开多维度多方向的思考,这个思考还有待于形成一个完整而成熟的价值运作体系。这些都是当前现代化进程中存在的共性问题,也是一个亟须解决的问题,更是一个社会和谐发展的指向性问题。《海边春秋》不但启发我们对此进行深入思考,而且呼吁作家多维度创新现实题材创作,承担起新时代赋予的使命担当。

(原载于《中国文艺评论》2019 年第 10 期)

---

① 《习近平看望参加政协会议的文艺界社科界委员》,2019 年 3 月 4 日,见 http:www.xinhuanet.com/politics/2019lh/2019-03/04/c-1124192099.htm。

# 现实主义的中国化探索

## ——新中国油画 70 年的审美再造

尚辉　中国美协《美术》杂志社社长兼主编

　　现实主义最初引进中国较多使用"写实主义"这个概念。尽管"现实主义"与"写实主义"都以英语 realism 为同一词源,但中国知识精英在最初使用"现实主义"时,在文化审美上常把它当作和中国意象绘画相对的概念而运用,以此泛指欧洲从文艺复兴开始建立的具有科学意涵的再现写实绘画。从徐悲鸿倡导写实主义到 21 世纪初写实画派的兴盛,都可看作是现实主义中国化最典型的表征。苏俄社会主义现实主义使中国油画开始建立具有场景再现和戏剧性情节的油画,这种现实主义的中国化更强调社会主义思想——积极的、理想化与英雄主义色彩的社会伦理价值观表达。新中国现实主义对现实真实的揭露与批判,只出现于 70 年代末和 80 年代,以揭示真实的写实再现和探寻人性心理真实而借鉴的现代主义艺术呈现出中国化现实主义的丰富性与深刻性。本文通过"理想主义的颂歌:社会主义现实主义油画的中国化探索(1949—1977)""历史与人性真实的探寻:从批判现实主义到新古典主义(1978—1999)""日常书写与宏大叙事:从具象写实到历史现实主义(2000—2019)",对新中国 70 年油画现实主义道路进行了历史梳理,并对现实主义的中国化与油画本土意蕴的关系进行了分析。

## 一、理想主义的颂歌:社会主义现实主义油画的中国化探索(1949—1977)

　　现实主义美学思想早见于 20 世纪上半叶中国先进知识分子对于西洋油画的倡导与引进。陈独秀在《美术革命》中说:"画家也必须用写实主义,才能够发挥自

己的天才,画自己的画,不落古人窠臼。"①陈独秀所言"写实主义"是针对其时拟
仿中国画而言的,是对西方再现现实绘画的统称。徐悲鸿为"治疗"中国文人画
"空洞浮泛之病"也力倡写实主义。虽然徐悲鸿倡导的"写实主义"与"现实主义"
都来源于同一英文 realism,但至少在徐悲鸿早期的艺术理念中,"写实主义"也泛
指欧洲自文艺复兴开始的再现写实绘画,而其晚年才逐渐把"写实主义"理解为后
来被广泛使用的观照现实、表现现实的"现实主义"。"吾国因抗战而使写实主义
抬头"②,徐悲鸿的这一认识,既肯定了写实性绘画在抗战中唤醒民众的作用,也深
含了"写实主义"已不局限于再现性的表现方式,更多指向再现性的审美对象——
现实性的题材与主题。而徐悲鸿 1948 年的赴苏访问对苏联油画的现实主义创作
大加赞赏,他在《在苏联参观美术的简略报告》一文中满怀激情地写道,苏联美术
"社会主义的内容、民族的形式的现实主义作品光辉的表现,使我感到极大兴
奋!"③或许,正是在苏联这种表现美好现实、歌颂英雄的现实主义的感召下,他才
起草了《毛主席在人民中》(1949)、《鲁迅与瞿秋白》(1951)这样的现实主题性的
油画。

　　徐悲鸿以他的艺术敏感所归纳的"社会主义的内容、民族的形式"的现实主
义,已经暗示了新中国油画确立的艺术创作理想。在新中国成立之初的五六十年
代,中国油画就是在大幅度地引进苏俄油画创作方法、表现技巧的过程中,自觉地
建立了以歌颂英雄、赞美时代为审美内核的,描绘历史与现实的社会主义现实主义
的美学理念。这既是对苏俄社会主义现实主义④油画的引进与学习,也是对社会
主义现实主义油画中国化的探索,由此才真正确立了中国现实主义油画的创作方

---

　　① 陈独秀:《美术革命》,转引自郎绍君、水天中编:《20 世纪中国美术文选》,上海书画出版社
1996 年版,第 29 页。
　　② 徐悲鸿于 1944 年 1 月 1 日在《重庆日报》发表的《西洋美术对中国美术之影响》一文中说,
"吾国因抗战而使写实主义抬头,从此,东西美术,前途坦荡,此后 20 年中,必有灿烂之天花,在吾人眼
前涌现,是诚数千万为正义牺牲者之血所灌溉得来"。2 月 1 日,他又在桂林《当代文艺》发表《中国艺
术的贡献及其趋向》,文中进一步解释,"今后只要走写实主义的道路。'不要离开现实,不要钻牛角尖
自欺欺人,庶几可以产生伟大作品,争回这世界美术的宝座'",又说,"绘画的老师应当不是范本而是
实物。画家应该画自己最爱好又最熟悉的东西,不能拿别人的眼睛来替代自己的眼睛"。可见,徐悲
鸿的写实主义主要针对的是中国画的模仿,也部分含有社会学意义的表现现实。
　　③ 徐悲鸿:《在苏联参观美术的简略报告》,转引自王震编著:《徐悲鸿年谱长编》,上海画报出版
社 2006 年版,第 316 页。
　　④ 1934 年,苏联召开了第一次全苏作家代表大会,把"社会主义现实主义"的创作原则写进了作
家协会的章程:"社会主义的现实主义,作为苏联文学与苏联文学批评的基本方法,要求艺术家从现实
的革命发展中真实地、历史地和具体地描写现实。同时艺术描写的真实性和历史具体性,必须与用
社会主义精神从思想上改造和教育劳动人民的任务结合起来。"

法与美学观念,并由此而成为新中国油画 70 年绵延不断的艺术主流。

中国对苏俄油画的大幅度引进因 20 世纪 50 年代中苏关系的亲密而展开。从 1949 年秋苏联美术家协会副主席费洛格诺夫访问中国、并向中国介绍苏联社会主义现实主义美术成就始,到 1965 年中苏关系完全破裂,先后有格拉西莫夫、马尼泽尔、扎莫施多、茹可夫、马克西莫夫、梅尔尼科夫等著名苏联油画家来到中国进行讲学和教学。从 1953 年到 1961 年,文化部与教育部先后派往苏联学习美术的共有 7 批 33 人。[①] 他们毕业归国,分别被派遣到国内各大美术院校,成为 20 世纪五六十年代传播苏俄油画教学与创作的火种。从 1955 年至 1957 年,文化部聘请马克西莫夫在中央美术学院主持油画训练班,精心选拔了 21 名有着一定创作经验的青年教师或创作骨干为其学员。1960 年至 1962 年由罗工柳主持的"油研班",精选了 19 名来自各地院校的优秀青年油画教师为其学员。"马训班""油研班"学员日后的创作能力与学术影响远远超过了留苏学生,这不仅因为他们在国内接受苏俄油画教育更容易和本土的文化语境与艺术经验相结合,而且因为这种结合所促成的他们毕业创作和此后的艺术实践更具有中国文化的现实针对性,他们的许多作品也由此成为新中国美术史的佳作名篇,影响了几代人的成长。也正是他们才真正将俄罗斯现实主义的油画精髓继承下来,从而奠定了此后中国现实主义油画的主调。

富有戏剧性情节的主题性创作是此期中国现实主义油画最鲜明的艺术表征。仅"马训班"毕业创作涉及的历史题材就有冯法祀的《刘胡兰就义》、侯一民的《青年地下工作者》、秦征的《家》、王流秋的《转移》、王德威的《英雄姐妹》、于长拱的《冼星海在陕北》、高虹的《孤儿》等,而涉及现实题材的则有詹建俊的《起家》、汪诚一的《远方来信》、靳尚谊的《登上慕士塔格峰》、任梦璋的《收获季节》和俞云阶的《炼钢工人》等。这些作品所表达的思想主题,无一例外地注重情节展开瞬间的选择、注重事件发生人物间关系的暗示、注重场景对于事件叙述的烘托与设计,而其中一些作品也不难看出苏俄油画对于这些主题性创作的启发。譬如,冯法祀《刘胡兰就义》那众多人物的铺排和画面整体凝重气氛的追求,让人们想到苏里柯夫《近卫军临刑前的早晨》;汪诚一《远方来信》对于"信"所传递的远方牵挂——这一情节的设计,或许也曾从拉克季奥诺夫《前线来信》画面得到启示。显然,具有示范意义的"马训班"学员毕业创作所展示的情节性绘画,已不完全是现实与现

---

① 参见中国美术馆编:《20 世纪中国美术之旅——留学到苏联》,2013 年,第 18—19 页。

场的真实再现。他们遵从苏联专家教授的社会主义现实主义的创作原则,更多的是从社会主义的理想角度而对现实的选择、加工与想象。这些画家也都普遍受到普列汉诺夫提出的"毫无疑问,艺术只有在描绘、唤起或传达对社会有意义的行为、情感和事件时,才具有社会意义"①的理论深刻影响,努力从现实中发掘和寻找那些对社会具有积极意义的行为、情感和事件。

"马训班"学员毕业创作的示范性迅速掀起了中国油画情节性主题创作的高潮。在50年代后期和整个六七十年代,涌现了一批反映革命历史与生产建设的优秀作品。在描写革命历史方面,有董希文的《红军不怕远征难》(1957)、莫朴的《南昌起义》(1959)、黎冰鸿的《南昌起义》(1959)、罗工柳的《毛主席在井冈山》(1959)、詹建俊的《狼牙山五壮士》(1959)、蔡亮的《延安火炬》(1959)、侯一民的《刘少奇与安源矿工》(1960)、胡一川的《前夜》(1961)、艾中信的《夜渡黄河》(1961)、林岗的《狱中斗争》(1961)、全山石的《英勇不屈》(1961)、靳尚谊的《十二月会议》(1961)、鲍加和张发根的《淮海大捷》(1961)、罗工柳的《前仆后继》(1959—1963)、柳青的《三千里江山》(1963)、钟涵的《延河边上》(1962—1963)、杨红太的《跟毛主席上井冈山》(1963)、闻立鹏的《国际歌》(1963)、高虹的《决战前夕》(1964)、靳之林的《南泥湾》(1961—1964)、刘春华的《毛主席去安源》(1968)、何孔德的《古田会议》(1970)、张自嶷的《铜墙铁壁》(1972),以及彭彬、何孔德、高虹的《步调一致才能得胜利》(1974)等。这些作品往往注重事件发生的典型环境描写,如红军过草地的艰辛、南昌起义江西大旅社的灯火、古田会议宗祠大院的空间、毛泽东决战前夕的窑洞、延河岸畔的黄昏等,这些典型环境不仅还原了事件的现场情境,而且对情节的展开、人物的塑造都发挥了重要作用。在人物形象塑造上,虽努力接近真实却也注重情节与人物的浪漫主义的虚构,董希文《红军不怕远征难》不仅描写了过草地的艰苦,而且通过一位映照着篝火的吹笛战士的形象塑造,抒发出一种革命浪漫主义的情怀。在塑造领袖形象上,《毛主席在井冈山》《十二月会议》《决战前夕》都刻画了战争时期毛泽东的深邃、庄重与思虑,而画于70年代的《铜墙铁壁》《步调一致才能得胜利》则凸显了毛泽东的亲切和蔼与高大伟岸,这种对于领袖形象不同侧面的刻画揭示了时代对于领袖形象的不同理解,70年代更多彰显了浪漫的虚构。

① 《普列汉诺夫·普列汉诺夫哲学著作选集》第3卷,生活·读书·新知三联书店1965年版,第408—409页。

这种虚构的理想主义精神也同样体现在现实题材的描写中。高潮的《走合作化道路》(1959)、王霞的《海岛姑娘》(1961)、王文彬的《夯歌》(1957—1962)、王德娟的《毛主席和女民兵》(1962)、温葆的《四个姑娘》(1962)、尹国良的《时刻准备着》(1962)、杜键的《黄河激流》(1963)、顾祝君的《青纱帐》(1963)、朱乃正的《金色的季节》(1962—1963)、哈琼文的《官兵之间》(1963)、王德威的《刘少奇在林区》(1964)、张彤云的《高唱革命的歌》(1964)、孙滋溪的《天安门前》(1964)、潘世勋的《我们走在大路上》(1964)、吴云华的《虎口夺铜》(1972)、陈衍宁的《渔港新医》(1974)、周树桥的《春风杨柳》(1974)和靳之林的《女书记》(1975)等,都注重对某一生活情境或瞬间的定格,尤其注重对某一能够显现社会生活变化、具有愉悦感形象的捕捉。《走合作化道路》对那些充满喜悦与兴奋的农民加入合作化时饱满情绪的刻画和《海岛姑娘》《四个姑娘》《她们在成长》《我们走在大路上》等劳动者在新的社会制度感召下流露出的愉悦满足都从积极的角度展现了人们的精神风貌;而《渔港新医》《春风杨柳》《女书记》设计的环境与人物身份,则揭示了社会剧变给予这些女性以新的平等的社会身份,她们面孔洋溢出的笑容也显然体现了对社会新变的赞美与歌颂。

为表达这种对新的国家、新的社会给予人们生活变迁的赞颂,这一时期的油画除了追求富于现实感的再现真实性,还追求色彩处理上的明朗基调、构图调度上的恢宏场景和人物塑造上的纪念碑式的雕塑感。《起家》《远方来信》《走合作化道路》《四个姑娘》《天安门前》《渔港新医》等,都既以灿烂的阳光感显现了油画描写外光的独特艺术魅力,也以光色的绚丽隐喻人们的精神变迁。《刘少奇与安源矿工》《跟毛主席上井冈山》《三千里江山》《淮海大捷》等,莫不以宽阔的构图渲染出宏大的历史场景,从而抒发革命浪漫主义的激情。而《夯歌》用仰视的视角所描绘的打夯姑娘,传递的正是一种新农民的英雄形象,《狼牙山五壮士》正是通过纪念碑式的构图和雕塑般的人物形象塑造,激发了人们崇高的精神体验,《金色季节》则以单纯概括的语言所提炼的藏女筛谷形象,最大限度地表达了丰满的收获主题。显然,这些现实主义的作品,以真实的再现性技巧表达了一种理想主义的情怀,抒发了英雄主义的气概,是一曲曲讴歌现实、赞颂英雄的诗篇。

如果说学习俄罗斯批判现实主义的油画、引进苏联社会主义现实主义的艺术理念,是刚刚成立的新中国以苏联社会主义文艺为榜样而必然进行的一种模仿,那么,中苏关系破裂所唤醒的"油画民族化"意识,也在很大程度上让五六十年代的中国油画进行现实主义的中国化探索。1960年至1962年由罗工柳主持的"油研班"和乌金·博巴在中央美院华东分院主持的"油训班",均已强调现实主义框架下对民族文化、民族艺术的汲取与转化,而上述优秀作品也大多出自"马训班""油研班""博巴班"的学员之手,可见这些作品一方面受到社会主义现实主义创作理念和苏俄油画技巧的影响;另一方面,他们在描绘中国的革命历史与新的社会现实时也进行了创造性的发挥。这些作品更多地从中国人所具有的英雄主义情怀出发,从他们所理解的理想社会制度与美好家庭生活来勾画现实生活,是理想主义式的现实主义与古典写实绘画的合体。其实,早在 50 年代初,董希文就创作了《开国大典》(1952—1953)、《春到西藏》(1954)那样既具民族风情也有民族气派的中国写实油画,而胡一川《开镣》(1950)、李宗津《强夺泸定桥》(1951)、罗工柳《地道战》(1952)和艾中信《红军过雪山》(1955)等都不完全是苏式社会主义现实主义,他们并不完全遵从戏剧化的舞台场景式的环境与人物描写,而偏重减弱空间深度的、平面化的空间布置,甚至在色彩上也兼顾传统的色彩寓意,构思的想象性往往大于场景还原的真实性。这种中国化的现实主义在六七十年代的油画创作中得到进一步弘扬和拓展,《前仆后继》《三千里江山》《国际歌》《黄河激流》《天安门前》等作品都是其代表。

在现实主义中国化的探索上,王朝闻、蔡若虹等理论家对于其时美术创作如何通过理想发现生活的美、如何在丰富的现实生活中提炼生活进行了理论性的探索。"可以想象,如果艺术家对于生活没有理想,对于生活前进的道路没有一个清晰的轮廓,那么,他能用什么眼光来观察生活呢? 他怎么能够在生活万象中去发现美呢? 他的作品又怎么能够在劳动人民中起鼓舞斗志的作用呢?"[1]蔡若虹的这段讲话,揭示了其时以生活理想来描绘现实的创作方法。王朝闻在他的《以一当十》、《再论多样统一》和《喜闻乐见》等文论中,一方面,强调"善于掌握利用多样统一这种规律性的知识,才能创造性地反映生活而不是为生活照相,这是现实主义与自然主义的根本的区别"[2];另一方面,现实主义"只能从生活的某一侧面而不是生活的一切侧面再现现实","艺术家难做的原因之一,就在于能不能在认识生活时,发现事物的内在意义,形成新颖的主题;能不能为了适应新颖的主题,选择最富于代表性的现象,从而构成切合特定艺术样式的限制,塑造不落陈套的形象——特别是有

---

[1] 蔡若虹:《向工农群众学习从生活实践中提高创作思想水平——在全国美术工作会议上的发言》,《美术》1958 年第 12 期。

[2] 王朝闻:《再论多样统一》,转引自《王朝闻学术论著自选集》,北京师范学院出版社 1991 年版,第 70 页。

典型意义的形象"①。王朝闻在此强调的创造性地反映生活,是以选择富于代表性的典型形象来形成新颖主题的。王朝闻将中国美学中的含蓄、境界等运用于现实主义典型论的分析,也使此期优秀的主题性油画创作富含对现实主题表达的鲜明性与深刻性,其"接近高潮""矛盾的魅力"也成为许多油画家艺术构思的理论指导。

## 二、历史与人性真实的探寻:从批判现实主义到新古典主义(1978—1999)

从英雄主义视角描绘战士形象的《为我们伟大祖国站岗》(沈嘉蔚,1974)和表现知青题材的《春风杨柳》(周树桥,1974)固然充满了理想主义色彩,但这种"现实主义"也因在很大程度上远离了社会真实而显得矫情。的确,在 1966 年至 1976 年间以"文化大革命"姿态出现的写实油画,在表现领袖与工农兵形象的过程中都被不同程度地概念化与符号化,从而成为某种被利用的舆论工具,这也把社会主义现实主义从理想精神的描绘推向了某种政治概念的虚构,"三结合"②创作方法的盛行也彻底地否定了这种英雄主义式的现实主义创作理念。

从 1978 年开始的新时期的油画创作,是从对"社会主义现实主义"这一被教条化了的创作方法进行反思和清理开始的。1980 年 1 月《美术》杂志召开由中央美术学院、中国艺术研究院美术研究所的部分研究生参加的座谈会,会上有人强烈声讨这种创作方法,提出"不要只抱着'社会主义现实主义'不放"③;以笔名奇棘发表的《谈"社会主义现实主义"在美术创作中的一些问题》,提出社会主义现实主义以情节性的绘画为主,把时间艺术假借到空间艺术从而消解了绘画的本质特征,更值得怀疑的是用一种规定的方法去观察生活、认识生活、表现生活,绘画反映生活的广阔可能性失去了它潜在的力量,绘画内容狭隘到最终被规定的政治内容代替了。④ 而胡德智发表在《美术》1980 年第 7 期的《任何一条通往真理的途径都不应该忽视——只有现实主义精神才是永恒的》一文,则首次提出"现实主义流派"和"现实主义精神"两个概念的区分,文章指出:现实主义精神不是有了现实主义

---

① 王朝闻:《以一当十》,《人民日报》1959 年 3 月 10 日。
② "三结合"是"文革"期间流行的一种创作模式。即"领导出思想、作者出技术、群众出生活"。参见石坚:《关于"三结合"》,《美术》1965 年第 2 期。
③ 陈醉、郎绍君、邓福星:《两个座谈会》,《美术》1980 年第 3 期。
④ 参见奇棘:《谈"社会主义现实主义"在美术创作中的一些问题》,《美术》1980 年第 7 期。

流派后才产生的,也不是现实主义流派所独占的,历史上所有的艺术流派,都是时代的产物,都是人们当时对世界的认识、思考和表现,都具有现实主义精神。此论提出,确实厘清了人们长久把"现实主义流派"误作"现实主义精神"的认识。邵大箴进一步将现实主义区分为创作方法与表现方法两个层面,"作为创作手法,它的基本要求是要反映现实生活,用鲜明、生动的艺术形象给人们以精神上的鼓舞和美的享受;作为表现手法,它和写实同一概念,只是一种艺术的写实,不排斥凭借想象的夸张,其基本要求是明白易懂"①。80 年代初对"社会主义现实主义"的反思与清理,不仅使现实主义的油画回到描写现实、揭示真实本义,从而引发以"伤痕油画"为代表的批判现实主义油画的兴起;而且,对现实主义创作方法与表现方法的区分,也在思想上为那些探索人性真实、表现心理真实的西方现代主义艺术流派的引进奠定了基础。这无疑是现实主义在回到本义之后被扩大边界的中国化表现。

作为对现实真实的揭示,伤痕美术以批判现实的姿态成为新时期油画的开篇——高小华《为什么》(1978)、程丛林《1968 年×月×日・雪》(1979)、张红年《那时我们正年轻》(1979)、王川《再见吧,小路》(1980)、王亥《春》(1980)、李斌与陈宜明《无知与有知》(1980)、何多苓《春风已经苏醒》(1981)和《青春》(1984)、陈宜明《我们这代人》(1984)等作为对知青下乡生活的真实描绘及与"文革"美术的极度反差而引发强烈的社会反响。但这种批判现实的油画仍留存很浓的"苏派"油画叙事性的特征,甚至人物塑造也呈现出"苏派"油画雕塑式的塑造感。这种对现实的批判未久即转向对其时乡村生活的真实描绘,以此去蔽"文革"对社会主义新农村的粉饰。罗中立《父亲》(1980)的社会轰动,不只是对其时贫瘠蒙昧的乡村"父亲"的真实揭示,而且是从"苏派"油画走向照相写实主义的开始。同样借鉴照相写实主义的广廷渤《钢水・汗水》(1981),也以对青年炼钢工人健壮肌肉上流淌汗水的精微刻画和对青年炼钢工人艰辛却充满活力的神情捕捉,而改变了六七十年代那种说教式的工人形象。从此,美国照相写实主义以及安德鲁・怀斯画风深刻地影响了乡土写实油画的发展。艾轩在他的《也许天还是那么蓝》(1984)、《若尔盖冻土带》(1985)等作品里,以银灰色的基调、细微的多层画法而渲染出一种忧伤、苦涩的反思情绪。而陈丹青的《西藏组画》则试图寻找久违了的乡村淳朴与人性真实,他一反情节的设计而力求从生活现场那些不经意的瞬间来捕捉藏族民生流露出的人性精神,并在油画语言上转向对哈尔斯等北欧油画大师的研习。应当

---

① 邵大箴:《现实主义精神与现代派艺术》,《美术》1980 年第 11 期。

说,1977年、1978年分别在北京和上海举办的"罗马尼亚19世纪油画展览"和"法国19世纪农村风景画展",都直接启发了其时中国油画家以描绘淳朴自然为主题的乡土写实绘画的发展。

作为对历史真实的再现,新时期历史题材油画多以图像创造的真实性来还原历史,"文革"之中被打倒的历史人物被还原到这些历史现场。张文新《巍巍太行》(1979)、尹戎生《夺取全国胜利——毛主席和老帅们在一起》(1981)、张祖英《创业艰难百战多》(1977)和肖锋、宋韧《拂晓》(1979)等的革命历史画,其笔触显然着眼于对曾经被"打倒了"的将帅们在历史中真实形象与历史贡献的还原。对于历史画如何表现真实也呈现出另外两种趋势:一是把六七十年代以"仰视"的视角抒发出来的英雄主义变为"平视"的描写,着重于对那些革命将士日常化、人性化的表现,崔开玺《长征途中的贺龙与任弼时》(1984)一改像董希文《红军不怕远征难》那样的铺叙长征的艰辛,而着眼于他们在长征途中钓鱼的情景反衬长征路途的艰难困苦,而沈嘉蔚《红星照耀中国》(1987)则将毛泽东、朱德、周恩来等开国领袖与将士隐藏到延安时期众多平民形象之中,其表达的思想内涵就是领袖的平民化形象。这折射了将"神化"的领袖变为"人性"的领袖这一改革开放初期思想解放运动的社会思潮。二是对历史的反思更多地渲染出一种忧伤的情绪,高潮《雨》(1979)、闻立鹏《红烛颂》(1979)、杜键(与高亚光、苏高礼合作)《不可磨灭的纪念》(1979)、孙滋溪《母亲》(1981)、李天祥和赵友萍《路漫漫》(1982)、高虹《祖国永远怀念你们》(1984)、胡悌麟和贾涤非《杨靖宇将军》(1984)、张洪祥《长街行》(1984)和魏传义《晨星》(1989)等,既不再把英雄塑造成无畏生死的形象,也不再把人们对英雄敬仰作为一种激励,而在他们的画面里渲染出一种忧伤、凝重、苦涩的精神情感。这种情感的抒发无疑是深受"文革"之劫而反射到对历史描写的一种映射,其伤痛的背后仍然是对人性的深刻反思。甚至像南京大屠杀这样的历史题材,也成为此阶段油画创作的显题,这和五六十年代那种塑造英勇无畏、壮怀激烈的英雄形象完全不同。

如果说对于现实真实的批判、对于历史真实的还原,显现了70年代末至80年代有关对再现性油画现实主义精神的重新定位,那么90年代以来受欧美现代主义艺术的影响,对现实主义精神的表达也扩大了对现实主义内涵的理解,并不断在表现方式上进行边界的扩大,将具象写实、超现实主义、表现主义,甚至艺术形式探索等都被纳入其中。张平杰、王炯、王向明在《"主题性"创作可以借鉴"现代派"》一文中明确提出,"主题性与写实性之间并没有必然的联系,从内容决定形式来说,只要能更恰当地表达我们的创作意图,任何手法都是可取的。现代派绘画的一个重要特点之一是手法多样,形式新颖……这些都是可供我们借鉴的"①。王向明和金莉莉《渴望和平》(1985)走出了场景再现的真实性,唤起的则是人们对有关和平意涵更深刻的理解,而王岩《孤独的旅程》(1996)、刘仁杰《夏》(1994)、胡振宇《生》(1994)、陈文骥《信封·风油精》(1996)、韦尔申《守望者3号》(1996)、施本铭《生活的冥想》(1995)、夏小万《亦近亦远》(1995)和段建伟《换面》(1996)虽表达的是现实人物形象,但画面上场景的重组、时间的错位以及那种非再现性对于现实的超越,则为画面表达了模糊却更加丰富的社会现实意涵。这些作品从具象写实迈入了超现实时空,其形象的具象特征却往往被赋予超越形象本身的隐喻性与象征性。而曹达立《火山国》(1986)、袁运生《寂寞》(1988)、姚钟华《高原飞舟》(1985)、葛鹏仁《尼康系列——近景》(1990)、谢东明《穿黄衣的模特儿》(1991)、刘明《夏日海滩第二回》(1994)和段正渠《节日》(1996)等,无不以其夸张形象的表现性而呈现出对生命的社会学价值考量,他们以追问人性为目标,试图在形象的变形与夸张中书写每个人的生命感悟。从吴冠中发起有关"形式美"对艺术审美价值的讨论②之后,从庞涛《爵·罍》(1987)、王怀庆《大明风度》(1991)对传统器物抽象义理的阐发,到周长江《分割红色的十字管道》(1993)对工业产品的机械文明美学精神的发掘,再到尚扬《大风景诊断》系列对人类生态、社会环境遭受困厄的警示,他们的抽象绘画也从视觉审美走向了现实批判。

油画艺术语言所具有的再现性基本特质,或许也决定了这种绘画最终都会回到其再现性属性。八九十年代不论批判现实而产生的伤痕美术、乡土美术,还是借鉴欧美现代主义而扩大的现实主义绘画边界,其内核都是从油画审美的角度来表达从反思"文革"而建立新的人的价值的一种社会意愿,因而这些油画也具备了深刻的现实主义精神。对油画发展而言,回到审美的再现性,探索具有艺术个性的再现性也便形成了八九十年代油画艺术展延的另一大路向。从乡土美术开始对中国乡村现实的真实探求未久,即演化为对中国边陲少数民族聚居区民族、民俗风情描写的写实性油画。詹建俊《高原的歌》(1979)、李化吉《酥油茶》(1980)、马常利《草原上》(1981)、金高《鄂伦春妇女》(1982)、鄂圭俊《春的脚步》(1983)、克里木·纳思尔丁《哈密麦西来甫》(1984)、朱毅勇《山村小店》(1984)、妥木斯《垛草

① 张平杰、王炯、王向明:《"主题性"创作可以借鉴"现代派"》,《美术》1981年第1期。

② 20世纪70年代末始,吴冠中先后在《美术》杂志发表了《绘画的形式美》(1979年第5期)、《关于抽象美》(1980年第10期)、《内容决定形式?》(2010年第9期),最终引发美术界有关形式美的大讨论。

的妇女》(1984)、哈孜·艾买提《木卡姆》(1984)、徐芒耀《开拓幸福路》(1984)、韦尔申《吉祥蒙古》(1988)、刘秉江《塔吉克新娘》(1989)和洪瑞生《五彩的集市》(1989)等,展示的既是写实油画中浓郁的民族风情,也是他们写实油画各具艺术个性的探索。

或许,这种对于再现性油画个性的追求又无意间回到了对欧洲油画艺术传统的研习,从而导致新古典主义油画的兴起。靳尚谊早在 1979 年第一次出访面对伦勃朗、维米尔原作品读,便发现这些欧洲老大师的油画所具有的浑厚老到是中国油画从未被关注到的艺术品质。① 1983 年靳尚谊《塔吉克新娘》的问世,标志着中国新古典主义的兴起。此作的突破,在于运用古典主义半侧光的光影设计,发掘这种光影所蕴含的高贵神秘、宁静和谐的古典主义美学品质,并在笔法上以"点"为主较好地呈现了空间体量的过渡与转换。此后,靳尚谊相继创作了《双人体》《侧光人体》和《青年女歌手》(1984)等名作,对新时期中国油画向欧洲古典写实油画传统的溯源与研习产生了重要影响。作为新古典主义油画的另一位践行者,杨飞云以其《唤起记忆的歌》(1989)而成为中国油画写实深度的一种标记,除了画面整体的静穆和谐,更为重要的是简约造型中的丰富空间变幻与厚实深入的肌体与物体表现。王沂东《刘二叔》(1986)以侧光展示出正侧面农民清晰却也充满光影虚幻感的形象,极为简洁的造型却显现出画家对于骨骼肌肉的深入理解。而孙为民在《腊月》和《歇晌》(1984)里则借鉴法国 19 世纪农村风俗画的淳朴,他的一组以《烛光裸女》(1988)为代表的画作,因将光源改为烛光而增强了光影的变幻性,暖光源仿佛为肤色罩上了一层橘红色的温馨情调。相对于杨飞云、王沂东、孙为民的古典写实,朝戈追溯的是意大利文艺复兴早期湿壁画的造型与色彩。他的造型未必是对象的真实再现,却一定强化了人物形象圣徒般虔敬的神情,简约的有些变形的造型显得艰深而古朴。

向欧洲古典写实油画溯源,成为 20 世纪八九十年代中国油画深入研习欧洲传统油画并进行本土性转换的重要流派。它解决的并不是中国油画的色彩问题,而是中国油画造型和体积的空间表现力以及油彩本身的丰厚表现性课题。正是这一流派对欧洲古典写实油画的寻源,才开始矫正并丰富中国油画对于欧洲油画传统的某些认知偏差或不足,从而也相对提升了中国油画在造型与体积方面的艺术表

---

① 1979 年 9 月,靳尚谊随中国艺术教育考察团出访西德,至波恩、西柏林、科隆、汉堡、纽伦堡、慕尼黑、法兰克福等地考察艺术博物馆及艺术院校。此次考察使得靳尚谊有机会第一次大量看到西方油画原作,对伦勃朗、维米尔这些油画大师有了更加充分的了解。

现水准。需要强调的是,新古典主义的兴起虽在艺术语言上表现出对欧洲古典写实油画回归,但这种回归所体现的审美诉求却具有极大的现实性,它一方面既和中国已进入城镇化发展所开始的都市文化相协调,是都市文化寻求高贵典雅的审美趣味在艺术上的反映;另一方面,则是这些古典主义外相的作品都在精神上传递出当代中国人当下的视觉体验与精神心理,因而这种看似古典主义画风的作品虽没有直接描绘当代社会生活,却也在一定程度上体现了与当代社会的某种内在联系。

与六七十年代那种以英雄主义和理想主义的视角选择现实的描写不同,八九十年代的现实主义一方面以一种更加深切的现实关怀来揭示真实、还原历史,这种现实主义映射了那个时代独有的反思精神,其笔调显得伤感、凝重而苦涩;这些油画一反六七十年代鲜明的主题与情节性叙事,而转向无情节、无主题的日常生活白描。对油画艺术语言的尊重,既使此期的油画开始回溯欧洲油画艺术传统,也注重形式美感的探索,民族民俗风情的猎奇使此期的现实主义创作表现出浓厚的唯美倾向。另一方面则是尽可能地扩大现实主义的边界,将现实主义理解为一种具有现实关怀的创作方法,从而也几乎把自我表现与极端个性化的各种现代主义流派都纳入现实主义精神的范畴。这是新时期中国油画对现实主义概念的重新定义,抑或是这种概念外延扩展的本身,就体现了中国油画要突破单一的写实油画、进入更加具有思想解放特征的多元艺术格局而必须进行的理论修正。

## 三、日常书写与宏大叙事:从具象写实到历史现实主义(2000—2019)

21世纪10年代,中国油画发展已稳定地呈现多元化探索格局。相对于20世纪八九十年代美术界的盲从、模仿、实验和躁动,进入新世纪的中国油画界整体状态趋于稳健。成立于1995年的中国油画学会,先后策划主办"20世纪中国油画展"(2000)、"大河上下——新时期中国油画回顾展"(2005),在2006年策划举办"中国当代写实油画研究展"时明确提出了"精神与品格"的学术命题,旨在观念艺术和视觉图像的冲击下淡化学术流派的思想交锋,而回到油画艺术对"精神意涵"与"学术品格"的提升。在油画界这种多元艺术格局中,既有偏重现当代性探索的具象油画、抽象油画、表现油画,也有写实画派兴起的描写日常生活、发掘古典审美的再现性油画,以及具有宏大叙事的历史题材油画,从而彰显出日常书写与宏大叙事并行不悖的现实主义特征。

具象油画、图像隐喻,甚至表现性油画都从20世纪八九十年代那种视觉审美的理想性回到对社会意涵的深刻表达上,它们回避对某种历史现场或重大事件的叙事性再现,而力图借鉴后现代主义的基本艺术理念,让艺术重新回到对现实社会具有某种立场与态度的表达上,这体现了另种现实主义的创作思想。曾在第九届全国美展以《五角星》荣膺金奖的冷军,以异常冷僻的思绪将油画再现的水准推向了极致。他连续多年创作的《世纪风景》系列,既以超级写实技巧呈现了残损零件、废弃物品和建筑垃圾的真实形态与质感,也通过这些常见的现代生活物品来隐喻人们精神心理的破损与幻灭。石冲的极度写实却被注入更多的艺术观念,从《欣慰中的年轻人》《今日景观》到《行走的人》《舞台》,他的作品总是在显现他对写实油画自由驾驭的同时,通过逼真的再现体现出一种陌生化的超验心理探求。冷军、石冲等超写实的具象油画,揭示了他们以精准的再现能力而创造陌生化图像的精神景观,其创作的当代性也无疑表达了对现实社会多重而丰富的批判。另一种具象是挪用、修改机械图像。张晓刚的《血缘:全家福》和庞茂琨的《血缘:两个同志》等,都是转用机械图像形成细腻渐变影调语言的典型案例。方力钧、岳敏君的北方男性光头像,几乎完全借用机械图像形象,并用薄透的单色,或局部使用印刷三基色予以平涂改造。这些具象油画的图像性特征,鲜明地表达了对现实的挪揄、讽刺与戏弄,作品以嘲讽的方式体现了对现实的批判态度。还有一类具象油画,是挪用欧洲经典作品的构图或形象以表达某种隐晦的思想意涵。李卓《艺术雇工》、马精虎《秋虫》和吴威《契里柯广场》等挪用了委拉斯贵支、库尔贝、契里柯等大师名家经典作品的部分形象,试图在挪用经典图像与情节中表达具有荒诞意味的当代社会景观。图像化其实也并不是中国当代油画独有的现象,从安迪·沃霍尔、利希腾斯坦到里希特,我们既可以看到这些艺术家积极运用商业图像改变绘画性的实验,也可以看到他们对于中国形成具象图像当代性艺术特征的深刻影响,中国油画的这种当代性探索缩短了与欧美艺术的距离。

相对而言,21世纪10年代的抽象油画基本是20世纪八九十年代抽象艺术的延续,并相对集中在上海和北京。余有涵、周长江、丁乙等几乎构成了上海抽象油画的三种面貌;闫振铎、王怀庆、陈文骥则似乎代表了北京那种从具象形象中逐渐剥离出的抽象油画。譬如,陈文骥从具象油画某些物象的局部放大而形成的富有陌生感的抽象形式,其作品更多地体现出一种似真亦幻的神秘禅意。而借鉴中国书画笔墨,将中国意象美学推向抽象极致的探索,在王易罡、张方白、刘刚和祁海平等人的作品中可窥一斑。吴冠中、赵无极等都是这类抽象性油画师从的先贤,他们的抽象并不是几何形态的冷抽象,而是将具象寓于抽象符号内的意象性抽象。显然,通过油彩在笔刷触碰画布的瞬间形成的某种笔性张力,往往成为这些中国式抽象最鲜明的特征,如张方白那些八大山人式简约孤傲的抽象笔触,祁海平那些似乎是李可染积墨山水的局部放大,马路那些徐青藤式饱蘸油彩的癫狂泼洒,等等。应该说,这些画家的抽象艺术探索,都本能地借助了民族审美心理、意象观照方法和文人笔墨书写的有益养分,创造了极具本土文化特征的中国抽象油画。

中国书画的表现性特征是中国意象美学的外在表现,这种文化本能会天然地对写实油画进行改造。从董希文、罗工柳到吴冠中、詹建俊、苏天赐、钟涵、闫振铎、沈行工再到刘小东、喻红、许江、闫平、杨参军、井士剑等,他们都努力把中国画的表现性积极地转用到写实油画上,形成了形象相对写实却在色彩的夸张与笔触的刮塑上的表现性。当然,从更深层面上分析,刘小东等这代人的表现性油画不单纯是在具象基础上的表现性追求,而是回到日常、绝去理想化的形象选择,画家们刻意描写那些日常生活或私密生活中的真实生存状态,尤其是从自我或个体的视角捕捉那些往往被漠视的卑微细节,以此发掘那种不经意之间流露出的人性真实。譬如,刘小东对当代城市底层人物的刻画、喻红对自我成长经历的见证、王玉平对琐屑生活诙谐感的发掘以及申玲那种对自我私密空间的暴露等,都鲜明地显示出他们用油画直击生活、发掘人性的创作态度。与此相反,许江、徐晓燕、段正渠、张恩利、曾梵志等的表现性油画更彰显出一种理想主义的悲剧意识。他们内心深处依然残存着挥之不去的理想主义精神,而面对现实的可能是一种失意的伤痛,表现性只是这种难以排遣的精神苦痛的宣泄和舒张。譬如,许江从历史的城市到向日葵的隐喻并通过刚劲直挺的笔触点戳挥扫而呈现的悲壮气象,徐晓燕以粗朴厚实的笔触和色块表现的大地的肌肤,段正渠用黑、红两极色彩表现黄河船夫那种神秘苍凉的精神,曾梵志通过描绘诊所和病人表达的圣徒般的救赎意识等。他们从卢西安·弗洛伊德、基弗、奥托·迪克斯、马克思·贝克曼和培根等艺术大师所获得精神启示,热衷于描写身体、色情、夜总会、吸毒等社会阴暗面或极端个人主义的生活方式,从而使他们的表现性的油画从单纯的具象表现中转化为对现实问题的深度关切,具有犀利的社会批判性,其笔触的沉阴也往往显现出一种悲观主义的社会情绪。

意象油画的概念虽从 2005 年随着"中国意象油画展"及学术研讨活动在上海的举办①而逐渐引起学界的广泛关注并渐成油画艺术的显学,但意象油画绝不是

---

① 2005 年 5 月 17 日至 18 日,由三尚艺术机构策划、尚辉任学术主持的"中国意象油画——江、浙、沪三地油画家作品展"及首届"中国意象油画"研讨会在上海世贸大厦举办。

一时兴起的流派,其实践从中国人拿起油画笔的那一刻就开始了。笔者早在《意象油画百年》中就指出,"油画的本土化固然表现为诸多的形态与面貌,但作为中国人文观念、审美方式与接受美学的典型特征,'意象'同化的油画显然也具有本土的代表性",还强调"在世界油画史上,意象油画不是一种简单的流派或风格,而是作为西方文化表征的艺术语言与艺术媒介的中国化"。[①] 从董希文、罗工柳到吴冠中、詹建俊、苏天赐、罗尔纯、陈钧德、闫振铎、沈行工再到闫平、赵开坤、洪凌和张冬峰等,他们的具象表现更倾向于一种柔美、浪漫、诗情的艺术特征,并通过以意造境、以意构形、以意生色和以意书写,追求各自的艺术表现风采。

如果说上述诸学术样式体现了中国油画现当代艺术探索特征,是具有当代艺术色彩的现实主义,那么,21世纪初最具中国油画自己风貌的则是写实油画与历史现实主义的盛行,这是世界油画史嫁接到中国文化现实而绽放的一种独特景观。在这个时段的全球艺术发展上,以装置、影像和观念艺术为表征的艺术全球化热潮席卷各国,架上绘画几乎遭受灭顶之灾,而中国写实油画却逆时而兴。这一方面表明了异质文化的交互作用不仅改变了艺术原发地的演变时序,也即在欧美绘画史演变中形成的思维模式——从再现性到表现性、抽象性再到现成品装置的观念性——这种看似不可逆转的演变逻辑,被传播到新的文化语境下不仅会被完全打乱,而且会因新的文化植入而获得各种再生的可能;另一方面,中国社会在此阶段的稳定繁荣,促生了一大批都市中产阶级与新的文化贵族的涌现,他们闲适优裕的生活,尤其是因他们喜爱而形成投资写实油画的坚挺艺术市场[②],也使优雅、宁静、和谐、高贵的欧洲古典写实艺术在中国重获新生。中国油画百年演进之后,突然像发现新大陆那样对西欧古典写实油画产生了一种新的认识角度,这不仅是一种新的时代审美需求,而且在艺术语言与艺术格调上也发现了中国油画普遍存在的艺术水准不足的问题,此阶段中国写实画派的成立与风行、中国油画院的建立[③]并提出"寻源问道"的学术目标,其实都在很大程度上凸显了回到欧洲写实油画传统再学习、再研究的意义。杨飞云在《寻源问道之我见》中深刻表述了探寻油画传统之

---

① 尚辉:《意象油画百年》,中国美术学院出版社2005年版,第7页。

② 写实油画市场在21世纪一二十年代呈现整体膨胀状态。据拍卖纪录,杨飞云《静物前的姑娘》(1988)在2012北京保利国际拍卖有限公司春季拍卖会上以34,500,000 RMB成交;王沂东《春袭羽萍沟》(2010)在2013北京保利国际拍卖有限公司秋季艺术品拍卖会上以20,700,000 RMB成交;冷军《世纪风景之三》(1995)在2016保利华谊(上海)首届艺术品拍卖会上以28,175,000 RMB成交。

③ 隶属于中国艺术研究院的中国油画院,成立于2007年9月26日,是集油画创作、研究、教学为一体的国家级艺术机构。

源与求问艺术创作之道的意义,"油画艺术只有在继承传统的前提下,才有创新的可能;只有在掌握绘画本质规律的前提下,才有表现的水平;只有建立高标准的价值取向,才有发展的可能"①。其实,写实画派兴盛的十年,是从这种再学习与再研究的"寻源"中来发现中国写实油画之不足,而这种"寻源"也一定是立足当下对传统的反刍,因而这些写实油画家必然也是在研习之中进行个性化的再创。

写实画派于 2004 年由王沂东、艾轩、杨飞云等人发起②,代表人物主要有:杨飞云、王沂东、陈逸飞、艾轩、徐芒耀、郭润文、冷军、刘孔喜、袁正阳、王宏剑、张利、龙力游、徐唯辛、郑艺、忻东旺、庞茂琨、石良、李贵君、朱春林和王少伦等。这是个相对稳定的群体,并试图从欧洲古典写实油画的传统研习中提升中国写实油画的艺术高度。譬如杨飞云、郭润文、袁正阳和李贵君等人的作品,尽力用直接画法追寻古典写实油画的语言味道,减弱光色、消隐笔触、凸显光影与体积的某种神秘幽微的意味。受宾卡斯、柯劳德·伊维尔等影响,此期中国写实油画家逐步脱离了直接画法的单一性,并试图将欧洲古典写实油画的透明画法和直接画法相结合,以此增强和提升中国油画的传统厚度和艺术水准。郭润文的画面并不以大笔触的洒脱与率性夺人眼目,而是在严谨坚实之中追求灵巧与松动、在细腻委婉之内显现洒脱与放达。龙力游汲取了欧洲传统写实油画的表现技巧,生动坚实的造型在显现实写的深入性同时,也表现出简约与轻松的概括性。而刘孔喜几乎完全用木板坦培拉形成他独特的画风,其《青春纪事系列》所描绘的既充满理想又不乏迷惘困惑的知青女性形象,都通过坦培拉对于色彩的滤除,赋予其画作以历史褪色感。应当说,写实画派一方面以回到油画艺术语言本体,对油画艺术特征的深入探研为特征,另一方面则以描写现代都市生活与重构乡村、民俗生活为其基本人文理念,具有一定的现实性人文关怀。

在写实画派这个群体中,以描写中国当代农民形象的郑艺、忻东旺、李节平等再次凸显了现实主义的深刻人文关怀。以画黑土地农民而著称的郑艺,却能够把日常劳作中的农民形象升华为某种时代寓意,不论是《驰骋的心》《眺望新世纪》还是《炽心已飞》,他以画面中不多的农民形象展现了卑微却淳朴的北方农民那种对于城市与未来充满的期待。忻东旺寻找的是城市化进程在农民形象上挥之不去的

---

① 杨飞云:《寻源问道之我见》,载中国艺术研究院编:《中国写实画派十年》,文化艺术出版社2014年版,第37页。

② 王沂东:《十年随笔》,载中国艺术研究院编:《中国写实画派十年》,文化艺术出版社 2014 年版,第53页。

一种窘迫。不论是《早餐》《诚城》还是《农民列传》,他总是夸大这些农民、农民工身上那些富有戏剧性的矛盾对比,以此形成城市文明与乡村气息的某种冲突性。他敏锐地捕捉了社会底层人物那些常被忽略的微表情,仿佛那些被缩短变得粗壮而朴实的肢体与衣着都有了表现的情态。获得第十一届全国美展金奖的李节平《小夫妻》通过对那对小夫妻构筑自己小家的形象塑造,更深刻地揭示了改革开放给农村青年生活带来的巨大改变,那种朴素的日常生活描写也一改罗中立《父亲》所流露出的对农民救赎式的精神表达。

2004 年启动、2009 年结项的国家重大历史题材美术创作工程,2011 年启动、2016 年结项的中华文明历史题材美术创作工程以及庆祝建党、新中国成立和长征胜利等主题性展览的举办,也开启了 21 世纪中国油画对历史现实主义的探索。客观地看,在世界范围内还没有哪个国家、哪个时代像中国此期这样通过巨额国家财政①来组织美术家对国家历史题材进行视觉艺术创作,一方面,这是弥补国家历史宏大叙事在中国美术史的缺憾;另一方面,则是强盛起来的国家需要凝固的视觉史诗反映这个壮阔的时代精神。正是这种时代精神的汇聚,才使再现性的油画获得了来自官方和主流艺术的强大支撑,由此而掀起的历史题材油画创作热潮,也形成了与此期那些日常书写相反的一种历史宏大叙事。这些画幅巨大、场面雄伟、人物众多的历史画,追求对历史场景的真实再现,体现了以现实主义创作方法来描绘历史的艺术特征。所谓历史现实主义,即是以一种探求历史真实的态度来还原历史,这些创作工程的组织都配备了相应的历史学者,并以当下对历史的认知要求画家尽可能做到对历史史实、人物形象及环境道具的贴近;但这种对历史真实的理解又难免不带有这个时代的特点,尤其是画家选择的形象、画家对历史的形象还原以及画家在作品中流露出来的人文情感,在很大程度上又无不体现了这个时代视觉经验的积累与人文思想的映射,因而这些画作也成为用当下现实去书写的历史,或者说是用历史来书写的当下现实。

在历史的宏大叙事上,中华文明历史题材既有许多不能回避的军事斗争,如晏阳、李武《赤壁之战》,秦文清《万历援朝之战》,吴云华、高阳《土尔扈特回归祖国》,广廷渤、吴静雨、刘剑英《雅克萨自卫反击战》等直接描绘历史战争大场景的油画,也有许多朝廷皇权斗争的重大事件,如王宏剑《楚汉相争——鸿门宴》,孙景

---

① 由文化部、财政部组织实施的国家重大历史题材美术创作工程获得国家财政 1.0156 亿元专项资金,最终确认项目收藏作品 102 件;由中国文联、财政部、文化部自 2011 年起联合实施了"中华文明历史题材美术创作工程",中央财政拨划专项资金 1.5 亿元,最终确认项目收藏作品 146 件。

波、李丹、储芸声《贞观盛会》，王君瑞《永乐迁都北京》等。这些画作往往注重大场景的铺叙，体现了像达维特《拿破仑一世加冕大典》那样众多人物刻画与整体环境相统一的表现方法。王宏剑《楚汉相争——鸿门宴》精心于历史画创作在事件瞬间、情节设置与人物塑造等方面的戏剧性的设计，画家将人们熟知的这个事件中的七个人物戏剧性地设置在军帐内，占据画面主体的是项庄、项伯的舞剑，樊哙的挡剑，而将身处刀光剑影中、佯装镇静的刘邦以及在画面右侧握剑欲出却又优柔寡断的项羽则设置在画面偏侧，由此显现鸿门宴的惊险；画面还通过顶光投射以及这种投射光所产生的大投影的光影设计强化了这种惊心动魄的氛围。"鸿门宴"的情节设计、人物安排、光影营造所制造的某种"真实"，显然是画家根据历史史实的视觉化创造。"贞观盛会"是个很抽象、很宏观的历史概念，但孙景波等的《贞观盛会》则通过唐太宗李世民在气宇轩昂的长安大明宫正殿迎接万国使臣朝拜的奢华场面，形象地展现了那个被历史称誉的贞观之治。画面并没有设置戏剧性的情节，甚至也没有强调确切的时间，而是以笃实的写实形象与众多群体形象铺排了宏大的场面给人以宏伟壮阔的历史感。①

这些以现实描写的历史，无不烙印了当代的人文思想与文化特征。许江、孙景刚、崔小冬、邬大勇创作的《1937. 12. 南京》，以超大尺幅所展示的就是这样一个阴云蔽日的人性毁灭的劫难场。与 20 世纪 80 年代众多以表现女性在那场屠杀中惨遭奸淫暴尸的描绘不同，这件作品不止于描绘横尸遍野的惨烈场面，更通过一位被屠杀的母亲对于幼儿在临死之前表现出来的那种人性的爱抚和挣扎，塑造了被屠杀同胞中的英勇不屈的形象以及母亲对于孩子的守护。这些形象的刻画，无疑具有人性象征的表现，它比单纯地描写女性裸尸的横陈更具有人性反思的深度。邵亚川《四渡赤水出奇兵》并没有直接塑造领袖形象，而是描写四渡赤水之中的第三渡——虚张声势地佯渡赤水以迷惑敌军的军事谋略，从而展示毛泽东军事指挥的过人才华。此作描写了佯渡赤水的红军高举火把、牵马拉车急渡赤水时的壮观情形，火把映照着天空与水面形成水天一色的暗红与橘红色调，将毛泽东出奇制胜的军事谋略渲染出一种史诗般的浪漫情调，这同样体现了作者对历史的诗意重构。在运用表现性艺术语言展现历史事件上，井士剑、郭健濂《飞渡泸定桥》则最有代表性。画面以正面描写 22 名突击队员攀爬铁索、匍匐行进为画面主体，并通过浓

---

① 尚辉：《从史到诗——中华文明历史题材美术创作的宏大叙事与史诗转换》，《美术》2017 年第 10 期。

烟熏黑了的天空以及炮火映照着的橙红色战士形象,构成画面极其激烈紧张的抢夺氛围,尤其是表现性笔触和异幻空间的虚构,使主题性的历史画创作在当代艺术表现方法上获得了崭新的开拓。显然,像这样一类作品已将再现的真实性让位于当代画家对于历史情境的重构,体现了当代人对于历史宏大叙事的审美书写。

## 四、结语:现实主义的中国化与油画本土意蕴

美术中的现实主义最早出现在 1855 年古斯塔夫·库尔贝为自己的 11 幅画作单独举办的展览命名"关于现实主义",并在其《现实主义宣言》的展览手册中写道:"站在转化习俗、观念以及我们这个新纪元面貌的立场上,我遵循自己的主张,不仅作一个画家,也要做一个人。简而言之,我的目标就是创造有生命的艺术。"[1]库尔贝在这个展览里以《奥南葬礼》等作品中的现实人物形象替代了学院派尊崇的不可侵犯的希腊罗马传统,发起了对学院派艺术价值观的挑战。在 1848 年法国大革命之后的米勒、杜米埃、勒帕热等,也与库尔贝呼应形成了 19 世纪中期法国现实主义运动。19 世纪中后期,现实主义运动开始在俄罗斯、英国、德国、比利时和意大利等国延展产生了批判现实主义,以列宾、苏里柯夫、威廉·霍尔曼·亨特、门采尔、康斯坦丁·麦尼埃和塞冈提尼等为代表。他们从当时流行的新古典主义和浪漫主义艺术运动中解脱出来,主张如实地描绘眼睛所看到的现实生活场景,不受贵族生活、小资产阶级生活的限制,不带个人某种政治派别的偏见,他们强调对客观真实描写的尊重,并在很大程度上体现了对农民、劳工贫困艰苦生活的表现。现实主义运动在 20 世纪的欧洲依然在蔓延,如德国的珂勒惠支、奥托·纳格尔,法国的麦绥莱勒、富热隆,意大利的古图索等,而在苏联则提出了社会主义现实主义的概念,不仅要求艺术家去描写现实,更重要的是从现实不断革新的过程中去描绘现实,这和此前出现的批判现实主义在意识形态上存在较大区别。

现实主义美学思想是伴随着五四新文化运动而开始被引进中国的。陈独秀在《美术革命》一文中谈到中国画的改良要采用洋画的写实精神,这就像"文学家必用写实主义"。徐悲鸿的《中国画改良论》所使用的西方写实绘画概念和陈独秀基本相同。可见,在 20 世纪一二十年代,陈独秀、徐悲鸿等在中文语义上都把欧洲再

---

① [美]H.W.詹森:《实证主义时代:现实主义、印象主义与拉斐尔前派(1848—1885)》,转引自[美].H.W.詹森:《詹森艺术史》,艺术史组合翻译实验小组译,世界图书出版公司北京公司 2013 年版,第 864 页。

现性的绘画当作了写实主义,这和法国现实主义(realism)作为一种美学追求——描绘当下社会境况,背离古典传统或历史画,破坏学院派精致感等,显然不是一个概念。20世纪上半叶中国对欧洲油画的引进以及新式美术教育的开展,也多半停留在再现性的写实绘画上。不过,中国此前既没有古典主义、浪漫主义,更没有学院派,因此在人们的思想观念中也便很难区分再现写实和现实主义之间的异同。在国人的普遍意识中,再现写实和现实主义往往被混同为一个概念。

油画中的现实主义概念无疑是在新中国后被鲜明地确立起来的,而且以模仿苏联社会主义现实主义的创作理念而开始了中国现实主义的实践与探索,即使中苏关系恶化,但有关现实主义、社会主义现实主义却深入人心。从中不难看出,在新中国成立之初五六十年代那个被称为社会主义现实主义的阶段,其模仿移用苏联油画创作方法的过程也早已开始了社会主义现实主义的中国化探索。从此,开展的有关社会主义现实主义的反思、有关现实主义对历史与现实真实的发掘而呈现的社会批判性、有关坚持现实主义创作方法而探索的多种表现方式所容纳的现代主义与后现代主义,以及新的历史纪元再度复兴的写实油画、在日常书写与宏大叙事之间创造出的历史现实主义等,都可感受到现实主义作为新中国油画70年发展的思想主线。这种现实主义始终把对以劳动人民为主体的社会现实变革作为表现对象,在描绘中国革命与建设的历史、塑造英模与劳动人民的现实形象中实现中国美术的现代性价值。而在如何认知现实、如何描写现实、如何揭示现实上,新中国70年不同历史阶段的油画却存在不尽相同的对现实主义的理解与诠释。从理想主义、英雄主义的颂歌所凸显的新中国的人文风貌,到历史与人性真实的探寻所揭示的新时期从某种意识形态化的教条主义挣脱而出的思想解放,再到在全球新艺术浪潮冲击下中国油画逆时而盛、在个人化的日常书写与国家意志的宏大叙事两个层面建构了复合形态的现实主义,不难看出,油画艺术领域的现实主义一方面充当了中国美术现实主义美学思想的急先锋,它在传播欧美现实主义、现当代艺术理念上往往具有直接转译的作用;另一方面,中国油画的现实主义又深入地和中国社会变革、文化理念相互结合,每一轮现实主义价值理念的流变都是中国社会、中国文化的内在审美需求而重新择取欧美现实主义养分并进行中国化探索的结果。因而,中国油画的现实主义道路也都是在现实主义创作理念的基本思想指引下发生的本土化、时代性的变革与创造。

中国油画这70年有着极其强烈的本土意识。且不说20世纪二三十年代徐悲鸿的"中国画改良论"、刘海粟的"石涛与后印象派"和林风眠的"调和中西论",在引进油画之初就凸显出多么强烈的为我所用的意识,就是五六十年代深受苏派影响之际和新世纪艺术全球化的当下,同样发生了带有中国油画全局性的油画"民族化"的大讨论和"意象油画""写意油画"等命题的深度探讨。这里研讨的大多问题也许不是艺术创作方法上的现实主义的本土化,但油画本土化的核心命题针对的是以游观和意象为特征的中国美学思想,如何回应以实证和再现为特征的油画写实体系这个大问题。或者说,油画本土化首先迈越的门槛是意象系统与再现系统的冲突与互融问题,这对于通常把再现写实(徐悲鸿等认知的写实主义)油画混同于现实主义油画的中国油画家而言,现实主义本土化探索也不仅仅指上述因意识形态和审美潮流变化而形塑的中国化现实主义,而且指意象美学对再现写实油画的重新赋值。

从五六十年代油画民族化讨论中董希文《从中国绘画的表现方法谈到油画中国风》①、倪贻德《对油画、雕塑民族化的几点意见》所提出的要用中国绘画的创作方法体现中国风、"民族化不仅是表面的形式上的问题,更重要的应该从内在的本质的方面去探索"②;到1985年"油画艺术研讨会"(黄山会议)以油画创新为中心议题而再次提出的油画民族化问题,"中国的油画应有自己的民族特色是无疑的,问题是如何恰当地把中国艺术的特质,融入到油画中去"③;再到笔者在《意象油画百年》中提出"意象油画不是油彩的中国画,它是中国文化精神、民族审美心理和地域特征对于异质艺术内核的'我化'与'转换'"等④,都告诫油画本土化不是表面用油彩模仿中国画,而是中国意象美学体系对再现性油画的系统转化。可见,油画本土化的中心命题就是如何处理这两个系统的矛盾问题。如果从这个角度考量,习惯意象思维的中国油画家很难画出纯粹意义上的欧洲纯正油画,具有中国油画特点却不够像油画的现象在中国是普遍存在的,这便是吴作人当年于民族化大讨论中在《对油画的几点刍见》一文提出预警的"中国学派的油画,也不可能在今天定下他的规格和面貌,个人的风格和民族的风格都是在高度水平的基础上发挥的",詹建俊《"油画民族化"口号以不提为好》亦说,"油画如果改掉了它外来画种的特色,将不成其为油画,所以应该既保持油画的特色,又要同本民族的气质、习惯

---

① 董希文:《从中国绘画的表现方法谈到油画中国风》,《美术》1957年第1期。
② 倪贻德:《对油画、雕塑民族化的几点意见》,《美术》1959年第3期。
③ 周正:《油画创新的思考》,转引自中国艺术研究院:《油画艺术的春天》,文化艺术出版社1987年版,第80页。
④ 尚辉:《意象油画百年》,转引自三尚编:《中国意象油画百年》,中国美术学院出版社2005年版,第7页。

相结合"①。笔者也曾提出"民族特色不等于艺术水准",并强调指出"中国油画无疑应该而且已经具备了相当浓郁的东方特色,但如果不能达到很高的艺术水准,就不可能在世界艺术史上真正拥有自己的地位。形成独特的民族个性与鲜明的艺术特色,并不完全代表具备了较高的艺术水准,何况油画原产地的欧洲已经在艺术史上造就了这么多高峰!"②有鉴于此,20世纪八九十年代兴起的新古典写实油画和21世纪初再度兴盛的写实画派,都力图去蔽这种所谓的民族风而造成的轻视或忽略对油画本体语言的深度研究与娴熟驾驭,回到欧洲油画传统面对原作的临摹与精研,一时之间也成为提升中国写实油画艺术水准的热潮。

这表明,中国油画的本土化(主要指欧洲再现写实油画)不是一次性引进播种,并完全在自己民族文化土壤里耕耘就能完成的,而是个不断回到欧洲油画历史传统汲取养分并再回土栽培的反复过程。其实,正是20世纪八九十年代以来的新古典主义、写实画派的兴起,才逐渐使中国油画家醒悟,所谓油画绝不是油彩的绘画,而是其实证美学体系与材质审美属性共同决定的这种绘画的独特的不可被替代的审美品质。这才是在保留或彰显油画本体艺术语言的同时,而又能体现中国审美意蕴的油画本土化的艰难与核心。

应当承认,像徐悲鸿那代人把欧洲再现写实油画称作写实主义的认知的,在中国是具有普遍性的。在许多人的观念中,再现写实油画也是现实主义油画最基本的绘画呈现语言。因而,新中国70年油画现实主义的中国化探索,也便主要呈现为对再现写实油画的探讨。油画中的现实主义在西方只是19世纪末以库尔贝、米勒、杜米埃等为代表的一个流派,但在中国却被泛化为对整个西方再现写实油画的概括,这或许既体现了艺术概念在文化跨越时无意之中被变形放大,也体现了中国70年油画实践对原有现实主义内涵及边界的补充与丰富,这本身就是现实主义中国化的鲜明特征。

总之,从全盘苏化到油画民族化的提出,从新潮美术到古典写实的回归,从寻源问道到意象油画的自觉,中国油画这70年既在现实主义的主体精神中不断向外拓展,也在渐进回溯欧洲油画传统的同时探寻中国油画自主发展的道路。新中国油画70年,人们终于认清了中国油画发展的路径,这就是既要不断重返欧洲油画原乡在反复研习欧洲油画历史的传统中提高对这种艺术内在审美规定的认知与驾

---

① 詹建俊:《"油画民族化"口号以不提为好》,《美术》1981年第3期。
② 尚辉:《民族特色并不等于艺术水准》,《中国油画》2013年第2期。

驭,也要不断回到中国社会现实与文化境遇才能找准中国油画表达现实人文关怀的立足点,探索富有现实主义精神的当代油画,续写人类油画艺术史的发展新篇。

（原载于《美术》2019 年第 11 期）

# 摄影大众化与影像真实性

## ——以解放战争中的晋察冀画报社为中心

周邓燕　北京电影学院摄影系讲师

## 一、"摄影八股"的提出

　　1947 年 9 月,晋察冀画报社(以下简称"画报社")的业务内刊《摄影网通讯》上发表了一篇题为《克服摄影八股的关键》的短评。作者亦一开篇直言,当前摄影报道工作存在着"相当严重的八股气":"拍战斗一定是从战斗动员到缴获俘虏全过程;拍军民关系照例是担水、送饭、谈心这些场面;拍模范的部队总离不了开欢迎会、个别谈话、连长喂水那一套……内容上前后重复,形式上互相模仿,千篇一律,贫弱无力。"①

　　"亦一"是画报社资深编辑赵启贤(1922—1965)的笔名。发表这篇评论的时候,他刚刚完成第 23 期《晋察冀画刊》的编辑工作。《晋察冀画刊》是画报社在1946 年 12 月创办的新刊,发刊间隔 5—15 天不等,小 16 开,每期 4 个版面。为了适应晋察冀野战军部队大规模运动战的战地宣传动员需要,画报社把编辑和印刷从后方搬到了前线。赵启贤从《晋察冀画报》1942 年创刊时就担任编辑。与数月才出版一期的《画报》相比,画刊的工作时效性要求和工作强度都大幅提高,摄影人员与部队官兵在一起生活的时间更长、关系更密切。也许是工作方式的变化让赵启贤认为,此时的摄影记录,应该有更鲜活的内容和更丰富的细节,而不是公式化的套路。他把出现"摄影八股"的原因归于记者"对部队工作还不够熟悉"、存在

――――――――――

　　①　亦一(赵启贤):《克服摄影八股的关键》,《摄影网通讯》第 4 期。

"为拍照而拍照"的消极态度,而克服之关键,在于明确"为部队中心任务的需要而进行摄影报导工作"的思想。

赵启贤对"摄影八股"的批评,被中国革命摄影史研究的前辈、曾任画报社后方资料员的顾棣评价为"在当时切中要害"①。对隶属于晋察冀军区政治部的采编人员来说,为何会在此时产生"不够熟悉"部队工作的批评与自我批评? 1947 年 9 月,人民解放军从战略防御阶段转入战略进攻阶段。在这个形势大好的背景下,赵启贤一文对"摄影八股"成因的剖析中却透露出一层难言之隐,即此时摄影记者们似乎工作热情大减,甚至对工作产生了抵触心理。难道抗日战争时期的摄影经验不再适用于解放战争的宣传动员要求吗? 是摄影工作者的认知滞后,还是摄影动员目的和动员对象的变化来得太快? 又或者,"摄影八股",仅仅是革命语境下的中国摄影实践在构建其形象流通机制和生成审美经验的初始阶段,亲历者们遇到的一个难以解决的问题?

## 二、与职业生涯挂钩的"家庭出身"

日本宣布投降后,国共双方的冲突从抗战后期不断升级的军事摩擦,上升为围绕受降主动权和接管敌占区的武力争夺。作为华北敌后抗日根据地的核心力量,八路军晋察冀军区的主力部队于 1945 年 8 月 23 日收复察哈尔省首府张家口。张家口是晋察冀部队收复的第一个大城市,这次收复使得画报社第一次从太行山的深山中走出,从农村一步迈进了大城市。从进驻张家口之日起到 1946 年 6 月 30 日被迫撤出,画报社成为中共中央东北战略布局中的文教中转接应站,在不到一年的时间里迅速扩张。一方面,通过接管原日军司令部的印刷厂、日本人的照相馆,收缴日伪印钞机、制版机等大批现代化摄影印刷设备,画报社摆脱了在山沟里靠自制放大机、制版机,用日光、井水印晒照片的简陋条件;另一方面,郑景康、徐肖冰、程默、古元、王朝闻等一批延安的摄影、电影、美术骨干陆续抵达张家口等待北上命令,加上从北平和本地招收的技术工人,画报社进行了两次人员结构整编,扩大了编辑、摄影部门,新增电影科、印刷厂,还对外经营一个照相馆、一家饭店、一个图片公司和一个印书馆。在先进设备、充足人手、耗材和经费收入的支持下,画报社在张家口的 10 个月,无论是摄影报道和宣传的速度、规模、形式,还是出版物的数量、

---

① 顾棣、方伟:《中国解放区摄影史略》,山西人民出版社 1989 年版,第 336 页。

质量,以及调拨人员、物资支援其他军区办画报的力度,都达到了该机构存在史上的鼎盛状态(见图1)。①

稳定优越的工作条件、不断壮大的专业队伍、繁忙有序的采编业务和初见成效的商业运作,这些都是八年艰苦抗战的胜利果实。它们一下来得太过丰盛,又在渐入佳境的时候被迫割舍,亲历者的心理落差可想而知。1946 年 10 月,画报社不得不整体撤回到

图1 1946 年 3 月 20 日,石少华(右一)、吴印咸(右二)、沙飞(右三)和叶昌林(右四,冀察军区摄影科长)在张家口晋察冀画报社前(顾棣摄影)

离张家口 300 多公里的阜平,图片公司、印刷厂被拆解,记者被分派到前线野战军随军,社里仅留约 20 人。阜平是个山区县,全境地形复杂、易守难攻,是抗战时晋察冀军区司令部所在地,也是画报社的根据地。画报社大多数成员都来自华北农村,当高度紧张的身心在城市经过大半年的放松和享受后,再次回归乡村,不但身体需要重新适应,更难适应的,恐怕是经历安定富足生活后重回战火对心理造成的冲击。况且,此时战争性质已发生了根本性变化(见图2)。

解放战争全面打响之初,画报社内部弥漫着厌战怠工的情绪。"摄影干部大都不安心工作,有些改行做了别的",仍在岗位上的,认为摄影工作枯燥无味、困难麻烦多还被瞧不起,升迁慢。② 个别抗战初期就入伍的老资格,"不愿到山里来",在画报社撤退转战途中,"私自回家两个多月,并违反延缓婚姻号召,私自结婚"③。

---

① 这一时期画报社出版了《晋察冀画报》两期(合刊),《晋察冀画报/增刊》一期(印数 1 万份),《摄影新闻》4 期,旬刊 5 期,丛刊 3 期,《毛主席近影集》(5000 册),《霸王鞭初步》。此外,还配合本地和前线宣传,编发了大量反映八路军抗战成果、张家口恢复生产生活等主题展览照片和军事印刷物。据顾棣的统计,这一时期画报社全员达一百七八十人(石志民主编:《晋察冀画报文献全集》卷一、卷二,中国摄影出版社 2015 年版;顾棣、王笑利:《〈晋察冀画报〉工作事略》,载司苏实编著:《沙飞和他的战友们》,新华出版社 2012 年版,第 302—307 页)。

② 参见石少华《谈野战部队的摄影工作——一九四七年一月在晋察冀画报社的讲话》,载《摄影理论与实践》,新华出版社 1982 年版,第 111—115 页;《地方军区摄影工作会议记录》(1947 年 8 月 27 日),载石志民主编:《晋察冀画报文献全集》卷三,第 1490—1493 页。

③ 《用这面镜子照照自己——对宋克章同志错误的处分与讨论》,《摄影网通讯》第 12 期。

图2 为躲避空袭，画报社撤到了张家口大境门外元宝山，并在这里召开晋察冀军区部队摄影工作会议，讨论新战争形势下的画报方针与任务。图为沙飞在会上作报告。1946年7月司苏实提供

最严重的情况发生在部队改编后的头两个月，摄影人员各自为政，前方经历几次战役，画报社却连稿子都收不到。整顿纪律和加强管理成为画报社的当务之急。

开会和谈话是画报社党政思想工作的两个基本形式，但收效甚微。1946年12月8日，画报社社长沙飞（1912—1950）主持召开了改编后的第一次全社会议，通过缅怀抗战时期牺牲的同事、探访驻地老乡，试图再次凝聚起同仇敌忾的士气。① 然而，此时的战争性质已经发生了变化。如果说美好城市生活的中断被归咎于"国民党反动派"这个笼统的对象，重返根据地则让画报社成员卷入到了一场按家庭背景和财产占有量划分敌我，进而重组农村社会关系的运动中。以中共中央1946年5月发布的《关于土地问题的指示》为标志，晋察冀边区推行"耕者有其田"的土地改革，通过强制性再分配土地和生产资料，使得新的所有者主动或被动地站在了原占有者的对立面。② 土地改革是红军在苏区就采用的动员策略，被划归地主、富农的人群成为被清算和斗争的"阶级敌人"，而贫下中农为了捍卫新得权益、预防打击报复，纷纷参军或加入地方民兵武装。③ 在抗战模范根据地晋察冀，土地改革导致的问题和矛盾与依

① 《〈晋察冀画报〉工作事略》，载司苏实编著：《沙飞和他的战友们》，新华出版社2012年版，第312—313页。

② 晋察冀军区革命史编纂委员会编：《晋察冀边区革命史编年》，河北人民出版社2007年版，第775页。

③ 截至1947年初，仅冀中、冀晋、察哈尔就有1.5万多个村庄、1000万以上人口的地区进行了土地再分配，晋察冀全边区有8万农民参军。参见《晋察冀边区革命史编年》"前言"，第7—8页。

然新鲜的抗战记忆形成对比。① 因此,在地方基层党员干部和部队文化工作者中继续倡导抗日救亡的牺牲精神,不但难以成为有力的思想动员依据,反而会适得其反。

从 1946 年底到 1948 年春,画报社的思想教育以树立马列主义的阶级观和价值取向为核心。画报社采用了个别谈话、聊天、漫谈会、批评与自我批评等形式多次重申党的组织纪律,强调部队摄影工作是党的革命事业的有机组成部分。② 然而,常态化的学习效果取决于学习者的自觉和自律,要增强个体的服从性,还需要更加具体、操作性强并且与个体利害关系紧密的规制。

画报社在 1947 年底到 1948 年春的"三查三整"运动,是党内摄影工作意识形态规训的一个重要举措。"三查三整"是在土地改革深化和解放战争进入战略进攻阶段后官兵人数激增、人员来历复杂的背景下展开的全军"查阶级、查工作、查斗志,整顿组织、整顿思想、整顿作风"运动。③ 对画报社成员来说,它和以往整风最大的不同,是"阶级成分"被纳入了个人考核评价体系,并且作为入伍入党动机、工作态度、业绩、生活作风等综合表现评定的前提。在这场自我坦白、揭发他人和被揭发交错进行的运动中,那些有悖于推进现行政策制度的态度、言论、行为和价值取向,比如以老革命自居邀功、厌战恐战、自私自利等——都会被或多或少归于个体被划定的"落后阶级"所属的缺陷。④ 尽管画报社的亲历者避而不谈运动的细节,但可以确定的是,阶级成分的评定依据是从本人上一代开始的家庭经济状况和过往社会关系。⑤ 换句话说,"家庭出身"的标签人人有份,而且与个人意愿无关。这场运动,使得"阶级"从抽象的政治概念变成与个人职业生涯息息相关的人事档案的一部分,由此开启了党领导下的摄影组织纯化阶级身份的进程。

---

① 从 1947 年 1 月到 1948 年初,边区机关报《晋察冀日报》的重点报道是"土改",而且集中在运动的发起、问题、不同阶段进行针对性的集中报道。参见张金凤:《〈晋察冀日报〉解放战争时期的土改宣传》,《青年记者》2013 年第 30 期。

② 石少华:《谈野战部队的摄影工作——一九四七年一月在晋察冀画报社的讲话》,载《摄影理论与实践》,新华出版社 1982 年版,第 111—115 页。

③ 刘庆礼:《略论解放战争时期的新式整军运动》,《沧桑》2010 年第 4 期。

④ 有关画报社负面典型的例子,参见石少华:《流萤同志的错误给我们的教训》,《摄影网》第 4 期。

⑤ 有关画报社亲历者的访谈和顾棣日记摘抄,参见王雁:《铁色见证——我的父亲沙飞》,社会科学文献出版社 2005 年版,第 225—229、241—245 页。

### 三、深入群众的摄影师与战士们的影像偏好

作为规训手段,整风运动并不能激发摄影人员的工作积极性。要保障摄影服务于新的战时动员宣传,还需要自上而下的行政措施来控制图像生产和流通过程。1946 年 11 月 15 日,晋察冀军区野战政治部发出了一份专门对摄影工作进行指示的"政工指示第二号"文件。① 此前军区针对摄影工作的指示主要是要求下属战斗部门配合摄影工作,而"政工指示第二号"文件制定了一个全新的军事摄影网络,以"股"为单位,把画报社的摄影人员分到整编后的各部队,并配备相应设备耗材随军采访拍摄。引入科层化的现代管理模式意味着将个人表现和奖惩直接挂钩。首先,画报社编辑部以军区政治部的名义向各纵队下达摄影报道任务,而摄影者的表现则由他所在部队的宣传部门做出评价。被认为政治思想先进、摄影技能过硬的人员往往是首选提拔对象,比如 1942 年从冀中摄影训练班毕业的记者袁苓(1924—2017)先被派到三纵队任摄影股长,因在战斗一线表现突出,半年里两次受到嘉奖。② 其次,"政工指示第二号"文件明确了图像生产和流通的细则,包括底片要做到自下而上逐层传送,照片要印晒一式三份、自上而下发回,照片需有详细到人名地点的说明。③ 这些要求反映出管理者强烈的信息意识和资料意识,同时也体现了解放战争全面开始后,摄影作为部队政治工作的新工具更加受到重视。

这份指示文件中还两次出现对同一个工作内容的意见,重复指出摄影工作者应在连队里举办照片展览、组织阅读画报,并将其作为一项日常性的工作。此前摄影记者们的主业是采访与发稿,遇到大型集会才办照片展览,并充当临时讲解员。将办展览和组织阅读画报提升为常态的本职工作,这意味着摄影记者们要与报道对象形成一种新的引导者与学习者的关系,也意味着照片的目标观众从抗战时期广泛的同胞和国际友人,缩小到人民解放军的基层作战官兵,而他们也是此时被要求集中报道的对象。

画报社在抗战后期已经形成了比较清晰的收集摄影材料的方法论,以画报社

---

① 参见顾棣编著:《中国红色摄影史录》,山西人民出版社 2009 年版,第 16—17 页。
② 参见《三纵队摄影股长袁苓同志立功》《两封信》,《摄影网通讯》第 3 期。
③ 石志民主编:《〈晋察冀画报〉文献全集》卷三,中国摄影出版社 2015 年版,第 1451 页。

副社长、长期担任摄影训练班教员的石少华的"新闻摄影典型论"①最具代表性。然而,部队基层战士大都出身穷苦家庭,文化程度低。作为受众,他们能在多大程度上认同画报社采编人员既有的摄影语言和审美取向?作为影像报告的检验者,他们又能在多大程度上认同摄影者认为真实可信的瞬间?而在政策上传下达的过程中,图像生产者又该如何在这个接受群体的兴趣点、理解力与自己的价值观念、专业判断之间,找到操作上的平衡点?

深入到前线部队的画报社记者很快碰到了上述问题。第四纵队摄影股股长高粮(1921—2006)以《战士爱看什么样的照片?》自问自答道:"战士们对照片的喜爱和知识分子不一样,他们是有就好,在篇幅上要求大、能看清楚。在光线上,要求正面,不喜欢阴影,更不喜欢背光的,在色彩上,除了清楚以外,他们要淡一些,这样我们说表现没力量,但他们认为精神、年轻、漂亮(特别是人像)。正面拍的他们更爱看,比较大的场面更爱看,如很多的大炮和机关枪。"②高粮的描述来自他在基层连队举办照片展览的反馈。他从照片的大小、光线、影调、主题、拍摄角度和景别六个方面对比了战士们和知识分子的影像审美差异。尽管他并不精通术语(比如把黑白摄影的影调当作"色彩"),但很自然地把包括自己在内的画报采编人员("我们")放在"知识分子"之列。

高粮并没有轻率评判两种审美取向孰优孰劣。实际上,这些来自中国北方农村、完全没有接触过新式教育的青年观众的观影反馈,恰是在中国各地区发展极不平衡的情况下,摄影术本土化进程的真实反映。从19世纪40年代到20世纪初,中国大城市的摄影技师们与上至权贵士绅、下到普通百姓的主顾们达成审美共识,在照相馆这个最接地气的影像文化生产服务场所,共同认可借用中国传统人物画的审美标准来驾驭摄影这个外来成像媒介。正面、平光的全身像在留存至今的清末民初照相馆人像照片中比比皆是。中国人与欧洲人在人像摄影上的审美差异,甚至被清末旅华的英国职业摄影师约翰·汤姆森借香港摄影师"阿芳"(Afong)之口道出:"你们外国人总是希望回避横平竖直。这不符合我们的品味。他们(阿芳的中国主顾们——引者注)必须直视相机,这样才能让他们的友人在一定距离外看得到他们的双眼和双耳。他们不要阴影出现在脸上,因为阴影不是鼻子或其他

---

① 参见周邓燕:《"新闻摄影":从文化商品到战时动员工具(1931—1945)》,《文艺理论与批评》2018年第2期。

② 高粮:《战士爱看什么样的照片?》,《摄影网通讯》第1期。

五官,所以不应该有。"①虽然接受过新式教育的大城市精英们逐渐接受了西方透视法,但对于市井阶层,特别是西方文明气息依旧稀薄的 20 世纪 40 年代的华北广袤农村生活的民众来说,这种让汤姆森觉得脸部"空洞无物"的人像造型仍然受到偏爱。

除了审美取向上的差异,画报社摄影师们自诩的"一图胜千言"在士兵们那里并不奏效。时任二纵队摄影股股长的刘峰(1923—1979)从 1940 年开始担任晋察冀军区摄影员。在检讨过去的摄影工作"只注意到从战士中来,没有注意到回到战士中去"的同时,他发现,照片上的俘虏会被误认成我军人员。② 袁苓则反映,功臣的照片被误认为持枪放哨的兵士。观众们觉得立功的人应该戴着大红花、骑在高头大马上。③ 显然,战士们对英雄形象的视觉认知受到他们更熟悉的传统舞台戏剧角色形象的影响。深入连队的摄影记者们还发现,如果照片上的内容是战士亲历亲见的、本部队的或与个人利益相关的,就会引起共鸣,反之则回应冷淡。这就意味着照片内容和形式上的重复有助于展览宣传效果,这恰恰与赵启贤所抨击的"八股"公式化产生了矛盾。此外,以往画报常用比喻性短语做图片说明,比如"冲破黑暗,爆发了光明",这超出了观众的理解能力,而且,新加入解放军的前国民党士兵对共产党的政治名词十分陌生。如果没有详尽的口头解说和引申,新战士很难从照片和说明中理解编辑所要传达的意图。

由此可见,要想充分发挥摄影动员和教育效能,画报社需要回应基层战士的视觉习惯、文化和政策学习水平的现实问题。得到随军摄影师的观察和反馈后,赵启贤从侧面修正了他此前对"摄影八股"成因的认识,把画刊"极少进步"的原因归为编辑"闭门造车"或"只凭主观愿望来进行编辑工作",记者缺乏"战士群众"经常性的审查,不能"吸收他们的意见,以不断地改进自己的领导方法与拍摄技巧"④。"要克服这一严重弱点",赵启贤提出,"除了组织连队阅读工作以外,别无更好的办法"⑤。

---

① John Thomson,"Hong-kong Photographers,"*British Journal of Photography*,No.656,1872,Reprinted in Roberta Wue et al.,eds.,*Picturing Hong Kong Photography* 1855-1910,New York:Asia Society Galleries,1997,p.134.

② 刘峰:《我在连队展览照片的经验》,《摄影网通讯》第 1 期。

③ 袁苓:《九旅对照片展览的反映》,《摄影网》第 6 期。

④ 亦一(赵启贤):《加强画刊与战士的联系认真做好组织阅读工作》,《摄影网》第 3 期。

⑤ 亦一(赵启贤):《加强画刊与战士的联系认真做好组织阅读工作》,《摄影网》第 3 期。

## 四、革命影像的改造

从赵启贤代表编辑部的自我批评中可以看到,"群众路线"又一次成为画报社处理工作问题的依据,而这次要解决的是摄影传播的效果问题。如果说政治功利性是革命语境下的摄影生产与传播最显著的特征,那么,服务内战动员给画报社的摄影人提出了新要求:五四运动以来以知识分子型的业余摄影家为主导、通过报刊在各大城市形成的视觉形式和审美标准,需要进行适当改造和调整。在提升影像传达信息准确度的需求下,草根读者的视觉品味和偏好在中国摄影史上第一次被作为图片生产质量的参考指标。

读者意见是编辑部调整画刊的报道内容和形式的依据,但对意见的采纳是有选择性的。比如,炮二旅宣传科共收集到22条读者意见,但《摄影网》只选登了12条,而且都是有利于增加画刊适读性、鼓舞士气或提供新知识的。[1] 连环画被视为在政策解读上更为贴近读者的新体裁。比如《华北画刊》第5期第4版(见图3)刊登了漫画家池星创作的7幅连环画《四十两金子》,占四分之三版面,配上顺口溜,讲一个国民党连长被解放军俘虏,被教育后释放时不但随身携带的四十两金子一分不少,还得到解放军送的衣服和路费。同一个版面右下角是由袁苓摄影的图片新闻《三一部八连缴获归公的榜样》,单幅中景,被点名表扬的战士居于画面中心位置,面部形象清晰,文字说明信息要素齐全。两者都是举例宣传共产党军队的纪律,前者讲解幽默好记,后者报道真实事件,树立

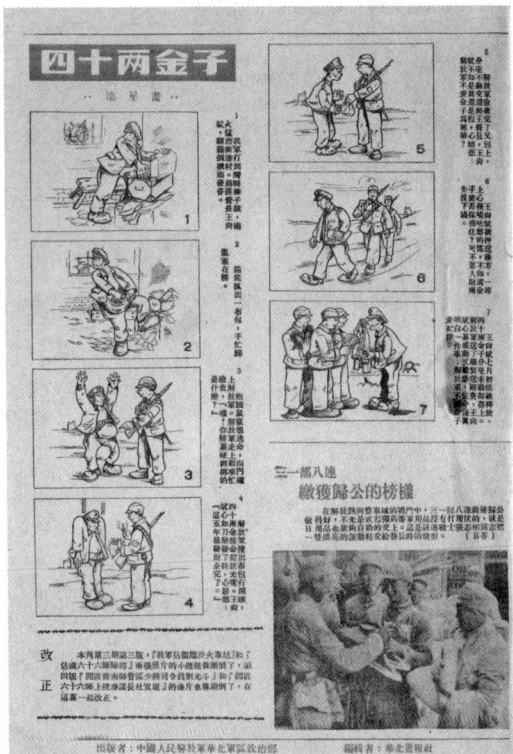

**图3 《华北画刊》第5期第4版**

———————————
[1] 《炮二旅对画刊与摄影工作的意见》,《摄影网》第9期。

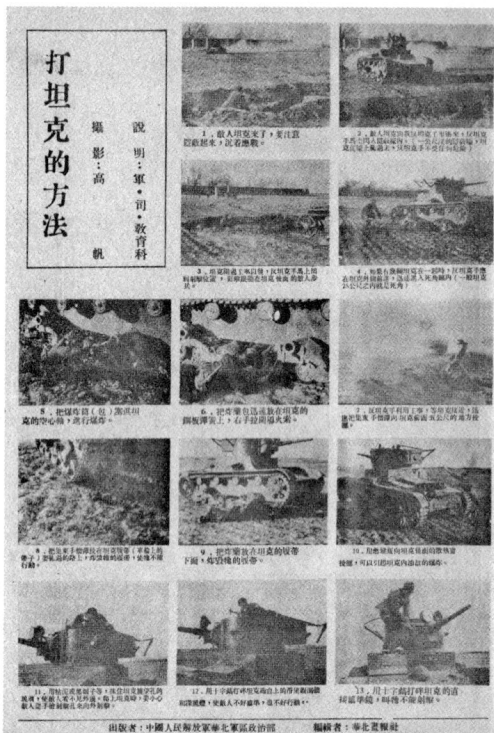

图4 《华北画刊》第8期第4版

先进典型,两种视觉媒介分工明确。受到连环画叙事性的启发,画刊还推出了摄影图文形式的战术介绍,回应读者希望通过读报进行学习的要求,由时任画报社副社长的高帆(1922—2004)拍摄的13幅演习照片和"军·司·教育科"提供的说明组成(见图4)。这样的跨部门合作,既弥补了画报社采编人员不熟悉具体战术的短板,又巧妙掩饰了非战斗主力的华北野战军此时缺乏大战役影像的缺憾。

对民间文化符号和传统人像审美的部分征用是画报社最接地气的影像语言嫁接之一。1947年初,为激励作战、增产保田,中共中央号召各解放区全面开展群众性功劳评报授奖的"为人民立功"运动,为立功者拍照成为一个重要且广受欢迎的嘉奖激励手段。"功臣照片在画报、报纸上发表,到部队展览,或贴在立功证书和立功喜报上送给本人,寄回家中。"[1]针对基层连队中的读者误把英模当哨兵的反馈,画报社的摄影工作者们逐渐舍弃了给立功者拍摄握枪立正的半身或四分之三人像模式,探索出两种主要的英模形象呈现方式,一种是立功者被授奖的现场新闻图像,另一种是本人的头像特写。现场新闻画面突出受奖者,摄影师们通常抓取其在公共场合授佩奖章、手持奖状、胸佩红花甚至骑马荣游的"奖功"场面(见图5)。这些在传统文化中象征荣誉的符号在"为人民立功"运动中被广为采纳,被《晋察冀日报》社论评价为"适合民族形式和群众习惯的创造",也让现场照片中的主体人物身份一目了然。[2]

单人头像特写则是新出现的摄影类型。画刊编辑、暗房技师刘克己(1923—

---

① 顾棣编著:《中国红色摄影史录》,山西人民出版社2009年版,第114页。
② 社论:《进一步深入立功运动》,《晋察冀日报》1947年4月21日。

**图 5　佚名《王惠文跨马报功》组照之一　《晋察冀画刊》第 24 期第 4 版**

1993）提炼了三个拍摄英模功臣人像的技法要点。第一，要拍摄单人。第二，要用近摄、略微仰角，这样既能显出英雄的雄威，又突出奖章、肩臂章，但摄影师要避免用同样的角度来拍摄"新解放"的国民党军官。第三，最好在清晨或夕阳散射的平光里拍摄，曝光要稍过，这样能避免"刺目的阳光而不自然"，同时使"暗影中的影纹清楚"[1]。这三个要点直接对应"人人立功，事事立功"的宣传动员要求，兼顾被拍摄者和战士观众对人像的审美需求。从《晋察冀画刊》的相关版面可以看到，尽管受到摄影技巧参差不齐和实地拍摄情况的限制而无法保证每张人像五官的暗部也"影纹清楚"，但前两点已然成为摄影师们通用的视觉语法。当这些单人像在非私人场合传播的时候，功臣个人一定是以集体一员的形象出现，单人像合集的版面设计无疑指向的是个人价值与集体利益的统一关系（见图 6）。

**图 6　高宏、蔡尚雄、贾立德、曹哲、徐英等纵横部"八一"得奖大功功臣像　《晋察冀画刊》第 25 期第 4 版**

---

① 刘克已：《单人像拍照法》，《摄影网》第 1 期。

## 五、反"客里空"运动与影像评价新标准

在调整视觉表达形式的同时,画报社尝试用经验分享的方式来提高摄影队伍"为兵服务"的整体水平。1947年1月3日,也就是在《晋察冀画刊》第1期发刊后的第四天,画报社召开了第一次"摄影工作者经验交流会"。七名资深摄影师从采访前期准备、材料价值判断、突发应变、用照片展览鼓舞士气等方面介绍了自己的做法。① 值得注意的是,社长沙飞把反对摄影新闻事后布置性补拍放在了他发言的第一点,并且他是唯一明确提出"布置补拍会失掉真实性"的与会发言者。② 沙飞举例1945年春采访解放灵丘时错过了全部战斗,有同事提出布置补拍,他没有同意,认为这"特别会引起部队对我们摄影工作产生怀疑和偏差认识",最后他通过拍摄军民庆祝胜利的游行队伍完成了采访任务。在沙飞看来,不干预是新闻摄影工作的特点,当错过采访时机时,记者正确的补救办法是观察并抓取事件进展中能体现报道目的的内容。

从这次会议的记录看,与会者并没有对沙飞的发言提出不同意见,而是认为此类从实践中得来的经验值得不断总结和推广。然而,1947年9月,紧接着赵启贤提出反对"摄影八股",随后一期的《摄影网通讯》刊登了一篇附有编者按的经验介绍,题为《我怎样拍的"团结的堡垒排"》。作者郝建国(1926—2019)毕业于晋察冀军区第2期摄影训练班③,时任三纵队摄影记者。他详述了自己如何根据实地采访收集的信息,分别用现场抓拍、事后补拍和"根据当时情景加以导演拍成"三种手段,报道徐庄六连三排通过多种形式的感化教育和传帮带,实现一年内无逃兵而被奖功的事迹(见图7)。值得注意的是,编辑部并没有明确赞同或反对郝记者的做法,而是"希望能引起大家对采访方法的研究讨论",并提供书面意见。

很快,曾和沙飞在同一个交流会上发言的记者吴群(1923—1996)对郝建国的经验发表了新看法。他援引沙飞的例子反对事后补拍,并重申这种照片会引起读者对照片真实性的怀疑,但却对郝建国的第三种手段持有条件的赞同态度,并阐述其合理性。吴群写道:

---

① 《1947年晋察冀画报社第一次摄影工作者经验交流会记录》,《摄影工作参考资料》第53期。
② 《1947年晋察冀画报社第一次摄影工作者经验交流会记录》,《摄影工作参考资料》第53期。
③ 该期摄影训练班的学习时间是1945年4月到7月,学员为各军分区抽调的宣传干事和有初小文化水平的战士。

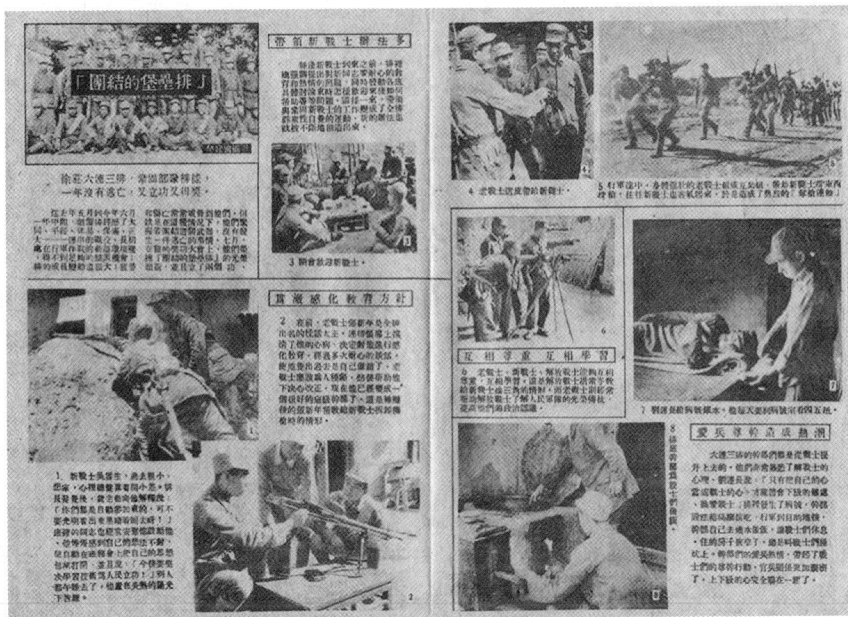

图 7 郝建国团结的堡垒排 《晋察冀画刊》第 22 期第 2—3 版

根据当时情景加以导演拍成,这方法实际是不能单独成立的,且"导演"一词欠妥,如当时情景并非如此,而主观地想要他依照自己想去做作,那样导演完全不正确。如意思是在不影响真实自然条件下,对不适合摄影的客观环境略加改造的技术加工,那亦未当不可,这与第一种采访方法是无出入的,但"导演"一词改为"技术加工"要恰当些。但应掌握非到不得已不要"技术加工",过分的注意这方面,同样会影响照片的真实和动态的自然。而采访的正确方法,也证明作深入充分的思想准备(调查研究、精心计划)技术准备(变换方位、改进光线等),往往可以避免与克服新闻摄影中的客观障碍,临时抱佛脚的"技术加工"收效却常不佳。①

在吴群看来,只要摄影师是有"思想准备"和"技术准备"的现场参与者,其通过干预现场拍出的照片就是真实可信的,和现场抓拍的效果"无出入"。吴群注重措辞,他似乎认为"导演"这个词过于强调主观和创造性的控制,而"技术加工"则更能体现摄影师的干预是为了应对"客观环境"和"客观障碍",比如基层连队摄影师们普遍需要在相机类型五花八门、功能参差不齐,胶卷极度缺乏,感光度低且没

① 吴群:《谈采访方法》,《摄影网通讯》第 6 期。

有闪光耗材等条件下完成报道任务。换句话说,吴群和郝建国都从工作方法上否定了沙飞的摄影真实性原则。

为什么拍摄手段会突然成为党内摄影实践者探讨影像真实性的关键点?笔者推测,这是画报社摄影采编人员对地方党报系统的反"客里空"运动的直接回应。"客里空"是苏联话剧《前线》中一个编造假新闻的记者的名字,该话剧被毛泽东在1944年定为整风补充学习材料。[1] 反"客里空"运动的起初,是《晋绥日报》在1947年6月公开自我检讨土改报道出现假新闻,三个月后发展为全党新闻工作者自我批评教育。运动持续到1948年年中,以"正确的立场=正确的作风=真实的报道"这样一个高度简化的政治标准收场。[2]

如果说刊发吴群的文章或许还有画报社对拍摄手段和摄影真实性的关系存在内部商榷的需求,那么,以1947年9月新华社社论号召所有工作部门锻炼立场作风为标志,"思想正确"迅速上升为画报社评判照片的首要标准。在总结1947年10月收到的来自25名摄影师的408张稿件时,画报社明确指出:"采访表现方法问题……是建筑在正确的采访思想方法上边的,没有明确与很好的理解了采访思想方法,则采访表现方法就不能达到优美与完善。"[3]在这里,"思想方法"被提高到理论基础的地位,"思想"指导并引领"采访表现",正确的思想是采访表现的必要条件。"思想方法"这个抽象概念的提出,意味着暗含在摄影"典型论"中的实用性要求——摄影者以党在特定阶段的革命任务和政策目的为调研前提和采访出发点——被进一步明确。在1947年12月召开的野战军摄影工作会议上,沙飞的发言对画报社史料里并无记载的反"客里空"运动进行了某种程度上的总结:

> 我们过去还没有足够明确的阶级立场与阶级观点(连我在内),所以对许多重要的材料看不清,抓不住,放过去了。我们是人民解放军,是解放人民的,保护人民的,而国民党军队则是压迫人民的,这是极剧烈的斗争,这个斗争中有许多宝贵的材料……如没有明确的阶级观点去看问题,则会天天看,看不见……所以大家能不能敏锐的发现材料,决定于我们的阶级观点明确不明确,我们是一个用新闻摄影做阶级斗争的战士,因此我们也必须要有明确的阶级

① 陈晋:《毛泽东1944年春天向全党推荐两部作品始末》,《前线》2013年第11期。
② 王辰瑶:《反"客里空"运动的历史脉络与思想逻辑》,《国际新闻界》2011年第5期。
③ 采访组:《军区十月摄影采访小结》,《摄影网通讯》第11期。

立场,阶级观点。①

　　笔者目力所及,在摄影史料中第一次出现"客里空"一词,是在一份由华北军区政治部宣传部颁发的《摄影工作者守则》中,发布时间是 1948 年 6 月 22 日,在晋察冀画报社被改编为华北画报社的一个月后。守则很短,但适用性首次覆盖全军。全文如下:

　　　　1.不避艰险,坚决完成任务;2.报导要真实,不当"客里空";3.尊重各级领导,深入群众;4.不随便发言,严守军事秘密;5.爱护器材,不拍私人照片;6.严守战场纪律,缴获交公。②

　　从第 2 条可以看出,"客里空"此时已经是包括画报社在内的党内宣教工作者周知的"假新闻"代名词。政令性的《摄影工作者守则》下发后,实践者们在摄影技法等操作层面上对摄影真实性的多样认识逐渐从画报社的公开讨论中消失,而"思想性"成为考察摄影动机和照片成败的首要指标。画报社副社长高帆要求前线摄影师赋予照片思想,即,"和当时的政治、军事任务紧密吻合,通过照片,来宣传什么、证实什么、提倡什么、揭发什么、反对什么",而熟悉题材和选择拍摄角度、光线、拍摄时机和环境,则是一张政治意义充实的作品的"美的条件"③。摄影记者蓝波用"思想性"反思自己"四四"儿童节在和平保育院抓拍到的一张照片(见图8)。他说,他在采访时"最迫切的思想"是如何表现儿童的天真可爱,但采访结束后,他"想了很久",意识到"这张照片犯了原则错误":因为梨花可以结果,折农民的梨花是破坏劳动人民的果实,而小资产阶级出身的自己一时感情冲动,失去立场,所以"在提倡大生产的今天,这张照片是在尖锐的与党的政策直接冲突着"④。作为《摄影网》以提高摄影记者艺术修养为目的而刊登的典型案例之一,蓝波的自我剖析不但否定了拍摄手段和影像真实性之间的必然关系,而且否定了画面内容是意义的直观反映。在"思想性"的统领下,拍摄技法、图像形式、大众审美和政策

---

　　① 《1947 年 12 月野战军摄影工作会议》,转引自顾棣编著:《中国红色摄影史录》,山西人民出版社 2009 年版,第 1113—1116 页。
　　② 《关于颁发摄影工作者守则通知》,《摄影网》第 1 期。
　　③ 高帆:《照片一定要有思想》,《摄影网》第 3、4 期合刊。
　　④ 蓝波:《儿童的"天真"?》,《摄影网》第 7 期。

信息传达的关系等,都转化成了"思想方法"的外在形式展现。

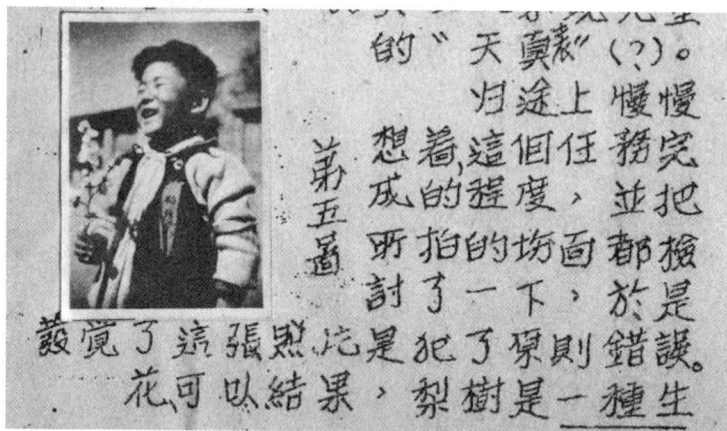

图 8　蓝波儿童的"天真"《摄影网》第 7 期

## 六、结语

在 20 世纪的中国,摄影大众化是摄影这一外来媒介本土化的重要特征,但相关的讨论和实践不但晚于 30 年代以左翼知识分子为代表的启蒙性文学,而且和抗战前兴盛于沿海大城市的摄影文化没有交集,更不是革命领导人主导、自上而下推行的战时策略。[①] 摄影的机械复制性决定了照片直到 20 世纪三四十年代仍是大众传播的新媒介。与文学、绘画、戏剧乃至木刻相比,摄影图像的生产和大众化受到更为昂贵复杂的设备和技术流程的限制,加上长年的战乱环境,客观上消解了摄影师个体在图像流通中的主动性和独一性。文章从摄影的物质特性出发,构建摄影在华北解放区的话语和实践网络,并探究其中几个重要的具体问题。

笔者发现,"摄影八股"是在"阶级斗争"重回革命话语的情境下提出的。党内摄影实践者在生成以基层读者为报道对象的影像报告的同时,也在积极尝试吸收读者意见,用以丰富影像形式表达。尽管对民间文化符号和传统人像审美的部分征用在短期内拉近了读者和画报的关系,但仍然无法解决政策宣达讲求直白反复与画报可读需要丰富视觉形式这两个现实需求之间的矛盾。当图像的生产与传播遵循"从群众中来,到群众中去"的机制时,也产生了困扰画报社摄影师的新问题。

---

　　① 有关"文艺大众化"的话语演化,参见罗崇宏:《从"大众化"到"文艺大众化"——"战争"语境中"文艺大众化"生成的话语逻辑》,《东岳论丛》2019 年第 6 期。

比如,既然摄影者不再是旁观的纯粹记录者,那么摄影技术技巧对照片实证性会有怎样的影响?既然拍摄手段不能作为摄影真实性的必要评判标准,那么摄影师该如何拿捏操作层面上"技术加工"的度?形式语言要如何创新才不会与摄影现实主义的内核发生矛盾?尽管这些业务探讨在反"客里空"运动中被搁置,但摄影形式陷入僵化的问题仍然存在,甚至到 1949 年初成为大多数摄影记者所公认的瓶颈。[①] "思想性"在反"客里空"运动的催化下显露并成为革命影像真实性的理论依据,却也给革命摄影实践者们提出了内容和形式何以辩证统一的新难题。

(原载于《文艺研究》2020 年第 5 期)

---

① 《如何克服摄影工作中的经验主义——一月十日十九兵团摄影干部会议讨论记录摘要》,《摄影网》第 13 期。

# 艺术跨媒介性与艺术统一性

## ——艺术理论学科知识建构的方法论

周宪　南京大学艺术学院教授

作为一个独立的学科,艺术(学)理论已经在中国当代学术体制中确立。按照学界通常的看法,艺术理论的研究对象乃是各门艺术中的共性规律。然而各门艺术千差万别,如何从艺术的多样性进入其统一性,委实是一个难题。在艺术研究领域,实际上存在两种不同的方法论取向:一是专事于具体门类艺术研究的学者,往往强调某门艺术的独一性而忽略艺术的共通性;二是具有哲学、美学和文艺学背景的学者,力主各门艺术多样性和差异性基础之上的共通性,共通性是艺术理论作为一门独立学科的合法化根据。两种取向之间的紧张是当下中国艺术研究的真实现状,前者走的是"自下而上"的路线,但很容易止于某一艺术的独一性;后者按照"自上而下"的路线展开,亦局限于从基本观念和原理来推演。建构中国的艺术理论学科及其知识体系,如何平衡归纳与演绎、经验与思辨、差异性与共通性、多样性与统一性的张力,显然是一个难题。古往今来的理论家们就这一张力发表了许多精彩看法,仍给我们诸多启示。本文基于晚近艺术跨学科研究的发展趋势,讨论一个艺术理论知识建构的方法论新议题,即艺术的跨媒介性问题。我认为,解决艺术研究"自下而上"和"自上而下"的矛盾,从艺术的跨媒介性入手是一个很有前景的理论路径。换言之,本文透过跨媒介性的视角,来重新审视各门艺术之间的内在关联,进而达致各门艺术多样性和差异性基础上的统一性或共通性。

## 一、艺术间交互关系的研究范式

从中西艺术理论的学术史来看,艺术交互关系研究大致有以下五种主要的范式。最古老的是所谓"姊妹艺术"的研究。中西艺术批评史和理论史上最常见的理论话语就是诗画比较。在中国文化中,"诗画一律"是一个妇孺皆知的常识。尽管诗画分界是存在的,但在中国文人看来,两者不分家或"你中有我、我中有你"是显而易见的。苏轼的说法影响深远:"味摩诘之诗,诗中有画,观摩诘之画,画中有诗。"①他得出了"诗画本一律"的结论。如果说这种观念反映了诗画融通的关系,那么如下说法则点出了两种艺术毕竟不同:"画难画之景,以诗凑成;吟难吟之诗,以画补足。"②此一说法道出了诗画各有所长和所短,诗之所短乃画之所长,反之亦然。在西方,这样的讨论亦汗牛充栋③,在此不再赘述,但有一个问题值得关注,那就是如何以文学的修辞和语言来描述图像,即"ekphrasis"。从词源学上看,这个概念来自希腊语,意思是讲述、描述或说明,是以诗论画的古老传统,泛指一切用语言来描述图像的行为。在中国古典诗画讨论中,整合论或融合论占据主导地位,与西方重逻辑分类的区分性思维有所不同。西方艺术理论更强调文学与绘画的媒介差异性。以语言去描述图像,这其中就产生了某种跨媒介关联。所以"ekphrasis"自古以来是一个讨论艺术间复杂关系的热门话题,从语言对图像的描述,到诗画关系的比较,再到文学借鉴绘画的逼真刻画效果,一直到绘画受制于文学主题等等,都有所涉及。及至晚近的艺术理论,"ekphrasis"再度吸引学者们的注意力,成为一个极有生长性的研究话题,其考察已经大大地超越了古典的以诗论画的范围。④

　　第二种艺术交互关系的研究范式是历史考察模式,通过不同时期艺术间相互关系的变化,总结出一些历史演变的关系模式。这方面的研究有很多。豪塞尔发现,从历史角度看,不同的艺术类型并不处在同一发展水平上,有的艺术"进步",有的则"落后"。"18世纪以来,人们几乎不会注意到,由于公众对艺术的兴趣的社会差别发展起来,文学、绘画和音乐已不再保持同一水平的发展了,这些艺术部

---

① (宋)苏轼:《书摩诘蓝田烟雨图》。
② (宋)吴龙翰语,曹庭栋:《宋百家诗存》卷一九,转引自钱钟书:《七缀集》,上海古籍出版社1985年版,第7页。
③ Herbert M.Schueller, "Correspondences between Music and the Sister Arts, According to 18th Century Aesthetic Theory", *The Journal of Aesthetics and Art Criticism*, Vol.11, No.4, 1953, pp.334-359.
④ Cf.Murray Krieger, Ekphrasis, The Illusion of the Natural Sign, Baltimore: Johns Hopkins University Press, 1992; Peter Wagner (ed.), Icons-Texts-Iconotexts, Essays on Ekphrasis and Intermediality, Berlin & New York: Walter de Gruyter, 1996; Emily Bilman, Modern Ekphrasis, Bern: Peter Lang, 2013; Asunción López-Varela Azcárate and Ananta Charan Sukla (eds.), The Ekphrastic Turn: Inter-art Dialogues, Champaign, IL: Common Ground, 2015; Stephen Cheeke, Writing for Art: The Aesthetics of Ekphrasis, Manchester: Manchester University Press, 2010; Gottfried Boehm and Helmut Pfotenhauer, Beschreibungskunst-Kunstbeschreibung: Ekphrasis von der Antike bis zur Gegenwart, Paderborn: Verlag Wilhelm Fink, 1995.

门中的某一种艺术几乎不把它们已经解决的诸形式问题表现在另一种艺术之中。"① 雅各布森从另一个角度指出,每个时代都有某种占据主导地位的艺术门类,它会对其他艺术产生深刻影响,形成各门艺术争相模仿的关系形态。他基于文学的诗学观念,区分了文艺复兴、浪漫主义和现实主义三个不同阶段的主导审美风格的变迁。文艺复兴时期占据主导地位的是视觉艺术,因而它成为当时的最高美学标准,其他艺术均以接近视觉艺术的程度被评判其价值;浪漫主义阶段音乐占据主导地位,因而音乐的特性成为最高的审美价值标准,所以诗歌努力追求音乐性;到了现实主义阶段,语言艺术成为主导的审美价值标准,因此诗歌的价值系统又一次发生了变化。② 雅各布森的"主导"理论触及了艺术间相互历史关系的一个重要方面,那就是它们彼此间的影响关系。结合豪塞尔的理论可以看到,各门艺术的不平衡发展导致特定时期的某种艺术成为最有影响力的主导艺术,这门艺术的审美观念遂成为占据主导地位的审美价值标准,广泛影响了其他艺术。有趣的是,雅各布森的三段式聚焦于三种不同的艺术媒介,揭示了绘画的视觉媒介、音乐的听觉媒介和语言媒介在艺术交互关系的历史结构中依次占据主导地位的演变轨迹。

第三种艺术交互关系研究范式是美学中的艺术类型学。美学将各门艺术视为一个统一性结构,无论称其为"美的艺术",还是大写的"艺术"或复数的"艺术",都表明艺术是一个家族。但这个家族的成员却各有不同,因此,如何分类确立共通性之下的差异性,一直是美学的一个重要任务。从莱辛的诗画分界的讨论,到黑格尔五种主要艺术类型历史与逻辑相统一的结构,再到形形色色的艺术分类研究,都意在强调不同艺术之间的相互关系及其整体性和统一性。以美国著名美学家芒罗的《艺术及其交互关系》一书为例。他以塑形(shaping)、声音(sounding)、语词(verbalizing)的三元结构来划分,将各门艺术归纳为六类:(1)视觉塑形艺术(绘画、雕塑、建筑、家具、服饰等);(2)声音艺术(音乐和其他具有声音效果的艺术);(3)语词艺术(诗歌、小说、戏剧文学等);(4)视觉塑形与声音艺术(舞蹈和哑剧的结合等);(5)声音与词语化的艺术(歌曲);(6)视觉塑形、声音与词语化的艺术(歌剧等)。③ 需要指出的是,美学的艺术分类研究是从关于艺术的基本哲学观念

---

① [美]阿诺德·豪塞尔:《艺术史的哲学》,陈超南、刘天华译,中国社会科学出版社 1992 年版,第 242 页。

② [俄]罗曼·雅各布森:《主导》,任生名译,载赵毅衡编选:《符号学文学论文集》,百花文艺出版社 2004 年版,第 9—10 页。

③ Thomas Munro, *The Arts and Their Interrelations*, Cleveland: Press of Western Reserve University, 1967, pp.297-314,528-529.

出发展开的,因此各门艺术的统一性是依照逻辑在先原则处理的,它与"姊妹艺术"从各门艺术的独特性入手进入统一性的研究路径正好相反。

第四种艺术交互关系研究范式是来自比较文学的比较艺术(comparative arts)或跨艺术研究(interarts studies)。历史地看,这一研究是过往"姊妹艺术"研究的当代发展,从当下知识生产境况来看,它是比较文学学科走向跨学科和文本交互性的必然产物。比较艺术是在比较文学美国学派中形成的,它是平行研究的一个重要层面,即文学与其他艺术的比较研究。有学者指出:"进行文学与艺术的比较研究似乎有三种基本途径:形式与内容的关系、影响以及综合。"①还有学者认为,传统的艺术间研究往往关注存在于两个文本之间可感知到的一系列关系,包括关联、联系、平行、相似和差异等。② 晚近的研究则主要集中在不同媒体文本的类型学,如一个媒介的文本如何被另一个媒介的文本改写或重写(比如电影对文学作品的改编),一个艺术门类中发生的运动如何对其他艺术产生影响,某种艺术特定结构的或风格的特质如何被其他艺术效仿等。③ "通过涵盖多媒介和新技术并质疑学科的或传统的边界,跨艺术研究试图重新界定比较文学这一领域。"④另有学者提出,如果通过其他艺术来反观文学,便可以更加深入地把握文学的特质。比如以绘画来看文学,便可得出一些颇有启发性的结论,如通过绘画来阐释文学作品的细节,以画面构图来探究文学的概念和主题,文学与绘画的交会互动等。⑤ 但从艺术理论的知识建构来看,比较艺术研究有两个明显缺憾。其一是它的语言学中心论。其方法论主要依据语言学,而且文学作为语言艺术,自然将语言学作为知识生产的方法论,这会导致忽略其他艺术自身的特性和方法(比如图像学或音乐学的方法)的弊端。其二是文学中心论。由于比较艺术是在比较文学学科框架内发展起来的,所以文学自始至终都是比较艺术的中心,文学的主导地位使得其他艺术的比较

---

① [美]玛丽·盖塞:《文学与艺术》,张隆溪译,转引自张隆溪选编:《比较文学译文集》,北京大学出版社1982年版,第121页。

② Claus Clüver, "Interarts Studies: An Introduction", in Stephanie A.Glaser(ed.), *Media inter Media: Essays in Honor of Claus Clüver*, Amsterdam & New York: Rodopi, 2009, pp.504, 500, 505-509.

③ Claus Clüver, "Interarts Studies: An Introduction", in Stephanie A.Glaser(ed.), *Media inter Media: Essays in Honor of Claus Clüver*, Amsterdam & New York: Rodopi, 2009, pp.504, 500, 505-509.

④ Anke Finger, "Comparative Literature and Internart Studies", in Steven Totosy de Zepetnek and Tutun Mukherjee(eds.), *Companion to Comparative Literature, World Literatures, and Comparative Cultural Studies*, Cambridge: Cambridge University Press, 2013, p.131.

⑤ Helmut A.Hatzfeld, *Literature through Art: A New Approach to French Literature*, Chapel Hill: University of North Carolina, 2018.

成为参照甚至陪衬,比较意在说明文学特性而非其他艺术的独特性,这就有可能将艺术理论最为关键的问题——艺术统一性及共性规律,排除在外。

最后一种艺术交互关系研究的范式是晚近兴起的跨媒介研究(intermedial studies),它克服了比较艺术的语言学中心论和文学中心论,对于艺术理论的学科建设和知识生产最具生产性。"跨媒介性"(intermediality)是晚近人文社会科学的一个新概念,关于何谓"跨媒介性"也有颇多争议。"跨媒介"(intermedia)概念1966年出现在美国艺术家希金斯的一篇文章中,"跨媒介性"概念则源自德国学者汉森-洛夫。1983年,他用这个概念来和"互文性"概念类比,以此把握俄国象征主义文学、视觉艺术和音乐的复杂关系。此后这个概念和"互文性"概念相互纠缠,甚至有人认为跨媒介性是互文性的一种表现形态,亦有人认为跨媒介性与互文性完全不同。"一般来说,'跨媒介性'这个术语是指媒介之间的关系,这个概念因而被用来描述范围广大的超过一种媒介的文化现象。之所以无法发展出单一的跨媒介性定义,原因在于它已经成为许多学科的核心理论概念,这些学科包括文学、文化和戏剧研究,以及历史、音乐学、哲学、社会学、电影、媒体和漫画研究,它们均涉及不同的跨媒介问题群,因而需要特殊的方法和界定。"[1]有学者具体区分了广义和狭义的"跨媒介性",以上界定就是广义的"跨媒介性",只在媒介内、媒介外、媒介间加以区分,"媒介间"正是"跨媒介性"的广义概念。而狭义的"跨媒介性"则更为具体,首先区分为共时与历时的跨媒介性,前者是特定时期的跨媒介性,后者指不同时期跨媒介性的历史演变;其次区分为作为基础概念的"跨媒介性"与作为特定作品分析范畴的"跨媒介性";最后区分涉及不同学科方法的现象分析,不同的学科方法对不同现象的分析是否属于跨媒介性有不同的看法。[2] 由此可以看出,跨媒介性并不拘泥于某一个学科(如比较文学),而是一个更具包容性和开放性的范畴,深入到不同学科和领域,关联于很多媒介领域和现象。

以上五种模式比较起来,我认为跨媒介性及其研究范式最有发展前景,与艺术理论的知识体系建构关联性最强。尤其是跨媒介研究的方法论,越出了美学门类研究和比较文学的比较艺术范式,在很多方面推进了艺术理论知识系统建构。主要有如下五个方面:

第一个推进是将媒介因素作为思考的焦点,这既符合当代艺术发展彰显媒介

---

① Gabriele Rippl(ed.),*Handbook of Intermediality*,Berlin & Boston:Walter de Gruyter,2015,p.1.

② Irina O.Rajewsky,"Intermediality,Intertextuality,and Remediation:A Literary Perspective on Intermediality",*Intermédialités*,No.6(Autumn 2005),pp.47-49.

交互作用的趋势,又是理论话语自身演变的发展逻辑所致。如果说在传统艺术中媒介往往被题材和主题遮蔽的话,那么,当代艺术则越来越强调媒介的重要性。对于艺术的比较研究来说,对媒介及其复杂性关系的关注加强了艺术本体论研究,有助于深入揭示出各门艺术的差异性基础上的统一性。

第二个推进是破除了比较文学的文学中心论,将各门艺术置于平等的相互影响的地位,这就为更带有艺术理论性质而非诗学宰制的理论话语建构提供了可能。"跨媒介性"概念原则上说是一个中性概念,它强调每门艺术各有所长所短,其相互作用是关注的焦点。特别是艺术史和视觉文化的兴起,视觉性和听觉性问题的凸显,削弱了语言及文学的中心性,把不同艺术的比较研究推向了更加广阔的领域。

第三个推进体现在较好地实现了自下而上与自上而下方法论的结合。美学范式往往囿于哲学思辨的传统而走自上而下的路线,而媒介问题的凸显一方面打通了与媒介哲学的联系,另一方面又将注意力放在具体的媒介上,这就将经验研究和思辨考量有机结合,更有效地阐释出艺术交互作用背后的艺术统一性。

第四个推进呈现为对新媒介和新技术等艺术发展新趋势的关注。20世纪末以来,随着新媒介和新技术的进步,艺术也出现了深刻的变革。拘泥于"拉奥孔"显然已难以适应这一新的变局。消费文化、信息社会、网络和数字化的普及,尤其是视觉文化的崛起,重塑了艺术的地形图。"跨媒介性"概念和方法的提出恰逢其时,是对这一变局敏锐的理论回应。这在相当程度上改变了比较艺术重视过去甚于当下的倾向,使得比较艺术的知识生产更带有未来导向。由于新媒介和新技术的大量引入,传统雅俗艺术的分界也渐趋消解。"跨媒介性"作为一个包容性很广的概念,起到了拓展艺术研究领域的作用,将以往处在"美的艺术"边缘的亚艺术或非艺术的门类,从漫画到网络视频,从戏仿作品到摄影小说等,都纳入了艺术研究的范畴。

最后一个推进是进一步强化了这一研究领域的跨学科性。如前所述,跨媒介性并不是艺术的专属现象,而是广泛地发生在社会文化诸多领域。就我的观察而言,社会学、传播学、文化研究甚至语言学和数字人文都深度参与了跨媒介性问题,引入了许多新的理论和方法。比如语言学中的模态理论就被广泛用于跨媒介性的分析,符号学、叙事学、社会学、政治学也都把跨媒介性作为一个思考当下现实的独特视角。一言以蔽之,跨媒介性是我们重构艺术理论知识体系并探究各门艺术统一性的颇有前景的研究路径。

## 二、跨媒介比较与主导艺术

在比较文学的比较艺术研究中,始终存在着一个"帝国中心",那就是作为方法论的语言学和作为艺术门类之一的文学。而进入跨媒介艺术研究的一个重要转变则是去中心化,一方面是方法论更加多元化和具有跨学科性,另一方面则是各门艺术平等相处。然而,从历时性角度看,艺术的跨媒介相互关系研究似乎总有主次之分,有些艺术门类长时间占据着重要地位,有些艺术则处于较为边缘的位置。一个最为突出的有趣现象是,诗、画、乐,或广义的文学、造型艺术、音乐,在中西古典艺术的跨媒介性讨论中,从古至今总是处于核心地位。这是为什么? 是因为这"三兄弟"比别人更重要,还是因为这"三姊妹"彼此关系密切、经常互动?

历史地看,不同艺术在不同时代居于完全不同的位置,有的是中心地位,有的则处于边缘地位,中西艺术史及其研究都证明了这个规律性现象。18 世纪中叶,巴托界分了五种"美的艺术"——音乐、诗歌、绘画、戏剧和舞蹈。[①] 20 年后,莱辛的《拉奥孔》奠定了诗画比较的现代模式。19 世纪初黑格尔的庞大美学体系,从历史的和逻辑的层面建构了一个由建筑、雕塑、绘画、音乐和诗歌五门艺术构成的系统。20 世纪中叶,克里斯特勒在对现代艺术体系形成的历史分析中所提出的五门现代艺术分别是绘画、雕塑、建筑、音乐和诗歌。[②] 如果我们把两百年间这些关于艺术的理论稍加综合,便不难发现诗歌、绘画和音乐是跨媒介研究的常客,占据着从古典艺术体系到现代艺术体系中的显赫位置。诗画、诗乐、画乐是三种最经常的比较模式。而两两比较最常见的有三种模式,比如诗画比较的三种跨媒介关系:一是诗歌中的绘画,二是绘画中的诗歌,三是诗歌与绘画。

诗画乐之所以在跨媒介性思考中如此彰显,原因非常复杂。首先,这三门艺术在古典艺术中成熟较早并成就较高,因此成为前述雅各布森意义上的"主导型艺术";其次,这三门艺术的媒介相对单纯,语言、视像、乐音分别代表了不同的媒介特性,尤其是媒介的单一纯粹性,这就和戏剧舞蹈等有多媒介参与的混杂媒介情况有所不同;再次,诗画乐的媒介是从古典到现代文化生产与传播的形态,代表了阅

---

① Abbey Batteux, "The Fine Arts Reduced to a Single Principle", in Susan Feagin & Patrick Maynard (eds.), Aesthetics, Oxford: Oxford University Press, 1997, p.104.

② 参见[美]克里斯特勒:《现代艺术体系》,阎嘉译,载周宪主编:《艺术理论基本文献·西方当代卷》,生活·读书·新知三联书店 2014 年版,第 77 页。

读、视觉和听觉感知这三种基本认知方式；最后，古典艺术家的跨界实践中，最常见的就是这三者的互通与穿越，尤其是诗画不分界或兼诗兼画的情况在艺术家中并不鲜见，中国古代文人往往是诗书画琴样样精通。即使在当下的跨媒介艺术研究中，大量的讨论仍然集中在这三个艺术门类的媒介关系上。这清楚地表明，跨媒介艺术本体论研究中实际上存在着主导艺术与非主导艺术两大类型。以一本时下颇为流行的工具书《跨媒介性手册》(2015)为例，虽然各种新媒介现象已开始崭露头角，但基本问题仍围绕诗画乐提出，该书设计了三大问题域，其一是文本与形象，包括"ekphrasis"、文学与摄影、文学与电影、文学视觉性与跨媒介框架、跨媒介叙事、文本与图像的结合；其二是音乐、声音与表演，涉及文学与音乐理论、文学声学、诗歌的音乐化、跨媒介性与表演艺术、跨媒介性与视频游戏等；其三是跨媒介方法论与交错性。① 比较艺术学者、哈佛大学教授奥尔布赖特的力作《泛美学：各门艺术的统一性与多样性》(2014)，也是聚焦于诗画乐这三门主导艺术的比较之作。②

进一步的问题是，诗画乐在跨媒介艺术交互关系研究中处于中心地位，这与艺术的统一性或共性规律有何关系？对这三门艺术的跨媒介关系思考是否有助于对艺术理论基本原理的把握？我以为这可以从两个层面来考量。第一，由于从古典艺术到现代艺术，诗画乐始终占据主导地位，成为艺术中的代表性门类，这三种主要的艺术媒介及其相互关系亦成为跨媒介关系的典型形态。比如从艺术家跨界实践的角度说，诗画乐三者的跨界似乎最为常见。在黑格尔的艺术哲学体系中，各门艺术有一个历史序列，象征型艺术以建筑为代表，古典型艺术以绘画为代表，而浪漫型艺术则是绘画、音乐和诗歌的三足鼎立。第二，从逻辑的角度说，这五门艺术又是一个严密的艺术系统，从艺术的物质性逐步发展到艺术的精神性。正如黑格尔所言："从一方面看，每门艺术都各特属于一种艺术类型（即象征型、古典型和浪漫型艺术——引者），作为适合这种类型的表现；从另一方面看，每门艺术也可以以它的那种表现方式去表现上述三种类型中的任何一种。"③在黑格尔的艺术分类系统中，建筑是外在的艺术，雕塑是客观的艺术，绘画、音乐和诗歌则是主体的艺术。紧接着他又指出，各门艺术的分类原则必须服从于一个更高的原则——"美

① 这本书的作者多为文学背景，所以文学在其中扮演了中心角色，未能脱离比较文学构架中的比较艺术学路径。See Gabriele Rippl(ed.), The Handbook of Intermediality.

② See Daniel Albright, Panaesthetics: On the Unity and Diversity of the Arts, New Haven: Yale University Press, 2014.

③ ［德］黑格尔：《美学》第 1 卷，朱光潜译，商务印书馆 1979 年版，第 104 页。

概念本身的普遍的阶段或因素"①。"普遍的阶段"和"(普遍的)因素"这两个表述,揭示了艺术之间的内在关联性和统一性。"普遍的阶段"就是象征、古典和浪漫的历史三阶段,而"(普遍的)因素"则是指艺术逐渐摆脱物质性向精神性(心灵性或观念性)的上升逻辑。值得注意的是,作为浪漫型艺术的绘画、音乐和诗歌属于主体性的艺术,这也从另一个角度解释了为什么这三门艺术更加突出地成为艺术跨媒介比较研究的宠儿。虽然在黑格尔的艺术哲学系统中,浪漫型并不是我们通常理解的近代浪漫主义,而是指中世纪到文艺复兴时期的艺术,但是这种趋向于精神性或主体性的艺术发展趋势,却在黑格尔那里得到了有力的论证。

在黑格尔的体系中,诗歌是最高境界,所以其美学用了大量篇幅来讨论诗歌(广义上的文学)。黑格尔之后情况有所转变,音乐似乎超越文学成为了各门艺术追求的至高艺术境界。这一趋势在浪漫主义批评家佩特那里表述得最为透彻,他有一句流传久远的名言:"一切艺术都不断地追求趋向于音乐状态。"②这段话初看起来不合逻辑,因为每门艺术都有自己的特性,为何都会趋向于音乐状态呢?如果我们把诗画乐视为跨媒介艺术研究的"三冠王",那么,在三者中,音乐似乎又处在一个更加优越的地位。不同于黑格尔的逻辑结构中诗歌是最高的王冠,佩特则把音乐视为王冠上的明珠。道理何在?从佩特的论述逻辑来看,他通过对乔尔乔内画派的研究提出,美学批评的对象是最完美的艺术,最完美的艺术是内容与形式融为一体的状态,音乐是这种状态最典型的体现。所以,一切艺术如果要达到完美,就必然追求"音乐状态"。晚近,随着对现代主义艺术研究的深入,艺术的纯粹性被视作现代主义艺术的重要指向,用纯粹性来解释佩特的如上表述成为一种普遍倾向,而艺术的强烈表现性则被作为一个论证依据。由此,艺术的抽象性便被视为一种艺术的理想境界,而音乐是各门艺术中最具抽象性特征的艺术门类,于是音乐性成为各门艺术努力追求的理想境界。"正是音乐艺术最完美地实现了这一艺术理想,这一质料与形式的完美同一。……在音乐而非诗歌中才会发现完美艺术的真正典范或尺度。"③前面我们提到的雅各布森所谓浪漫主义以音乐为理想的文学追求即如是。

---

① [德]黑格尔:《美学》第 1 卷,朱光潜译,商务印书馆 1979 年版,第 114 页。

② "All art constantly aspires towards the condition of music." Cf. Walter Pater, The Renaissance: Studies in Art and Poetry, Edited with Texual and Explanatory Notes by Donald L. Hill, Berkeley: University of California Press, 1980, p.106.

③ Walter Pater, The Renaissance: Studies in Art and Poetry, p.109.

　　这里就碰到一个跨媒介艺术研究的难题:如果说诗、画、乐是三种最重要的艺术门类,那么三者中谁是"王中王"呢? 换言之,诗画乐中哪一种艺术最能代表艺术的特征和价值呢? 在中国古典文化中,诗歌是当然的"王中王",因为"兴、观、群、怨"的功能使之成为最重要的艺术门类。在西方,不同时代亦有不同的艺术担任"王中王",如古希腊时期的雕塑和悲剧,文艺复兴时期的绘画和建筑,浪漫主义时代的诗歌和音乐等。

　　除了不同艺术的相互竞争,在同一大门类中,比如造型艺术或视觉艺术中,历来也存在着建筑、雕塑和绘画孰优孰劣的争论(如达·芬奇关于绘画与雕塑优劣的讨论)。佩特断言音乐在各门艺术中具有至高无上的优越地位,其实这是浪漫主义艺术观念和美学观念的体现。我以为至少有这样几个原因。第一,在各门艺术中,音乐的和谐与秩序特性最为凸显。从调性到曲式,从旋律到节奏,音符之间的有序结构关系成为各门艺术模仿的对象,在这方面只有建筑可与音乐相媲美。第二,音乐又是最缺乏模仿性的艺术。在西方古典艺术范畴内,模仿曾经是一个颠扑不破的真理,所以雕塑、绘画、史诗、悲剧等艺术脱颖而出,成为在模仿方面具有优越性的艺术门类。而浪漫主义以降,模仿自然的古典原则不再是天经地义的了,人们转向主体的精神、心灵、情感和想象力,音乐作为一种最具表现性或表情性的艺术,其声音媒介直接感染人心的特性使其异军突起,成为各门艺术努力追求的理想状态,难怪许多艺术家都把自己的理想甚至具体作品与音乐性关联起来,如德拉克洛瓦就提出了"绘画音乐性"的观念等。以至于斯达尔夫人直言,音乐优于其他所有艺术之处就在于,它具有"某种令人愉悦的梦幻效果,让我们沉浸其中,消除了语言所能表现的所有思想,同时唤起了我们对无限的领悟"①。第三,音乐的非模仿性使其趋向于某种艺术的纯粹性,尤其是形式的纯粹性,所以在现代主义潮流中,当艺术纯粹性的美学观念逐渐占据主导地位之后,较之于其他艺术,音乐显而易见地成为艺术纯粹性的典范艺术类型。如瓦莱里所提倡的"纯诗"观念就是对诗歌音乐性的追索:"在这种诗里音乐之美一直继续不断,各种意义之间的关系一直近似谐音的关系,思想之间的相互演变显得比任何思想重要。……纯诗的概念是一个达不到的类型,是诗人的愿望、努力和力量的一个理性的边界。"②值得注意

---

　　① Quoted in Peter Vergo, The Music of Painting: Music, Modernism and the Visual Arts from the Romantics to John Cage, London: Phaidon, 2012, p.8.

　　② [法]瓦莱里:《纯诗》,丰华瞻译,载吴蠡甫主编:《现代西方文论选》,上海译文出版社1983年版,第29页。

的进一步发展是,艺术的这种纯粹性最终彻底摆脱了模仿的禁锢,日益转向现代艺术的抽象。尤其是在抽象主义、抽象表现主义等艺术风靡之后,音乐的跨媒介实践和相关理论成为阐释抽象艺术音乐性的一个重要层面。

诚然,这里我们无须追究何者为"王",重要的是透过音乐的独特审美特性来深入揭示艺术的内在关系及其隐含的基本艺术观念。当某种艺术超越其他艺术而成为跨媒介比较的参照甚至典范时,一方面说明特定艺术具有某种代表特定时期艺术观念和美学原则的功能,另一方面也在提醒我们,随着艺术实践的不断发展,不同历史时期会有不同的艺术跃居跨媒介研究的中心位置,这就不断地改变着艺术及其理论话语的版图。

## 三、艺术跨媒介的模态关系

跨媒介艺术研究的一个重要任务是搞清各门艺术间复杂的交互关系,进而从艺术的多样性和差异性进入艺术的统一性,由此揭示艺术的共通性。晚近跨媒介艺术研究在不同艺术的跨媒介模态关系上,提出了不少有价值的分析方法和理论模型。从这些研究的当代进展来看,在跨媒介性观念及其方法的指引下,艺术的跨媒介交互关系的研究超越了传统的"姊妹艺术"或比较艺术的研究范式,成为艺术作品本体论研究的一个极具生长性和创新性的领域。

在诸多跨媒介模态关系理论中,有三种看法尤其值得注意。首先是奥地利学者沃尔夫的跨媒介模态关系的四分法[1],他区分了"作品外"(extracompositional)和"作品内"(intracompositional)两个范畴,前者指不同媒介间具体的交互关系,决定了作品的意义和外在形态,后者则是批评家方法论的产物,并不直接影响作品的意义和外在形态。在此基础上,沃尔夫归纳出四种跨媒介模态关系。第一种作品外的模态是超媒介性,它不限于特定的媒介,而是出现在不同的异质媒介符号物之间,具有某种显而易见的相似性。"超媒介性可出现在非历史的形式手法层面上,以及符号复合体的组合方式层面上。"[2]这在今天各门艺术的实践中经常可以见到,它们是一些并不限于特定媒介而是在若干媒介中都出现的艺术形式要素或特

---

① Werner Wolf,"Intermediality",in David Hartman et al.(eds.),Routledge Encyclopedia of Narrative Theory,London:Routledge,2005,pp.253-255.

② Werner Wolf,"Intermediality",in David Hartman et al.(eds.),Routledge Encyclopedia of Narrative Theory,London:Routledge,2005,p.253.

性。比如音乐中的动机重复和主题变奏,这种形式构成不但可以在音乐中见到,在小说叙事、绘画空间、戏剧舞台或舞蹈动作中都可以见到。常见的超媒介性还有叙事性。叙事虽然是文学最重要的手段,但叙事在电影、戏剧、绘画、音乐、舞蹈甚至摄影中都普遍存在。超媒介性也就是虚拟的跨媒介关系。第二种作品外的跨媒介模态是媒介间的转换,或是部分转换,或是整体转换,或是类型(genres)的转换。比如文学中的叙述者,也可以被电影、戏剧、舞蹈甚至绘画所借鉴,而这类现象最典型的例子就是文学作品被改编成电影。当然,在不同艺术间的转换其实是多种多样的。比如印象主义发轫于绘画,以画家西斯莱、毕沙罗、莫奈、马奈、德加、雷诺阿等人为代表。但印象主义并不限于绘画,它广泛地影响了文学和音乐。文学中的小说家福特和康拉德就是例证,尤其是后者《黑暗的心》开篇伊始,就采用了典型的印象主义风景手法。[①] 至于音乐,也出现了颇有影响的印象主义作曲家德彪西、萨蒂、拉威尔等,他们的乐曲一反古典主义和浪漫主义音乐的套路,着力描写印象派绘画般的声音景观,就像萨蒂所直言的那样:"我们为什么不利用莫奈、塞尚、劳特雷克及其他人所引介的理念呢? 我们怎么能够不将这些理念转化为音乐呢? 没有比这更简单的事了。"[②]这种跨媒介关系虽然不是出现在特定作品中的多种媒介的相互关系,却是不同艺术门类之间实质性的相互关系。在比较文学的比较艺术学研究中,人们往往把这种转换型的跨媒介关系视为影响的产物。比如德彪西受马拉美《牧神午后》的启发创作了同名管弦乐曲,就是一个颇有说服力的影响关系的例证。

作品内的跨媒介性也分为两种类型,其中包括第三种跨媒介模态,即多媒介性(multimediality/plurimediality)。比如歌剧就是一种多媒介性的艺术,其中包含了表演、戏剧、音乐和视觉符号,再比如一些实验小说中的插图或乐谱。这也就是我们前面特别指出的多媒介性艺术品,或可称之为"多媒介性融合",不同的媒介整合在一个作品中,形成某种混杂性而非单媒性作品那样的单纯性。芭蕾舞、漫画、广播剧等都属于这一类型。跨媒介性的最后一种模态是跨媒介参照或指涉(inter-

① 康拉德在其《黑暗的心》一开始,就采用印象主义风景画的手法描绘了他眼中的泰晤士河景观:"泰晤士河的入海口在我的眼前伸展,仿佛是一条横无际涯的水路的开端。远处水面上,海天一色,浑无间隙。在明净的天空下,几艘驳船缓缓行驶在潮水中,船上黑褐色的风帆反衬着尖尖的红帆布,好像着色后的鬼魂释放着幽光。海滩笼罩在一片烟雾中,平坦地向大海蜿蜒,消失在烟波浩淼之处。格雷夫森港上空天色阴沉,越往里越黯淡,凝结成一团朦胧,盘旋在这座世界上最伟大的城市之上,森然可怖。"([英]约瑟夫·康拉德:《黑暗的心》,孙礼中、季忠民译,解放军文艺出版社2005年版)

② 转引自[英]保罗·霍尔姆斯:《德彪西》,杨敦惠译,江苏人民出版社1999年版,第65—66页。

medial reference），它既不是媒介混杂，也不是符号的异质性构成，跨媒介性是作为一种参照出现的，但在媒介上和符号学上是同质而非异质的。值得注意的是，其他媒介在这种形态中往往是暗含的或间接的，或者说是观念上的而非实质性的，是在欣赏者那里所唤起的另一种媒介的心理效果。具体说来，这种参照或指涉又分为明显的与隐含的两种不同形态。前者如文学作品中对绘画或音乐的直接描绘，如白居易的《琵琶行》，或是在绘画中直接描绘音乐家及其演奏，由此指涉音乐及其幻想性的声音。而后者则又包含了多种形态，经常被分析的形式相似或参照有"音乐的文学化""小说的音乐化""绘画的音乐化""小说的电影化"等等。[①]

与沃尔夫的理论稍有区别的另外两种分类也相当有启发性。一个是德国学者施勒特尔提出的另一种四模态理论：模态一是综合的跨媒介性，即几种媒介融合为一个综合媒介的过程。综合媒介是 20 世纪 60 年代以来后现代艺术的突出特征，如哈泼宁或激浪派。模态二是形式的或超媒介的跨媒介性，它们呈现为某些超媒介结构特征（比如虚构性、节奏性、写作策略、系列化等），它们并不只限于某种媒介，而是会出现在不同媒介的艺术门类中。模态三是转化的跨媒介性，一种媒介通过另一种媒介来呈现，比如一个关于绘画的电视系列节目，绘画在影像中被呈现出来。模态四是本体论跨媒介性，它是讨论任何媒介之前必须预设的某种本体论的媒介，它先于任何媒介，并作为媒介分析的根据。[②] 另一种分类方法来自德国学者拉耶夫斯基，她认为"跨媒介性"概念是在三个不同意义上使用的，这就是艺术跨媒介性的三个次级范畴，涉及跨媒介实践的三组不同的跨媒介现象或关系。一是媒介转换意义上的跨媒介性，它指一种媒介转换现象，比如文学作品的电影改编，或反过来，一部电影放映后又被改编成小说；二是媒介融合意义上的跨媒介性，比如歌剧、电影、戏剧、插图本手稿、计算机或声音艺术装置等，就是采用所谓的多媒介、混合媒介和跨媒介的形式；三是跨媒介意义上的跨媒介性，比如一本文学作品参考了一部特定的电影或某种电影类型片，或一部电影参考了一幅画，一幅画参考了一张照片等等。[③]

---

① Werner Wolf,"Intermediality",in David Hartman et al.(eds.),Routledge Encyclopedia of Narrative Theory,London：Routledge,2005,pp.253-255.

② See Jens Schroter,"Four Models of Intermediality",in Bernd Herzogenrath(ed.),Travels in Inter-mediality：Reblurring the Boundaries,Hanover：Datmouth College Press,2012,pp.15-36.

③ See Irina O. Rajewsky,"Border Talks：The Problematic Status of Media Borders in the Current Debate about Intermediality",in Lars Ellestrom(ed.),Media Borders,Multimodality and Intermediality,New York：Palgrave,2010,pp.51-68.

毫无疑问,这些对艺术中复杂的跨媒介交互关系的分类,对于理解各门艺术之间的联系和影响具有相当的启发意义。但在我看来,这些分类忽略了一个更为根本的问题,那就是艺术作品的单媒性与多媒性的区分。这是一个关键的艺术本体论问题,它决定了对跨媒介关系解析的方法论,也是区分跨媒介关系的一个基础性标准。缺乏这个指标维度,跨媒介关系便有可能被不加区分地放在一个篮子里。前面讨论跨媒介艺术研究中三门主导型艺术即诗歌、绘画和音乐时,特别指出了这三种艺术在媒介学意义上的单纯性,即媒介的单一性。诗歌基于语言,绘画有赖于色形线,音乐建立在声音基础之上。当我们说这三门单一媒介的艺术具有跨媒介特性时是指什么呢? 比如说"诗中有画"或"画中有诗",意思是说画的媒介进入诗歌,或是诗歌的媒介进入绘画吗? 它们和电影、戏剧、舞蹈等带有多媒介性质的艺术类型有何区别呢? 这就向我们提出了一个艺术跨媒介性的本体论问题——单媒性与多媒性的差异。所谓单媒性艺术品,是指其质料、形式和模态都基于某一种媒介,比如诗画乐都是以单一的媒介存在的。多媒性艺术品,是指一个艺术品中本身就包含了两种或两种以上的媒介,比如传统的图配文的插图书,本身就包含了词语和图像两种不同的媒介,两者也许表达相同的意义,但媒介方式有所不同。作为综合艺术的戏剧也是多媒性的,其中包括文学性的词语媒介(剧本、对白)、声音媒介(人物语音、背景音乐、歌队演唱)、身体的动作性(舞蹈或戏剧动作)等等。再比如作为"第七艺术"的电影,整合了更多的媒介要素,视听媒介在其中实现了完美结合。

区分单媒性与多媒性艺术品的意义在于从方法论上为我们考量复杂的跨媒介关系提供一个维度。一些跨媒介比较经常提及文学作品中的跨媒介现象,比如李世熊的"月凉梦破鸡声白,枫霁烟醒鸟话红",这两句经典的通感或隐喻诗句,严格说来并不是质料和模态上的跨媒介,而是语言所引发的一种跨媒介感知或联想效果而已。不少学者喜欢用音乐作品的曲式、节奏、主题重复与变形等概念来分析诗歌或小说,比如分析艾略特诗歌《四个四重奏》,指出某些文学作品的创作具有跨媒介性。这是对文学作品形式而非质料性和模态性的分析,结论只适用于形式上的相似性和类比效果,并非实际发生的跨媒介交互关系,它与不同媒介构成的艺术品的形态完全不同。随着科技发展及其对艺术的影响,新技术、新材料、混合媒介越来越多地进入艺术领域,导致了非常多样的多媒性艺术品的出现。由此便引发了跨媒介艺术研究的两种不同形态,一种是"模拟性的跨媒介关系",比如文学中对其他媒介的艺术门类形式手法的模拟和参照,实际上并没有不同媒介之间具体的交互关系;另一种是"质料性的跨媒介关系",它是在物质层面上实际发生的跨媒介交互关系,常常出现在多媒性艺术品中,尤其是传统的美学分类中所说的综合艺术如戏剧、电影等之中。

在对单媒性与多媒性艺术品做本体论区分的基础上,有必要提出一个更简洁、更具包容性的艺术跨媒介二分模态关系。第一种模态关系是单媒性艺术品的跨媒介参照或转换关系,它是一种虚拟的跨媒介性,即在特定艺术品内只存在单一媒介,但却指涉、参照或模仿了其他媒介的艺术门类的某种形式、风格或结构。比如诗歌中广泛存在的通感现象,仍是在语言媒介内,却表现了听觉、视觉、触觉、温觉等其他媒介的效果。跨媒介研究中的热门话题"ekphrasis"也属于这一关系类型。再比如,德彪西从马拉美的诗歌中获得启示创作了同名乐曲《牧神午后》,同样属于这种关系。这是跨媒介艺术研究中一个非常普遍也非常重要的问题,在所有艺术门类中,几乎都不同程度地存在着单媒性作品对其他媒介艺术的参照和模仿。这种关系说明艺术直接存在着复杂的内在关联性,这也可以用"超媒介性"来表述。此外,上述各类分法中谈及的转换关系也可视为这一关系的特殊类型,比如文学作品改编成电影作品,或者电影上映后又转换为文学作品。需要注意的是,这种转换是在不同的艺术品之间进行的,不限于单媒性。比如电影本身就是多媒性的,但转换本身并没有导致原艺术品和目的艺术品之间媒介属性的任何变化,电影还是电影,文学还是文学。简言之,参照关系或转换关系没有改变艺术品原初的媒介构成,却在单媒性艺术品内形成了跨媒介性效应,或从一种媒介转到了另一种媒介,这种转换只发生在内容或形式层面,而没有导致媒介本身出现新的关系。

第二种模态关系是多媒性艺术品中的跨媒介性关系。这类作品本身就包含了不止一种媒介,存在着各种不同媒介之间实际的交互关系。这种质料性的跨媒介关系又分为两种形态,一种是整合的跨媒介关系,将各种媒介统一于完整系统之中。最典型的就是电影、戏剧、歌剧、舞蹈等传统的综合艺术,以及摄影小说、具象派诗歌、字母雕塑、漫画等艺术形态。整合的跨媒介性是最需要关注的领域。随着新媒介和新技术的发明,越来越多整合的跨媒介性成为艺术发展的风向标,不断提出新的问题,逼迫艺术理论做出新的解答。另一种是非整合的跨媒介关系,比如美术作品展览上可以有室内乐、诗朗诵、艺术家活动的视频或纪录片,当然最重要的还是画作或雕塑作品的展陈。在这样的形式中,各种不同媒介的活动实际上是独立存在的,形成了某种互文性关系,但并没有整合到一个独立的作品结构之中。

至此,我们触及一个跨媒介性方法论中的重要概念——统合艺术品。通过这个概念,我们可以更加深入地把握跨媒介性所蕴含的艺术统一性原则。"统合艺术品"(Gesamtkunstwerk)概念来自德国浪漫主义音乐家瓦格纳。瓦格纳认为,舞蹈、音乐和诗歌是人类最古老的"三姊妹"艺术,但三者相互分离、各有局限。面向未来的艺术品应该克服三者分离的局面,走向统合艺术品,也就是走向他钟爱的歌剧。他写道:"统合艺术品必须把艺术的各个分支用作手段加以统合,在某种意义上是为了共同的目标(即完美人性无条件的、绝对的展现)而消解各个艺术分支。这种统合艺术品不可能基于人之部分的任意目的来描绘,而只能构想为未来人类内生的和相伴的产物。"①在瓦格纳看来,实现统合艺术品,最合适的艺术是歌剧,它可以是诗歌、音乐和舞蹈"三姊妹"的团圆。瓦格纳以后,"统合艺术品"概念不断被赋予新的意义,成为浪漫主义以降一个经常被热议的艺术概念。根据当代德国学者福诺夫的系统研究,"统合艺术品"至少包含以下四层意思:首先,它是一种与世界和社会全景相关的不同艺术跨媒介或多媒介的统一;其次,它是各门艺术理想或隐或显融合的某种理论;再次,它是某种将社会乌托邦的或历史哲学的或形而上—宗教的整体性形象结合起来的封闭的世界观;最后,它是一种审美—社会的或审美—宗教的乌托邦投射,意在寻找艺术的力量来加以表现,并把艺术作为一种改变社会的手段。② 就这四个层面的关系而言,最基本的显然就是艺术的跨媒介性基础上的艺术统一性,离开这种统一性,其他层面的理想和功能便无从谈起。这就从更高的层面上为艺术理论知识建构提供了合法化的证明。当然,这不是说唯有音乐剧才是统合艺术品的载体,其实在艺术中这样具有整合性和统一性的艺术新载体正在层出不穷地涌现。晚近媒介文化和数字文化的兴起,为统合艺术品的生成提供了更多可能性。以至于有学者认为,瓦格纳统合艺术品的理论和实践已成为我们理解一系列跨界形式的重要方法:"从 19 世纪的歌剧到 20 世纪早期电影的诞生,再到电子艺术、录像、哈泼宁、60 年代混合媒介戏剧,一直到今天个人电脑上操作的数字多媒体互动形式。"③

---

① Richard Wagner, "The Art-work of the Future", http://public-library.uk/ebooks/107/74.pdf.

② Roger Fornoff, Die Sehnsucht nach dem Gesamtkunstwerk: Studien zu einer ästhetischen Konzeption der Moderne, Hildesheim: Olms, 2004; See also David Roberts, The Total Work of Art in European Modernism, Ithaca: Cornell University Press, 2011, p.7.

③ Randall Packer, "The Gesamtkunstwerk and Interactive Multimedia", in Anke Finger and Danielle Follett(eds.), The Aesthetics of the Total Artwork, Baltimore: Johns Hopkins University Press, 2011, p.156.

## 四、结语

奥尔布赖特认为:"比较艺术的基本问题在于,各门艺术究竟是一还是多? 这个问题曾困扰希腊人,今天也不断地困扰我们。"①从比较艺术到跨媒介艺术研究,一与多的矛盾始终是一个剪不断、理还乱的难题,在当下艺术理论学科建设中呈现为合与分的张力。分离论者强调多样性和差异性,主张各门艺术及其研究自成一格的独立性,轻视甚至抵制总体性艺术理论;整合论者认为各门艺术实际上是一个"联邦合众国",它们有共同的问题和规律,尤其是对于各门具体艺术研究而言,如果没有艺术理论提供观念、方法和概念,我们是无法深入研究它们的。我以为解决这个难题的有效路径也许就在于多样统一的辩证法,或者用更为准确的术语来描述这一关系,即多样性中的统一性。正是因为多样性,所以有各门艺术存在的合理性;同理,正是因为各门艺术中存在着统一性,所以艺术才作为人类文明中的一个总体文化现象而具有合法性。我坚持认为,多样统一不但是艺术存在的根据,也是跨媒介艺术研究乃至艺术理论作为一个知识体系存在的理据。艺术的跨媒介性作为一种观念或方法,并不是让各门艺术分道扬镳,各说各的话语,而是着力于考量不同媒介之间的复杂关系,进而把握不同艺术门类之间的统一性。这正是当下提倡跨媒介研究对于艺术理论学科知识建构的意义所在。

(原载于《文艺研究》2019 年第 12 期)

---

① Daniel Albright, Panaesthetics: On the Unity and Diversity of the Arts, p.2.

# 全球化时代的疫病隐喻:病毒电影的文化和意识形态

秦喜清　中国艺术研究院研究员

> 任何一种病因不明、医治无效的重疾,都充斥着意义。
>
> ——苏珊·桑塔格

　　新冠肺炎疫情的暴发,引发了病毒题材影片在国内线上的流传与热播,各种推荐片单蜂拥而至,其中最贴近现实的《感染列岛》(2009,日)、《传染病》(2011,美)和《流感》(2013,韩)中的某些段落似乎像此次疫情的某种预演。一方面,从病毒的悄悄传播,到大面积的暴发,从常见的感冒症状到迅速的死亡,困惑、慌乱、恐惧到社会生活的动荡,这些影片用更强烈的冲突、更戏剧化的情节展示了疫病灾难的始末,而疫情的最终克服无疑为深陷疫情困局的观众提供了舒缓焦虑情绪的通道,让人们通过故事中的想象性胜利平复内心的不安,直面当下的灾难和危机。另一方面,海内外围绕着新冠肺炎疫情不断发出的各种声音、争论,涉及病毒源头的探究与指责,零号病人的追溯,隔离隐含的人权问题思考,疫病对经济的冲击、对行政体系的质疑与考验,又不同程度地在这些病毒电影得到回应和呈现,甚至成为影片中的重要叙事元素和戏剧冲突。由此,现实与影像文本形成了具有高度关联性的互文,强化着我们对病毒疫情和病毒电影的感知。无论是现实生活还是银幕故事,疫病作为纽结或核心,直接牵涉社会、政治、经济、科学研究乃至军事等一连串问题,使危机时刻成为观察社会发展和文明进程的一扇窗口。在这样的互文语境下,本文拟简要梳理一下病毒电影的类型与发展,并选取病毒电影叙事的关键要素,如病源的探寻、隔离与叙事冲突设置、末日文化景观的呈现,分析在全球化的今天,病毒电影如何通过危机叙事,想象性地回应社会文化和政治问题,同时本身又成为意识形态的推手。

## 一、病毒来袭：全球化时代的危机

病毒电影并不是一个严格的类型概念，而是由现实疫病触发的对以往某些电影作品的回溯性分类，其共同点是以病毒感染作为叙事核心，因此更准确地说，它是按题材要素命名的电影类别。

从叙事形态上看，病毒电影大致表现为现实风格和科幻风格两大类。前者可算作灾难片的亚类型，像空难、自然灾害题材一样都属于危机叙事。对中国观众而言，比较知名的有《卡桑德拉大桥》（1976，英/意/西德）、《恐慌地带》（1995，美）、《黑死病》（2002，德）、《流行病毒》（2007，美）、《感染列岛》（2009，日）、《黑死病》（2010，英）、《传染病》（2011，美）、《流感》（2013，韩）等，除英国电影《黑死病》（2010）是以中世纪黑死病为背景的年代剧之外，其余影片都是现代题材，一般是用常规的现实手法展现流行病发生及应对过程，强调事件过程的描述和展现，叙事的线索围绕传染病的潜伏、暴发、危机直至最终治愈的过程而设计，并在其中加入感情、利益、责任等各种冲突。除此之外，也有像《费城故事》（1993，美）、《最爱》（2011，中国）、《达拉斯买家俱乐部》（2013，美）这样的现实风格影片，它们虽涉及病毒与流行病，但更侧重病者个体的情感生活、所遭受的歧视、与医疗体系的抗争、对法律正义的追求。

科幻风格的病毒电影常常与其他类型如惊悚片、恐怖片相融合，其中很大一部分是与丧尸片联手，将肉眼看不到的病毒转化为血淋淋的、令人惊悚的"人咬人"场面，以重口味的画面渲染病毒传播的恐怖，为观众提供直接强烈的感官刺激，同时在冲击伦理底线的叙事中寻觅残存的人性光辉。这类电影以商业片居多，数量多，品质参差不齐，从《活死人之夜》（1968，美）开始，丧尸片便与传染病联系在一起，后来的《活死人黎明》（1978，美）、《隔离区》（1999，美）、《鼠疫屠城》（2001，德/英）、《生化危机》（2002，美）、《惊变28天》系列（2002，英）、《尸地禁区》（2006，美）、《我是传奇》（2007，美）、《死亡航班》（2007，美）、《末日侵袭》（2008，美）、《僵尸之地》（2009，美）、《末日病毒》（2009，美）、《杀出狂人镇》（2010，美）、《铁线虫入侵》（2012，韩）、《僵尸世界大战》系列（2013/2019，美）、《釜山行》（2016，韩）、《零号病人》（2018，美）等都在此列。此外，也有一些重在探索人性的影片如《盲流感》（2008，加拿大等）、《完美感觉》（2011，英），它们虽然在影像表达上基本遵循现实手法，但因故事的高假定性而具有一定科幻色彩。值得一提的是，2004 年美国还发行了一部关于"伤寒玛丽"的纪录片，虽然没有引起多大关注，但伤寒玛丽作为一个超级传播者的著名案例，与在此讨论的病毒电影也有着一定的相关性。

1976 年，由英、意、德联合拍摄的《卡桑德拉大桥》奠定了现实风格病毒电影的基本叙事模式。袭击日内瓦联合国总部的恐怖分子意外感染实验室的致命病毒，并将病毒带上开往斯德哥尔摩的列车，病毒迅速传播。为了阻断疫情，美国驻世界卫生组织的代表按上级指示，指挥列车开往年久失修的卡桑德拉大桥，试图用车毁人亡掩人耳目。危难之际，世卫组织的医生找到治疗方法，并帮助列车上的张伯伦医生治疗病患。张伯伦与前妻一起在最后一刻阻止了列车坠毁，挽救了大部分乘客的生命。实验病毒的外泄、列车被隔离、医务人员与行政官僚的冲突，这些成为后来类似的病毒电影里常见的叙事元素。

不幸的是，《卡桑德拉大桥》里所描绘的传染病景象并没有终止在银幕上，而是不断复现在现实生活之中。也正是在 1976 年，埃博拉病毒首次在苏丹南部和刚果（金）暴发，影响埃博拉河沿岸 50 多个村庄。这一罕见病毒致死率高，且在后来多次暴发。紧跟在埃博拉病毒之后，20 世纪 80 年代初，艾滋病的传播又引发新一轮恐慌。2003 年中国暴发非典（SARS），2009 年美国暴发甲型 H1N1 流感，2012 年 6 月在沙特发现中东呼吸综合征冠状病毒（MERS），此外还有寨卡病毒的重新出现。人类在基本摆脱了鼠疫、霍乱、天花、肺结核等传染病的威胁之后，正在进入一个新型传染病的阶段。20 世纪 90 年代至 21 世纪初，病毒电影的拍摄明显受到这些不断暴发的新型传染病的影响，《恐慌地带》让人联想到埃博拉疫情，《感染列岛》和《传染病》明显与 SARS 病毒疫情相关，《流感》更是从名称上指涉了各种禽流感、猪流感的暴发。同时另一方面，在后现代文化、新数字技术、融媒体的发展等因素的共同影响下，原本属于小众的、邪典电影的丧尸片开始越来越多地进入主流电影领域，比如改编自游戏的《生化危机》系列、《僵尸世界大战》系列以及韩国丧尸片《釜山行》，它们以更富动作感和攻击性的形式获得更多观众的关注。这些电影极力渲染荒凉破败的末日景象，用充满重口味的情节和画面，表达对病毒、疾病、未知的恐惧。可以说，两种不同风格的病毒电影以各自的方式回应了新疫病流行的现实。

病毒变异、疫苗滞后、冠状病毒家族不断增员，这些显然给人类生活带来新的威胁。更重要的是，全球化经济活动带来的环境变化、贸易和交通的增长、人员的大幅流动，给病毒的繁殖传播带来更多的便利。这种全球化的趋势在 21 世纪以后的病毒电影中有更明显的表现。与之前的《卡桑德拉大桥》和《恐怖地带》不同,21世纪后的病毒电影更多地把地方性病毒疫情放置在一个全球语境之中。德国影片《黑死病》讲述科隆重现鼠疫的故事,虽然场景集中在科隆一地,但影片借传染病学林顿教授的介绍,展示了一幅瘟疫的世界分布地图,指出全世界已有 500 例,仅在美国就有 16 例的状况,给观众提供了有关瘟疫的全球性信息。日本影片《感染列岛》以禽流感和 SARS 等新型传染病为背景,讲述一种新的未知病毒横扫日本列岛的故事。影片一开场便是世界卫生组织医疗人员在菲律宾北部山地扑灭禽流感的场面。世卫组织成员小林荣子后来到日本国内,协助当地医院应对疫情。小林荣子这一角色成为本片全球化意识的一个标志。当未知的新病毒消息传出后,影片用其他国家报纸和电视台的新闻评论,表现世界舆论给日本的压力。病源的寻找也是一场国际化行动,在世卫组织的帮助下,松冈医生和仁志教授前往东南亚某国寻找病毒根源,在那里找到一个日本医生的笔记,仁志教授在山洞里从蝙蝠身上分离出病毒。

美国知名导演索德伯格拍摄的《传染病》更直接描绘出全球化时代的流动性。影片像《感染列岛》一样,也用时间标识增强叙事的节奏感和纪实感。此外,导演还用文字标明影片中所出现的每一个城市的名称和人口数量,既暗示了传染的潜在规模,也加重了影片的现实感。影片从女主角贝丝在机场候机开始,之后,香港九龙、英国伦敦和日本东京相继出现患者发病。全片以贝丝的行踪为线索将前面看似不相干的病例串联在一起,划出了一条病毒的跨国旅行路线。此外,为了调查病毒根源,美国疾病控制与预防中心(CDC)派奥兰提斯博士前往香港,通过这条线索展示了香港村民被感染的情形,强化了病毒的全球性特征。更重要的是,影片在展示病毒根源时,将矛头指向了跨国公司的经济活动。在《感染列岛》中,人类经济活动(虾养殖)的扩张、热带雨林的破坏作为被认定为病毒的根源,但并没有深入展示这种联系的内在逻辑,《传染病》则明确建构了跨国公司与生物灾难的逻辑链条。AIMM 公司在亚洲砍伐森林,破坏了自然界的生态平衡,失去栖息地的蝙蝠被惊扰,通过粪便将病毒传染给养猪场,由此,影片揭示了全球化的经济活动是疫病产生和传播的最终根源。《流感》则将病源与跨国偷渡——全球化的犯罪——联系在一起,将英国发生的"死亡货车"事件植入故事情节当中。东南亚的偷渡者被"蛇头"装入集装箱运往韩国,接货人打开车厢后发现满车偷渡者惨死,只有一个幸存者逃出,搏斗中两个接货人被感染,而逃走的偷渡者在韩国传播了病毒。

目前新冠肺炎疫情的全球蔓延显然已经突破了上述电影的虚构想象，截至 3 月 8 日，疫情已经在全球 100 多个国家和地区传播，[①]3 月 11 日，世卫组织正式宣布新冠肺炎疫情具有了大流行病(pandemic)的特征，[②]至 4 月 20 日，全球新冠肺炎确诊病例累计破 300 万，[③]这一景象远远超出银幕故事所再现的程度，也再次凸显出全球化时代人类的生存状态。齐泽克说："我们的世界联系得越紧密，地方性的灾难就越会引发全球性恐慌以至最终的灾难。"[④]而更重要的是，越是全球性恐慌，它所引发的文化的和政治的争议和碰撞也就越加激烈。

## 二、零号病人：病源的种族主义想象

追溯零号病人是流行病学考察传染源头和弄清楚病毒如何流入人群的重要工作。作为初始病例，零号病人既意味着大规模传染的开端，也意味着寻找到病毒源的可能。此外，追溯零号病人的意义还在于有可能发现病毒抗体，从生还者的血液里分离出血清，作为治疗疫病的解药。因此，在病毒电影中，追溯传染源和零号病人成为常用的叙事手法，反映疫病事件本身的现实风格影片尤其如此，这些影片常以首发病例为始，并在叙事结尾段落回到原点，找到克服危机之道，形成首尾相接的闭合叙事结构。

比如《黑死病》就是如此。影片从布鲁格医生会同警方发现公寓楼的一例自杀案件开始。警方在堆满垃圾、老鼠蟑螂横行的阴暗房间里，发现了自杀的麦顿斯。救护车返回医院途中，麦顿斯死亡。布鲁格邻居家的小女孩叶米娜在垃圾堆里发现一只印有编号的小白鼠。原来麦顿斯是弗兰克博士实验室的助手，擅自将实验动物带出并被解雇。最终，林顿博士和弗兰克博士在寻找叶米娜时发现实验小白鼠，他们重新回到麦顿斯的住所寻找资料，最终找到应对之策。《流感》也是如此，偷渡者把疾病传染给"蛇头"，后又传染给热心给他食物的小

① 《世界卫生组织：全球受新冠肺炎疫情影响的国家和地区数已破百》，2020 年 3 月 16 日，见 http://www.xinhuanet.com/2020—03/08/c_1125681651.htm。
② 《世卫组织宣布新冠肺炎为全球性流行病》，2020 年 3 月 16 日，见 https://baijiahao.baidu.com/s?id=1660940284217234658&wfr=spider&for=pc。
③ 《新冠肺炎全球疫情实时动态》，2020 年 4 月 29 日，见 https://news.ifeng.com/c/special/7uLj4F83Cqm。
④ Slavoj Zizek, Clear Racist Element to Hysteria over New Coronavirus, https://www.rt.com/oped/479970-coronavirus-china-wuhan-hysteria-racist/,2020-03-16,2020.

女孩美日。美日患病,身为医生的母亲金仁海与她一起留在隔离区,最后时刻,在大本营的"蛇头"认出偷渡客。金仁海孤注一掷,未经动物实验,就将偷渡者的血清注射给女儿。偷渡者在转运途中被意外打死,美日作为带有抗体的幸存者成为最后的希望。《传染病》则从"第二天"讲起——即零号病人贝丝在芝加哥转机。影片借美国 CDC 流行病学专家奥兰特斯博士的调查,揭示了贝丝如何在澳门赌场传染给乌克兰女孩、赌场工作人员李辉以及 AIMM 同事,贝丝又把疾病带到美国本土,感染了芝加哥的前男友乔恩·尼尔以及同事巴恩斯,从澳门赌场到美国城市,再到中东非洲等更多地区,最终传染病演变成一场全球性大瘟疫。而影片末尾"第一天"结束,揭秘贝丝如何被感染,使真正的零号病人浮出水面。

值得注意的是,在设置零号病人时,上述这四部电影表现出明显差异,反映出各国历史文化的影响。也许是背负着二战种族屠杀的负面历史记忆的缘故,《黑死病》把零号病人设置为当地的一名流浪汉,谨慎地不涉及其他族群。但其他三部影片都将病源设定在境外其他族群当中。正如苏珊·桑塔格所说:"对瘟疫的通常描述有这样一个特点,即瘟疫一律来自他处。"这是因为"在对疾病的想象与对异邦的想象之间存在着某种联系。它或许就隐藏在有关邪恶的概念中,即不合时宜地把邪恶与非我(non-us)、异族等同起来"①。正是由于病源与邪恶的这种潜在关联想象,《感染列岛》中的养鸡场老板才无法承受巨大的心理压力,自杀谢罪,这一情节也体现了本尼迪克特对日本耻感文化的概括。因此,《感染列岛》中真正的病源还是设定在东南亚某小国,一个进入雨林深处的当地人被传染上疾病,这也再次印证了在疾病的意义阐释中"疾病与外国,即与异域、通常是原始地区之间想象性的关联"②。同样,《流感》也是把病源归结于东南亚的偷渡客,最终原因还是经济活动对热带雨林的破坏。日韩两部影片虽然将病毒来源归结为境外族群,但都使用了虚构手法,模糊了具体所指。韩国的《流感》还通过美日与偷渡客的交往对异族偷渡客表达了某种同情,而《传染病》则明确把中国大厨设置为病毒跨种传播的关键环节,把侵入人类细胞的动物病毒跟中国人连接在一起。

《枪炮、病菌与钢铁:人类社会的命运》的作者贾雷德·戴蒙德曾说:"整个近

---

① [美]苏珊·桑塔格:《疾病的隐喻》,程巍译,上海译文出版社 2003 年版,第 121—122 页。
② [美]苏珊·桑塔格:《疾病的隐喻》,程巍译,上海译文出版社 2003 年版,第 124—125 页。

代史上人类的主要杀手是天花、流行性感冒、肺结核、疟疾、瘟疫、麻疹和霍乱,它们都是从动物的疾病演化而来的传染病"①,欧亚大陆人与家畜的长期密切关系,导致了病菌的演化。新型流行病仍然如此,艾滋病病毒来自于非洲中西部的灵长类动物,但病毒如何实现跨种传播仍是一个未解之谜。但《传染病》以虚构的方式把中国人钉在了病源的耻辱柱上。

在此,我们先不贸然给《传染病》贴上种族主义的标签。影片创作所依据的"非典型肺炎"传染病涉及野味与传染病的关系,影片没有对此作过分的渲染,而且还侧重对全球化经济的批判。影片在后面还设计了香港人绑架美国 CDC 专家以索要疫苗的情节,旨在凸显全球化经济格局中的不平等关系,凸显出中国人在全球化经济中遭受的伤害。但在现实层面,西方坊间对病源的种族主义想象就不加掩饰了。正像齐泽克的时评文章《新冠病毒歇斯底里症中明确的种族主义元素》所说:"种族主义妄想狂明显在这里发挥作用——还记得所有那些武汉女人剥蛇皮喝蝙蝠汤的各种幻想吧。"②在这波流传甚广的种族主义的想象中,中国人被塑造成食用蝙蝠的族群,就像非洲人食用大猩猩最终导致艾滋病的传播一样。这一种族主义妄想症的另外一个表达式就是把象征全球化的"中国制造"与病毒联系在一起,亚马逊网站上出售的印有"冠状病毒中国制造"字样的水杯、T 恤等物品,德国《明镜》杂志(2020 年 2 月)也在封面上出现"病毒中国制造当全球化变成一种致命危险"的标题,以嘲弄讽刺的修辞发泄全球化带来的挫败感和不满,在此,中国不仅成为全球化冲击的替罪羊,而且也"成为"新病毒的制造者。在有些病毒电影中,我们同样看到这种赤裸裸的种族主义表达,比如美国影片《末日病毒》。影片讲述疫病暴发期间,布莱恩等四人驱车避难却陷入越来越绝望境地的故事。他们在夜晚看到某人被枪杀,第二天离开时看到被枪杀男子的尸首被绑在路边铁架上,胸前的牌子上写着"中国佬带来的疾病"。这里,我们看到现实与影像最直接、最密切的互动,而作为大众媒介的电影,在助长和推动偏见和意识形态中无疑起到不容忽视的作用。从这个角度回头再看《传染病》,其潜在的负面影响就比较明显了。特别是它与《末日病毒》这样的商业片不同,全片以科学纪实的面貌出现,对观众来说就更有可信度和说服力,影响也就更深远。目前,关于新冠病毒起

---

① 参见[美]贾雷德·戴蒙德:《枪炮、病菌与钢铁:人类社会的命运》(修订版),谢延光译,上海译文出版社 2016 年版。

② 齐泽克:《新冠状病毒歇斯底里症中明显的种族主义因素》,https://www.rt.com/oped/479970-coronavirus-china-wuhan-hysteria-racist/,2020-03-16。

源的科学研究仍在持续进行中,病毒演化本身极其复杂,在没有任何证据的情况下将病源归罪于某个族群,很难逃离种族主义的窠臼。

### 三、隔离:从防疫手段到意识形态

从流行病学的角度看,隔离是一种防疫手段。正如学者资中筠所介绍的,西方在隔离传染病这一问题上有着悠久的历史,在瘟疫流行时采取强制隔离手段古已有之。必要时医疗机构可以有警察的权力。英语的"隔离"(quarantine)源于意大利文"quaranta",意为"40"。起源是 1374 年在威尼斯港靠岸的一条船上发生瘟疫,全体人员被禁止上岸,在船上隔离 40 天。从此,这个字连同这一做法就流传下来。直到 19 世纪对待传染病一直是以隔离为主,几乎不考虑救治。至今在原则上、法律上,医疗机构对传染病人还拥有自 14 世纪以来的强制隔离权。但是,同时她也指出,"由于公众的知识和自觉性提高,多数情况下都是用说服的手段。另外,根据经验,隔离也要掌握一定的度和方式方法,如果引起恐怖,就会造成病人对病情隐瞒不报,反而对社会造成更大威胁。当然更重要的是在隔离以后得到人道主义的对待和积极的治疗,这是现代与古代大不相同的"①。由此可见,隔离作为防疫手段,与信息的透明、人道主义治疗等关系到人身基本权利的问题联系在一起,因此在现代社会中很难仅仅在单纯的技术层面看待这一手段。在著名的传染病案例"伤寒玛丽"中,美国卫生部门就曾受到侵犯人权的指控。而且,被隔离的"伤寒玛丽"又是包含种族(爱尔兰移民身份)和性别(女性)双重歧视的文化符号,这也显示出隔离在现实层面和文化层面所包含的消极、负面内涵。在西方的民主思想话语体系中,隔离的强制性隐含着对自由人权的背离,因此它本身是一个带有强烈意识形态色彩的防疫手段。

正是因为隔离手段本身所包含的这种张力,它在病毒电影中成为重要的叙事手段,成为矛盾与冲突的催化剂。现实风格的病毒电影在叙事上有着近似的套路,一般都是从疫情的零星开始到逐渐增多直至全面暴发,危机时刻祭出最后的强硬手段——隔离,不仅是病人的隔离,还有对疫区的物理封锁,手段的强制性常常引发矛盾的升级和社会的动荡,危机叙事进入高潮。在这个叙事模式中,隔离与封锁

---

① 资中筠:《SARS 与"五四"精神》,2020 年 3 月 16 日,见 http://finance.sina.com.cn/roll/20030530/1751346948.shtml。

成为表现冲突、矛盾的重要节点，最集中体现了社会的问题和矛盾。

《黑死病》借隔离对德国的行政官僚体系提出了批评，对西方的民主体制作出了反思。尽管林顿博士提出封锁科隆部分城区的隔离计划，但科隆市长及其他官员担心会对经济造成直接的打击，造成不必要的混乱，因此，通过民主决议否决了隔离提议，并要求进行新闻管制，向公众隐瞒真相，禁止向外界透露任何有关疫情的消息。同时影片也触及民主社会中隐性的阶层隔离，即桑塔格所说的疾病与穷人的关系，从社会特权阶层的角度看，穷人即是社会中的异类。① 罢工的环卫工人（导致老鼠泛滥的诱因）、蜗居在地下通道的流浪汉，以及教父收容的失业者直接与疫情联系在一起，而他们也恰好是处于全球化边缘的人群。另外，影片对隔离实施后社会乱象的描绘，再次流露出国家历史记忆的深刻印迹：身穿防化服的军队坦克，病人被强行带上卡车，集中在体育馆，试图冲关的教父和试图逃出的弗兰克的助手，先后被军警射杀，这些场面的描写又接近二战题材电影中对驱赶犹太人的描写。

在《流感》中，隔离不仅是叙事的重要节点，还是全片戏剧冲突的重要内容，主要表现韩国总理及美方代表与韩国总统之间的矛盾和对立，强烈地表达了一种政治意识形态。一方面，在冲突中，前者为了把疫情限制在盆塘一地，在执行隔离时违背承诺，没有在 48 小时内释放那些未被感染者。为了方便行事，他们把染病者和未染病者集中到大本营甄别和处理，本身就加剧了感染的恶化。为此，总理和美国 CDC 专家都坚持封闭大本营，这一做法激怒了被隔离的健康人群，由此引发骚乱。面对骚乱，美方坚持以武力隔离，甚至要执行清扫城市计划。另一方面，总统坚持认为契约就是契约，48 小时内应该把健康人群释放出来，即使发生骚乱也不能对平民开枪。最后为阻止美方战斗轰炸机的作战计划，总统以韩军地对空导弹相对抗。在他的强硬坚持下，美方让步，总统终于保全了自己的国民。通过总统直面美方的要挟与控制，影片表达了韩国对国家独立自主的渴望，抗疫隔离被改写成韩国的"独立之战"，这不能不说是韩国的国家和政治意识形态的表达。联想到当下韩美双方围绕军费分摊的争议，我们可以清晰地看到《流感》中的硬核总统形象的现实基础。

《传染病》借隔离揭示了美国疫苗开发背后的经济利益之争、医疗资源的不平等，通过 CDC 医生将疫苗让给清洁工之子的情节，暗示出民主社会内部隐形的等

---

① ［美］苏珊·桑塔格：《疾病的隐喻》，程巍译，上海译文出版社 2003 年版，第 124 页。

级制。影片展现了封城后的混乱,生活的无序,超市被抢,民宅被持枪者闯入,房屋被烧,到处一片狼藉。男主人公米奇为保护自己和家人,从邻居家找来步枪。在这里,隔离成为混乱、失序、无政府状态的代名词,个人必须拿起枪来保护自身安全,这也正体现出美国个人主义至上、枪支泛滥的文化特色。

　　基于不同的社会现实、历史和文化,这些病毒电影对封锁隔离的再现各有侧重,但它们都以夸张的手法渲染隔离的负面效果,即隔离引发更加混乱、动荡的社会生活,隔离具有潜在的危险,会引发大众恐慌,导致社会生活失控。电影叙事的这种虚构与夸张正为意识形态的入场提供了空间,或者说,这种虚构或夸张正是意识形态支配的结果。由此,在中国宣布武汉封城后,齐泽克对隔离问题上的两种表述就很有代表性。一方面,他充分注意到新冠病毒引发的意识形态病毒的扩散,包括虚假消息、阴谋论以及种族主义,注意到隔离引发的意识形态回应,对世界其他地区排斥、歧视华人的种族主义倾向提出批评,认为"真正应该感到羞耻的是世界上所有想着如何隔离中国人的我们"①;但另一方面,他又像大多数西方媒体一样对武汉封城举措心存疑虑:"难道是因为当局者了解(至少是怀疑)可能的病毒变异但又不想公之于众以避免公众的混乱和不安才这样慌恐吗? 到目前看,实际的效果有限。有一点是肯定的:隔离,更进一步的隔离起不到作用。"②与齐泽克的预测相反,武汉的封城隔离取得了实效,相比之下,疫情在伊朗、意大利及其他欧洲国家和美国快速蔓延暴发,意大利隔离措施被迫一再升级,法、英、美纷纷出台隔离措施,都在说明齐泽克的局外观察的偏差,同时表明他的观察和思考背后也有某种意识形态在发挥作用。在全球面临大疫的情况下,更重要的是使隔离这一防疫手段更合理、信息更透明,在防疫同时照顾好民生和其他人权保障,而不是像有些西方媒体那样盲目地把隔离与国家体制完全等同起来,用抽象的标签化的概念去读解复杂的现实,从而失去对现实的最基本的判断力。有当下疫情的现实作参照,我们更可以看出病毒电影对封锁隔离的负面描绘所包含的意识形态。

## 四、末日景观与反乌托邦叙事

　　隔离之后的末日景观是病毒电影的高潮部分。现实风格的病毒电影在描写隔

---

　　① 参见齐泽克:《新冠状病毒是对资本主义"杀死比尔"式的一击,或许能引向共产主义的再发明》,见 https://www.rt.com/op-ed/481831-coronavirus-kill-bill-capitalism-communism/6。

　　② 参见齐泽克:《新冠状病毒歇斯底里症中明显的种族主义因素》,见 https://www.rt.com/oped/479970-coronavirus-china-wuhan-hysteria-racist/。

离乱象时,都以末日景观的方式呈现,《黑死病》中满街的老鼠传递出死亡的气息,《流感》中的焚尸大坑令人震惊,《传染病》中描写了被焚烧的房屋、空荡荡的街道。科幻风格的病毒电影更是以大胆的景观场面呈现死亡逼近、一切遭到毁灭的情形。正如学者陈亦水的研究所示,末日书写是后启示录电影的重要主题,而后启示录电影回应的则是西方自冷战以来所经历的各种危机,从核恐惧到"9·11"恐怖袭击,再到 2008 年金融危机。[①] 本文前述的一系列新型病毒威胁也正处于这个危机清单之中,眼下不断熔断的美国股市预示着新一波次的金融危机,全球体系正在面临一场严峻挑战。在病毒电影特别是科幻风格的病毒电影中,与末日景观相匹配的还有反乌托邦叙事,具体说就是价值观的挑战与重塑、对非理想世界的妥协与让步以及"被感染"的拯救者形象,表达的则是在理想缺位的状态下人类的困窘状态。

与一般的景观体验不同,病毒电影的末日景观是一种混杂的情感体验,它在视觉震撼的愉悦感中夹杂着未知、恐怖等带来的不适感。《惊变 28 天》中,病床上的裸体男子吉姆醒来后,发现自己处于一个无人的世界,这个情节完全可以读解为伊甸园中的亚当的末日改写。混乱而寂静的空间,走廊、大厅,到处是翻落的桌椅,自动贩卖机前散落的饮料瓶。室外空镜是落日余晖下的建筑,俯拍镜头下巨大的停车场和一个微小的身影,明信片一样的泰晤士河风景、伦敦之眼和大本钟,在无人应答的呼叫声中透露出令人不安的死寂与沉默。《我是传奇》开场使用上摇、俯拍等全景移动镜头展示一个荒野化的曼哈顿,帝国大厦、第五大道、现代广场、联合广场,昔日繁华喧闹的纽约热地变得荒无人烟、寂静无声,除了幸存下来的病毒学家奈佛和他的狗之外,只有天空上的鸟群、奔跑的羚羊和捕猎的狮群,完全一片原始丛林的景象、文明被摧毁后的后人类地球景象。《末日病毒》以一家人在海边愉快玩耍的录像段落开始,很快镜头上移,在大海的空镜画面之上衔接一个自下而上旋转的镜头——一辆奔驰车由远而近驶来,四周一片枯黄的美国西部景象。镜头的运动和剪辑造成了一种特别的效果,汽车驶来的镜头似乎是颠倒的画面,随着镜头的拉开,它转为正向。这个镜头剪辑将两个世界一反一正地剪接在一起,暗示观众即将进入的是一个颠倒的世界,如果把家庭录像段落看作是温暖的乌托邦的话,那么这个颠倒的世界正是一个反乌托邦。

在这个反乌托邦里,道德伦理和人道主义原则受到挑战。《盲流感》中,因病

---

① 陈亦水:《谁人之殇?——后启示录电影的末日书写与文化逻辑》,《当代电影》2017 年第 12 期。

毒而致盲的病人被集中在一个封闭大楼内,他们分处若干病房,最终受到一伙恃强欺弱的男人帮统治,这伙人掌管着食品的分配,要求各病房用女人换食物,整个封闭的大楼成为一个反乌托邦社会的实验场,而丛林法则直接挑战了理性和人道主义的价值观。《末日病毒》也是如此,影片一开始就确立了三条生存法则:不惜一切代价避免感染;24小时内接触过的东西消毒;已被感染人必死无疑,挽救徒劳无益。三条法则中,前两条属于技术层面的问题,而第三条原则是对传统善良、美德的挑战。全片实际上就是围绕第三条原则展开,小女孩和父亲被抛弃在法明顿的救治中心;鲍比施救反被感染,印证了违背原则的后果——被男友布莱恩遗弃;最后布莱恩因感染也被弟弟丹尼开枪打死。冷酷无情的生存法则摒除了亲情、爱情、友情,以及治病救人的人道主义原则,显示了反乌托邦对传统伦理的消解。它所引出的问题则是,在这样的反乌托邦里,生存的意义和价值何在?就像最终逃到海边的丹尼,留给他的只有褪色的回忆和必须忍受的孤独。

与这样冷酷、严厉的反乌托邦相比,还有一种稍温情的反乌托邦,它表达的是对非理想世界的妥协与让步。《完美感觉》就是以悖论的形式讲述如何在走向崩溃的末日生活中寻求一种"完美"的感觉。由于病毒的传播与变异,人们在悲伤情绪后失去嗅觉、焦虑过后失去味觉、暴怒之后失去听觉、寒冷之后失去视觉,最后两个恋人终于找到彼此,在失去视觉之后紧紧地相拥。这一浪漫结尾似乎暗示即使病毒剥夺了人们的感觉,但只要有爱情,漆黑的末日世界里就还有一丝光亮。当然,也可以把这一结局读解成在反乌托邦里无奈的自我安慰。

病毒电影的反乌托邦还表现在对"被感染的"拯救者形象上。正如《釜山行》中的父亲徐硕宇,为了拯救女儿和受托的孕妇,最后受到丧尸攻击,他的肉体开始变化,眼睛变成丧尸白,最后忍痛与女儿告别。在此,一方面"被感染的"拯救者包含了英雄原型中的牺牲主题,但另一方面它也是对人类—丧尸所代表的二元化价值的否定。"被感染的"拯救者意味着价值的混杂状态,善恶不再是单纯的二元对待,而是彼此缠绕在一起,而这也正是反乌托邦的文化特征。在《僵尸世界大战》中,由布拉德·皮特扮演的拯救者找到的最终拯救之道是让人们成为病人——这听上去跟英国首相号召的群体免疫有几分相像。因为僵尸不攻击病人,注射病原体成为人类获得拯救的唯一出路。人类必须依赖病原体才能获得生机,这样的悖论使拯救变成没有希望的挣扎、衰弱的反抗。由此,拯救者也不再是传统意义的英雄,而只是反乌托邦世界的一根救命稻草。

## 五、结语

从病毒电影回到现实,我们看到新冠肺炎疫情正在全球范围内迅速蔓延,从意大利的米兰到英国伦敦街头,再到大洋彼岸的美国繁华都市,都已出现人烟稀少的景象,后启示录的景象不独出现在武汉,而是正在成为全球性景观。对病源的各种猜测仍在继续,围绕疫病的各种新闻、报道仍不乏种种负面的意识形态的参与。疫病的意义生产还在延续。在此情形下,反乌托邦的文化逻辑似乎没有什么益处,我们或许在齐泽克的一段话里看到一点希望,他说:"也许有另外一种更有益的意识形态病毒传播开来,并有希望感染我们——这种病毒让我们考虑另一种可能的社会,一个超越民族国家的社会,一个通过全球团结和合作来实现自身的社会。"①只是在这种乌托邦式的呼吁成为我们的生活现实之前,必须扫清民族国家之间的偏见、歧视甚至仇恨,扫清各种负面的意识形态的荼毒,回归到共同的、基本的人性原则上,为人类命运共同体找到前行的方向。

(原载于《电影艺术》2020 年第 3 期)

---

① 齐泽克:《新冠状病毒是对资本主义"杀死比尔"式的一击,或许能引向共产主义的再发明》,见 https://www.rt.com/op-ed/481831-coronavirus-kill-bill-capitalism-communism/6。

# 1949 年以来中国音乐史学中唯物史观的回顾与思考

程兴旺　星海音乐学院教授

没有哪一种史学或理论,能在当代中国音乐史研究中留下如此深刻的影响有如马克思主义唯物史观。1949 年至今,中国音乐史学界始终坚持唯物史观为根本指导并运用。无论是在填补学术空白中细心建构,还是在彰显阶级的政治批判中虔诚"叙事";无论是在新潮音乐和流行音乐论争中"口诛笔伐",还是在其"回顾与反思"中纵横捭阖;无论是在"资产阶级自由化思潮"背景下据理申论,还是在中国音乐道路问题上多维论辩;无论是在"重写音乐史"问题中"针锋相对",还是在当代中国音乐史建构中举证力争;无论是在马思聪问题讨论中深度反思,还是在关于杨荫浏"防范心态"论域中真诚对话,关于过去、当下、未来的,一系列关乎中国音乐史学的重要乃至重大问题,都在遵循唯物史观指导思想和方法论前提下,正气俨然地展开,形成了一首唯物史观之于中国音乐史学发展的恢宏史诗。在社会巨大深刻复杂变化的当前,唯物史观应以怎样的姿态阔步前行于中国音乐史学建设的新时代,迫切需要我们的回顾与思考。

## 一、接受尝试:在填补空白中坚持唯物史观指导运用(1949—1977)

新中国成立初期的二十八年(1949—1977),中国近现代音乐史学科完成了最初的创建。在"大跃进"影响下,此时期既有"双百方针"的引领与激励,更有"左"的思想主导下的深度制约。其不仅包含 1955 年对贺绿汀音乐思想的批判,还包含 1957 年对音乐界右派分子及"汪立三反党小集团"的批判、1958 年对钱仁康的"拔白旗"批判,给音乐界带来了极大的思想钳制。因此,起步于该时期的中国近现代音乐史学有着明显的时代烙印。虽然也提出"要辩证地分析问题、要实事求是、要一分为二地看待事物",但在"左"的思想影响下,音乐史学界走向唯物史观教条主义和形式主义的理解和运用,导致了音乐史学研究的机械唯物论、以论代史的偏颇和错误。张静蔚对此曾指出,"当时,北京方面提出的口号是写出一部'真正的人民音乐史'、上海方面提出的口号则是写出一部'我们自己的革命音乐史'。这就给刚刚起步的年青学科,戴上了'左'的框框,影响了几近半个世纪"①。这是中肯的评价。中国近现代音乐史学科重要开拓者汪毓和为修订著于该时期的《中国近现代音乐史》,付出了一生精力。著名史学家杨荫浏的著作《中国古代音乐史稿》(上、下册)也留下了鲜明的"阶级斗争是历史发展动力"的烙印。②

应该承认,该时期中国音乐史学建设富有成就。没有这个时期对唯物史观的接受尝试,就难有中国音乐史学对民间音乐及其相关创作的深入研究。没有这个时期的创建之功,就更难有后来中国音乐史学科的建设发展。回顾反思该时期唯物史观之于中国音乐史学的指导运用,我们不是否定一切,更重要的是吸取其中的深刻教训。

## 二、谨慎前行:在拨乱反正中回归唯物史观的科学指导运用(1978—1984)

1978 年,在"解放思想,实事求是"思想引领下,中国音乐史学工作者在"希望的田野"上,在文学艺术界大规模的"寻根热"中,擎着唯物史观这一根本指导,怀着对未来的理想,揣着重新认识评价过去的急切心情,开始了"拨乱反正",经过六年真诚热情奋进的探索,展现了中国音乐史学回归唯物史观科学指导运用的历程。

实事求是,是唯物史观的本质要求。新时期以来,在拨乱反正的形势下,中国音乐史学界首先从认识论层面进行反思回归。第一,在研讨中推进"回归"。如1981 年 10 月在北京召开的中国近现代音乐史学术讨论会,对推进实事求是的认识起到了非常重要的作用。第二,在史学著作中综合"回归"。这主要体现在汪毓和的《中国近现代音乐史》(人民音乐出版社社,1984 年版)和陈聆群的《中国民主革命时期音乐简史》(上海音乐学院出版社,1981 年版),对以往"左"的认识进行了

---

① 张静蔚:《中国近现代音乐史学》,《南京艺术学院学报》2004 年第 4 期。
② 郑祖襄:《中国古代音乐史学概论》,人民音乐出版社 1998 年版,第 92 页。

修正。第三,在专论文章中"回归"。主要体现在汪毓和①、陈聆群②、戴鹏海③、王德埙④等学者文章中。

"为了谁"的问题,是唯物史观的根本性问题。该时期明确提出了文艺"为人民大众服务、为社会主义服务"方针,这使文艺"为了谁"的问题有了清晰的指向。为此,在"实事求是"思想引领下,中国音乐史学界对此进行了重新梳理,并把"为了谁"的指向具体落在时代性、民族性、群众性(以下简称"三性")上,从而使"为了谁"问题在中国音乐史学研究中得到了有效解决,尽管仍然有分歧,但终究有了更清晰的认识。对于"三性"问题的研究突出体现在 1980 年"上海之春"国际音乐节举办的音乐民族性与时代性学术座谈会⑤。相关研究者主要是汪毓和⑥⑦、成于乐、陈婴、居其宏、寒溪、家浚等专家。总体看,从过去片面强调为工农兵服务,到该时期转向"二为"方针,这是合目的性合规律性的转变,是唯物史观价值指向的本质回归。

唯物辩证法的运用问题。该时期中国音乐史专家主要在"人"的研究、事的争鸣和其他问题探索中,积极探讨了如何实现唯物辩证法的正确"回归"。如1982 年昆明的"聂耳学术讨论会"对聂耳的客观定位、1983 年上海的"贺绿汀从事音乐活动 60 年"研讨会对贺老的正确评价、1984 年成都"王光祈学术讨论会"对王光祈误评的纠正等。其中,赵宋光在"王光祈学术讨论会"中关于王光祈"音乐救国论"理想的唯物辩证分析⑧,充分体现了唯物辩证法的运用,具有一定范式性。

综上而观,从 1978 年到 1984 年,中国音乐史学的反思"回归",使唯物史观重新回到了科学指导运用的地位,焕发出了新的生机活力。当然,冰冻三尺,非一日之寒。"左"的思想仍然或显或隐地影响着后来的中国音乐史学建设。

---

① 汪毓和:《应发扬实事求是的科学学风》,《音乐研究》1982 年第 1 期。
② 参见陈聆群:《中国近现代音乐史研究》,《1987 年中国音乐年鉴》,文化艺术出版社 1987年版。
③ 戴鹏海:《让历史作证——写在〈黄自年谱〉前面》,《音乐艺术》1982 年第 4 期。
④ 王德埙:《关于李叔同的评价问题——与联抗同志商榷》,《中央音乐学院学报》1982 年第4 期。
⑤ 言:《"上海之春"举办音乐民族性与时代性学术座谈会》,《音乐研究》1980 年第 3 期。
⑥ 汪毓和:《关于音乐时代性问题的几点认识》,《音乐研究》1983 年第 2 期。
⑦ 汪毓和:《继承、创新与民族性》,《人民音乐》1982 年第 4 期。
⑧ 赵宋光:《有关王光祈评价的一些理论问题》,转引自黎文、毕兴、朱舟编选:《王光祈音乐文集》,王光祈研究学术讨论会 1985 年,第 49—50 页。

### 三、大胆创见:在思潮争鸣中掘进唯物史观的科学指导运用(1985—1991)

该时段,随着西方思想理论的传入,国内新思潮随之兴起,并很快达到高潮。面对上个阶段新潮音乐的既定现实而"史学乏声"的窘境、通俗音乐的大潮而"批评捧斥"的对立僵局、中国音乐史学遗留问题而似乎"涛声依旧"的险境,中国音乐史学界进一步解放思想,深入探究,留下了一个个可贵的脚印。

(一)在大胆创见的专论中掘进

1985 年后,新的话语体系活跃纷繁,它引导疗治着旧有的学术"创伤",使唯物史观指导运用向新的方向发展。随着新思潮进一步涌入,学者们深深感到,中国音乐史研究仍旧被隐在的政治化史学观念左右,已经开放六年的中国音乐史学似乎仍在改革开放之初的状态徘徊。老问题迫切需要进一步破解。于是,陈聆群①、张静蔚②③等率先发出了理性的"呐喊",即要求切实解放思想、冲破一切障碍,建构真正符合唯物史观的中国音乐史学。或许"呐喊"的语言存在偏激之处,但其代表着一定集体的呼声。

立足历时社会现实,对唯物史观认识论方法论的拓展和融合运用,是大胆创新、难能可贵的创见。对此,汪毓和、戴鹏海、陈聆群、梁茂春、张静蔚、戴嘉枋、居其宏、田可文、罗艺峰、郑锦扬等在这方面作出了更多贡献。其中,著名史学家戴嘉枋④先后发表 10 多篇文章,大胆融合系统论观点,建构音乐史学多元化观念;开掘马克思早期的哲学史学智慧,首创异化理论阐释"新潮音乐";缜密梳理唯物史观发展历程,客观对其正本清源;结合中国音乐史学和音乐生活现实,为中国新音乐史进行不同的分期等,从不同角度阐释自己的观点,建构史学理论,掘进拓宽了唯物史观指导中国音乐史学研究的新内涵,把中国音乐史学理论建设推向了一个新高点。著名史学家居其宏,坚持唯物史观根本指导,运用唯物辩证法,结合系统论、

---

① 陈聆群:《反思求索、再事开拓——对中国近现代音乐史研究的回顾与展望》,《中国音乐学》1985 年第 4 期。

② 张静蔚:《对我国近现代音乐史研究的两点思考》,《音乐研究》1986 年第 1 期。

③ 张静蔚:《音乐理论的历史反思》,《人民音乐》1988 年第 6 期。

④ 戴嘉枋:《继承、扬弃与发展——论音乐史学多元化观念的萌生及其合理内核》,《中国音乐学》1988 年第 1 期;《面临挑战的反思——从音乐新潮论我国现代音乐的异化与反异化》,《音乐研究》1987 年第 1 期;《科学总结我国当代音乐发展的历史经验——与吕骥同志等商榷》,《中国音乐学》1988 年第 3 期等,共约 16 篇文章。

控制论、信息论等方法,侧重从音乐美学角度切入中国当代音乐史学建设,把中国音乐美学问题涉及的人性、人心、人情、人本、人的自由意志、人的主体性等,放到中国音乐史发展历程中进行多角度观照,并结合唯物史观的基本原理给出了有理有利的见地。① 这些研究展现了唯物史观在中国音乐史学中的崭新面貌,掘进和丰富了唯物史观内涵。

(二)在关切现实的会议论争中掘进

问题是学术纷争的前提,研讨是增进共识的纽带。为了推进中国音乐理论界对相关问题的认识,该阶段先后 10 多次举办各类重要会议。1985 年,中国音乐史学会创建自己的学术家园。1986 年 8 月更具学术争鸣氛围的辽宁兴城"中青年音乐理论家座谈会",来自全国 80 多位专家,历时 7 天,紧扣中国音乐紧迫问题与音乐理论家历史使命进行研讨交流②,会议推进了音乐理论界的纠"左",丰富拓展了唯物史观科学指导运用,具有里程碑性意义。1986 年、1988 年、1990 年在香港分别举行"中国新音乐研讨会",让大陆学者在不同的学术空间里听到了不同的新见。1987 年江苏江阴音乐史学盛会畅所欲言,讨论了如关于历史分期、史学方法等问题。1989 年中国艺术研究音研所"中国音乐史研究方法"读书会广泛深入探讨了史学新方法。1990 年"全国音乐思想座谈会",与会者主要对当时"讲话后现象、异化论、自律论、主体性、多元化"等新论进行了严厉批评,认为这是资产阶级自由化思潮对音乐界的影响,甚至指出这些现象反映出音乐领域内存在意识形态的激烈斗争。居其宏以《马克思主义与音乐界当前实际》给予了有力回应,并对当时应有的批评作风提出了合理化建议。③ 1991 年重庆"中国现代音乐史座谈会",对坚持历史唯物主义给予特别强调。这两次会议,真诚严厉的批评和诚挚有力的回应,形成了一个特殊的锤炼坚持唯物史观科学指导运用的反思拓展过程。

(三)在"把人作为人"的人物研究中掘进

唯物史观,是"关于现实的人及其历史发展的科学"④。对人的关注,始终是唯物史观的核心。该阶段审视音乐家,呼吁应"从人的音乐活动出发考察音乐史"⑤,

---

① 居其宏:《"新潮"音乐的美学来源与流向》,《文化研究》1988 年第 1 期。
② 居其宏:《风云际会抒狂狷——"中青年音乐理论家座谈会"述评》,《中国音乐学》1986 年第 4 期。
③ 阿黛:《1990 年中国近现代音乐史研究》,转引自《1991 中国音乐年鉴》,山东教育出版社 1992 年版,第 30—31 页。
④ 《马克思恩格斯选集》第 4 卷,人民出版社 1995 年版,第 241 页。
⑤ 修海林:《从人的音乐活动出发考察音乐史》,《人民音乐》1992 年第 1 期。

掘进和丰富了唯物史观的内涵。第一,对聂耳和星海的评价,不再单纯是"革命的",而且也是"音乐的"和"艺术的";不再是历时神化认识,而是历史发展性定位,从而使唯物史观在具体指导层面的内涵得到拓展。第二,对马思聪的专题研究,纠正了极"左"思想导致的错评,重新定位其为中国近现代音乐史上杰出的演奏家、作曲家、教育家,还原了历史面貌,体现了实事求是精神。第三,在萧友梅的研究中,根据历史事实,全面质疑以往"全盘西化"论等系列的错误批评,为客观评价萧友梅打下了坚实基础。第四,对吕骥的专题研究,客观评价了他在中国音乐发展诸多领域产生的积极与消极影响,指出其在音乐理论研究方面作出了重要贡献。

总之,该阶段坚持实事求是思想路线、"双为"方针、唯物辩证法,开展研究,大胆吸收传统和西方现代哲学美学新观点、新方法,进行拓展和掘进,形成了唯物史观的新图景。当然,1989 年以后,在中国音乐界开展资产阶级自由化的批判下,中国音乐史研究仍然存在与唯物史观科学精神不尽相符的认识。

## 四、恢复发展:在回顾反思中拓展唯物史观的科学指导运用(1992—1999)

1992 年初,邓小平的南方谈话,奠定新的思想理论基础。中国音乐史学会于1992 年修改章程,在"总则"中特增"本会倡导以历史唯物主义的观点和方法,探索、开拓中国音乐史学研究工作,并尊重以其他方法论进行中国音乐史学研究"①条款。这使该时期唯物史观在中国音乐史学研究中的指导运用焕发出了新的活力生机。

### (一)在史学著述中反思拓展

该阶段约 60 部中国音乐史学著作②,充分体现了中国音乐史学界坚持马克思主义唯物史观科学指导运用的新成果和新拓展。从新的分期角度突破以往通史架构的,突出表现在孙继南和周柱铨合编《中国音乐通史简编》③,其依"朝代"为界,形成真正的"通史"④。以特殊视角切入"难区"的著作是戴嘉枋《样板戏的风风雨雨——江青·样板戏及内幕》,辩证指出,不能因此全盘否定"样板戏",而

---

① 戴嘉枋主编:《中国音乐史学会 30 周年》,上海音乐学院出版社 2016 年版,第 43 页。
② 参见陈建华、陈洁:《中国音乐理论书目》,上海音乐出版社 2003 年版。
③ 参见孙继南、周柱铨主编:《中国音乐通史简编》,山东教育出版社 1993 年版。
④ 陈聆群、陈应时:《读〈中国音乐通史简编〉》,《中国音乐》1992 年第 2 期。

应该科学分析,正确对待。① 郑祖襄《中国古代音乐史学概论》填补了国内古代音乐史学理论空白。② 李焕之主编《当代中国音乐》③,不仅成为"当代中国音乐学科"的奠基之作,而且引起的一系列论争,推进了唯物史观指导当代音乐史学研究。

（二）在史学理论研究中反思拓展

基本史学理论建设是史学发展的标志。在邓小平南方谈话后,如何正确对待史观和史法,中国音乐史学者进行了一系列新探究。汪毓和连续发表论文,指出要做到正确的认识和描述历史,就必须有正确的历史观和历史方法,而这对坚持马克思主义唯物史观和实事求是至关重要;④对具体历史现象、历史人物、历史作品评述,必须充分认识其复杂性,立场错误与艺术成就不能简单对待,否则就会导致机械唯物论⑤;对历史现象的认识要经历从片面到比较全面、从错误到比较正确的过程。⑥ 对此,陈聆群认为,历史研究应当首先着力于弄清历史真相,接着对历史真相作正确叙述,并在此基础上,抽取其中普遍性,总结历史规律。⑦

（三）在学术争鸣中反思拓展

最具影响力的 20 世纪中国音乐发展道路问题争鸣,不仅有一大批"老、中、青"学者进行深入研究,而且他们从中西音乐关系、文化价值相对论、欧洲音乐中心论、后殖民主义、音乐与政治关系、人本主义等视角出发,在论证中国音乐走"现代化之路、以我为主的继承与发展之路、兼容并包之路、以人与自然的生命为原则的合规律性与合目的性统一的特色之路"中,提出许多新见,极大地丰富拓展了唯物史观内涵。同时,围绕《当代中国音乐》著作,在居其宏与赵沨、孙慎之间展开的论争,也增进了人们坚持唯物史观科学指导研究中国当代音乐史的认识,增进了历史重大事件和事物的了解。⑧

总之,该阶段随着中国音乐史学研究广度、深度的拓展,可观的史学成果展

---

① 参见戴嘉枋:《样板戏的风风雨雨——江青·样板戏及内幕》,知识出版社 1995 版。
② 参见郑祖襄:《中国古代音乐史学概论》,人民音乐出版社 1998 年版。
③ 参见李焕之主编:《当代中国音乐》,当代中国出版社 1997 年版。
④ 参见汪毓和:《历史与历史著作,历史观和史学批评》,《中国音乐》1999 年第 1 期。
⑤ 参见汪毓和:《对中国近现代音乐史研究中几个史学观点的认识》,《中国音乐》1999 年第 4 期。
⑥ 参见汪毓和:《关于史料的收集、整理和研究》,《中国音乐》1999 年第 3 期。
⑦ 参见陈聆群:《关于中国近现代音乐史研究学科建设的若干建议》,《艺圃》1992 年第 1、2 期。
⑧ 参见居其宏:《当代音乐的批评话语》,上海音乐出版社 2002 年版。

现出了唯物史观科学指导运用的新图景。这不仅体现在运用唯物史观对所谓"资产阶级自由化"批评的驳斥,更充分体现在"回顾与反思"大背景下诸多学术争鸣中的深度阐释、大胆建构,彰显出方法论的更深入探讨,方法运用的更广泛融合。

## 五、多元融合:在深化改革中丰富唯物史观的科学指导运用(2000—2011)

新世纪,孕育新的希望;新目标,激发新的力量。2000 年,中国音乐史学建设在新换届的史学会带领下,坚持以科学发展观为引领,在原有基础上,唯物史观在中国音乐史学中的指导运用获得了新发展。

(一)在中国音乐史学著述研究中丰富发展

该时期出版了汪毓和、陈聆群、陈应时、居其宏、梁茂春、明言、冯长春、余峰、夏滟洲、陈秉义、余甲方等著述的多部音乐断代史和音乐类型史著作,充分反映了中国音乐史学界坚持唯物史观指导运用的良好发展趋势。断代史方面,汪毓和作为该时期"重写音乐史"争鸣中的主要对象,不仅对自身所持的唯物史观及其相应的历史研究法进行了必要的阐释澄清,更是以惊人的心灵毅力,不断纠偏其《中国近现代音乐史》以提升质量,充分体现了坚持唯物史观科学指导的求真精神。居其宏作为当代中国音乐史学科建设的主要创建者,在该时期推出了以《新中国音乐史》为主的多部著作,其建立在史料上的逻辑性和思辨性,充分展示了唯物辩证法的合理运用。陈应时与陈聆群《中国音乐简史》[1]、陈秉义和梁茂春合编的《中国音乐通史教程》[2]等,以不同角度的断代史成果丰富发展了唯物史观指导运用。李双江主编的《中国人民解放军音乐史》[3]填补了军队音乐史空白,体现了唯物史观指导运用于军队音乐史建设的特色内涵。

(二)在中国音乐史学文论研究中丰富发展

该阶段产生了一批反思性研究史学基本理论问题的论文,有力地促进了唯物史观在中国音乐史学实践中的指导运用。居其宏[4],紧扣"史实第一性是历史研究的基本原则、基本方法和唯一依据",深度剖析"史实"的极端重要性,指出其历史

---

① 参见陈应时、陈聆群主编:《中国音乐简史》,高等教育出版社 2006 年版。
② 参见陈秉义、梁茂春编:《中国音乐通史教程》,中央音乐学院出版社 2005 年版。
③ 参见李双江主编:《中国人民解放军音乐史》,解放军文艺出版社 2004 年版。
④ 居其宏:《"史实第一性"与近现代音乐史研究》,《音乐研究》2006 年第 4 期。

哲学的核心地位。胡天虹①从唯物史观本质要义的阐释出发,指出无论从宏观的认识上还是从具体的研究方式,"实事求是""具体问题具体分析""一分为二"和"可实践性"的观点,都是始终要遵循的。冯长春②特别指出,当代学人正逐渐消除长期以来"左"的思潮影响,不断接近历史真实与对史学人文价值的诉求,使中国近现代音乐史学呈现出了良好发展趋势。明言③指出,应从 20 世纪中国音乐历史"断代史"研究入手,注意"由大而小""由泛而专",注重音乐艺术的本体属性和社会音乐生活的实际,不要一味跟随"大历史学"。以上理论研究,无论是直接抑或间接体现唯物史观精神,也无论是为中国音乐史学发展扫清史学观念障碍,都以各自研究角度和层面丰富发展了唯物史观的运用。

(三)在"三大"争鸣中丰富发展

"重写音乐史"的争鸣。围绕汪毓和编著的《中国近现代音乐史》展开,从 1988 年至 2011 年,在该阶段形成高潮,主要参与讨论争鸣的专家学者有汪毓和、陈聆群、戴鹏海、孙继南、黄旭东、梁茂春、张静蔚、刘再生、戴嘉枋、居其宏、洛秦、卞祖善、胡天虹、余峰、冯灿文、程兴旺等,论文近 40 篇,广泛涉及中国音乐史的观念、理论、方法,以及人物、事件、现象和作品评价、史料建设等各方面问题。讨论尽管还存在不足,正如冯长春指出的:"重写音乐史"争鸣虽内容丰富,但未能深入甚或有所忽略的学术盲点,特别是在音乐史学观和音乐史料学方面的探讨。④ 但其对推进唯物史观在中国音乐史学中的科学指导运用有重要意义。

"防范心态"的争鸣。冯文慈在 1999 年连续撰文择评杨荫浏《中国古代音乐史稿》,指出其存在"走向唯物史观路途中的迷失"等问题的同时,也指出其贯彻唯物史观的突出成就,并评价其成就总体表现在"转向唯物史观的起步"⑤。针对这

---

① 胡天虹:《论中国音乐史学中的唯物史观与史学研究——兼谈重写音乐史问题的提出》,《沈阳教育学院学报》2004 年第 3 期。

② 冯长春:《新时期中国近现代音乐史学研究观念的更新与实践》,《人民音乐》2009 年第 6 期。

③ 明言:《百年奏鸣——20 世纪中国音乐历史研究的若干问题》,《黄钟》2004 年第 4 期。

④ 冯长春:《"重写音乐史"争鸣集》,文化艺术出版社 2015 年版,第 18 页。

⑤ 该问题波及的主要文章,有冯文慈:《崇古与饰古:杨荫浏著〈中国古代音乐史稿〉择评》(《中国音乐学》1999 年第 1 期),《雅乐新论:转向唯物史观路途中的迷失——杨荫浏著〈中国古代音乐史稿〉择评之二》(《音乐研究》1999 年第 2 期),《防范心态和理性思考——杨荫浏著〈中国古代音乐史稿〉择评之三》(《音乐研究》1999 年第 3 期),《转向唯物史观的起步——略评〈中国古代音乐史稿〉的历史地位》(《中国音乐学》1999 年第 4 期),《〈中国古代音乐史稿〉的历史性成就及其局限——纪念杨荫浏先生诞辰 100 周年国际学术研讨会上的发言》(《人民音乐》2000 年第 1 期),《坚持唯物史观坚持反思——答孔培培、闻道同志兼及向延生同志》(《音乐研究》2001 年第 3 期),《从事中国音乐史学的心态自述》(《南京艺术学院学报音乐与表演版》2003 年第 1 期)。

些观点,孔培培和闻道①、向延生②、刘再生③、谢秀敏④与冯文慈和王军(支持冯先生观点)⑤等撰文进行了交流辨析。这次争鸣双方都本着唯物史观实事求是精神,就主要问题进行了细致的分析与论辩,相互指出了对方存在的不足或偏颇,涉及唯物史观之于史学研究多方面的问题。关于如何正确运用唯物史观来评价历史人物和优秀成果、处理历史评价主体与对象的关系、局部与整体的关系、历史环境与历史人物的关系,以及材料、研究过程和结论的关系等。就此来看,"防范心态"争鸣意义已经不仅在其本身,而更在其对中国音乐史学研究具体问题的指导运用。

《中国新音乐史论》的争鸣。著者刘靖之特殊的成长境遇,产生的特殊的史学成果,导致了其特别的史学结论,成为中国新音乐发展方向的否定派代表之一(宋瑾语)。大陆学者对刘著基本史学判断进行了广泛争鸣。除基本史料错误之外,刘著以新的史学视角,为我们如何坚持唯物史观科学指导运用,开展中国音乐史学研究,提供了一个全新的参照。

总之,该时期唯物史观在中国音乐史学研究中指导运用,成就了可观的史著、史论成果,同时自身也在史著、史论和争鸣中,实现了多元融合后的进一步拓展和丰富。

## 六、创新推进:在新时代感召下发展唯物史观的科学指导运用(2012—2019)

党的十八大以来,在习近平总书记在文艺座谈会和哲学社会科学座谈会上重要讲话精神引领下,马克思主义唯物史观研究涌现出了系列新成果。唯物史观的科学指导运用,也使中国音乐史研究的史著和史论获得了新进步,特别是有专家学者立足于中国音乐史,直接从马克思主义哲学角度切进,深入研究唯物史观的指导运用,获得了更有深度的创新性理论成果。

---

① 孔培培、闻道:《也谈"崇古""防范心态"与"唯物史观"——与冯文慈先生商榷对 ·代宗师杨荫浏的评价》,《音乐研究》2001 年第 2 期。
② 向延生:《〈中国古代音乐史稿〉的历史性成就及其局限——纪念杨荫浏先生诞辰 100 周年国际学术研讨会上的发言》(《人民音乐》2000 年第 1 期),《也谈杨荫浏的"防范心态"》(《音乐研究》2000 第 2 期),《再谈杨荫浏的"防范心态"》(《人民音乐》2000 年第 6 期)。
③ 刘再生:《评价历史人物的求实精神》,《音乐艺术》2002 年第 1 期。
④ 谢秀敏:《浅谈音乐评论中主观与客观的统一——读冯文慈与孔培培评杨荫浏〈史稿〉有感》,《内蒙古艺术》2006 年第 1 期。
⑤ 王军:《坚持唯物史观坚持反思的楷模——择评冯文慈对杨荫浏〈中国古代音乐史稿〉的择评》,《中国音乐》2007 年第 1 期。

新时代推进唯物史观之于中国音乐史学研究根本指导运用,需要更加深入的理论阐释。令人欣喜的是,居其宏自 2012 年以来,深度结合马克思主义文艺观,对中国近现代当代音乐史进行理性观照,撰写了系列论文。如《马克思主义文艺理论的中国化与音乐艺术对象化》《马克思主义文艺观在中国乐坛的莺声初啼》《马克思主义中国音乐对象化是当代音乐家的神圣创造使命——〈马克思主义文艺观与中国近现代当代音乐思潮〉结论》《苏联音乐思潮与我国近现代音乐史》《改革开放语境下的历史反思与责任担当》《中国近现代当代音乐史的研究使命》《历史本体论与中国近现代当代音乐史研究》《中国近现代当代音乐史研究的多元历史观》《中国近现代当代音乐史研究的多元史观与普适性原则》《〈文艺八条〉对音乐界异化思潮的纠偏努力》《中国近现代当代音乐史研究方法论述要》,以及关于"吕贺"之争(从历史回顾到哲学反思)的系列文章等。这批成果,不仅让学界更加清晰马克思主义文艺观的本质内涵,而且有力地推进了唯物史观之于中国音乐史学研究的新发展。

特别是《中国近现代当代音乐史研究的多元历史观》,总结了唯物史观八个方面主要内容:生产力与生产关系,经济基础与上层建筑,人是历史运动的主体,现存的社会形态是复杂的交织的,人类社会是总体的联系的,人类社会历史是有规律的,运动变化发展的(辩证的),社会历史研究是主客体辩证统一的过程;表明了自身音乐研究坚守唯物史观的五个方面:第一,音乐艺术既受制于政治、经济等其他上层建筑,更有自身特殊的规律;第二,音乐史的研究对象是音乐艺术的发展历史,并揭示其发展规律;第三,音乐文化都存在精华与糟粕,要科学正确对待;第四,音乐史运动的主体是人,要注重音乐创作者与音乐审美者的辩证统一;第五,历史唯物主义音乐史观在不断发展变化中,吸收一切优秀的人类文化成果。可以说,该文是改革开放以来,中国音乐史学家全面阐释唯物史观的文论,富有开拓创新性。唯物史观在中国音乐史学中科学指导运用的理论探索能如此深入前行,确为史学界作出大贡献。

## 七、结语:阔步前进新时代

七十年唯物史观在中国音乐史学中指导运用,从"接受尝试"中摸索建构,到"谨慎前行"中探索回归;从"大胆创见"中拓展内涵,到"恢复发展"中强化科学指导;从"多元融合"中丰富发展,到"理论研究"中创新推进,六个阶段呈现出了一条曲折而渐宽阔的道路,并具鲜明特点:一是"实事求是"精神已经成为中国音乐史学者的自觉追求和基本操守,并深深融入中国音乐史学研究中;二是坚持唯物史观的基本价值指向,能够与时俱进地理解把握内涵,并在中国音乐史学建设中自觉坚守;三是挖掘经典马克思主义著作中的智慧,并以其阐释中国音乐史上的重大事件,特别是运用马克思主义异化理论,以及把唯物史观的整体观和实践观与 20 世纪系统论相结合等来分析研究中国音乐发展史;四是坚持唯物史观为根本指导的多元史观的形成与实践;五是运用唯物辩证法的同时,注意吸收融合新的研究方法,如比较研究法、文化人类学、历史计量法、口述史方法等新方法。

中国音乐史学中唯物史观七十年的宏阔历程,也给我们留下了许多深刻启示。

密切关注唯物史观的现实针对性和紧贴性是前提。强烈的问题意识是唯物史观诞生的前提基础,鲜明的现实针对性是唯物史观充满活力的生长基。随着全球化的全面展开和推进,如何科学总结中国音乐史的发展规律、发展动力、发展机制,以及如何合规律性合目的性地阐释当代中国音乐家、音乐作品、音乐事件等,是我们需要解决的问题。马克思指出:"人的思维是否具有客观的[ gegenständliche ]真理性,这不是一个理论的问题,而是一个实践的问题。"[①]所以,唯有密切关注现实问题,才可能保证唯物史观的生机活力,确保其真理性。

笃定唯物史观的基本价值指向,是掌握唯物史观内核的根本。唯物史观的价值指向,是以"人民为中心",以获得"人的彻底解放和自由全面发展"为根本目的。唯物史观价值问题,是一个理论问题,需要在认识论层面始终保持清醒;它是一个历史性问题,必须深度反思厘析;它是一个现实性问题,必须看到它鲜明的时代性;它更是一个实践问题,需要付诸现实之中,以其为判断的根本标准。

遵循唯物史观与时俱进的内在本质要求,是坚持唯物史观科学指导运用的关键。唯物史观,作为马克思主义的伟大创造,所揭示的是人类社会发展的一般规律,而不是它神谕般地给出了超时空的永恒真理(实际上,人类社会不存在这样的真理)。对此,恩格斯曾指出:"整个人类历史还多么年轻,硬说我们现在的观点具有某种绝对的意义,那是多么可笑"[②]。唯物史观的真理性和它的生命力,正在于它的生成性、发展性和开放性,而不应是教条地、机械地定于一尊,走向实用主义、教条主义、本本主义。[③]

---

① 《马克思恩格斯文集》第 1 卷,人民出版社 2009 年版,第 500 页。
② 《马克思恩格斯选集》第 3 卷,人民出版社 1995 年版,第 456 页。
③ 参见居其宏:《音乐界实用本本主义思潮研究》,中央音乐学院出版社 2012 年版。

坚持唯物史观创新发展的生机活力,是确保唯物史观科学指导运用的机理。恩格斯曾经告诫说:"马克思的整个世界观不是教义,而是方法。它提供的不是现成的教条,而是进一步研究的出发点和供这种研究使用的方法"。① 可见,我们在坚持唯物史观的基本遵循之同时,应进一步大胆吸收融合哲学史学等新成果,来丰富发展唯物史观内涵及其方法。

总之,唯物史观在中国音乐史学中的科学指导运用,七十年的成果激动人心,七十年的教训发人深省,七十年的经验催人奋进。为了中国音乐史学建设的新发展,我们应始终坚持历史观与价值观的统一、知识论与价值论的统一、思想性与现实性的统一、历史与逻辑的统一、理论与实践的统一,不断深入推进唯物史观在中国音乐史学中的指导运用。

(原载于《音乐研究》2019 年第 4 期)

---

① 《马克思恩格斯文集》第 10 卷,人民出版社 2009 年版,第 691 页。

# 历史诉求与当代向度：历史哲学视域中的新时期文学艺术史书写

谢纳　东北大学艺术学理论系系主任、教授
宋伟　东北大学教授

1978 年,具有历史里程碑意义的十一届三中全会召开,当代中国以崭新的面貌进入"改革开放新时期"的历史阶段。作为文化思想领域的重要组成部分,新时期文艺思潮以其艺术审美方式推动并建构了变革时代的文化心理及社会思潮,在重大历史时刻发挥着文化超前功能,解放思想、更新观念、澄清是非、塑造精神、建构价值、追求理想,文学艺术因而成为超前引领时代的风向标。值得关注的是,在重大历史时刻的鼓动召唤下,以崭新的历史学意识重新观照和书写文学史、艺术史,尤其是如何书写正在发生的当代文学史和艺术史,成为当代学人积极探索的领域,逐渐生成一种不同于传统的文学史观和艺术史观,并在此探索过程中形成了不同于以往的历史哲学意识。这种从新的历史哲学视域出发书写历史的冲动和诉求,几乎同时发生在文学艺术领域,成为一种值得关注的"历史学现象"。以往,受制于学科视野的限制,关于重写现代文学史、新写当代文学史的回顾与研究较为学界所关注,但对于艺术史领域的重写或新写则关注不够。在本文看来,无论是文学史还是艺术史,在新的历史条件下重写历史或新写历史,都需要建构一种崭新的历史视野,而这新的历史视野的建构势必要提升到历史哲学的高度,只有这样才可能实现其"历史任务"。因而,如何站在历史哲学的高度,以更为自觉的历史意识和更为宏观的历史视野,反思"新时期"这一重要的历史时段? 如何理解新时期以来文学艺术史书写的历史性诉求与当代性向度? 这些问题显然应该成为我们今天回顾反思新时期文学史或艺术史写作的重要议题。

## 一、当代人写当代史:新时期文学艺术史书写的历史诉求

长期以来,历史学界似乎一直遵守着一条不成文的守则,即"当代人不写当代史"。显然,这一守则意在坚守历史学研究的客观中立性立场,因为在诸多历史学家看来,历史只能是属于已经过去且尘封凝固的遥远岁月,仿佛化石沉睡于逝去的暗夜之中,以其客观凝固的状态成为曾经发生之"过去"的历史见证;而当代人正置身于历史进行之中,因而无法与逝去的历史拉开时间上的距离,这就难以完成或无法完成客观描述历史的职能。事实上,历史并不仅仅是古老久远的时间遗迹,历史永远是从"过去"到"现在"的进行时;某个历史时段之所以具有重要的历史意义,正在于其对于一个时代所产生的持续而深远的影响,并构成这个时代的"时代精神"。

回顾历史,我们发现从 1980 年代新时期文艺思潮的涌动兴起开始,文学艺术研究者便萌生了一种"成为历史"的诉求和冲动。这是因为,"成为历史"意味着赋予历史以意义,或认定历史充满着意义,这种诉求与冲动源自人们确信自己所置身的时代具有重大的历史意义。显然,并非所有时代都会产生这种强烈的"历史意识",而只有置身于充满变革新生时代的人,才可能产生这种"成为历史"的诉求与冲动。显而易见,改革开放新时期带来了文学艺术创作与批评的繁荣发展,这种繁荣发展促动了当代文学艺术史写作的尝试,由此生成出一种比较强烈的历史自觉意识,尤其是形成了一种探寻新的言说方式、思想方式和知识方式的理论诉求,它试图通过自身经验的梳理总结,确立其在当代文化思想中的历史地位及其意义价值。

特别值得注意的是,早在 1985 年,中国社会科学出版社就已经出版了由中国社科院文学研究所当代文学研究室集体编写的《新时期文学六年》,开始了"当代人写当代史"。仅仅六年就开始写史了(按习惯一般以十年为一个完整的时段),以传统历史学眼光看来这几乎不可思议,但它确确实实地进行并完成了。作者在序言中鲜明地表达了这种"成为历史"的强烈愿望和诉求:"这是从思想僵化中走向思想解放的六年。这是破除个人崇拜和打碎文化专制主义的桎梏,使人民民主得到发扬,艺术领域人为的'禁区'被不断突破的六年。这是文学从十年历史迷误的黑暗胡同里走出,阔步迈向未来光辉大道的六年。"①我们看到,从 1976 年粉碎

---

① 参见中国社会科学院文学研究所当代文学研究室编:《新时期文学六年·绪论》,中国社会科学出版社 1985 年版。

"四人帮"算起到 1985 年，新时期文学的历史还不到十年时间，这在历史长河中只不过是瞬间而已，但人们已经开始了《新时期文学六年》的历史书写。此外，同年还出版了何西来的《新时期文学思潮论》（江苏文艺出版社，1985 年），虽然该书在写作体例上还不完全是"史"的书写方式，但作为研究新时期文学思潮的开创性论著，其历史学意识和历史责任感已显露得异常突出。何西来曾描述说："我们的国家又处在一个就其深刻性来说决不下于五四运动的历史转折期。一方面，旧的观念体系、价值体系、文化传统、政治体制，以至于人们的生存方式、思维方式等，早已僵化，变成历史前行的惰力和阻力，清理它们，需要理性；另一方面，我们需要建设，需要建立新的观念系统、价值系统、文化格局、政治经济体制，直到新的生存方式与思维方式。"①开新需要除旧，反正需要拨乱，正本需要清源，甚至于矫枉必须过正，时代的转型要求人们重新认识历史和重新书写历史，由此生成强烈的"成为历史"的意识。

紧接着《新时期文学六年》写作，在艺术学界也同样开启了"当代人写当代史"的积极尝试，这就是由高铭潞等所著的《中国当代美术史：1985—1986》。该书完成于 1988 年，1991 年由上海人民出版社出版，2007 年由广西师范大学出版社以《85 美术运动：80 年代的人文前卫》为书名再次修订出版。高铭潞在《中国当代美术史：1985—1986》序言中开宗明义地说："这是国内第一本中国当代美术史，也是断代最近的一本中国当代美术史，它又是由亲自参与了当代美术运动的人撰写的一本中国当代美术史。作为中国第一本当代美术史，为何只着重写 1985 和 1986 两年呢？ 众所周知，这两年是中国当代美术史中的一个突变阶段。可以说半个世纪以来，至少是 10 年来，中国美术发展中的许多中心问题都在这两年迅速凝聚爆发，它形成的一个新潮流已经改变了当代美术在观念和风格方面的整体格局。"的确，从历史学写作的常识上看，仅仅书写刚刚发生甚至正在发生的短短两年的历史，这确是一种挑战传统历史写作的"胆大妄为"行为，但是特别值得肯定的是，作者并没有因为只写眼前发生的历史而变得轻松浅表，相反他们却更注重将这样的历史写作建立在更为深厚的历史哲学反思之上，对此高铭潞在序言中写道："这又迫使我们必须在撰写当代美术史的强烈热情之上，在冷静地对自己认识历史的能力来一番反省，在反省中树立科学的史学观，进而指导撰写实践。同时，也鉴于目前美术史学界历史哲学的贫乏和轻视当代史的偏见，所以不嫌赘冗，在着手描述当

---

① 何西来：《论当代报告文学大潮中的理性精神》，《光明日报》1989 年 1 月 20 日。

代美术历史之前,首先从历史意义和历史学的标准两方面阐述我们对历史学的认识,并将它作为全书的导论。"①正是出于以上考虑,《中国当代美术史:1985—1986》在开篇就设置了题为"作为一般历史学的当代美术史"的导论,重点阐述了作者的史学观以及对艺术史写作的理解。文中反复提到的人物有希罗多德、维科、狄尔泰、黑格尔、马克思、克罗齐、李凯尔、文德尔班、卡西尔、柯林伍德、汤因比、波普尔等历史哲学家,以及丹纳、沃尔夫林、贡布里希等艺术史家,看上去俨然一篇历史哲学或艺术史哲学论文。作者在导论中申明:"重提克罗齐的'一切历史都是当代史',已是当务之急了。"并直接挑战黑格尔所建立的历史理性决定论,"历史是人的学问,是关于'自由'的学问,科学则是'必然'的学问。科学是寻找不以人的意志为转移的因果规律的,而历史却是展示人类价值自我实现的赞美诗,它排斥必然决定论。于是历史更近于艺术"②。众所周知,新时期前的历史学意识已经被曲解的异化变形,其结果是历史哲学意识缺失,多种历史叙事的可能性荡然无存。在此种语境下,《中国当代美术史:1985—1986》虽然只是一部仅写两年左右艺术史的著作,但因其具有历史哲学的方法论自觉,具有更为宏观的历史学意识,反倒使这部仅写两年艺术史的著作更具深厚的历史感,其独特的当代史的书写方式取得了令人瞩目的效果。

我们看到,在新的历史意识鼓动下,从1980年代开始就已经产生了文学艺术史写作的冲动和诉求,人们似乎已无暇顾及"当代人不写当代史"的成规戒律,学者们处于焦虑与兴奋的叠加状态,急于使自己所置身的时代"成为历史"。因而,1985年到1989年之间,文艺思潮史写作成为学术热点,陆续出版了一批当代文艺思潮史研究著作。此外,该时期还出版了十余本新时期文艺思想论争资料集,学界的历史史料意识也已经表现得十分自觉。从中我们可以看到,在80年代中后期,学界对置身其中的文艺思想史写作和史料收集整理已经初具规模,表现出明确的历史学意识,尤其是那些史料以其鲜活的历史现场感彰显了时代特征,为后来的新时期艺术史写作提供了历史史料的支撑。

所有这些,不能不说是一种胆大妄为的"历史学想象"的产物。或许,从"当代人不写当代史"的角度看,上述做法也可以说这是一种大胆的"历史妄为"。这一点,高铭潞在《中国当代美术史:1985—1986》序言中也曾明确坦言道:"当我们在

---

① 高铭潞等:《中国当代美术史:1985—1986·序》,上海人民出版社1991年版,第1页。
② 高铭潞等:《中国当代美术史:1985—1986·序》,上海人民出版社1991年版,第4页。

头脑中对历史和历史学作了这样一番清理和认识后,忽然觉得我们从事的工作远比原先设想的要更复杂而艰巨,一个高高在上的标准俯视着我们,使我们有些不安,执笔的手也有些颤抖了。但是,能够看到这个标准,本身或许又说明我们已具有一定的能力。在我们面前,已别无他途,只有向它趋近,并在趋近的过程中,进一步审视和提高我们的认识和能力。更何况,反省更增加了我们的责任心,于是,我们又有了勇气,并'胆大妄为'地写下去。"①在此,我们并不去评价这样的文学史写作是不是一种历史学意义上的胆大妄为,也不想评价其历史书写是否符合历史学的原则规范;我们只想探究这种以两年、六年或十年为历史时间单位的文学艺术史写作的诉求与冲动是如何产生的? 它如此"理直气壮"地想"成为历史"的勇气源自哪里? 这让我们想到,康德在《历史理性批判文集》中所说的那句话:历史总会"遇到一个转折点",这个转折会将历史带入一个崭新的时代。发端于四十多年前的中国"改革开放新时期"就是这样一个历史转折点。告别黑暗的历史迷误,迈向光辉的未来前景,"时间开始了","历史开始了",历史正处于这样的转折点上,它虽然短暂瞬间,但连接着旧与新的历史转变,因而值得大书特书,载入史册,成为历史。这应该就是产生当代文学艺术史书写的"历史学冲动"的缘由。这种历史意识或历史精神,一方面是告别过去的历史,一方面是面向未来的历史,过去与未来在此节点上出现了断裂与接合,而这种断裂与接合所产生的历史焦虑恰恰成就了重新书写历史的勇气。

## 二、一切历史都是当代史:新时期文学艺术史书写的当代向度

"一切历史都是当代史","历史"与"当代"、"过去"与"现在"、"昨天"与"今天"之间,并不存在决然的断代,而历史研究的目的正是为了认识我们置身的时代,以彰显其当今时代的意义,历史的意义由此生成。应该认识到,改革开放新时期并非一个已经过去或完成的历史时段,而是一个正在进行或尚未完成的历史进程。这也就是说,我们今天依然置身于这一"划时代"的历史进程之中,这不仅规定了文学艺术史书写的历史时段,同时也决定了对新时期的回顾、反思与书写,也就是对当下历史的回顾、反思与书写,进而彰显出新时期文学艺术史书写所应该具有的当代问题意识。因此,如何从当下问题出发来书写改革开放新时期艺术史,以

---

① 高铭潞等:《中国当代美术史:1985—1986·序》,上海人民出版社 1991 年版,第 23 页。

凸显其"划时代"的当代意义,就成为该论域的题中应有之义。

在《新时期文学六年·序言》中这样写道:"这是文学从十年历史迷误的黑暗胡同里走出,阔步迈向未来光辉大道的六年。"这个短语中有两个关键词值得我们注意:"历史迷误"和"迈向未来"。由此我们想到发生在新时期的两个重要的文化思想事件:一个是"重写文学史"的提出和争论,一个是"走向未来丛书"的出版。从表象上看,"重写文学史"侧重于面向历史,而"走向未来丛书"则侧重于面向未来,但无论是面向历史,还是面向未来,两者之间都汇聚于当时正在发生的伟大历史转折时刻,从这个意义上说,正是这一伟大历史转折时刻连接了历史与未来,使历史成为立足于这个时代所面对的历史,使未来成为立足于这个时代所面对的未来。1988 年,中国学界提出"重写文学史"的议题,呼唤一种新的历史学意识的建构。虽然"重写文学史"主要讨论的是 20 世纪中国近现代文学史的重写,但从更为宽泛的意义上说,"重写文学史"的历史建构理念同样适用于当代文学史或当代文艺思想史的历史书写与重构。显然,"重写文学史"的提出并不仅仅是一个文学史书写的问题,其中更为重要的是它表达了一种新的历史意识,这一点由于学科史视角的限制,往往不被后来学人重视。从历史意识的角度看,"重写文学史"体现了新时期新的历史意识的觉醒,尽管它还没有十分有意识地提升到历史哲学的高度,但就改变传统的历史方法来说,已经起到了极大的推动作用。正如栏目主持人陈思和、王晓明在《主持人的话》中所说:"既然在事实上,我们不可能完全重现过去的事情,任何对往事的描绘,都必然是以现在的感受为依据,我们依照今天的认识来重评过去的文学现象,就不但是势所难免,也是理所当然。"①在这里,他们如此明确地强调历史书写的主体感受性和当下时代性,强调历史非客观事实性,这在今天看似平常,但在当时客观历史主义绝对至尊的史学观念统领下,实则是一种大胆的宣称。虽然他们的宣称还多多少少带有模棱两可的印记,但作为新时期新的历史学意识的觉醒,已经弥足珍贵了。

与《中国当代美术史:1985—1986》相比,看上去两者的区别是,一个写过去的历史,一个写当代的历史,但两者的共同之处在于都积极尝试以有别于传统的崭新史学意识来书写历史。如果说,"重写文学史"的新历史意识更多地表现为一种文学化的感性体验层面,那么,《中国当代美术史:1985—1986》一书的历史学意识则表现为一种哲学化的理性反思色彩。这一点对于新时期重建艺术史书写的历史哲

---

① 陈思和、王晓明:《主持人的话》,《上海文论》1989 年第 4 期。

学意识来说,无疑更为难能可贵。平心而论,单就新时期历史学意识重建来说,《中国当代美术史:1985—1986》在历史学意识重构方面要远远超过"重写文学史"。我们看到,《中国当代美术史:1985—1986》以更为学理化的方式比较深入地反思了历史学意识,将自己的美术史写作奠基于当代历史哲学的基础上,反观"重写文学史"文化事件则缺乏明确的学理性反思,致使其历史学意识重构缺少历史哲学的奠基,实践热情高而学理建构少,这一点至今依然表现在诸多探讨"重写文学史"的著述之中,这不能不说是一个遗憾。

另一个文化思想事件是"走向未来丛书"的出版,"走向未来丛书"的出版发行经历了从 1984 年到 1988 年的时间跨度,彰显了新时期之初面向未来的憧憬和渴望。丛书编者在献辞中这样写道:"我们的时代是不寻常的。……人们迫切地感到,必须严肃认真地对待一个富有挑战性的、千变万化的未来。正是在这种历史关头,中华民族开始了自己悠久历史中又一次真正的复兴。"①重温这段献辞,让我们看到,在历史转型变动的关键时刻,人们张开臂膀迎接崭新的未来,展示了新时期时代精神的未来向度。此时,人们沉浸在告别陈旧历史,面向崭新未来的时间节点或历史节点上,如此强烈地意识到一种"时间开始了"的历史时刻之来临,正是在这种历史意识的鼓动下,当代文学史和当代艺术史写作"胆大妄为"地获得了一种"成为历史"的勇气。

新时期文艺思潮始终关注改革开放社会转型出现的新问题,表现出强烈的当代问题意识。也就是说,正是在面对、阐释和解决当代社会转型的历史过程中,新时期文艺思想才有可能体现出鲜明的时代品格和现实意识。新时期的文学艺术思潮与运动积极地参与到整体社会转型变革的伟大运动之中,它积极地面对现实问题,敢于打破思想禁区而不断提出新的问题、新的思想、新的理念,创构新的感受方式、思想方式与历史叙事方式,为思想解放提供了重要的文化思想资源。然而,应该明确的是,当代中国社会转型所出现的诸多新的问题依然存在,有的问题尚未解决,有的问题发生了变化,还有不断提出的新问题需要理论的反思。正如新时期依然处于"正在进行时态"一样,当代社会转型所出现的诸多问题依然存在,这就要求我们,应该以明确的当代问题意识对新时期以来文艺理论与批评所提出的问题进行富有当下现实意义的理论梳理和历史反思。换言之,新时期文学艺术史的历史性回顾与书写,正是我们进一步面对当下问题,对当代社会转型所出现的新的问

---

① 参见金观涛主编:《走向未来丛书·献辞》,四川人民出版社 1984 年版。

题的理论回应。因此,离开当今时代的问题意识,新时期文学艺术史的历史意义不仅难以真正地展开,也会失去其当代性意义,这大概就是"一切历史都是当代史"真正意涵。

90年代后期尤其是纪念改革开放二十年之后,为新时期文学艺术史研究提供了更好的展示平台,也为新世纪以来的研究奠定了坚实的基础,更加之历史时间的跨度和发展,使人们能够站在一定的历史高度和当代视域来重新审视已经发生或正在发生的历史。这使得新世纪以来的研究不仅越来越引起学界的广泛关注,同时也越来越具备了应有的理论意识、历史意识和当代意识。较之前两个十年,新世纪以来的文学艺术史书写亦取得了丰硕的成果,但仍有许多问题需要进一步梳理与反思:首先,不同主题的研究取得了进展。此前的研究多属于宏观扫描式的整体研究模式,这种研究模式有利于从总体性角度叙述历史演进的过程,但对于一些具体问题往往语焉不详。新世纪以来开始出现分主题方向的深入探讨,使问题研究更为细致深化,如马克思主义、启蒙主义、审美主义、现代主义、本体论、全球化语境以及价值立场考察等等。但是,如何在分主题研究的基础上,获得新时期文学艺术史发展嬗变的整体把握,以凸显其重大的历史意义,依然是需要进一步解决的难题。其次,学术化、学科化倾向日趋明显。虽然分主题的分类研究有助于问题的深入思考,但也表现了学术化和学科化的倾向。学术化研究试图采取价值中立的科学化研究态度,对新时期文艺思想史进行"去历史语境化"的处理,消除了新时期文论论争过程中的文化政治内涵,更多地执着于学理性的逻辑分析,隐退了历史研究的问题意识。学科化研究也存在主题分化的封闭化倾向,其整体的历史感表达不够充分。再次,过多的怀旧心态和"重返八十年代"的历史想象,拉伸了历史与当下、理想与现实之间的距离,再加之纪念式的成就展示,更淡化了反思新时期艺术史的历史深度。因此,如何凸显新时期文学艺术史书写的历史意义和当代价值,依然是今后历史叙事所有待深入探寻的重要议题。

从历史哲学的视域看,改革开放新时期四十年的社会转型发展,既是已经"过去"的历史,又是正在进行的"当下"。正是这历史与当代的重合叠加,使当今时代的反思意识成为历史叙事的当代诉求。这是因为,历史研究总也是历史反思,历史研究并不等于纯粹客观历史的实证性还原,历史书写也并非现成史料的分类整理。虽然,当代人无法跳出历史之外去客观地描述历史,总是有意无意地将自己亲历的经验渗入到历史之中,这可能损毁所谓历史叙事的客观性原则。但是,及时或不断地总结和反思历史,将有助于我们更为清晰地理解和把握"当下"时代的历史境况,使我们在更为宏观的历史视野中把握时代的历史特征。显然,回顾和总结改革开放新时期文艺思想史发展演进历程,并不是为了简单地开列出一份成绩清单,也不是为了对昔日辉煌的历史怀旧,它应该是一种当代问题意识的凸显。诚如当年高铭潞在《中国当代美术史:1985—1986》导言中所言:"历史是当代人的思想史;历史不是过往事实的连缀和无判断的实证,而是不同于自然科学的展现人的心灵生活史。……因此,近代以来的哲学家大都很重视美学和艺术史的研究,康德、黑格尔、克罗齐、柯林伍德、尼采、萨特等等都是如此,甚至分析哲学家罗素也曾提出'历史作为一种艺术',将历史不同于科学的特征归结为艺术性,认为历史应像艺术那样能展现人类活生生的心灵。从这一意义上讲,应该说,一切艺术史更是当代史。"①倘若历史就是人类心灵史的展现,那么,正在经历的当代——此时此刻不正跃动着鲜活的时代精神和丰盈心灵吗?而这就是活生生的历史。我们看到,正是有了自觉的历史哲学反思,使得仅仅两年、六年或十年的中国当代文学艺术史写作并未因此而显得短瞬与飘浮,并未因此失去"历史重量"。反而,较之于以往的"宏大的历史叙事",它不仅没有失之于深广的历史感,更呈现并凝聚了那段激情燃烧的岁月。因此,我们应该本着"一切历史都是当代史"的当代历史学意识,将新时期四十年来"走向现代化"的历史转型视为一个正在进行或尚未完成的历史过程,将新时期以来文艺理论与批评的建设发展理解为一个"正在进行的时态",在凸显新时期文学艺术史书写的历史性与当代性之中彰显其历史意义与当代价值。

综上所述,1980年代至今,改革开放新时期文学艺术史书写始终作为中国当代学术界十分关注的前沿热点题域。其中,某一领域、某一时段或某一视角的研究已经获得了独特的历史意识和历史视野,为我们今天反思新时期文学艺术史书写奠定了坚实的基础。作为这一时代变局的亲历者、见证者、在场者、参与者、创造者,当代中国学人在经历了四十年时光荏苒的历史巨变之后,应该在何种意义上重返文学艺术史的历史发生现场,演绎文艺思想论争的纷纭繁复,反思曲折多变的历史过程,并从中找寻面向未来的经验与教训,这无疑是一项光荣而又艰巨的历史任务。然而,如何写出与改革开放新时期"划时代"历史意义相匹配的文学艺术史,如何将历史与未来、理论与实践、经验与教训、探索与建设结合为一体,以贡献出更

① 高铭潞等:《中国当代美术史:1985—1986·序》,上海人民出版社1991年版,第6页。

具宏观历史视野、更具当代价值关怀、更具未来建设精神的厚重之作,仍然有待于中国学术界建基于"历史哲学"的视域上,不断进行艰难的反思和探索。

诚然,我们已经清醒地意识到,所有的历史书写最后也都终将成为历史。

（原载于《文艺争鸣》2019 年第 10 期）

# 第五届"啄木鸟杯"中国文艺评论年度优秀作品名单

（按作者姓氏笔画排序）

**著作类 4 部：**

王次炤：《中国传统音乐的美学研究》

邢建昌等：《20 世纪 80 年代以来文学理论的知识生产及其相关问题》

朱平：《感官联觉机制的历史书写——从古代绘画到当代艺术》

陶庆梅：《当代剧场与中国美学》

**文章类 22 篇：**

马季：《网络文学创作与评价的路径选择》

王金胜：《现实主义总体性重建与文化中国想象——论陈彦〈主角〉兼及〈白鹿原〉》

卢文超：《是欣赏艺术，还是欣赏语境？——当代艺术的语境化倾向及反思》

白惠元：《性别·地域·国族——话剧〈德龄与慈禧〉的文化坐标》

仟娟：《关于杂技剧的辨析与构想》

刘大先：《从后文学到新人文——当代文学及批评的转折》

刘小波：《反规约：当前长篇小说的无理据书写》

许薇：《舞剧〈长征·九死一生〉的时空叙事与舞台意象》

孙媛媛：《中西声乐艺术的融通与回归——兼论西洋美声唱法如何演绎中国作品》

杜晓杰、张靖池：《"疏野"之境与国产动画古典美学的意境呈现——以〈山水情〉〈白蛇:缘起〉为例》

李宁:《何去何从:以数据为中心的当代书法研究》

杨子:《再造"地方":新的文化治理视域下上海戏曲文化空间的生产》

辛尘(原名胡新群):《关于近年来篆刻创作几种倾向的思考》

张均:《当代文学研究史学化趋势之我见》

张德明:《新中国诗歌的七十年》

陈冬梅:《时代之声与青年成长——评长篇小说〈海边春秋〉》

尚辉:《现实主义的中国化探索——新中国油画 70 年的审美再造》

周邓燕:《摄影大众化与影像真实性——以解放战争中的晋察冀画报社为中心》

周宪:《艺术跨媒介性与艺术统一性——艺术理论学科知识建构的方法论》

秦喜清:《全球化时代的疫病隐喻:病毒电影的文化和意识形态》

程兴旺:《1949 年以来中国音乐史学中唯物史观的回顾与思考》

谢纳、宋伟:《历史诉求与当代向度:历史哲学视域中的新时期文学艺术史书写》

责任编辑:陈佳冉
封面设计:林芝玉

**图书在版编目(CIP)数据**

啄木声声:第五届"啄木鸟杯"中国文艺评论年度优秀论文集/中国文艺评论家协会,
　中国文联文艺评论中心 编. —北京:人民出版社,2022.11
ISBN 978 - 7 - 01 - 025124 - 0

Ⅰ.①啄…　Ⅱ.①中…②中…　Ⅲ.①文艺评论-中国-当代-文集
　Ⅳ.①I206.7-53

中国版本图书馆 CIP 数据核字(2022)第 183432 号

## 啄木声声
### ZHUOMU SHENGSHENG
——第五届"啄木鸟杯"中国文艺评论年度优秀论文集

中国文艺评论家协会　中国文联文艺评论中心　编

**人民出版社** 出版发行
(100706　北京市东城区隆福寺街 99 号)

中煤(北京)印务有限公司印刷　新华书店经销

2022 年 11 月第 1 版　2022 年 11 月北京第 1 次印刷
开本:787 毫米×1092 毫米 1/16　印张:19.25
字数:342 千字

ISBN 978 - 7 - 01 - 025124 - 0　定价:90.00 元

邮购地址 100706　北京市东城区隆福寺街 99 号
人民东方图书销售中心　电话 (010)65250042　65289539